水果賊

或前往內陸的單純之旅

DIE OBSTDIEBIN ODER EINFACHE FAHRT INS LANDESINNERE

PETER HANDKE

彼得・漢德克——著 姬健梅——譯

目次

導讀

想像中觀看，隻身一人的「我們」

——柏森（詩人）

某個週末，即將夕陽的夏日海灣，我背著書稿向某處岩壁行去，好像是為了求得一絲可閱讀的僻靜而特意前往。山的下方有座古老碉堡，那裡通往海灘，不過廢墟已久。我慢慢攀往彼處，踩著格外確定的步伐，把背包一個勁地向下放，人順著繩索，抵達空無一人的岩石地帶。

沒有人的下午我坐在這奇妙的地方緩緩讀著《水果賊》，海風吹拂，猶如所有記憶裡重複且色澤飽滿的夏季，其中可能帶有的靜默，強烈的光線和海水搖曳的頻率，使我不得不踏入如同漢德克在開頭所寫，這同樣是個始於燠熱夏天的故事。

一個在作者腦海中因為蜂螫而顯現的點子，時而消散，時而聚集，對他來說並不知道這是好是壞，幾乎視這個蜂螫的印記為一個預示（或者說是迷信的預言一般）。印記即將為他開啟一趟未知之旅，如遙遠傳說似。小說最初以三個短句開始了它的存在：「這個故事開始於仲夏的一天，是那種當你赤腳走在草地上，在一年當中頭一次被蜜蜂給螫了的日子。」讀者必須跟隨進入作者的世界，而這世界穿透在真實世界之中，因此，初初閱讀時有種說不上來的夢、虛幻，和雲霧感，你心底知道它展露在一個假設的語境之中，但又不停地引你觀看，正如這一切或許都只是一個「暗示」，在其筆下也以這般不可決絕的確定，如此擺蕩著，並且經常在篇幅段落裡以括號在在出現著寫作的心聲，加強了某種像是畫外音的效果。

如上所說的，糾纏而縝密的敘事手法，和漢德克於《試論疲倦》（一九八九年）、《試論成功的日子》（一九九一年）有著相同的風格與魅力，在傳統的小說模樣中再度解構起言說的度量。我甚至讀到某一時刻，突然意識著他將散文和小說的關係、分界線悠然地模糊了彼此。在小說開始行進的路途裡，我偶爾停下來休息一會兒，遙望海平面上船體逐漸浮現，我停下來手中的紙頁，思忖：漢德克究竟想帶我往何處去？

不同於書中的「水國賊」身分，作者形容起她明晰自己的旅程是為了找尋失蹤的母親；我按著他所給的線索，可是卻仍舊迷失在他的方向裡。當他描述起乘坐前往皮卡第、從聖拉札爾車站動身，我恍若在同一節車廂內，眼神伏流般望向他說的窗外荒野景色。反覆從一個腦海的想像裡，回到現實生活的細節，**作者來回地，不厭其煩如素描一樣勾勒事物，把「觀看」帶回到讀者身上，也重新為寫作者剖析出自身的視界，感官與感官相互交換**，當他寫下：「在一瞬之間，語言有如畫面，畫面有如語言，另一個人的故事成了單單一個語言畫面，即使這個語言畫面並不符合所經驗的事實，卻代表著廣義的人生？」同時間，也為眾多讀者留下深刻的回應，甚至可以說，在這段落中，我們不免再度落入漢德克式的思考，熟練地反問自己，是我們存在於某一個人的故事之中，然後在裡頭回憶道，抑或僅僅是數百個、上萬個、無法估算的人們，不停歇地交錯、耕織起一種龐大，而我們敏銳而共感於此。

事實上，儘管「水果賊」在書的前半部依舊出於未現身的狀態，但在作者叨念她的形象、容貌、性格（而且細緻地還以報紙上的星座運勢指認出她），水果賊大多時候和靈感一閃而逝，也許能夠略略領悟到，作者並不是不想將她介紹給讀者，實在地，她和潛藏在睡眠裡出現的人影幾乎相像。固然，在這些瑣碎捕捉間，水果賊開始長出她的血肉。

如此，文本讀起來過癮的地方是把自己的感官、尤其視覺，安心地受到她的誘惑，然後伴她前往廣褒未知之中。此時，水果賊正恰從作者的觀察裡走出，進入故事中段，她不知不覺來到我們身邊，反向地搭上那列前往內陸的火車，展開她的目的地。漢德克賦予這人物，或就像他說，他如實地點出水果賊是一個具有極好方向感的人，她知道自己身在何處，在我們說到未知時，她彷彿定錨。藉由她的知覺，奇異地在文字中為作者、讀者、角色之間首次達到如三位一體的可能性——是那別樣又稀奇的經驗，**故事底，我感覺到鮮少有分別你、我、他的時刻，最多最多就像世界和世界相疊在一起，每一個可能世界同時地在同一刻發生。這是小說裡極為複雜的迷惑。**

作者在水果賊接近午夜、獨自行走的時刻寫道：「但忽然之間她卻還是明白了：她簡直是希望有人跟隨她。或者這樣說吧：她『樂於見到』有人跟隨她。」我停頓下來，宛如這些文字朝外勾引，探詢了閱讀的人的心思。是嗎？作者暗指，水果賊活生生地有她的思維和神智，現在他只是將這份心思記錄下來。

作者沉穩地為「故事」開朗它的結構，儘管說起來故事看上去不經意，像是它本身就是如此，但他總是會在許多細節裡表達出自身的決定和意見，令讀者感到突然，正是來自作者又將這層想像向後了一個身分：作者試想了另一個作者，而且還有存在那思考中的作者腦海裡的故事。對我們所閱讀到的文本，不過待在漢德克心中的某一個敘事者，他在某個八月所見之事，寫下並且實現之。因此我們感受到完全經驗性的現象，可是又有些陌生。**後設的書寫讓讀者大意地躺在虛實之中，愈加貼近現實，反而愈感受到困難，這是種突破點的困難，就像虛構逐漸向現實靠攏，他們將會攪和在一起，啟發下個暗示。**

我離開了那座廢墟，在碉堡內讀完書稿，理解到遺跡存在，是因為它在我的臆想中被補完著，而它會延續。水果賊一方面接續了自己的故事，在書頁最終她是否尋抵？又或是尋抵之後是否開啟另趟旅程（無論是物理上還是心理作用）？

漢德克在後半故事裡寫的一段文字遲遲未離開讀後的我，我想它切實貫穿著什麼，有可能是所有故事的開端，一種恆常的心境：「是的，他雖然隻身一人，卻把自己想成『我們』。」闔上書頁，我離開了所在的時空，另一個時空企圖繼續它的言說。

導讀

對現世的鄉愁與眷戀

「人家常說，作家靠寫作逃離生活，這簡直荒謬。就是作家，才能體驗生活，那種不受保護、殘酷無比，與最強烈形式的生活。」

——彼得・漢德克

在閱讀《水果賊》的這三天，與書中故事發生的時間等長，我儼然發覺作者建造了一層層虛構與現實的鏡面互射，投映於彼此，又消溶於彼此，難分難解。漢德克以母親自殺為素材的《夢外之悲》，明確警覺自身虛構的逾越，卻又不斷追問真實，如此反覆以虛構拓寬真實，以真實錨定虛構，詩人廖偉棠稱為「反後設小說」，至為精準。四十年後的《水果賊》以長篇規模，更為輕鬆自洽地實踐了這種創作觀，同時也是人生觀。

——蕭宇翔（詩人）

我想像，若拋除文類預設，所見的實是一個敘事者如何在清澈瀏亮的散文體中，緩緩描述自己如何遇見一名「故事中」的人物，水果賊（由於一些共同的家族記憶重疊，我們可以發現，她似乎是敘事者的某個遠親），因此這個「故事」又挾帶了些許真實色彩。當敘事者「我」消失，而視角重心完全倒向了水果賊，我們也就發現，她並非作為一個小說角色，而是真實人物，正發起一場公路徒步冒險，追求投入到一個「故事般」的世界，一場恍然如真（也必須為真）的漫遊行旅，尋找她的銀行家母親。就這樣，在法國北部荒野，她步步邁出，只盯著自己的鞋尖看，讓雙腳來帶路，而不看前方。

什麼是故事般的世界？按照漢德克自己的話，即「有極大能力，極大輪廓或極大的根本性結構，或是在現實生活中，無法實現的更大結構，如此你會想製造某些補償……去創造敘事的平衡。那就是文學。」因此我們看見的，實是水果賊正創造自己的故事，實踐一更大結構，去替代或補償，她自己的現實人生。她是自身命運的作者，而我們（也包括漢德克）僅只是讀者。

我再三感覺，漢德克懇切地希望我們將它作為某種「紀實」來讀：觀看作為讀者的他，如何閱讀一個不確定的敘事展開（天知道真正的敘事者是誰呢？命運？水果賊？她的命運？），但漢德克寫道，不是那種「自行逝說」的故事，而是一種需要靠人們的努力才能拓展的敘事。《水果賊》開篇描述：「自身依然得去掙得、去巡視。」而小說的後半段我們知道，這起源於角色們的內在焦慮，常常警覺於自我的消散。

急切地想知道人該如何生活，如何讓彼此不可或缺，想被需要、信賴，想和此時同在世上的其他人共同努力，雖然，拒絕附屬於任何群體——這種源源不絕的魯莽衝勁，將存在主義式荒謬所加身的痛苦，轉變為前進的馬力，橫衝直撞，不顧一切。《水果賊》彷彿卡繆《薛西弗斯的神話》結尾的續篇，在哲學的盡頭，完成了小說的實踐：**一個人如何嘗試超越自己的命運，比她推的石頭更加頑強堅固，熱戀著此岸的鄉土，每一株花草，每隻鳥獸，向不斷重複的前途敞開自身，一往無前**。

無數紛繁細節琳瑯納入眼前，但只消我們停下來問一句「這是小說嗎？」一切破碎，中斷，陷入困頓。一卷漫長無止盡的公路電影、同質風景，但的確是在移動，雖然不知要去哪裡。只要旅人停下來問了一句「要去哪裡？」一切破碎，中斷，困頓。這是打從一開始就不該存在的問題，否則也就不會上路了。上路的目的即是拋棄終點的漫遊，一種繞圈，只有在內陸（而不是濱海）才可能實現，以求最大限度地展延這繞圈的面積，就像水果賊每到一塊荒地時行走的路徑：以愈來愈大圈的螺旋形奔走。作品中出現「螺旋」這個詞整整二十次。

既是線性往前，卻又彷彿無路可進，這究竟是怎樣的一個敘事？漢德克在書中使用了十四次「空檔」。

水果賊的父親在她出發前鼓勵：「空檔時間掌握在妳手中。不要讓別人奪走！在空檔時間裡，在中途路段上，就是事情發生之時，就是事件形成之時。」並希望她一絲不苟地細看一切：荒野（還過一排排鐘聲或香味）、河邊（必須是大河匯集處）、墓園、露天咖啡廳（總是充滿互相物色的人）、公路旁、火車站、弔唁會。在有人跡之處，水果賊總處於疏離隱形的站位，巡視眼前匆忙趕路的人們：不忠的情人、脆弱的搶匪、拋媚眼的伊斯蘭婦女，看他們言不由衷地，戴上面具相愛相殺。

「由中途路段和空檔時間構成的萬花筒。拿這樣一種萬花筒作為消遣？」是的，有何不可？

而當她來到陌生人一家的弔唁會時，她的名字不再是水果賊，一瞬變成了「亞歷西雅」，並在後段愈來愈頻繁出現，這是她兒時的小名，因一次漫遊症發作而失蹤，許多年後才發現她一直待在家附近。大家開始這樣喊她，以有著類似故事的聖徒之名——聖亞歷西斯，他在外地流浪多年，回到父母家而沒有被認出，於是棲身自家樓梯旁的地下室，垂死之際才承認自己是失蹤的兒子。

小說中段，當水果賊在荒野歷經絕望迷途，挫折幾近瘋狂，最終下定決心重新出發，並心照不宣地同意一名披薩外送員加入同行時，她的名字也變成了「亞歷西雅」。是這樣一個無人認出的流浪者，不隸屬於任何團體，甚至包括家庭，但是，與所熟悉親愛的人待在一起，雖然，保持著一段微妙的距離，成為一個「不必是誰」的她自己。

我們或許慢慢能體會這個故事了。

《水果賊》後設了信誓旦旦的預言口吻，不斷肯定當下，朝向下一刻，省略了一切線性因果。「故事就是這麼說的」、「後來也的確是如此」、「別問我為什麼」、「誰說的？她的故事這樣說」。在敘事者本應刻意經營之處，無數次重複這樣的句子，不容分說，因為無人能指導角色的命運與行動，作者也不能，**漢德克一生追求著，正如水果賊所表現出的：是拒絕特定命運**。

英國詩人濟慈稱之為務虛能力（negative capability）：一個人有能力應對神祕與懷

疑，而且不急於追求事實與理性。她自覺地，安於不確定性。

在故事中不斷迴旋的空檔——狼狗時光，火車窗景，延宕與離題，臨場的解壓縮與過曝——超脫了所有刻意形式化的斧鑿痕跡。敘事過程看似彌散開來，卻都指向一種整體性，透過「安於不確定」這一趨指，結合在一起。**看似隨機的細節與片段，背後連結了更深層的主題意義，或並置或分層，透過累積來築構，免除了一部小說需不斷往前的敘事焦慮**。這樣的寫法，對於以失落或創傷為中心的故事尤為重要，因為事件本身無法「分類」為鋪陳、高潮、洗滌這樣的傳統結構。

水果賊不得不成為水果賊，正如在現實中，我們不得不成為我們自身，並且有朝一日意識到「成為自己」需要付出多大的賭注，因為生命本該是一場下定決心的冒險，拋卻所有成見與可能的後果。小說，變成了人生的冒險，但是沒有輸贏，處處豁然。

《紐約客》有篇評論懷疑，是否有人真的能從《水果賊》這樣的小說獲得閱讀樂趣。我可以在此遙遠處回答他：有的。但如果「樂趣」指的是傳統意義上的戲劇審美，那就大錯特錯了。漢德克的小說是準備給那些願意將閱讀小說的體驗視為真實冒險體驗的人，帶著對平凡現世的讚美與纖敏眼光，方能展開欣賞與浸沐。我們將驚異於書中片段閃現的枝微末節是如許誠實，帶著現實本身的膠捲顆粒質感，其誠懇如真到了這樣一個地步：我們已因當刻的感動而無暇在意，這到底是虛構還是非虛構。甚至，我們甚至開始虛妄地期望，這些其實都是真的。**我們因為虛構，而對現世產生了一股深深的鄉愁與眷戀，而不再只是沉醉於敘事推向高潮與洗滌的便利魔法。這一刻，我們真正成為了一名理想讀者。**

非如此不可嗎？是的，非如此不可。

從未見過明亮的夏日

如此繽紛多彩

——沃爾夫拉姆·馮·埃申巴赫[1]《威勒哈姆》

有人強迫你走一里路，你就同他走二里。

——《聖經》〈馬太福音〉第五章第四十一節

途中無人開火

約會無人點燈

——弗里茨·施韋格勒[2]

---

1 沃爾夫拉姆·馮·埃申巴赫（Wolfram von Eschenbach, 1170-1220），德國中古時期騎士文學的代表人物，史詩《帕西法爾》（*Parzival*）為其代表作，曾被德國音樂家華格納改編為同名歌劇，《威勒哈姆》（*Willehalm*）則是一首未完成的敘事詩。

2 弗里茨·施韋格勒（Fritz Schwegler von Breech, 1935-2014），德國雕塑家，也從事繪畫與寫作，曾任教於以前衛藝術知名的「杜塞爾多夫藝術學院」。

這個故事開始於仲夏的一天，是那種當你赤腳走在草地上，在一年當中頭一次被蜜蜂給螫了的日子。至少這總是發生在我身上。如今我知道，一年裡初次、往往也是唯一被蜜蜂螫的這種日子，通常也是白花三葉草綻放的時節，蜜蜂半躲在靠近地面的花葉裡飛來飛去。

那也一向是在八月初，陽光普照但是還並不炎熱，至少在近午時分是如此，天空恆藍，高高的，而且愈來愈高。幾乎無雲——就算有一朵雲，轉眼就又消散了。一陣微風吹拂，令人神清氣爽，風從西邊吹來，夏季的風多半如此，在對大西洋的想像中徐徐吹進無人灣[1]。沒有露水需要擦乾。一整個星期以來的清晨時分，我在庭園裡漫步，光著的腳掌感覺不到一絲潮氣，更別說在腳趾之間。

據說，不同於胡蜂，蜜蜂在螫人時會失去牠的螫針，螫過就只能死亡。過去許多年裡，每次我被螫了——幾乎總是螫在赤腳上——我也多次親身體會了這一點，至少是看

1 無人灣（Niemandsbucht）並非真實的地名，而是作者對他這二十多年來所居住的法國小鎮沙維爾（Chaville）的稱呼（位在巴黎西南方，距離巴黎市區約十二公里），他有一本小說就叫做《我在無人灣的歲月》（*Mein Jahr in der Niemandsbucht*）。

見了那支像是從蜜蜂體內最深處撕扯出來的三叉戟，如此細小卻又強大，上面有絨毛或膠狀物，是那隻動物體內最深處的東西，同時那個生物在我眼前縮起身體、發抖戰慄、翅膀漸漸無力。

不過，在我被螫的那一天，當水果賊這個故事逐漸成形，那隻蜜蜂螫了赤足的我之後並未因此送命。雖然那隻蜜蜂小如豌豆，披著毛皮，長著絨毛，有著熟悉的蜜蜂顏色和條紋，但牠螫我時並未失去螫針，並且在螫過後——那一螫又急又猛，跟平常的蜂螫並無二致——嗡嗡飛走了，生氣勃勃，彷彿不僅不當一回事，還藉此獲得了額外的力量。

蜜蜂這一螫正合我意，不僅是那隻蜜蜂活了下來，還有其他的原因。首先，有人說蜂螫對健康有益（這一點據說與被胡蜂或黃蜂螫了不同），能緩解風溼痛，促進血液循環，諸如此類——而這一螫現在將會（這又是我的想像）使我那血液一年比一年更不流通、更沒有感覺、乃至於麻木了的腳趾恢復生氣，至少維持一段時間；基於類似的想像或幻想，我每次都徒手去拔蕁麻，經常是一束束地拔，不管是在無人灣的庭院裡，還是在遙遠的皮卡第那座房產的露臺上，此處是從黃土裡，彼處則是從石灰地。

我歡迎那一螫還有第二個原因：我視之為一個預兆。好預兆還是壞預兆？不好也不壞，單純只是個預兆，更非凶兆。那一盤發出了啟程的信號。是上路的時候了。掙脫這座庭園和這個地區。走吧，啟程的時刻已經來到。

難道我需要這種信號嗎？在當時那一天的確如此，哪怕這又只是我的想像，或是夏日的白日夢。

我收拾了屋裡和庭院裡該收拾的東西，也特意把幾樣東西留在原處，熨了兩、三件我特別中意的舊襯衫（才剛在草地上晾乾），把鄉下房產的鑰匙放進口袋，它比市郊那棟房子的鑰匙重得多。不止一次，就在出發之前，一條鞋帶會在我綁緊短筒靴時斷掉，能配成一雙的襪子遍尋不著，三十幾份詳盡的地圖經過我手，獨缺我要找的那一份。而這一次的差別在於兩條鞋帶都斷了，先前花了十五分鐘解開鞋帶時弄斷了我一根拇指的指甲，最後我把不成雙的襪子兩兩捲起（幾乎只有這種），而且我忽然覺得不帶任何地圖上路也無所謂。

我頓時也擺脫了先前身陷其中的時間壓力，一種毫無來由的時間壓力，不單是在啟程時，那時通常格外令人喘不過氣，啟程之前也簡直要命。沒有多餘的時間了。生涯代表作？空白樣本。夢想終結。遊戲終結。

此刻出乎意料地：時間壓力消失無蹤，變得無稽。我忽然有了世上所有的時間。儘管年老，我卻有了比以往更多的時間。而那部生涯代表作尚未完結，那些頁面具體起來，在世界的風中閃閃發亮，尤其是尚未書寫的空白頁面，此時此地，在這塵世的風中。是的，我終於將見到我的水果賊，不是今天，不是明天，但是快了。我很快就會見到完整的她，不再只是部分的她，魅影般的她，如同之前許多年裡在我老去的眼中出現，並且再一次鼓舞了我。她大多是在人群之中，向來保持一段距離。這是最後一次了嗎？

唉，你難道忘了不該說「最後一次」，一如不該說「最後一杯葡萄酒」？如果要說，那就像小孩獲准再玩「最後一次」之後（例如盪鞦韆或是玩蹺蹺板），喊道：「還要再玩最後一次！」之後又喊：「還要再玩最後一次！」大喊？是歡呼！——可是這話你不是已經說過很多次了嗎？——是啊，但那是在另一片土地上。而且即便如此——

那個夏日，我打包行囊時沒有帶書，甚至把那天上午還在讀的一本書從桌上收走，那是中古時期的一篇故事，講一個年輕女子為了毀壞自己的形貌，使糾纏她的那些男子斷念，於是砍斷了自己的雙手。（自己砍斷自己的雙手？這種事只可能發生在中古時期的故事裡？）我也把筆記本留在屋裡，收好，上鎖，像是藏起來不讓我自己去拿，即使將來會找不到，我也認了，至少在即將來臨的這段時間，不允許自己去使用。

上路之前，我坐進庭院，行囊擱在腳邊，坐在庭院正中央唯一的椅子上，其實是張凳子，跟那幾棵樹保持距離，尤其要遠離樹底下的桌子，接骨木下，椴樹下，蘋果樹下那一張桌子最大，至少是最寬的。我想像這樣閒坐的我，適度挺直上身，翹起二郎腿，把草帽往頭上一戴，活像塞尚晚年百畫不厭的那個園丁，尤其是在一九〇六年，畫家去世的那一年；園丁名叫瓦利耶（Vallier）（還是別的名字）。所有這些畫像上，幾乎看不見「園丁瓦利耶」的臉，不僅是帽子遮住了額頭，或許那是一張沒有眼睛的臉，我這樣想像，就連鼻子和嘴巴也彷彿被擦掉了。那個坐著的園丁的臉，此刻我能想到的就只有輪廓。可是那個輪廓多麼驚人。藉由輪廓，那張幾近空白的臉上所體現、表達、流露的東西，遠非任何一幅詳實畫出細節的容貌所能傳達，至少是轉達出某種截然不同的東西。我把園丁的名字從 Vallier 改成 Vaillant，也許可以翻譯成「監督者」，不，「留神者」、「警醒者」，這個名稱能否適用於園丁瓦利耶的所有肖像？連同那些若隱若現的感覺器官，耳朵、鼻子、嘴巴，尤其是宛如被擦掉的眼睛。

這樣坐著，醒著，有如在夢中，在另一個夢裡，一個聲音忽然在我耳畔響起，近到不能更近。那是水果賊的聲音，一個探問的聲音，既溫柔又堅定——不可能更溫柔了，也不可能更堅定。而她問我什麼呢？如果我沒記錯（我們的故事也已經又過了很久了），並不是什麼特別的事，約莫是「你好嗎？」「你何時出發？」噢，不，現在我想起來了。她問我：「先生，您怎麼啦？什麼事讓您這麼擔心？」她先用德文，再用法文問了一次。而這也是在故事裡唯一一次，水果賊本人跟我說話。（再說，先前我怎麼會以為這第一次也是唯一的一次，她會用暱稱「你」來稱呼我？）特別之處就只有她的聲音，一種如今稀有的聲音，也許一直以來就很稀有，關懷備至，卻沒有過度擔憂，尤其充滿了耐心。耐心既是一種性格，更是一種作為，一種不斷採取的行動，意思是「忍耐」和「容忍」：「我忍耐，而且我容忍你、容忍他、也容忍她——我容忍任何人、任何事，一視同仁，而且永不間斷（是的，沒錯。）」這樣一種聲音永遠不會改變聲調，更不會瞬間變成另一種嚇人的聲音——在我看來，大多數人的聲音（包括我自己）都會這樣驟然改變，女性的聲音更是如此。不過，這個聲音一直有沉默下來的危險，說不定將永遠沉默——千萬不要！諸位神明，請幫幫我的水果賊！——這個聲音在多年之後仍在我耳中，我想到某個演員所說的話很適合她。他在一次訪談中被問到，他的聲音如何幫助他演出每一部電影中的故事，他答道：當一幕戲或者說整個故事的「調性對了」，他能感覺得到，而且不僅是在他自己身上。有時他還並非以他眼中所見來評量一場戲或一部電影的真實性，而是以他所聽見的來評量。接著，那個演員笑著加了一句，使我一時之間感同身受：「再說，我的聽力很好，這一點遺傳到我母親。」

時值正午。也許只有八月第一週才有這樣的正午。鄰居似乎都消失無蹤，不是從昨天才開始不見的。彷彿他們不僅是搬去另一個住處，或是去法國鄉間的小木屋還是別的地方度過夏天。我想像他們根本就是搬走了，搬得遠之又遠，遠離法國，回到他們祖先的故鄉，回到希臘，回到葡萄牙的山區，回到阿根廷的彭巴草原，回到日本的東海濱，回到西班牙的梅塞塔高原，尤其是回到俄國的大草原。他們在無人灣的房子全都空著，而且不同於前幾個夏季，在我啟程之前的幾天幾夜，不曾有哪個地方的警報器響起，就連那少數幾輛停放了很久的汽車裡也一樣安安靜靜。

一如前幾天早上，整個上午一片寂靜，隨著一小時一小時地過去，這片寂靜擴散，超出了灣區的界線或邊緣。偶爾響起的鳥啼（通常是三拍）並未打破這片寂靜，反而可能把寂靜帶到更遠的地方。此刻，時值正午時分，有一陣聽不見、在夏葉上也看不出、不成為風的微風圍繞，說是微風，更像一股本身並未流動的附加氣流，一股表面上無從感覺的氣流輸送，在皮膚上感覺不到，不管是手臂還是鬢角都無感。沒有一片樹葉還在動，就連最輕盈的葉片，椴樹的葉片，也不再搖曳。瀰漫在這地區的寂靜籠罩下來，而且是驟然之間，既溫柔又有力地猛然籠罩在這片地景上，一個獨一無二的過程發生了，整個夏季裡就只發生了這片刻：這片先前就已經被寂靜圍繞的地景往下沉，或是由於從高空驟然降下的額外寂靜而下陷，同時依舊是那個熟悉的地表，拱著腰，隆起來，承載著萬物。這發生在聽得到、看得見、感覺得出的範疇之外，卻很是明顯。

沉入土地裡，這一向都是我的白日夢之一。至今，這個夢每次都實現了，只會在夏日裡短短一刻實現，至少是在我生活在同一個地方的這二十五多年裡。

也就是說，在那一天，啟程前往瓦茲省之前的那個小時裡，也有那期待已久的片刻，普遍的寂靜中，又有額外的寂靜從天而降。事情一如以往地發生了，卻有幾點不同於以往，完完全全不同。

一如以往，當我後來抬起頭來，我看見老鷹在上空張開有如鐮刀的翅膀盤旋。直到如今，牠每次都可靠地出現，成為這一刻的鮮活形象，靜靜地盤旋飛近，接續了那一刻。

我想像年復一年飛來的都是同一隻猛禽，從朗布耶森林西邊和獵鷹、鵟、還有兀鷲和貓頭鷹共享的禁獵區裡振翅高飛，並且在此刻往東飛到巴黎邊緣再飛回來，在寂靜的無人灣上空盤旋。一如以往，我也把這隻彷彿特意為了這個地區而在我上方劃出勢力範圍的鳥看成一隻老鷹，雖然牠也許只是——為什麼說「只是」？——一隻鵟或一隻鳶。一如以往，我決定那是老鷹。「哈囉，老鷹！嘿，你！你好嗎？近來可好？」

不同以往的是那隻老鷹飛得這麼低。我從未見過牠在離樹梢和屋頂這麼近的地方盤旋。這麼多年來，就連高高飛翔在藍天之上的燕子都仍在老鷹之下，隔著幾重天。這一次，那些燕子卻在牠上方飛行，而我看出牠們沒有按照軌道飛行（這也不同以往），而是橫衝直撞，縱橫交叉，在藍天裡的高度不像平常那麼高，只比那隻老鷹略高一點。

雖然周圍這片土地的下沉，就像這許多年來每一次，可是這一次，地面連同下層泥土並未如往昔一樣仍舊堅實並且隆起。有幾個瞬間，這個地區讓我感受到的不是熟悉美好的凹地或盆地，曾讓我沉陷其中，而是一種崩塌、一種吞沒，不單是威脅到我一個人。

那一天，我所夢想的寂靜果然降臨在我身上，就算只有一秒鐘，也如一場全球災難的壓力波。而在那一瞬間，我也明白了原因，並非我想像出來的原因，而是真切具體、不容反駁的原因：周圍土地的這種陷落，此刻的這片寂靜，並未激勵人心，反而在威脅、在哀悼，一種帶著威脅的寂靜，也是一種恐怖的死寂：由於驚恐而無聲，由於驚恐而呆滯。

這片寂靜表達出這幾個月、這幾年以來的歷史，以凶殘而激烈的方式所加諸於人類身上的事，不單是在法國，只是在法國比較集中，如今在這第三個千年（姑且算是第三個千年吧）的第二個十年發生。而這在那寂靜的片刻也一樣聽不到、看不見、摸不著，但卻很明顯——另一種明顯。那些翩翩飛舞的白蝴蝶穿越這座寂靜的庭院，每一隻都獨來獨往，我覺得牠們似乎正在墜落。然後：在那叢女貞綠籬後面，在鄰居的庭院裡，一聲叫喊響起，在我耳中像是垂死的呼喊。

但是，不，不提死亡。此事與死亡無關：那聲叫喊來自隔壁的少婦，她先前靜悄悄地坐在藤椅上刺繡，被針扎到了手指。幾個星期前——那時女貞還在開花，散發特有的香氣——我曾隔著綠籬看見她也像這樣坐著，其實更像是感覺到她坐在那兒，而非清楚看見她的輪廓。她穿著一件及踝的淺色洋裝，綳在高高隆起的孕肚上。在那之後，我就不曾再見到她的蹤影，直到剛才聽見那聲叫喊，繼之而起的是一陣笑聲，彷彿這個少婦在笑自己為了那一丁點疼痛而大驚小怪。

此刻，接續那聲叫喊的是一陣哇哇叫，更像是啼哭，只有熟睡的新生兒被母親因疼痛而發出的叫喊吵醒時才會這樣啼哭。這是喜訊！嬰啼很悅耳，可惜只啼了一下。少婦餵他吃奶，或是給了他別的。綠籬後面悄然無聲。我樂意再久久傾聽那陣嬰啼，就算聲音微弱，宛如自洞穴傳出。等待下一次針扎手指，年輕的繡花女，明天同一時間！——只是屆時我已身在別處。

那個夏日，沒有一件事一如往常？胡說，那天一如往常。一切嗎？一切。一切一如往常！誰說的？我說的。我這樣決定，這樣規定。我聲明：那天一如往常。驚嘆號？句點。當我隔著綠籬窺視，我的視線遇上一隻大眼睛，我只看見單邊的眼睛，那是嬰兒的眼睛。他沒有眨眼，回望著我，而我試著和他一樣不眨眼睛。

每年都一樣，我總是在這樣一個夏日第一次被蜜蜂螫。那些獨來獨往、彷彿從高空墜落的大白蝶平常出沒之處，一如往常可靠地出現了一雙蝴蝶，我稱之為「巴爾幹蝶」。這雙蝴蝶得到這個名字，因為牠們成雙飛舞所展現的特殊之處，這個現象是我當年（已經又過了很久了）在徒步穿越巴爾幹半島的原野時頭一次目睹。不過，我採用這個名字，部分原因或許也在於這種小昆蟲毫不起眼，當牠們翩翩飛走，或者就只是靜靜地棲息在亂草中，讓人幾乎辨識不出。

是的，一如以往，此刻是這一年裡第一次有這樣一雙巴爾幹蝶，在此地圍繞著彼此飛舞。而且一如往常，牠們舞蹈時展現出那種殊異，至少我還不曾在其他任何一對蝴蝶身上注意到。牠們跳著忽高忽低，縱橫交叉的舞蹈，同時每次都會有一段時間幾乎停留在同一處（直到稍後在另一處繼續這樣飛舞）。這雙蝴蝶不停穿梭旋轉，舞動時形成有如三蝶一體的形狀。你再怎麼死盯著牠們，想要區分這三位一體，想看出其實是兩隻蝴蝶繞著彼此飛舞，因為你明知道那是兩隻：沒有辦法，牠們仍然成三，難分難解。就算像我此刻這樣從凳子上站起來，與這雙飛舞的蝴蝶等高，以齊眉的高度想識破其花招，也無濟於事：就在我正前方，距離我的眼睛不到一隻手張開來的寬度，這兩隻蝴蝶互相圍繞，彼此交錯，難分難解，雖然伸手一拂也許就能暫時使牠們明顯分成兩隻，甚至一分為二，甚至使之落單，但是一轉眼，牠們再度成三在空中迴旋。

可是為什麼要把牠們分開呢？為什麼想看見牠們其實就只是兩隻？唉，時間。大把大把的時間。

我坐下來，繼續看著那雙蝴蝶。啊，看這雙蝴蝶在舞動中成三時閃閃發亮。日安，巴爾幹蝶。嘿，你們兩個。你們將會有什麼樣的未來？一路順風——而我頭一次注意到，飛舞時快如閃電不斷變換位置的這一對，與巴爾幹半島各地人行道上都很流行的隱豆戲法[2]多麼相似。是騙局嗎？還是錯覺？——還是那句老話：那又如何。祝一切順利。

該出發了！在這之前，還要如常繞著屋子走一圈作為道別，穿過庭院，偶爾也倒著走。如常？這一次的繞屋一周一點也不如常。或者說：我繞著這屋子走，一如每次我預期將會離開好一陣子時都會這樣做。但我這次的感受卻不同，一種從不曾如此強烈襲來的感受：一種離愁，雖然這也不希罕，此次卻升高為永別的愁緒。

院子裡沒有一棵樹不是我親手栽種的，至少我種下了所有的果樹。（其實種得笨手笨腳——說到這裡，「笨手笨腳的傢伙！」是我最常想到對自己的稱呼，差不多是自我有記憶以來，而且不僅僅只是表示我手工藝上的失敗。）我按照習慣，在那棵長歪了的

2　隱豆戲法是把三個杯子倒扣過來，其中一個裡面藏著一粒豆子（或別的小東西），然後快速移動杯子，再讓別人猜猜豆子在哪一個杯子底下。

核桃樹上清點寥寥幾顆核桃，懷著無法磨滅的希望，希望除了在樹葉之間找到的那四顆之外，終於還會再有一顆出現，那直到如今都躲藏著的第五顆。啥都沒有。就連第四顆也沒找到。那棵小小的梨樹至少還炫耀地展示著總共六顆原本就在樹上的梨子，也由於稀疏的樹葉提早蜷縮起來，梨子似乎在一夕之間明顯長胖，長成市面上常見的形狀。至於那棵榲桲（法語叫 *le cognassier*，塞爾維亞語叫 *dunja*），雖然去年結了最多的果實，今年卻一顆果子也沒有，葉片上鏽斑點點。沒有果實能讓水果賊去偷，就算此刻我再次站到那棵榲桲樹前，一如在一樹白花落盡之後的每個早晨，心中不僅懷著希望，也抱著決心：決心立刻找到一顆藏在樹葉深處的榲桲，哪怕只有一顆，形狀與梨相似卻又不同，黃得特別的榲桲，那最最唯一的一顆。

在所提到的這一天，這份決心——「現在我將會發現這顆果實，在看似沒有結果的樹上找到那一顆至今未曾被看見的果實！」——還又更加強烈。我繞著這棵榲桲樹一步一步走，停下來，仰起頭，細看，向前走，再向後退，如此這般，我想要找到果實的決心增強為一股強烈的意志，單憑我的雙眼在空空如也的樹上看出那顆不在那兒的果實，單憑我的目光，從樹上所有葉尖當中一個小小的縫隙裡，讓「那一顆果實」露出來，在此時此刻膨脹、變圓。剎那之間，這個魔法似乎成功了：那顆果實就掛在那裡，沉甸甸的，香味四溢。不過，接下來……至少隨著每次仰望，我把後頸鍛鍊得更加有力，之後這還會派上用場。接下來：停止計算。「計算者」：你們信奉神明的九十九個別名之一？劃掉「計算者」這個名字，索性劃掉全部九十九個名字，尤其是「垂憐者」，還有據說更普遍的「仁慈的上帝」。別再用「全能者」！或者就只給神留下一個名字：「敘述者」。也許再多留一個：「目擊者」，「證明者」。或許再留下另一個，在那九十九個名字當中排名第九十九的那一個：「忍耐者」。所以說，還是有數字？非也：一個名字，然後再一個，又再一個。庭院裡那些蘋果樹上的蘋果不也沒有數目——無法計數嗎？

走向庭院大門的途中，我倒回來，走進地下室，在那兒站立良久，面前是幾袋馬鈴薯，還有鋸子、鐮子和耙子（記憶中，彼時碎石火花四濺），已經搖晃不穩的桌上足球檯、少了床墊的兒童床、裝著文件和祖先照片的木箱，而我想不起來我為什麼來到地下室。我只知道：我先前想在這兒做某件事，辦某件事，處理某件事，拿點什麼，某件我需要的東西，還是根本就必要的東西，而且是迫切需要。這不是我第一次發現自己站在某樣東西前面，不管是在廚房裡，在走道上，在整棟房子裡，同時納悶我究竟想在這個地方找什麼或做什麼。而我一次又一次這樣空站著，怎麼想也想不起我要找的東西、必須採取的行動、該做的事。另一方面：的確有某件事想做、該做。地下室裡有我該處理的事——只不過是什麼事呢？又該怎麼做？同時，面對眼前這些東西，我想到，這和我從巴黎市郊啟程前往皮卡第、前往內陸的情況相似：在那裡有某件事情要做、要辦，有某樣東西要拿、要處理。走向庭院大門的途中我還記得那是什麼，此刻卻想不起來。同時有某件事取決於此——就算不是完全取決於此，總還是有部分取決於此。剛才還很確定的事忽然不確定了，但並不表示這事不再迫切。事情更加緊急了，尤其令人不安，一如站在地下室裡讓我不安。欣然接受不確定的事!?欣然接受不安!?

最後一眼，回頭向後望，走向已經大大敞開的庭院大門，回望這片房產，我的房產。我的？由於所有的個人財產，一陣噁心連同疲憊攫住了我。個人財產和我自身是截然不同的東西。或者這樣說吧：我自身和屬於我的物品毫不相干，和我擁有所有權的東西毫不相干。我自身既非理當歸屬於我，也非我所能信賴。儘管如此，還是得視情況而定，自身依然得去掙得、去巡視，雖然與擁有財產的概念不同。

同樣地，一直以來，我也厭惡自己投向一般所謂「作品」的每道目光，至少是所謂的「我的作品」。單是「工作室」乃至「工作坊」這類字眼就令我反感。這幾十年來，我在這屋子的每一個房間裡都工作過，包括廚房和戶外庭院。但是我避免把視線投向我工作過的痕跡或成果可能躍入眼簾的地方，哪怕是短短一瞥。儘管如此，偶爾我會不自覺地、明知故犯地被吸引到「某件作品」旁，加以端詳（短暫地！），拿在手裡掂一掂，做些諸如此類的事。雖然這還可以忍受，沒有產生後遺症，而去嗅一嗅那東西甚至能令我開心起來，即使並未打動我，並未使我感動，使我堅強。然而，一旦我埋首舊作，沉陷其中，它就失去了價值，尤其是失去了芳香，而且不只是一時。已完成的失去了香味，而我在它枯乾的漩渦裡變得虛弱，無比虛弱。因此，我習慣避開屋裡、庭院裡我工作過的地方，包括「無名湖」畔的樹林裡，「林間新空地」，「不存在小徑」旁的那些地方，或是從旁邊偷偷溜走，就像從某種惡習場所旁邊溜走。只有當我知道這些處所與地點空無一物，沒有留下我從前工作的痕跡和成果，我經過時才不再是從旁偷偷溜走。相反地，望向這些地方使我放慢腳步。雖然這也會使我感到虛弱，但我不覺得是那種傷及元氣的虛弱。它朝我襲來，像一種渴望，而在年華老去時那些截然不同而又互相矛盾的種種渴望中，那是我僅存的最後一份渴望，也是持久的渴望，並且與恐懼相繫，有時也與恐懼糾結。渴望和惶恐。

相對於「作品」和「財產」，所謂「大自然的作品」卻多麼令人放鬆。過去這二十五年，這個地區的土地到處被挖開、堆高、填土、整平。只有我沒去動我庭院的土地（至少這是我的想像），多虧了我的懶散。而看哪：就在這二、三十年裡，在歸我所有時還全然平坦的草地，多虧了水力和氣候的力量（又是「多虧」），被改造成一片截然不同的起伏地形，一個高低起伏的世界，勻稱有致，簡直就像迷你谷地、迷你山脈，形成使人心曠神怡的圖案，既像被動地延伸出去，也像主動向外綿延，直到四方的地平線（以鄰居的綠籬為界）。這片土地高低起伏有如波浪，一年比一年更加強而有力，帶著一種韻律，這韻律不僅觸目可見，也在我行走、徘徊、漫步時感染了腳掌、膝蓋直到肩膀。是啊，看哪：偉大的自然使得平地重新有了韻律，如今從這片土地散發出來，而我想像著水果賊在這片土地上越過高山、穿過谷地，正停在其中一座山頂上，在眺望遠方時用手遮擋眼睛上方的陽光，或是她剛剛在草地上躺下，順著山坡滾下去，就像我們小時候一樣。是的，那就是我的自身。而在內心深處，喀斯特高原某座村莊的影像同時閃現，靜靜地，轉瞬即逝，只是一堵屋牆，昔日當我走在那裡時遇見的那堵牆，直到此刻我才經驗到，直到此刻這幅影像才鮮活起來。這影像從那以後就在我腦中某處（在細胞裡嗎？在哪些細胞裡？）這些無聲、無人、來自昔日的瞬間影像一再如火光閃現，直到如今仍會閃現，無法解釋，難以捉摸，通常是來自久遠的昔日，與這天所發生的任何事都毫無關聯，不是記憶所能喚出，也不是刻意回憶所能喚出。它們翩翩飛起，閃閃發光，轉眼便又消失，無法以任何時間單位測量，幾個星期都不曾出現，然後在單單一天裡宛如流星雨在我腦中閃現，不具任何意義，也不帶任何暗示，但我每次都感受到它們並且表示歡迎，尤其是在它們久久不曾出現之後，或是在鬱悶的日子裡，即使它們並未熊熊燃起，僅是一明一滅，冒起輕煙，若隱若現，伴隨著一句：「畢竟尚未失去一切！」

從大門旁的信箱撿出三封信，暫不拆開，塞進口袋，留到旅途中再讀。一眼就能看出這些是配稱為「信」的郵件，地址不是事先印好的，而是真正的手跡（也不是電腦打字的仿手寫體），這幾乎成了仲夏時節的常態。八月前兩週是終於可以指望免受政府打擾的一段時間——即使不能完全肯定。不過，這顯然是書中所說的夏日書簡，倘若直到如今尚未在書中被提起，那麼此刻就在這裡提起。單是信封就和一般郵件不同，有襯裡的紙張摸起來感覺不一樣，沙沙作響，聞起來有種氣味，浮雕印刷，讓人有了些期待。

我認出信封上有兩、三個筆跡出自朋友之手，看來也和其餘月分的手跡不同，字體比較大，間隔比較寬。無論如何：這表示這個和那個朋友還在。第三封信沒有寫寄件人，只寫了「無人灣」作為我的地址，信上的筆跡我不認識，也不是我想像中專屬於夏日的筆跡。但這封信比另外兩封更重，也同樣沙沙作響，令人滿懷期待。這一封我將留到最後拆閱。同時我幾乎有點內疚，而且不是第一次，已經好幾年了，想到那個已有許多白髮、即將當上祖母的女郵差騎著腳踏車，又得從省道上轉進來，騎到小巷盡頭的這扇門前。我想這是她每日固定路線上少數還有尋常信件需要遞送的地點之一，至少是偶爾會有。

省道上（平常我用西班牙語 *Carretera*、塞爾維亞語 *Magistrale* 還有阿拉伯語 *Tariq Hamm* 稱為「老街」）不再有汽車行駛，而且彷彿將永遠如此。附近的最後一隻狗也不再吠叫，不僅是由於午後的炎熱。燕子不再啁啾，不只一天安靜，甚至超過一個月；那隻老鷹也不見蹤影，要等到明年夏天——如果牠會回來的話。另一方面——為什麼說「另一方面」？——這片寂靜並非瘖啞，此刻籠罩此地的這片寂靜，全然無聲，讓我覺得是份沉默——是份緘默。並不是無限空間的永恆沉默，巴斯卡[3]會感到戰慄的那種沉默，就只是此時此刻這個空間所散發出的沉默，一種普遍的緘默，絕非來自某種狂妄的永恆，而是來自時間的停頓，來自對時間的覺察，這份緘默平常也一分一秒地起著作用，作為一種物質，而非幻覺，作為另一種真實的時間，在這種一片緘默的時刻只是比平常更容易察覺，一種能言善道的緘默，發出光芒，並且令人戰慄，取「戰慄是人性最好的部分」[4]這句話的意義。沒錯：此刻在天地之間的這份緘默是凝聚的，它把自己凝聚再凝聚，但這種凝聚就像是捏緊拳頭，當拳頭打開便明白呈現之前的捏緊只是表象，是徐徐舒展的前兆。我仍舊站在打開的庭院大門旁，心想，這樣一種緘默在皮卡第那片幾乎沒有人煙的土地上不可能更加察覺得到，哪怕僅只一秒，而且不只是因為在這幾週裡，在皮卡第所有的田地上，日日夜夜都有收割機在隆隆作響。我的目光穿過庭院去到屋門的琺瑯製門檻，是我當年搬來時請人做的，連同上面的題字，半個句子，我想是出自《約翰福音》，用希臘字母書寫：*Ho hios menei en ta oikia, eis ton aiona.*「兒子永遠住在

3　巴斯卡（Blaise Pascal, 1623-1662），法國數學家、物理學家、神學家、哲學家，早年作品偏重於自然科學，後來轉向哲學與神學，《沉思錄》（*Pensées*）在他死後才出版，係由他遺留下來的札記集結而成，是歐洲思想史上的重要著作。「無限空間的永恆沉默使我戰慄」是他的一句名言。

4　德國文豪歌德的名句，出自《浮士德》。

家裡」[5]——留在家裡？還是回到家裡？我走到大門外，在身後關上門。接著，不同於平日，我甚至想鎖上門，甚至是鎖兩道。平常我就算出遠門，也只會關上門。可是在轉第二道鎖時，那把嚴重生鏽的鑰匙斷了，於是我憶起很久以前的那個夏日，我還半大不小，有人給了我一把鑰匙，要我去一輛汽車裡拿點東西，結果鑰匙在我手中折斷了。當我兩手空空、慚愧地回來，我母親得意地對周圍的人說：「可見我兒子的手勁多大！」而此刻面對這把折斷的鑰匙，我想到了什麼呢？「這種事不會發生在水果賊身上。」—

往上走，穿過龍柏小徑，朝公路走去。那其實不是一條公路，那條小巷也不是什麼龍柏小徑。但我決定是這樣，為了這個故事，在我偶爾類似沃爾夫拉姆．馮．埃申巴赫的自信中，還超乎這個故事之外。算得上「符合實情」的是：穿過小徑朝大路走去的路，的確是平緩的上坡。平常出門時，走上坡路對我有益，我能感覺到腳下的土地，一邊鍛鍊膝蓋。然而，在我所述說的這一天卻感覺不到爬坡的愉快，原因不僅在於鞋子，此刻我才注意到，對於前面這條可能也會很吃力（這是好事！）的長路來說，這雙鞋子太單薄了。折返回去換那雙靴子，或是那雙短筒厚底、幾十年來證明耐用的John Lobb？折返不在考慮之列，誰曉得為什麼——由於鑰匙還卡在門鎖裡？不：其實我也可以穿過庭院圍牆上那個只有我曉得的隱密洞口回去。沒有為什麼。現在這不是我決定的，而是這個故事決定的。

巷口停著一輛汽車，車上無人。「在我的巷子裡！」我頓時成了那個不願意有別人東西在自家土地上的地主，想用一塊石頭砸破這個闖入者的車窗玻璃。可是那裡只有小塊卵石，還是在地基上固定住了的。哎呀：那不是一位醫生的車嗎？看看貼在雨刷旁的圓形標誌，有著醫神蛇杖的圖案。難道這部醫護車是為了我而來的嗎？已經到了這個地步了嗎？我忍不住去看那輛車後是否加裝了擔架，配備了皮帶，以便在運送我時將我固定。

這時我才想起，這是那位護理師或治療師的車子。這些年來，每週一次，她都會來照顧住在巷子和省道交口那棟屋裡的鄰居。幹道旁沒有地方停車，於是講好讓這位女士停在「我的巷子」。那甚至讓我感到光榮。藉由此舉，我能夠以德報怨，用善行來回報那個鄰居的惡行（順帶一提，那惡行並無惡意，如同今世所常見），當他的一雙腿還能

5 語出《聖經》《約翰福音》第八章第三十六節。

穩穩站立時，甚至也許是站得太穩了。

他生病之前，我們就已經親近了些。他太太去世了，她一直以來就滿臉皺紋，是這一家人當中（這家人也有小孩，他們早早就完全失去了孩童的特質）唯一除了走出家門、發動汽車、開走、駛回、用鑰匙開門、關上百葉窗之外，偶爾還會在其他地方露面的人。這家人當中唯一會露面的人就只有她，她會在火車站的酒吧喝杯咖啡或喝杯酒，在一條小街上步行，或是獨自走在樹林裡，丈夫和子女沒有同行，在如同此時的夏季，當林中的黑莓成熟，以熟練的腳步在帶刺的灌木叢間摘採黑莓，放進彷彿藏在長袍裡的鐵罐，偷偷摸摸地，彷彿身為那個男人之妻和那幾個早熟孩子的母親，她不該去摘採莓果。也有一、兩次，她偷偷地朝我瞄過來，我在一段距離之外，在那叢灌木的更深處，也在做那件其實有損我和她尊嚴的事，她的眼角帶著一種有如共犯的眼神，剎那間甚至流露出竊喜。

這條巷子雖然只到我的屋院前面，但是過了我的屋院就是一條車道，接到一條與幹道平行的小路，於是這位鄰居把這條巷子當成延伸的車道來使用，以便在小路上能比經常塞車的省道上更加快速地前進。他沒有這個權利，巷子是我的！由我親手維護！由我鋪上碎石！整平土地！的巷子！（驚嘆號是我加的。）他擅自使用，自己並未意識到，並非蓄意。於是，這位鄰居每次都高速駛來，緊急剎車，尤其是在巷子和延伸道路之間的彎道上，使得巷子裡的卵石和碎石四濺，造成深淺不一的坑洞，這與庭院裡大自然的傑作相比，是個截然不同的高低起伏的世界。由於這些坑洞，我也每星期都成了填平土地和整平土地的人，一邊耙著地，一邊咒罵，可是下一個星期，連到上方正式道路的那一排排碎石小丘和窪地，在下雨時就以另一種韻律閃閃發光，成為一連串的碎石池塘和小湖，重新躍入我眼簾。

他太太去世之後，連續幾天都沒有汽車行駛在這條巷子裡，更別說急馳了。只有從幹道上遠遠傳來的車聲，那一向是我所喜歡的，包括偶爾的呼嘯，乃至怒號。然後，一天早上，庭院門口響起礫石被沙沙翻動的聲音，持續不斷。停歇片刻之後又繼續，做做停停，十分規律，一會兒在巷子這邊，一會兒在巷子那邊。發生了什麼事？什麼事正在進行？而我恍然明白了怎麼回事，即使沒有親眼目睹。我拉開庭院大門。門外，我的鄰居拿著耙子，正在填平汽車行駛過後在整條巷子裡留下的溝槽和坑洞。他比我有效率多了，手臂和雙腿的動作遠比我更為專業，一邊做，一邊靜靜地流淚。他看向我，仍然一邊流淚，一邊耙著礫石，把地面弄平整。當我走向他，擁抱了他，他啜泣起來，我從不曾聽過這樣的啜泣。

有一段時間，我鄰居沒用汽車來打擾這條巷子。若需經過，他會徒步，路過我的庭院會敲門打個招呼，而我也會回禮。後來我甚至看見他在無人灣行走，這是件破天荒的事，平常他出門總是開車，不管是去只有數牆之隔的超市，還是只在投石距離之外的園藝機具和家用五金商店，或是只在幾步路之外的房地產仲介公司（他每天都過去研究這一帶的房地產價格）。就連去只在一箭之遙的教堂參加他太太的喪禮彌撒，他也轟隆隆地駕車穿過這條巷子，載著他的成年子女，後座上還有幾個年紀和他相仿的人，長相都和他酷似。

後來看見他徒步行走是個奇怪的景象，彷彿他赤身裸體，少了外殼，簡直不靈活，自己也感到陌生。他走在路邊，沿著人行道，手裡拿著一條長棍麵包或是一只修好的鞋子，有一次甚至走在樹林裡，距離那片長著黑莓的林間空地不遠。

然而，過了一段時間以後，我又聽見他開車穿過這條小巷，雖然速度緩慢，像是一步一步地行駛，小心翼翼，沒有發出太多聲音。而又過了一段時間以後，他便故態復萌，坐在一輛可能更重的車裡，駕馭著一具專門為他裝設的引擎，一發動就轟然響起，窮凶惡極地從礫石和碎石上駛過，使得石塊四下飛濺，擊中道路旁邊的龍柏樹幹——直到他生病了，而且是病到使得一度幾乎認真咒他死（「該死的傢伙！」）的我轉而對他感到同情。

後來我從另一個鄰居口中得知，此人曾經抱怨過我：他覺得我屋院裡的寂靜打擾了他，甚至威脅到他，一種默默的打擾，默默的折磨。

兩個鄰居在大門前相擁，站在耙成波紋狀的碎石上——耙著碎石的是一個日本寺院園丁——已經是很久以前的事了。這個擁抱沒有在我身上留下什麼。長期留下的是別的東西，而且直到今天仍是如此，也應該（這又是我決定的）繼續如此：從看不見的地方傳來的耙子或鐵帚聲，以及在那次擁抱過後，當我回到庭院裡，在我身後關上大門之後，繼續響起的耙碎石聲。

此刻，我想起了另一陣耙子或掃帚摩擦地面的聲音，不同卻又相同。這大概不是我第一次說起這個故事，這也無所謂。這個聲響不是我親耳聽見的，只是聽說的，是家族裡流傳的一個故事。故事主角是個少年，幾乎還是個孩子，是祖父母三個兒子當中年紀最小的。他的在校成績特別優異，兩次大戰之間的那個年代裡，他在新學年開始時被送到遠地的一所寄宿學校，盼他將來能成為家族裡第一個上大學的子弟。幾個星期後，留在村中家裡的爸爸、媽媽、哥哥、姊妹在夜裡被院子裡的掃帚聲吵醒（我想像是姊妹最先醒來），那時離天亮還有很久（我小時候聽到的故事是這樣說的），原來是那個從寄宿學校裡逃走的兒子兼弟弟在掃地，他因為想家，夜裡沿著大概沒有什麼車子的公路（尤其是在那個時辰），徒步走了四十公里，回到村中，然後在漆黑的夜裡，打掃起農舍的庭院，以表示他屬於這裡，而不屬於其他任何地方——無須被強迫「深造」。後來那也就成了他的命運，連同俄國凍原上一個小兵的墳墓。

如今我重述這個已經說過的故事，與我鄰居在我土地上耙地、整地、鏟著碎石的故事相結合，因為不斷傳入耳中的耙地聲使我恍然明白，留在記憶中的事物，不僅是值得流傳，而且簡直是吵著要被轉述的事件，是如何超越了民族、國家和大陸的界線；這種通常小之又小的事件在世界各地——在眾王之地？不，在無王之地——各不相同，本質上卻又相同。

我還明白了另一件事：這些至少在我眼中遍及全世界的所謂小事件，除了少數例外，都不是我的親身經歷，而是從幼年起就聽人述說，簡直可以說是在搖籃裡就聽人吟唱，就像那個打掃院子的弟弟的故事。又如那個一直跟著我、也一直在我眼前閃現的弱智女僕的故事，她被農夫弄大了肚子，生下一個孩子。這孩子在農夫家長大，並不知道那個傻女是他母親。一天，孩子被矮樹籬纏住，女僕飛奔而來，幫助他脫身，後來這孩子向他視為母親的農婦詢問：「媽媽，為什麼那個傻女人的手這麼柔軟？」——這個只是耳聞、並非親身經歷的故事，我在很久以前就也已經轉述過，沒有添油加醋，彷彿自然而然，在歐洲的邊界之外，這個故事化身為一首藍調民謠，姑且說是在喬治亞的內陸吧，或是在葉尼塞河的另一邊。

另一方面，那些我親眼見到而又吵著要被轉述的事件仍是少數例外，而我親身經歷的事可能為數更少。而現在從水果賊這個故事能夠得知什麼呢？這個故事不是吵著要被轉述嗎？這樣的故事一次都還不曾被述說吧？而且它不是個今日的故事嗎？如果曾經有過今日的故事？究竟是不是呢？且讓我們拭目以待。

我慢吞吞地走，等我走到龍柏小徑的出口，護理師已經把車開走了。病奄奄的鄰居在接受了治療（或別種照護）之後，至少有了力氣或精神送她出門，這時站在門口最上面一級的臺階上，兩隻手緊緊抓著護欄。他裝了一隻玻璃眼，天生的另一隻眼睛則深陷眼窩裡，也顯得像是玻璃，褪了顏色，彷彿為了配合那隻假眼，而不是反過來。他還能看得見真是令人驚訝，但他顯然把那條公路和正要轉彎走上公路的我看在那一隻眼裡。他從門檻上居高臨下向我打招呼，儘管如此，那聲問候卻彷彿自下方傳來，來自一個地洞，一個墓穴。是他的聲音給了我這種錯覺。在他生病之前，那曾是一種發號施令的聲音，就算他只是在說話，根本不是在下令，再說，他可能也從來沒有發號施令的機會，至少是在他的職業生涯裡。他的聲音每次響起（響起？）都像機器一樣生硬，從不曾有過細微的變化。自從他身體衰弱，他卻有了另一種聲音，甚至是好幾種不同的聲音，每次他更衰弱一些，可能就又多了一種。而當他在我啟程那一天跟我打招呼，我覺得這種聲音彷彿之前只在夢裡聽過，尤其是那種當它在做夢者心中響起，會使人夢醒的聲音。而此刻，在大白天裡，這聲音也讓我產生了一種覺醒，一種驚醒。誠然：那是個垂死的聲音，虛弱、無力，無力到無以復加；然而：這樣的聲音充滿了生命，它鑽進耳中，卻不像從前他還健康時那樣刺耳；或者說，它刺痛之處如此不同。

而那聲招呼還不是全部。在我問了他身體可好之後，生病的鄰居又說了一句，而且用的主詞是「我們」，彷彿他所說的話也適用於我：「我們總還能再活些日子吧，不是嗎?!」當他說話時，夏日裡那條寂靜的省道一直倒映在那隻彷彿睜得大大的眼睛裡。

我眼前浮現出雙重影像；一個與此有關，疊上了與此無關的另一個謎樣影像。其一是我憶起許多年前，我們曾經在人行道上排排站，不僅只有我們兩個，而是許多人，甚至是沿路的所有居民，因為那年的「環法自行車大賽」在抵達香榭大道上的終點之前，會先經過這條路，那是我們第一次在那裡集合，也是至今唯一的一次。而那莫名其妙也來參一腳的第二個影像呢？那是昔日村莊裡的另一個鄰居，是當地出名的地痞和惡棍，他在馬路中央拾起一隻刺蝟，從左右兩邊抓住硬刺底下的柔軟部位，動作輕柔，與我們這些村童眼中那個令人憎惡的壞蛋一點也不相稱，然後在幾步遠的地方同樣小心翼翼地把那隻小動物放在牧草地上。

那條幹道也是通往火車站的道路，一年到頭車流都很多，這時卻空蕩蕩的，於是我沒有走在狹窄的人行道上，而走在馬路中央，向前移動。這個仲夏日，這條公路果真呈現出我在白天裡只偶爾想像的面貌，平時的道路，頂多只有在午夜後和拂曉之前會這樣延伸開來。這條長長的公路在我背後微微上坡，通往似乎連綿無盡、林木蓊鬱的山丘，山腳下還有一間百年歷史、如今早已廢棄的林務所，野草叢生，但仍舊算是國有建築。公路中央的分隔帶往兩端延伸，直到意想不到的遠方，也通往就在附近的無人灣火車站。漫步在這個分隔帶上，我感覺到那看似平坦的柏油路面映著藍天的反光，在腳底下彷彿僵硬地拱起，我在上面保持著平衡，一步一步地往前走，以分隔島作為基準線。同時我盡量用力地踩下，簡直像在跺腳，就像在山上踩踏而成的小徑上，使得柏油路面發出響聲，平時這也只有在深夜裡才會發生。果不其然：空蕩蕩的公路由於我的腳步而發出響聲，而從無人灣的樹林裡傳出了（是我的想像嗎？）一陣回聲。

「非法！」走路時我想到。更根本一點就是：「非法之徒！」

不過，我並非第一次把自己視為非法之徒。意識到自己的非法，這份意識固然來自我的所作所為，但這僅是其中一部分原因。身為某個「不合法」的人，一個不被准許的人，這決定了我的整個人生。為什麼？沒有為什麼。只有這一點：在像此刻這樣的日子裡，在即將嘗試去實現一個暗地中（沒有向任何人透露一點口風！）計畫已久的企圖時，身為非法之徒並且將要去做非法之事的意識就更加強烈。我是否誇大其詞？也許在我看來非法的事，其實只不過是不成體統，只不過是我個人不該去做的事？嗯，這也沒錯——對於像我這樣的人來說無論如何都是不成體統、不被允許。但是我沒有誇大其詞：對我來說，不得體的事與被禁止的事恰好重疊，在我身上成了同一件事。當我終於要出發，並且下定決心要大幹一場，意外地又困擾著我的就是這一點，而非也起了作用的那份想像，認為我的行動幾乎不會有什麼用處。

一如每一次，我的非法活動將把我排除在人群之外，如果說到目前為止，我看見自己被人類世界重新接納，只不過是在另一個世界中，不同於原本熟悉的世界。此刻，在空蕩蕩的郊區公路上，準備出發前往內陸，我擔心自己將會徹底被放逐。同時，這也提高了我對這趟非法之旅的興致。想到大多數守法之人的所作所為，合法之至，從早到晚，從清晨到午夜，年復一年，一個世紀接著一個世紀，直到如今這個飛快消逝的時代，我突然心有所感，不是我那種愚蠢、幼稚、罪過的趾高氣昂，而是在某個古老世紀被稱為意氣昂揚的情緒（而且誰曉得在未來某個世紀是否會再度被如此稱呼）。

這份意氣昂揚如同一股推力。雖然我走路有點跛，而且不僅是因為被蜜蜂螫了的腳腫了起來，我的步行變成了昂首闊步。現在這是史詩般的步伐，這意味著將旁人納入的步伐。我不是獨自走在天空下，而是有了同行。與何人同行？與何物同行？總之是同行。

我是如此自由，我理直氣壯。而水果賊在我眼中不也就是這樣的人物嗎？

忽然有許多巴士駛來，一輛接一輛。我退回人行道上，目送著那列車隊。所有巴士都是空車，駛往附近的凡爾賽。觀光客在昔日那座王宮前面的廣場上，等著遊覽車去接；最近有許多觀光客來自中國。這樣目送著——這些年來，這成了我心愛的活動，不管是目送什麼——我想像著不要往北前往皮卡第那座（至少乍看之下）不宜客居、似乎沒有歷史（不，是沒有記號）的韋克桑高原，應該改往西走個兩、三公里去到凡爾賽，找間旅館住下，靠近聖路易廣場和大教堂前的廣場，有間名叫「希望」和「天意」的酒館。至少此刻吸引我去昔日那座王城的是這兩個名字。常常，而且在過去幾年裡一次比一次更強烈，當我走在那個地方，在對我如此必要的遊蕩和漫步時，尤其是在那些倘若出現在別處就會令人反感、構成嚴謹幾何圖形的道路上，當所有人幾乎都走向那座宮殿（我至今不曾進去過），再加上感覺到自己走在一個已然沉沒、灰飛煙滅之地，走在某種「往昔」之中，這使我覺得自己一時之間（並且超出此刻之外）年輕起來，雙腿有了力氣，眼睛有了光芒，太陽穴旁嗡嗡作響——心啊，你夫復何求？但我再也不想要有國王或王國——至少不想要外在的形式；重返君主政體對我來說完全無法想像，不管是哪一種。每次我在那片偌大的廣場上，在那座相對小巧的宮殿前，看見那座高高騎在馬上的雕像，那位所謂的「太陽王」，連同配劍和狼牙棒一般銳利的馬刺，這位路易十四（並不是我在數）用這馬刺去踹馬，躍向一場又一場可怕的戰爭，就這樣一路躍向太陽，這時我的念頭是：再也不要有國王！再也不要見到一位國王！可是，撇開這一點不談：啊，恢復青春。啊，年輕的世界。

夠了，現在不再談回春，不再談變得年輕。唯一年輕的，就只有這個故事的主角，這個水果賊，氣血正盛，這是因為（也是雖然）以她的年紀來說，她早已在非常年輕時就流過很多血。我看見她在我面前，當我在行走時伸手穿過一道柵欄，從路旁的一棵果樹上摘下一粒蘋果，並未停下腳步。在蘋果種類最多的法國，這是罕見的一種早熟蘋果，顏色純白，從七月就開始成熟，如同它的名字所言。我看見水果賊在我面前？對，但是沒見到她的臉孔，不見形影，就只是一個動作：看見她伸手穿過柵欄之前在半空中張開手指，與我剛才不同。我也沒有看見她的手指，只看見它們在空中舞動，伸展，張開，彎曲，舒張，交纏——如果那是一種影像，就是文字構成的圖像，就像樂譜符號。她不會一邊走一邊摘下那顆蘋果，而是會停下來摘，這一點也和我相反。伸手穿過柵欄的動作，不會是偷偷摸摸的，不會帶有一絲偷竊、一絲手腳不乾淨的意味。和我不同，她不會馬上把蘋果藏起來。和我不同，水果賊在行動完成之後不會加快腳步走開。而是？讓我們拭目以待。總之，我改走在馬路的另一側。

在靠近火車站的地方，商店多了起來。我看進那些商店，雖然也可能只是作作樣子，因為簡直沒什麼東西可看。八月頭兩週裡，商家和作坊幾乎全都放下了鐵捲門，至於櫥窗未加遮蔽的商店則是根本被棄置，沒必要在前面加裝保護的柵欄。這些從上到下宛如黏著飛沙、濺上公路塵泥、赤裸裸的大片玻璃全都完好無缺，沒有受到絲毫損傷，在我眼中是意義特殊的「櫥窗」。每當要離開此地一段日子，我習慣在前往火車站途中特意在一面櫥窗前駐足，往裡面望一眼。這原是亞美尼亞裔鞋匠兼鎖匠的作坊，他行蹤不明超過十年了（去了哪裡呢？）作坊裡亂七八糟，鞋撐轉盤（還是另有名稱？）扳手連同鞋底零件、金屬打磨機（？）等等東西不僅沒人動過，而且仍維持著隨時可以運作的狀態。隔著沾滿塵沙的玻璃，與其說是看見，不如說是隱約意識到：一張桌子上擺著打磨機，桌腳堆著從鑰匙齒上（或別的東西）剝落和銼掉的鐵片和銅片，堆得有如小山，由細小的金屬顆粒和碎屑堆成圓圓的丘陵，即使沒有陽光照進來，也仍在被棄置的作坊裡繼續閃爍。再走幾步路，轉角那間酒吧的鐵捲門已經徹底放下來一年多了，那位年邁的柏柏爾裔老闆，憑真主的意願，返回了卡比利亞的故鄉。儘管如此，我還是習慣在那裡駐足，為了什麼呢？——用拳頭敲在鋼板百葉窗上，一短，一長，聆聽從空蕩蕩（也可能並不完全空空蕩蕩）的酒館內傳出的回聲。回聲？至少我想像出一種回聲，尚待斟滿的酒杯叮叮咚咚，擺著一、兩瓶半滿葡萄酒的冰箱哐啷哐啷，這款沒有商標的葡萄酒只在這間柏柏爾酒館裡販售，順帶一提——這酒的味道很恐怖；回聲，由於牆上那個荒廢了也足足一年的貓洞而變得更大聲，說也奇怪，那個洞開在肩膀的高度，因此那個鰥夫老闆養的許多隻貓每次都得魚躍而上。

再走幾步路，在通往站前廣場的門檻上，無人灣的那個傻子進入了畫面之中。（此地另外還有一、兩個傻子，也可能還有更多。）我好一陣子沒有遇見他了，一度以為他也失蹤了，不管是以何種方式。他一如以往快速兜著圈子，只是這一次他沒有唱歌，也沒有蹲下來撿拾車站外堆積的垃圾，他認為清除垃圾是他的責任，如果沒有別人來做。他沒有認出我，或是不想認出我。我看著他的背影。他老了，自從上一次我在那間柏柏爾酒吧裡請他喝了一杯咖啡，而他大聲嚷嚷——他一開口就是叫喊，即使唱歌時也是用喊的——說我總是這麼親切（絕對沒有這回事）。老了，但是穿著一件時髦的風衣，一條幾乎全新的黑色皮褲，平常只有老年的強尼・哈利代[6]敢這麼穿，而且大概也只有當他在舞臺上擺出搖滾明星架勢的時候。這個老傻子橫越廣場，白白的掌心往後翻，像鼴鼠一樣在空氣中挖掘，碩大的腦袋垂向前面，黑色皮褲半滑落下來，露出半截同樣白皙的臀部。

通往廣場的門檻？的確有這麼個東西，聳立在鐵路地下道末端那棵大山毛櫸有許多分枝的根部。一條條樹根隆起，圍繞著樹幹，高高低低，盤根錯節，形成迷你的山脈地貌，像是山地景色的模型。從前，在超過十五年前，水果賊的母親越過了這道門檻，從一條樹根輕盈地躍向另一條樹根，就像從起跑線上起跑，啟程前往西班牙的格雷多山脈，尋找她失蹤的孩子。此刻，那個孩子反過來尋找失蹤已久的母親，走遍了法國北部瓦茲省以北的高原。不過，水果賊此行也還有別的事要做。平常我就像其他行人一樣，會繞過這些又長又寬、冒出柏油路面的樹根，而在這個八月天，我也把這些樹根當成起跑線來使用，直接爬過去，想像著，此刻往左，此刻往右，爬得愈來愈高，從山頂到山頂，抬起膝蓋，叉開兩腿而行，最後再沿著山谷往下。越過廣場朝火車站走去時，有幾個瞬間，我感覺到那股韻律從腳底下那些樹根傳到我全身。雖然很久以來我就覺得許願沒有什麼意義，從而戒掉了許願的習慣，但此時我但願這股韻律能在我身上常駐。

一男一女從我身旁走過。雖然這兩人一前一後地走著，隔著一段距離，我仍把他們看成一對，而他們也的確是一對。同時他們並非朝著我迎面走來，而是往反方向走，不只是與我的方向相反——不，是與所有正在發生的事情相反。剛剛他們倆還是人群的一部分，還是周圍那陣熙熙攘攘的一部分、還是這地方的一部分，大致無憂無慮，參與了交談與回答、供應與需求、出招與拆招的遊戲。而此刻，忽然之間，遊戲就結束了。剛才他們在夏日晴朗無雲的藍天下還並排走著，肩並著肩，就算沒有手牽手。而此刻，他們偷偷走向鐵路地下道，男子落後女子幾步，兩人偌大的眼睛圓睜著，眨都沒眨一下。藍天映照在這兩雙一前一後的眼睛裡，而這兩雙眼睛不僅形狀幾乎一模一樣，也呈現出相同的天藍，只是這兩面鏡子模糊不清，惶然無措，由於不幸，也由於絕望——無法挽

6 強尼・哈利代（Johnny Hallyday, 1943-2017），法國歌手及演員，一般認為是他把搖滾樂帶進了法國歌壇，歌唱生涯超過半世紀，是法國的搖滾巨星。

回的徹底絕望。儘管他們還根本不老，他們拖著腳步行走，女子在前，男子在後，不管是對她還是對他，將再也沒有一個地方可以落腳，遑論歸去。沒有一間旅社或收容所會把他們當成伴侶收容：那是被禁止的——違反住戶管理條例或是收容所的規定——也根本違反常規。雖然他們仍會並肩躺下，在誰也不曉得的地方，但是再也不會彼此依偎著在一張床上共眠，哪怕是張破破爛爛的床——想要一張床的夢想破滅了，給我和他、給她和我的床。這個世界何曾見過如此失落的一對？然而這兩人仍是一對，也許是絕無僅有的一對，就算不是尋常情侶，不是尋常「漂亮」、「上相」的一對。看著那女子拖著腳步走過去，她顯然很清楚那男子也在她身後拖著腳步走過來，無須回頭看，不可能會有幸福的結局。去幫助這兩個人!?不可能：他們根本不會察覺有人伸出援手，也可能誤以為那是額外的威脅。在他們眼中我並不存在。對於注定淪落的這一對來說，這世上再也無人存在。無助，無措。像水果賊那樣的人對他們來說存在嗎？她的模樣和舉動會使這列沉默的悲傷隊伍轉移注意嗎？可是，水果賊一般而言不是完全不引人注目嗎？讓人視而不見？可是倘若正是這種不引人注目，使得這對男女重新睜大了眼睛？

首先：走路時只看著地面。市集日過後，水管裡流出的水在略微傾斜的廣場上流動。攤位已經拆掉，置放鐵桿的凹處也有積水。午後的炙熱中，涼意從那裡升起，一陣微風，帶著魚腥味。鴿子快步走動的痕跡，縱橫交叉，從遠處的潮溼地面往乾燥的地方移動。不過，那一天，更吸引我注意的是市集兼站前廣場地面上的許多鐵板。它們一年比一年更多了，在無人灣一如在世界各地，下水道上方的鐵板，還有地下電纜、有線電視、電話線、天然氣管線、光纖網路上方的鐵板，遭遇恐怖攻擊時會自動從地下彈出的封街柵欄，天曉得還有些什麼。此刻格外引起我注意的，是那些根據商標可知是在皮卡第（靠近我將前往的地區）製造的鋼板和鐵板，而這些占了大多數。這幾十年來，我在歐洲許多國家，尤其是在各國首都，都見過這些寫上去或刻上去的商標，寫著製造商的名字 Norinco——這是什麼意思？——最常在下水道的蓋子上看見，而隨著時間過去，我在陌生的城市裡幾乎渴望看見腳下的這幾個字母，不管是印在這些鐵板上，還是凸起於鐵板上。每次我看見了這個字，就會暫時有了如同回家的感覺，或者就只是單純感到開心。

彷彿 Norinco 這個商標，連同 Méru（梅呂）這個地名——對這個地區我偶爾會有愛國情懷油然而生——壟斷了國內所有下水道人孔蓋的製造，從母國到海外的省分，從加勒比海到太平洋的巴布亞，再往上到北方，在境外飛地聖皮埃島和密克隆島。這種景象也會令人感到倦怠。

此外，這些厚重的蓋子在幾年之後（如今往往在幾週之內），幾乎都會從嵌在焦油和瀝青裡的托架上鬆脫。嗯，我覺得似乎愈來愈常在安裝之時就根本沒有裝牢。結果是行人一踩上去就叮咚哐啷地響，緊接著在下一個產自皮卡第的鋼板上又再來一次，如此這般，沿著人行道、馬路和廣場，叮叮咚咚哐啷哐啷的聲音到處響起，再加上同時踩上去的其他行人，尤其是從上面駛過的汽車，更別提卡車，構成了一陣無休無止、雜亂無章、由下往上爆發的鑄鐵怒號。

不過，在出發那一天，這情形主要是發生在我內心。我認得所有鬆掉的蓋子，因此在穿越無人灣廣場時避開了它們，這意味著像在滑雪障礙賽中一樣迂迴前進。此外，路上也沒有別人，既沒有行人，也沒有汽車。後來，外面的世界還是砰地響了一聲，來自地底深處的一聲霹靂，轟然一聲，不只迴蕩在八月裡靜悄悄的廣場上，還一直傳到了地平線上塞納河高地的山林裡。看守火車站入口的三名警察，頓時朝著我的方向轉過身來，他們手持衝鋒槍，動作畫一，宛如一人（其中有一名女警）。因為是我引發了這聲巨響，由於我踩上了一個 Norinco 人孔蓋，而那個蓋子前一天還是緊緊焊住的，與水泥無縫接合。

由於市集日結束了，只有幾部汽車停在廣場盡頭，而且看似停在那裡很久了。這些車輛也與我將要前往的地區有點關係。那是一排出租車，全是便宜的小型車款，只有最必要的配備。車牌上都有瓦茲省的代號，我的目的地。代號是什麼？請上網查看。總之：我曾聽說，法國的出租汽車大多都是在瓦茲省登記的，讓這個缺少工商投資、也早就沒有堪稱富裕之農民的省分至少能得到一些稅收作為補償。姑且不論是否屬實，總之這些擦得晶亮如新的汽車（不管是真新還是假新）都有同樣的瓦茲省車牌代號，而且可以出租。只不過：它們在無人灣這裡做什麼呢？這樣一支小小的車隊是怎麼來到這裡的？它們在廣場邊緣等待著什麼人或什麼事？它們誘人地停在那裡，像是在一條起跑線上，而陽光照進車裡，靜靜地放大了車子的內部。

而且，看哪！對，往這邊看！廣場周圍那三家麵包店，只有一家在八月分還營業，櫥窗貼著一張告示，說明烘焙所用的麵粉來自沙爾斯小鎮的磨坊。小鎮就位於我目的地的正中央，有一部分屬於法蘭西島大區，靠北邊的一部分屬於諾曼第，靠東邊的一部分則又屬於皮卡第。在君主時代，韋克桑是一大片小麥田和黑麥田，有上百座磨坊，被稱為「巴黎的穀倉」。如今在所有磨坊當中，只剩下沙爾斯鎮這一座還在運轉，位在維奧納河畔；這一座磨坊可就占了半個鎮。我立刻買了一條用該地所產的麵粉烘烤的麵包，還請對方把那張像是專門為我準備的磨坊海報捲起來給我，打算貼在鄉下那個房間裡。

搭火車前再歇個腳。噢，對了，我竟然忘了：那家「旅人飯店」，連同店內的酒吧已經關門很久了。夏季時坐在那裡，在法國梧桐的美麗綠蔭之下，看著小巧玲瓏的火車站裡進進出出的旅客，自己則被樹葉遮蔽，幾乎沒人看得見，曾經多麼令人心曠神怡。如今只有幾個無家可歸的人，住在那些大多以紙箱作為窗戶的房間裡，這是些擱淺在無人灣的人，全都老邁，每一天、每個鐘頭都需要照顧，而且沒有親人——至少沒有人聲稱是他們的親人——以國家之名被驅逐到這個幾近廢墟的地方，任由他們自生自滅。

就這樣，今天他們也蹲坐在從前那間酒吧門口的臺階上，在美麗依舊的梧桐綠蔭裡，全員到齊，或者應該說：四個，而不像上星期還有五個。昨天有一人去世。而他們當中稍微比較不需要照顧的一、兩個，就直起身子，轉過頭來，去照顧或假裝照顧起另外兩、三個垂著頭癱坐在那兒的人。死掉的那個還躺在上面的陋室裡，蒼蠅已經逐漸嗅到了他的氣味，他的安葬費用將由政府支付，前旅人飯店的住客通常都是這個下場，他的葬禮將只會有門口臺階上剩下的這幾個人出席。還從不曾有親屬，不管是兄弟姊妹、前妻還是子女——假如有的話——來到無人灣的墓園裡。

這些與一般難民截然不同的難民緊挨著彼此紮營，幾乎清一色是當地人，甚至是在無人灣出生的，幾乎不曾離開此地，也許除了入伍當兵的時候。看不出那些五花八門的枴杖是屬於誰的。而不需要用到枴杖的又是哪一個？還是枴杖對他已經沒有用處？一個……這個新字眼我說不出口，不能用在他們這種人身上。而他們不僅是兩眼無神，而是彷彿——沒有眼睛。可是當我跟他們打招呼，那幾張臉上卻煥發出光彩，無一例外，而我不是第一次察覺：正是在最陰沉的面孔上，正是在那些日復一日都懶得看任何人（不只是我）一眼的人的臉上，會由於在適當時機的一聲問候，出人意料地閃過一絲友好，和商場上常見的那種友好毫無相似之處。（不過，這種友好在適當的時機也是好的！）

他們招呼我過去，於是我過去與他們坐在一起。我身旁一邊坐著一個光頭，前額到後腦勺有一道被開山刀砍傷的疤痕，很深的一道；坐在我另一邊的那個人替我挪出位置，戴著從昨天死去那人嘴裡取出的假牙，「沒有馬上拿，是今天上午才拿的」。他隨即把假牙秀給我看，一上一下擱在他那早已光禿禿的牙肉上，一直前前後後來回滑動，尤其是在他說話時，沒有固定住，而且也永遠固定不了。他們輪流抽一根菸，四個人都從同一個酒瓶裡喝酒，輪到我的時候，我也把酒瓶舉到嘴邊，喝了一口比超市裡最廉價的葡萄酒更差的酒，然後又喝了一口。從那時到現在已經有一段日子了，而那股味道仍然在我嘴裡，比較重的倒不是酒氣，而是菸味，是他們無意間吹進酒瓶裡的，與酒味摻在一起——聽起來像是那兩口酒對你來說還不夠似的，所以你急於想要再來一口——都是過往的事了。

而以不同的方式縈繞在我腦中的是：當他們此刻與我親近，從這些沒有土地的張三李四的臉上，從那完全不像面具的友好後面，有某種東西朝我迎面撲來，某種完全去除了真實性的東西，這要歸咎於電影、電視、攝影，尤其是特寫鏡頭，並且放大成巨幅海報和提香畫作的尺寸。這個「東西」叫做「飢餓」。此刻回想，我看出那份飢餓只從其中一張臉上朝我迎面撲來。可是那份飢餓變得多麼真實，由於在第三世界乃至第六世界裡一再被拍攝而被放逐至不屬於這個世界的世界。那是此時此地的飢餓！不在第三世界，是在這個第一世界裡。巴黎街頭的人行道上，數以千計的人在面前的厚紙板上用或真或假的手寫字體寫著：「我餓！」那些人我無法再相信他們。但此刻這無言的飢餓卻是一種現實。飢餓，作為狀態，作為痛苦，作為急難？是的，而且除此之外，這另一個人臉上所散發出的一切向我伸過來，是某種超越了被動狀態的東西。那是一種特別的「飢餓」，同時有一種絕對的、無邊無際的挨餓在顫動。這個人感到飢餓，巨大的飢餓，渴望著食物，而且不是從這天早上才開始餓的，他也不僅是對食物感到飢渴。（我無法用法語向他表達這句話，法語中沒有這樣的動詞[7]……）他對什麼感到飢渴呢？答案又是：沒有「對什麼」。他感到飢渴，飢渴，飢渴。這種情況能夠補救嗎？就眼前這一刻來說，能。眼前這一刻，它存在嗎？存在。

之後，走進廣場旁唯一在夏季裡還開著的酒館，好用另一杯酒來沖掉嘴裡那股菸味？——沒錯：我進了酒館，去喝一杯，「真的只有一杯」。我在露天座位坐下，此處被稱為「三車站」（依附近的三座火車站而得名），在美麗程度略遜一籌的樹蔭下，加

7　Hungern 這個動詞在德文裡的原義是挨餓，引申義則是渴望，對某種東西感到飢渴。

入其他那些固守此地的仲夏客人。每個人都獨占一張桌子。那個馬其頓人說起他去奧赫里德的返鄉之行。那個葡萄牙木匠認為靈魂在肉體死亡後還會以某種方式繼續存在。那個羅馬尼亞泥瓦匠卻不這麼認為。那個波蘭女子在養老院值了夜班而感到疲倦。來自馬丁尼克島的市場雜工在返鄉之前還想和我們這些人熱鬧一下。那個蘇格蘭人支持凱爾特貧窮的天主教徒，不支持「格拉斯哥遊騎兵足球隊」那些富有的新教徒。住在大學宿舍的俄國女孩在讀舍斯托夫[8]，讀的是法文版，為了學習法文。阿爾及利亞裔老闆在表演金雞獨立，同時向我講解阿拉伯文裡「耐心」這個字的發音：*sabr*。年紀最大的老主顧是店裡唯一的法國人，他正埋首閱讀一本小冊子，當身為奧地利人的我問他裡面寫些什麼，他說：「寫的是索姆河戰役[9]，在整整一百年前，有一百萬人死亡。」他回答時，把手指按在那篇文章上，免得待會兒接不上，之後他把那一段拿給我看，是用英文寫的，開頭兩個字是 And then…。

與我一起坐在三車站酒館露臺的這些老面孔，似乎誰也不想知道我的事。雖然我加入他們時，他們向我打了招呼，也問起我的身體健康，但我省去了回答，反正也無人聆聽。就連我那個本身就很稀罕的旅行袋——平常我出現在他們面前時都只帶著一點點行李，不然就是什麼都沒帶——也並未引起他們注意。而且那還是個軍用背包，是我舅舅的遺物，當年他被草草埋葬在俄國凍原上，背包上的鐵十字標誌被五顏六色的雜亂刺繡取代，被蛀蟲咬破的洞也補好了。我走到座位坐下之前，我用腳把這個撐得鼓鼓的背包往前踢，動作慢得誇張，彷彿我希望露臺上的其他客人會來詢問我要去哪裡，問我為什麼帶這麼重的行李。但是不管我要去何方，鄰桌這些酒友一點也不關心，一如他們並不關心我的身體健康。儘管如此，我知道他們和我同在，而我也和他們同在，就算也許只是每次坐在一起的那段短短時間。看著這些陌生人（順帶一提，我也並不特別想知道他們從哪裡來，要往何處去，更不想知道他們此刻的心情），與這群人聚在一起時，一個字眼會在我腦中浮現。從前在我自己的國家裡，尤其是我在那裡度過的青年時代，這個字眼所描述的是種令我厭惡、避之唯恐不及的東西，這個字眼就是「我們這種人」。可是在這間酒館裡，「我們這種人」，反而意味著一種自由而鬆散的凝聚。從來不表示自

8 舍斯托夫（Leo Schestow, 1866-1938），猶太裔俄國存在主義哲學家，十月革命後移居法國，曾在索邦大學任教。

9 索姆河戰役是一次大戰英國與德國之間的一場重大戰役，發生於一九一六年七月，結束於該年十一月，地點在法國北部的索姆河上游，雙方死傷人數超過一百萬。

己的看法，就算偶爾反駁或打斷對方，「我們這種人」想法一致。就算他們根本不想知道彼此的事，這些人對彼此來說卻是可以觸及的。我知道（或者就只是自以為知道，這也無所謂），假如我想，而且時機恰當，我將能夠觸及他們全體。被那個不獨只有我在乎、而是根本上最重要的東西觸及，他們將會敞開內心，而且也不獨只有他們。

就算不是在全世界，這幾個可觸及之人在無人灣是少數例外。這幾十年來，我恍然明白，這些通常被稱為「人類」的兩條腿動物的大多數（在各種意義上都是壓倒性的多數），不管是黃種、白種、黑種或其他人種，都屬於無法觸及之人。一個無法以百分比來表示的多數，是任何人或任何事物都無法觸及的，尤其無法被我或是像我這樣的人觸及。沒有什麼令他們驚奇，沒有什麼令他們豎耳傾聽，沒有從任何東西上發出的光或反光照在他們身上。曾經有所謂「有耳」或「有眼」的說法：這些無法觸及之人對於世上任何東西——任何曾經被稱為「大地之母」的東西，不管是面對大自然還是人類世界——都視若無睹，聽若罔聞。說得廣泛一點，或是「全球化」一點：我的那些「無法觸及之人」是不起任何共鳴的一種人。就算傳說中已成絕響的人間天籟再度出現，並且從天上和地底向他們響起，也不會有任何東西在他們身上共鳴，哪怕只是像在茅廁裡那樣低沉的回聲都不會有。

我從一件事情上恍然明白了當代人的這種無法觸及，亦即他們活動的地點及其周遭環境對他們而言不具有任何意義，而且這不是他們自己的過失——他們的無法觸及，同樣不是他們的過失。例如，從三車站酒館的露臺往無人灣廣場看去，連同火車站和周圍的商店、銀行、辦事處：除了麵包店老闆之外，所有在那裡工作的人，幾乎都不住在無人灣，他們住在別處——很遠的別處。而我一次也不曾看見這些誰曉得住在哪裡的銀行職員、駕駛教練、火車站窗口人員、人壽保險業務員、寵物獸醫、藥劑師、執法人員在「他們的角色」之外（「他在扮演他的角色，不可能做出別種舉止。」）也不曾在其他地方見過他們。這些只是為了做生意或是上班而來到這裡的人，我從未見過他們在此地或附近閒逛，不管是午休時間還是下班之後，更別說對什麼東西好好看上一眼（這裡也的確沒有什麼名勝古蹟），或是在這一帶找點樂子（那該多好）。頂多，那些火車站櫃檯人員會走到火車站門口抽根菸，這些十分年輕的男女來自塞納河高地後面的遠方。至於那些警察，不僅是那些特警隊，也包括太平時期在廣場四周巡邏的警察，若是有人向他們問路，並非在地人的他們就只能聳聳肩膀，也不看著問路的人，在他們身為無法觸及之人的角色裡，對於問路人視而不見。那個羅馬尼亞泥瓦匠（還是那個葡萄牙木匠）常開玩笑說，警察就跟女人一樣——當你需要他們的時候，他們不在；當你不需要他們的時候，他們就朝你撲過來。

各位也許注意到，我在「無法觸及之人」前面加上了「我的」：「我的那些無法觸及之人」。意思是他們在我心中有點分量？我把他們視為我的同胞？甚至是那些無法觸及之人，偏偏是他們？沒錯，正是這樣。在我眼中，他們全都與我有關，這幾十億無法觸及的兩條腿動物，直到天邊海角，他們當中的每一個都與我有關。我知道，或者說自認為知道：沒有什麼人、什麼東西能夠觸及他們，「真」與「美」的東西不能，無法觸及他們當中任何一個。但是我想要觸及他們，而且不是從今天才開始，或者這樣說吧：我一直渴望著能使他們變成可觸及之人，變成會傾聽的人、坦誠相待的人、會回答的人（哪怕是無言的回答），不管是兩條腿的、一條腿的、沒有腿的、乃至於四肢著地在地上爬行的人。

同時我也知道，一旦掀去了甜蜜幻覺的薄紗，我的這份渴望（不只是願望）乃是赤裸裸的荒謬。我曾經歷過：動物通常願意傾聽，尤其當我對牠們發出的聲音和節奏是牠們所能感知的，而牠們的豎耳聆聽就已經可以是種回答。相反地，你們這些「我的無法觸及之人」，你們這些萬物之靈卻一輩子也做不到。是的，我曾經歷過：不僅是這隻烏或那隻烏——尤其是這隻烏鴉或那隻烏鴉——曾經在我面前豎起耳朵，偶爾也會有一條蛇、一隻蟾蜍、一隻黃蜂這麼做。即使在那之後，作為回答，那條蛇只是稍微比平常慢一點爬走，那隻蟾蜍只是在跳走之前似乎稍作停留，那隻黃蜂則是把在我眼前的迂迴飛行改成環狀飛行，讓我看見牠身上那特殊的黃色，聽見那不帶一絲威脅的振翅聲，彷彿要遮蓋螫人胡蜂的嗡嗡聲，藉此表明黃蜂不同於你們胡蜂，是懂得保持距離的生物，而且懂得害羞，這一點和你們大相逕庭。

很久以前，我曾想像著創造出一種能使人敞開胸懷的東西，就算此人被綑綁、塞住嘴巴、關在漆黑的櫥櫃裡，只要我創造出的東西傳進他耳中，他就會敞開胸懷。如今呢？如今我想像，你們這一群無法觸及之人，打從出生就無法被任何人、任何東西觸及，而且在長長的一生裡都是這樣（而且這一生愈來愈長，在不久的將來也許就會永生不死），你們將只會在這樣一個沒有一絲光線的櫥櫃裡、被綑綁著、被塞住嘴巴、孤伶伶的，才會變得可以觸及，才會成為我的可以觸及之人。只有在那種地方，才能使你們豎耳聆聽；只有在那種地方，才能從你們身上得到回答——哪怕只是一陣啜泣，而非你們那種出奇清晰、異常嘹亮、彷彿出自擴音器、讓人無處可逃的響亮聲音。在那個地方，你們不再只是扮演著既定的角色，你們這些無法觸及之人。——這是個傲慢的念頭。盛氣凌人！——不，是意氣昂揚的念頭，一次又一次。

我將要搭乘火車穿越巴黎，前往聖拉札爾車站，再換車往西北前進，前往皮卡第。出發前，我去的最後一個地方是無人灣火車站旁那座兒童遊戲場，緊鄰著軌道，中間隔著高高的柵欄。這些年來，這地方漸漸與我親近，不只是由於那些孩童。再說，目前正是度假季節，場上空空蕩蕩，在那個時辰起初我以為場上無人。我在蹺蹺板前面樹蔭下的長椅坐下，吃起那顆順手摘下的早熟蘋果。果肉多汁、硬中帶軟，味道就像從前一樣。午後這段時間，行駛的火車很少，尤其是在夏季這兩個月裡，那急促的聲響是樹梢的風聲。蹺蹺板的兩頭微微上下搖動，不知道是由於風吹，還是剛剛還有小孩玩過。蹺蹺板立在刺眼的陽光裡，它在地面上的兩道影子似乎搖動得比它本身更快。我的腳邊，早晨在我家庭院上空盤旋的那隻老鷹冷不防地從沙子裡飛起來，但那只是一隻小蝴蝶，翅膀上有著如同老鷹羽毛的斑紋。這時我才看見，在蹺蹺板後面，在綠蔭更深處，被矮樹叢的枝葉半遮著，有個女子坐在另外一張長椅上，是個年輕女子。我覺得她有點面熟，而她對我報以微笑，彷彿她也認得我。我苦苦思索，終於恍然大悟：這名女子是站前廣場深處那間超市的收銀員，此時坐在與她平時所坐之處完全不同的地方。

她穿著上班時的紅色罩衫，但是脫掉了收銀員所穿的鞋子或拖鞋，也脫掉了與鞋子相配的所謂「工作襪」，披在隨手擺放的鞋子上。這個深膚色女子的髮型一如平日，卻又不太一樣。這位收銀員整個人都不太一樣了。這只是她午休時間將盡的時刻，然而在光影掠動中坐在那兒的是一個不同的人，一個脫胎換骨的人，一個生物，就像有一次我曾聽見有人在一個孩子面前脫口喊道：「這不是一個小孩，這是個生物！」看見這個女孩，我感到不小的驚訝，並且體驗到我一向有經驗、也有所認知、卻一再忘記的事：蛻變是隨時可能發生的。

這種蛻變和扭曲相反，是往更高、更開闊境界的一種翻轉，從已被限定的一切盪向無法被限定的一邊。這種蛻變無法應聲發生，但也在我的權限之中。我受到召喚來做此事；蛻變是一誡，是第十一誡到第十三誡當中的一條。這一誡比其他任何戒律都更使人自由（這會自相矛盾嗎？）可是，在合理的世間王國，每一個戒律的意義不就在於創造自由嗎？

看見超市收銀小姐的蛻變，這似乎也反過來改變了我，我回憶起不少次類似的蛻變，首先，是站前廣場上規模最大的那家銀行的行長。我曾在無人灣的樹林裡遇見過他，那還是不久前的事，在林間一塊隱密的小小空地邊緣，幾乎被植物遮蔽。平常他在主管辦公室總是衣冠楚楚，迪奧或是另外哪個牌子的香水味一路飄到門口，指甲似乎每個小時都重新修剪過，用髮膠梳出有波浪的髮型；這時他坐在草叢裡，滿身大汗，頭髮凌亂，從一個鐵鍋裡舀湯喝，是那種可以加蓋封緊的保溫鍋，從前工人的妻子會讓丈夫帶去上工的那一種（或許在別的國家裡如今還有人這麼做？）這個銀行家靜靜地倚著一個樹墩而坐，偶爾把空湯匙舉在脣邊，一邊向四周張望，彷彿看進了一個祕密的地方，但是這個地方並沒有什麼不妥之處，更非禁地，而是正由於其隱密，在此時此刻對他來說是世上最好的地方。看見了我，他站起來，面帶微笑，遠遠地伸出手，準備和我握手，就像在辦公室裡一樣，就像那樣卻又截然不同，聲音裡帶著驚訝，那份驚訝並不是裝出來的，一字一字地吐出了我也想說的那句話：「居然有這種事——看哪：在樹林裡遇見您！」

我不由得瞥向收銀小姐坐的那張長椅，看她腳邊是否也有一個食器。不過，從樹蔭中閃現的只有她一直上下晃動的光腳丫，在深色的雙腿襯托下顯得顏色較淺。這個年輕女子沒有在滑手機，也沒有在手機上打字。不同於地鐵上常見的年輕小姐，尤其是在傍晚時分，她沒有在化妝，面前既沒有小鏡子，也沒有別的東西。她沒有往後仰頭，也沒有閉上眼睛，沒有疲倦的神情，也沒有戒備的神色。她沒有把手提包打開或闔上。她沒有拋媚眼，沒有眨眼，也沒有揚起眉毛。她沒有伸手撫摸自己的嘴脣，沒有把罩衫邊緣拉到膝蓋下方，也沒有拉到膝蓋上方。她既沒有擺出一副難以接近的樣子，也沒有擺出一副容易接近的樣子。她只是坐在那裡，搖著腳，靜靜地想著自己的事和自己之外的事。雖然她既沒有看著我，也沒有故意不看著我，事情很明白，我們遲早會成為知交，共享著此刻和繼續發生的祕密。

她從長椅上站起來，準備回到超市的收銀臺。離開遊戲場時，她向我揮了揮手，我也回了禮。她向前直走時晃動著一雙瘦長的手臂，那模樣引人注目，彷彿她在劃著弧線。我目送她的最後一眼，看見她在拉扯腰間的皮帶，一次又一次，上上下下，來來回回，動作很輕，幾乎察覺不出，像是只用了指尖的力量。一點也不像她想要藉此引人注意，讓別人看見她，而是正好相反，就像魔術師試圖隱身。我在水果賊身上也看出了這種帶著魔力的動作。

到目前為止，我在啟程途中停留的每一處都至少會倒著走幾步，在巷子裡，在公路上，尤其是在離開軌道旁的兒童遊戲場時，可是一旦走上月臺，我就只往前走。而我在搭乘火車穿越巴黎前去轉車時逆向而坐，與此也並不衝突。每次搭乘大眾運輸時，只要可能，我就會逆向而坐，不管是巴士還是火車，把這視為一種義務；我認為這樣坐能夠看見更多窗外的東西，或是以不同的方式去看。你們若是問我，搭飛機時是否也會想要坐在與飛行方向相反的靠窗座位上：是的。

火車駛動時，我才注意到這個幾乎無人的郊區月臺上布滿了不知從何處吹來的枯葉。而就在前一天，月臺和軌道區還被夏季的風吹得乾乾淨淨；沿著鋪上焦油的月臺行走時，踩上遠遠更長的沙土地，是種特別的享受——剛才耳中還淨是乘客鞋子發出的咯登咯登和喀答喀答，這聲音舉世皆然，忽然之間，一步一步地，就只剩下一種直到遠處月臺盡頭都規律而平和、繼續下去的嘎吱嘎吱，就連那鞋跟最尖、鞋底最硬的女鞋發出的聲音也一樣，那種特別折磨耳朵的鞋子。彷彿我們並非要搭短程火車前往巴黎，或是搭乘更短程的火車前往凡爾賽，而是正要去一座沙漠火車站搭車，而從那裡出發後呢？

誰曉得要前往何方。

而一天之後，我將搭車前往內陸的啟程時刻，我從剛開動的火車裡向外看，想像著那一雙雙腳踩在被風吹到沙土上、堆到腳踝邊的落葉上，所發出的不是令人滿懷希望的嘎吱嘎吱，只是噪音而已。火車站的麻雀在沙土裡捲起的沙浴洞，直到月臺末端又增加了好幾倍，昨天還有無數雙麻雀翅膀在這些洞裡不斷旋轉，在月臺此處彼處升起的塵霧中，在一陣激動的嘰嘰喳喳裡，今天只有夏季落葉從那些洞裡探出頭來，堵塞了那些沙浴坑，僵住了，頂多在風中隨著葉柄一起搖動。

忽然之間，我覺得再也沒有什麼是理所當然的，不管是我這趟行程還是我的計畫。而這也很好！再說，難道以前理所當然過嗎？從來沒有。一次也沒有。火車在出發之後不久就穿過了一條長長的隧道，就如此接近巴黎的路段而言長得出奇，這不也恰到好處嗎？

當我從駛動的火車裡向後望，我還注意到一點別的，無人灣上空與平常有點不同，而且不是從今天才開始，我也注意到天空裡少了些什麼，而且也已經少了很長一段時間。首先，那些一向為數眾多、從四面八方飛越藍天、到處閃著信號燈的飛機帶著一份不尋常的祥和，連同特別短的冷凝尾跡，彷彿這是夏日風景的一部分，或許也因為它們飛得這麼高，使我在看見時想到了「飛艇」這個舊日詞彙。如果考量到目前的時局，當一方和另一方都宣示了「戰爭」，這份祥和就格外令人驚訝。直到我想到，也不是從昨天才開始，從毗鄰市郊的那座大型軍用機場既沒有聽見什麼，也沒有看見什麼，沒有直昇機在屋頂上方發出噠噠噠、轟隆隆的聲音，也沒有戰鬥機小隊彷彿直接從林間樹梢衝出來。除了飛行在高空平流層裡的民航機以外，此地的空域（「我們的空域」，我不由得這麼想）是空的。所有的軍機都到哪裡去了？那些轟炸機、飛彈發射機？顯然：它們都駐紮在更靠近巴黎的地方，直接分組駐守在這座受到威脅的城市邊緣，圍繞著這座大都會，與其他軍用機場的戰機在一起，一架接一架。只不過是在哪裡呢？在外環大道上？藏在市區快速道路的綠色邊坡底下？準備好突然垂直升空？還是有別種說法？當火車仍在隧道中往「花谷」駛去，我的戰略詞彙或者說是胡謅的軍事術語就已經用盡，在我尚未真正開始使用之前。

在阿爾瑪橋站下車，來到巴黎市中心，我步行過橋到阿爾瑪．瑪索地鐵站，打算轉乘到聖拉札爾火車站。塞納河水在河道狹窄處和彎道上十分湍急，彷彿河水壅塞，一道有如野溪般的激流，也許只在城中此處如此滔滔奔流。這河水一向會引起我的注意，而在那一天更是如此，即便時間比平常短，但卻更加強烈。

地鐵裡人群摩肩擦踵。一如有時候我會經歷的感受，而且次數並不少，我覺得地鐵裡的每一張臉孔都很美，從前額到眼睛再到嘴巴的線條很典雅，至少在巴黎是如此；而那些鼻子也讓我感覺「美」。不過這一次，不同於偶爾的情況，我的目光無須穿越車廂看向較遠處的同車乘客：這裡，就在我旁邊，那一張張臉孔在地鐵的燈光下全都很美，而我也喜歡聞到那些身體，如果它們有氣味的話，不管是哪種氣味。

聖拉札爾車站前面的熙來攘往中，一個老人坐在他的塑膠凳上，每次我從這裡搭火車前往鄉間，他都坐在那張凳子上，在我看來，他的確有點像拉撒路，就算不是聖拉撒路。不僅是他那一頭還夾雜著幾綹金髮的亂髮，他整個人都像是剛被灰燼淋了一身，彷彿他從腳底到赤裸的足踝都陷在一層灰燼裡。而他一個勁地微笑，並非對某個特定的人，也不是暗自竊笑。五年前，我第一次搭火車前往皮卡第，前往韋克桑高原時，他就像這樣坐在人行道中央，數以千計的人從他身旁繞過，那時他脖子上也掛著同樣的牌子，上面寫的不是「我肚子餓！」（猜錯了！）而是「我80歲了，請幫幫我！」差別只在於「80」現在成了「85」，一如前幾年裡逐年從81改到84，「我85歲了，請幫幫我！」我往前走之後又再回頭，碰到乞丐時我通常都是這樣，頭一次給了他一點錢，不見得是想當拉撒路的善人，而是幾乎認真地，不，是十分認真地想要換取謝禮，例如換取一個對我而發的微笑，換取一份給旅行者的祝福。這個祝福沒有出現。

火車站裡，乞丐的人數變成好幾倍。而且他們不一樣，不是沉默不語、被動地乞討，而是主動乞討——扯著嗓門索討。我在自動售票機輸入資料（還是有別種說法）時，一再有人從後面向我乞討，害我一再按錯，直到我忍不住喝斥其中一人，拜託他先讓我把票買好，結果這個剛剛還像個機器人一樣出聲乞討的人活生生被我嚇了一跳，足足倒退了好幾步，他低聲道歉，反倒又讓我過意不去，於是我給了他一點錢，儘管錯過了一班火車。（不過，下一班車很快就會來了。）

我該把他在我面前倒退了幾步當成我所需要的旅途祝福一起帶走嗎？我還在思考時，下一個乞丐又來向我乞討，接著又來了另一個。我沒給他們——剛才我明明已經「給過了」，而且還給了「兩次」。於是在我身後從左邊和右邊響起破口大罵：「丟你媽的臉！咒你手指長痲瘋！咒你被夾在列車和月臺之間！咒你的孩子不得好死！咒你睡在流沙上！咒你把一顆爛牙當成護身符！咒你拿一顆爛蘋果當晚餐！咒你的最後一段路是用狗屎鋪的！咒你的殘骸落進猛獸籠的排水洞！」

在回聲中我想到：這不正是我尚未得到的旅途祝福嗎？我決定：是的。而我也的確感覺到自己被推擁著向前，像是被推到傍晚時分愈發稠密的人潮前方，同時穩穩站在兩條腿上，走在眾多旅客之間時緊盯車站地面，在熙來攘往之中看來是塊空地，那裡有位置！專門為我留出的路。值得一提的是，所有那些走向列車的人都迅速而冷靜，把這當成例行公事，就連那些趕時間、用跑的人也一樣冷靜，而這股人潮屢屢突然動起來，展開一場不折不扣的奔跑，有點像是逃難，幾近驚慌失措，不過每一次都沒有持續很久，不久過後，幾乎沒跑幾步，就又平靜下來。

怎麼說？在人潮中盯著那塊空著的地面時，人群或群體就不存在。也許從來就不曾存在？每次當我抬起頭來，從眼睛的高度看出去，這一點就又得到了證實：我能看見和聽見的只有個別的人。或者這樣說吧：我聽見、看見了每一個個體。從一片嘈雜中聽出單單一聲嘆息，而且是怎樣的一聲嘆息呀。另一名旅客穿越長長延伸的車站大廳（法文稱之為 *salle des pas perdus*，意思是「流失腳步之廳」），隨著人群急忙去趕火車，我從他眼中讀出了一份痛苦，一份特別的痛苦，也特別強烈，使得他想放慢腳步，甚至就地停下，但是那不可能。一份痛苦？痛苦中的痛苦。而這份痛苦將會留下，再也無法減輕，什麼也減輕不了。

聖拉札爾車站的軌道區分為短程和長程，前者駛往市郊，後者駛往諾曼第，而且主要是駛往海邊，駛往大西洋沿岸的勒哈弗爾、多維爾、費康、迪耶普。而我打算前往的地方，短程和長程火車都不會駛往。那是一條支線，終點在內陸中央，遠離巴黎，距離海洋也差不多一樣遙遠。我是否寧可加入搭車前往海邊的人群呢？早已無此念。搭上我要坐的火車時，我憶起了昨夜的一個夢。夢裡，要搭這列火車需要一張登車證，就像平常搭飛機時所需要的登機證，我卻忘了帶，至少不在我身上。要再弄到一張已經來不及了，這列火車此時此刻就要開動，而這將是前往我要去的方向的末班車，不僅是這一天而言，實際上還是最後一班。

而這的確是（這一天裡）開往皮卡第韋克桑高原的最後一班火車。平常駛往該地的火車就不多——有幾班呢？我曾經記得的——在仲夏時節幾乎寥寥無幾——是幾班呢？——你不是已經決定了不再計算嗎？——而這末班車此刻駛離巴黎，雖然已經是傍晚了，幾乎還像是白天，夏令時間，這意味著：天光遲遲不暗，而人們，或者說我，在某個時辰之後卻需要薄暮。這列火車一旦駛離這座超級大城的邊緣，從阿讓特伊開始，將會在那許多車站——多少站？沒有答案——的每一站停靠，其中大多只是小站。直到我要下車的那一站都還沒天黑，甚至未近黃昏，但是光線將終於有所不同，而且不僅是由於時間向前推移。

火車超載，開始移動，一再被一波波穿過大廳跑過來的乘客攔下，他們在巴黎或哪裡下班或辦完事情之後，一心想趕上回家或去哪裡的火車。大家擠成一團，可能比先前在地鐵上還要擁擠，我們或坐或站，站者居多，雙層車廂對這股人潮而言顯得十分狹窄，我們當中許多人，包括我在內，蹲坐在車廂裡的階梯上，車門旁的折疊座位也都坐滿了人，有時兩個人擠在一個位子上。尖銳的汽笛聲響起數分鐘之後，火車總算又開始移動，先前車身只是一再短暫搖晃，彷彿要載送這許多乘客非它所能承受。汽笛聲沉默下來之後的寂靜裡，沒有人說話，也沒有一具手機響起，整節車廂裡，從前到後，只聽見那些趕上車的旅客多聲部而又一致的喘息，有些人是在最後一刻跳上車的，有些跳不上來的人則是被我們這些車上的人拉上來的，突出於這番喘息合奏之上的，是此處彼處個別的急促呼吸，還有來自肺部深處的嘞哧嘞哧，宛如發自一個即將脹破的風箱。

一如夏季裡常見的情況，我們這列火車上，沒有平常在每節車廂裡無所不在的免費報紙。因此我在火車站時買了《巴黎人報》的瓦茲省地方版，主要是為了地方報導和氣象報告。這時我坐在階梯上研讀這份報紙，一頁一頁摺起來看，沒有位置讓我把報紙攤開來，即便是小版面的《巴黎人報》。一如平常，氣象報導為了天邊出現了一小朵雲而唉聲嘆氣，一個雨天、一場夏雨、乃至連綿陰雨將會危及——不，不是農業，而是都市人的假期，而幾乎每一陣風都令人擔心，都是不受歡迎的逆風，包括夏季的風。旁邊那一欄是我的星座運勢：「在最後一分鐘出現的自然力量，可能會妨礙您的計畫。」而水果賊的星座運勢呢？「您變得不可或缺。不要濫用您的力量。」地方新聞裡有一個在鄉村公路旁玩耍的小女孩，被一個獨居的農民誘拐，後來在他偏僻的農莊裡安然無恙地被尋回。在法庭上，這個誘拐者說他讓這個小女孩坐進他車裡時，他心裡想著：「這個小孩不會傷害我！」（判決：十年徒刑。）另一條來自瓦茲省的新聞講的是一名警察，他利用閒暇時間，蒐集世界各地的削鉛筆器，他家地下室裡的收藏如今已有上萬件；他從小就開始蒐集，由於他是個靦腆的小孩。而一如我不經心常做的，我又忍不住往前翻到國內新聞和國際新聞，我還讀到，殺死盧昂（位於諾曼第）附近那座教堂年邁神父的凶手[10]，在割斷神父的咽喉之後有著「難以描述的溫柔眼神」。一個死刑犯（除了在德州還會在哪裡）在處決前一刻證明了自己的無辜，而我又一次流淚而哽咽。同一頁還報導了那個連續殺人犯，他只對年輕的處女下手，為了在勒死她們時，在她們的處女眼睛裡看見恐懼：他也得經歷同樣這種漫長的死亡，與一個處女劊子手四目相接，她把他勒死。而在前一頁上，看哪：幾乎乾涸的鹹海又重新注滿了水！

阿讓特伊、科爾梅那、埃爾布萊：愈來愈多人下車，幾乎沒有人上車；大多數乘客住在市郊，這列火車是駛往市郊的嗎？仍是短程交通。再來是孔夫朗，從地名就能看出這個小鎮是兩條河匯流之處，瓦茲河和塞納河：這裡還算市郊嗎？看起來像，不過——是哪個城市的市郊呢？巴黎嗎？幾乎感覺不出。再往北，才是蓬圖瓦茲，瓦茲河畔的橋城，高高座落在河流上方石灰岩峭壁上的古老王城，聖路易在大教堂裡繼續發揮影響力

10 這是發生在二〇一六年七月廿六日的一樁恐怖攻擊事件，兩名男子闖入盧昂一座天主教教堂挾持人質，一名神父慘遭割喉。

（要這樣說也可以），聖路易王，頭戴毛線帽而非王冠的國王，所有國王當中最純真的一位。那裡不再有一絲市郊的痕跡。

車廂裡雖然沒有淨空，但空出了許多座位，可以離開狹窄的梯階，自己獨坐，與變少的其他乘客保持距離。我們坐著？我們閱讀？我們看出車窗外？我們嘆氣？這種「我們」並不存在。今天不再有「我們」。No milk today, my love has gone away?[11] 為什麼我卻還是無法把目光從其他人身上移開？尤其無法從那些女子身上移開，特別是那些年輕女子？

車廂裡漸漸明亮起來，這些車廂敞開相通，最前面第一節車廂與火車頭相連，我就坐在那裡，背對著行車方向。最後一節車廂的玻璃門後，鐵軌愈拉愈長；變得明亮是由於過了蓬圖瓦茲之後，所經過的地區人煙愈來愈稀少，過了奧尼和布瓦西萊勒里耶之後更為明顯，零零星星還種植著作物，但愈來愈多的地方就像一片荒野——這個路段往河流上游走，穿過維奧納河谷；變得明亮的另一個原因是每停一站，車廂裡就又空了一些，這些空下來的地方讓我想到地圖上的空白部位（只有老地圖才有？）；變得明亮也是由於那些年輕女子的服裝，更明亮的是她們裸露的肌膚，她們零零散散地坐著，在一、兩節車廂裡也有獨坐的年輕女子；彷彿此刻車上從前面到最後那扇門之間，除了一個介於年長和年老之間的男子（也就是我）之外，就只有她們這幾個乘客。

我的目光穿過這列短短火車的幾節車廂，從一個女子身上移向另一個女子，這是一道搜尋的目光。我有股衝動，要在她們身上發掘。發掘什麼呢？就只是發掘。但我怎麼也發掘不出，不管是在哪一個年輕女子身上。沒有什麼可發掘的，至少對我來說沒有。戴面紗的平常可能使我得體（或不得體）地心生反感。我覺得，我感到，我知道，一個美麗或不怎麼美麗的女子沒被面紗遮蔽的臉，是這世上最能使我心情昂揚的東西。是的，心情昂揚！而且無須向我提起天堂，按照那句俗諺，說沒有什麼比麝香的芬芳、女子的美麗、祈禱時眼中的潔淨更能預示出天堂。在我這一生裡，一個女子沒戴面紗的臉一次也不曾在我身上喚起過欲望，更不曾挑起所謂的色慾。這樣一張靜靜袒露自己的臉不時會把我喚醒，但那每一次都是個神聖的時刻，而她的面容喚醒了我，讓我找回自己。拿掉所有遮住妳們、蒙住妳們的東西吧，看在老天的分上。

11　一九六〇年代的一首流行歌曲，由英國搖滾樂團「赫爾曼的隱士」（Herman's Hermits）所演唱。

看著火車上這些年輕女子，我卻想要她們的臉隱形，至少是這一張或那一張臉，能夠隱形在面紗裡，厚厚的深色面紗。視面紗而定，在戴著面紗的臉上，可能會有某種東西隱約可見，幸運的話，能夠超越清晰看見，是另一種清晰。至於那些赤裸袒露出臉龐的女子，而且不只是臉龐，在我看來無一例外都戴著面具（「例外，微小的例外，請現身！」），儘管我是如此執迷於發現某種可以辨識的東西，在吐露什麼的東西，短暫易逝的東西，哪怕十分微小。我還年輕時，曾有一天看見一個沒戴面具的人走在一列化裝遊行隊伍當中，我心想：「只有不戴面具的人昂首闊步！」然後心想：「我再也不想看見面具！」

而此刻：不管看向何處，我所見都是戴著面具的臉、戴著面具的身體。沒有一隻眼睛能讓人看出什麼。沒有一個髮際擁有生命，就算火車行駛時揚起的風偶爾撩起了一綹頭髮。沒有一顆雀斑在打量之下也許會變成兩顆。沒有一根鎖骨能讓人有所想像。沒有什麼從哪個半裸的胸脯、裸露的肚臍、搽了指甲油的指甲散發出來、吹拂過來、蔓延過來。蔓延到我身上？蔓延到空間裡，介入正在發生的事。這種事不是偶爾會發生嗎？尤其是在陌生人面前，超越了性別，在一瞬之間，語言有如畫面，畫面有如語言，另一個人的故事成了單單一個語言畫面，即使這個語言畫面並不符合所經驗的事實，卻代表著廣義的人生？這些女子戴著面具的臉孔、戴了假面的身體沒有表達什麼，也沒有什麼東西轉變成為畫面，哪怕是殘缺的畫面。以致不讓人有任何想像或幻想，關於在那些面具底下的現在、過去和將來。

我感覺到自己氣憤起來，想要責罵這些女人，因為她們一點也不是她們在我眼中應有的樣子。雖然我沒有吭聲，但想必露出了凶惡的眼神。坐得離我最近的那個年輕女子忽然別過頭去，像是要躲開我，儘管我們之間隔著兩排座位。而我又差點開口衝著她喊出我心中所想：「別以為我對妳有什麼企圖。在妳們的假面之前，沒有哪個男人，沒有人還會再有什麼夢想。就算有：可嘆哪，那些落入妳們魔掌的可憐男人，妳們這些虛假的王族。在妳們的征途上，妳們這些假面女郎會毀了他們。妳們走錯了路——那根本就不是一條路。但妳好歹注意到我了。」

離開她和她的女戰友，離開全是女性的這一層車廂。下層車廂是空的。再看一眼——不，再看了好幾眼之後，我才看出那裡還是坐了人。還是說那只是一堆衣服？被遺忘的？故意留下的？被扔掉的？在那裡半坐半躺的是一個活著的生物，是一個人類，並非在一個普通座位上，而是在臨時的折疊座位上，那人彷彿跌落在那上面。那一團東西一會兒舒展開來，又再縮成一團，以一種規律的節奏週而復始。那人張開四肢躺在狹窄的折疊座位上，打著最安詳的小盹。一綹頭髮垂在眼睛上，在一次特別用力呼氣時飄向一邊，露出了睡著的整張臉。

驚嚇：水果賊意外地出現在我眼前。驚嚇的原因有二，一來，我的水果賊活生生地就在這裡；二來，這無論如何不可能是她。我知道此刻她就在離這兒不遠的地方，在同一個地區，同一個國家，但是她不可能是睡在這裡的這個女子，我也不可能在此刻、在同一列火車上遇見她。

很難相信，但是相信吧：這是個甜蜜的驚嚇。看見這個睡著的年輕女子，我向後退了幾步，不是想要避開她，而是出於喜悅，那是個驚喜。而我樂於這樣向後退，好好打量她，打量著她和她的四周，把視線一圈一圈放大。

描述臉孔，不管是哪種臉孔，一向與我背道而馳——我不喜歡讓那些應然的想像取代了自然出現的想像。因此，在這裡就只說這麼多：突出於這個年輕女子太陽穴上的血管所呈現的弧形，就跟水果賊太陽穴上的血管一樣，而且也許只在此刻熟睡之際顯現，而她也一樣（剛才已經說過）顯得「血氣正盛」——一旦她睜開眼睛，這一點或許也會改變（好一番蛻變！）但青春的印象並不會消失。

引人注意，或者說以不同方式引人注意的是：年輕女子所躺的臨時座椅被她、她的整具身體（從垂下的頭到伸得長長的雙腳）變成了她個人專屬的座位。她不像是緊貼在座位上，而是座位緊貼著她，座位周圍的空間也成了她的專屬空間，車廂地板像是被改造來放置她笨重的行李，那行李很結實，顏色很深，在我看來是屬於冬季的顏色，一如她的衣著，彷彿她是在獨自前往雪峰探險途中，而且偏偏是在頂多只有平緩丘陵而沒有山峰的皮卡第，那是她要前往的地方。引人注意之處還有，她在熟睡中張開的雙腿就只是某個人子在熟睡中張開的雙腿，沒有別的意涵。

我端詳的時候，那份甜蜜的驚嚇變成了訝異。因為這時我才注意到，這年輕女子睡臥之處就位在通往上層車廂的樓梯下方。訝異的原因在於一個回憶在我腦中浮現：水果賊的母親曾去離家很遠的地方尋找失蹤的女兒，去了西班牙的格雷多山脈，最後真相大白，原來這孩子——那時候她幾乎還是個小孩——在那段時間裡都在附近，甚至是在同一塊地產上，喬裝成男孩，住在從前的門房小屋裡。這件事在當時又使我想起了另一個古老的故事，或者應該說是傳說：聖亞歷西斯的傳說，他在外地流浪多年之後，身為乞丐回到父母家，家人沒有認出他來，於是他成了棲身在樓梯下方陋室裡的無名氏，直到垂死之際才承認自己是這家人的兒子。

那個女孩不也叫這個名字嗎？還是在她被尋回的那一刻，在「母女團圓」之際，如同保羅・賽門歌頌過的 *mother-and-child reunion*[12]，被她母親喚為「亞歷西雅」——不管她真正的名字是什麼。「亞歷西雅！」啊，這麼多地圖攤在睡在火車上這名女子四周，而且如此詳盡，平常只有軍事地圖才會畫得如此詳盡。我在端詳之際做起白日夢：「全都是為了尋找母親⋯⋯」接著又想：「可是她怎麼會需要用到地質圖呢？包括皮卡第所有的岩層和卵石層，一層一層地繪製出來，直到一千萬年前、五千萬年前、一億年前的地底？」

看見這個睡著的女子和她的附屬品，漸漸令我難以承受。我撤到另一節車廂，距離最遠、位在火車末端的那一節。之後，我只從眼角看見這個年輕女子在沙爾斯下車，在該地的磨坊附近，雖然已經是韋克桑高原，但是仍屬於法蘭西島大區，在毗鄰皮卡第大區的地界上。我避免目送她離去。暫時我已經看夠了。

沙爾斯是進入皮卡第之前，在法蘭西島大區的最後一站，常見的查票員等在火車站的出口，彷彿有人叫他們來——是誰叫來的？不是我。過了沙爾斯之後就適用另一種票價，在那之前的車票不再有效，誰要是持原有的車票繼續搭乘，哪怕只是搭一小段，根據車廂裡布告上的警告（或者應該說是恐嚇）便已經犯下「詐欺」，必須受到嚴厲處罰，甚至會被威脅去坐牢。

那幾個下車的人，包括水果賊的分身在內，在沙爾斯就已經被查過票了。我在他們查票時移開了目光，彷彿我體內有某種東西拒絕成為目擊者，例如目擊某個根本沒買票的人受到這些身穿制服者的羞辱；單是看見那六個人（以數字表示：6）擋住了出口，六個人同時戴上了所謂的公務帽，就足以使我立刻把目光從他們身上移開，移得遠遠的，移到別的地方，而我注意到火車上有一、兩位年輕女士也轉頭看向別處，這在我們之間製造出小小的共同點。我後悔自己先前對她們的想法。心中懷著悔意，我在內心歸向那些女子，所有的女子。

12　美國歌手保羅．賽門所寫的歌，於一九七二年發行，曾風行一時。

當火車繼續行駛，那個六人一組的查票員就也上了車，先是擠在車廂入口站著，就只是先讓大家看見他們。有一段時間他們沒做別的事，除了扯著嗓門七嘴八舌地說話，世上任何一列火車上嗓門最大的乘客都不會這麼大聲，他們一再發出響亮的笑聲，女查票員——兩性的人數分配得很公平——笑聲尤其尖銳，而且全都很造作，彷彿就只是用笑聲來煽動彼此。

然後，彷彿接到了一個信號，他們不再作聲，成群結隊地穿過車廂，但是每個人同時都有旁邊一男或後面一女掩護；世事難料啊——因為就是在這個路段，五年前有一個查票員被摑了耳光，十年前則有查票員被人伸腿絆了一跤。不同於先前他們私底下的大聲喧嘩和陣陣笑聲，當他們此刻請求查看乘客的車票和證件，這些查票員的聲音轉而變得彬彬有禮。他們花了很長時間翻來覆去地檢視證件的真偽，歸還證件時也同樣優雅，把證件捏在指尖，彷彿那是貴重物品，他們逐一向我們這些接受檢查的人道謝，還祝我們旅途愉快、有個愉快的夜晚和一夜好眠，在聲音裡（那幾個男查票員）流露出純粹的兄弟之情，用眼睛（那幾個女查票員）從高高的上方，尋找著我們這些坐在他們腳邊的人的眼睛，但絕對不是睥睨。一向獨自作業的乘務員絕對不會以這種完美的形式和我們這些人相遇，至少在我們此刻搭乘的這種火車上不會。話說回來：法國曾經有過「乘務員」嗎？還是說從一開始，法國的官方語言中就只有「查票員」？

最後一件大事：我們這些還在這節車廂裡、還在這列火車上的乘客全都持有有效車票。沒有人被揭發為詐欺犯，沒有人在下一站被請下車，我們到了拉維勒特爾特，進入皮卡第大區後的第一站。我們是自由的人，我們是平等的。六名查票員準備離去時就只差沒有異口同聲地向我們道別，同時向我們恭賀並且表示讚揚。

有個聲音從我們這幾排稀稀疏疏的乘客裡揚起。是其中一個年輕女子，而且是先前讓我以為是敵人的那一個，就算不是死敵。此刻我忽然已經不記得原因何在——是由於她的短髮嗎？由於她肌肉賁張的後頸？由於一直張開的太大的鼻孔？由於過度結實、鄙夷地嘲笑我的膝蓋窩？由於她一看到我就立刻移開目光，同時抬起女巫下巴，表示：「你想幹麼？滾開！消失！」？

那是個微弱的聲音，或者說是喃喃自語。查票員雖然停下腳步，但是他們沒聽見她。或者說：他們沒聽懂。我卻聽懂了。車廂後面那個年輕女子說的是：「先前你們罷工了好幾個月，說那是『社會運動』，接著全都不見人影。你們的社會運動癱瘓了全國好幾個月，讓我們其他人受罪。你們一結束罷工——誰也不知道為什麼，也不知道你們當初究竟為什麼開始罷工——首先就又來檢查我，來檢查我們，你們這些查票員，而這就是你們唯一的功能。你們在昨天和明天的報紙上說，發起社會運動的一個原因是：你們不想再早上四點起床，不想再受乘客侮辱。報上這樣寫，也還會繼續這樣寫。而我們這些乘客幾點起床呢？我們要賠上什麼呢？往往是一切！而你們這些幹部需要賠上什麼呢？什麼都不必。啊，我們應該要再多給你們一些侮辱，而且不只是我們這幾個掃興的人，而是所有的人——對你們咆哮，把你們吼成矮不隆咚的小人，你們就是些矮人——直到你們離開，再也不要見到你們。來一個鐵腕統治的獨裁者吧，取代你們這些虛情假意、惺惺作態的傢伙。你們曾經以人權之名殺死了國王，如今則以社會運動之名毀掉這個國家。」等到那六名查票員中途下了車，像鬼魂一樣立刻消失無蹤，這個年輕女子還又說了：「響亮的混蛋，刺耳的無賴，響亮的無賴，刺耳的混蛋。這就是他們的典型作風：不管這些無賴和混蛋在何時何地下車，隨時隨地都有一輛公務車等著接他們。如果我讓他們知道這些傢伙令我反感，我就會被責罵：妳不愛世人！事實上我從小就愛世人，如今偶爾仍舊愛著他們。但是由於你們和你們的恐怖統治，國家的恐怖統治，我就要失去對世人的信念，甚至是對人性的信念。而且不僅是心中想，還要大聲喊出來：人類不足為惜。除掉我們吧！」她說得非常大聲，整列火車上都聽見了，就連前面火車頭裡的駕駛員都聽見了。

為什麼我們這列火車在擺脫了占領軍之後不再繼續行駛了呢？我們已經過了兩個村莊，蒙熱魯是南法人塞尚畫出他最北風景的地方；於斯（Us）這個地名，會有人以為是二戰之後為了感謝英美聯軍使法國重獲自由而改的名字，其實是個已有千年歷史的古老地名。看不出即將抵達下一站的跡象，更別說一座村莊了。又罷工了嗎？還是有恐怖攻擊警告？很難想像。要進行一場專業、上得了頭條新聞的大屠殺，火車上的乘客太少了，更何況是在廣闊的鄉間，遠離了大都會。

可是誰曉得呢？不僅是個別地，我們全都感受到這份驚嚇，因此表現得對聲音更加敏感。如果說我們這些同時代的人別無共同點，至少在這件事情上有了一個共同點。例如，我從沒想過，我所謂的活動，製造出的聲響可能會打擾到別人，頂多偶爾想像，當我站在敞開的窗前削鉛筆、擦皮鞋、削蘋果時，會有個鄰居或是其他人從綠籬後面或別處大喊一聲：「安靜！」此刻若是有什麼東西從我手中掉落，別人會嚇一跳；而在地鐵上，如果有人在列車開動之後還追上來扯開車門，或者就只是講話比其他人大聲，大家就會低頭閃躲。

這也就是當時的情況，當這列火車在中途剎車，接著停住，伴隨著「啪」的一聲，再演變成連續的噪音：我們得準備好面對什麼情況？其實就只是放在中間車廂的一輛腳踏車倒了。不過，在那「啪」的一聲及其餘音響起時，就連那些我先前以為根本不關心別人的人，都試圖與坐在對面的人目光相接，包括我的目光在內，於是我們大家的目光相遇。這則小故事可以作為水果賊這個故事的補充，而且大概不會是最後一則。還可以補充的是，當時在地鐵上，至少是在恐慌情緒升高的那段時間裡，我在長褲口袋裡隨身帶著一把匕首，短短一把，插在皮套裡，我暗中用手指去摸，想要訓練自己在緊要關頭能夠立刻拔出來刺下去。針對這件事，還要補充的是，我偷偷練習時，手指總是不聽使喚，我可能會太晚抽出匕首，或是根本就沒能從皮套裡拔出來。

不是罷工，更不是恐攻。查票員走了之後，列車駕駛員想要下車去伸伸腿，還是有別的事？自從進入了皮卡第，就沒再聽見廣播，就算有廣播，也是支離破碎，語焉不詳。雖然這個路段只有單線軌道，但我們這班車是這一天的末班車，不會再有火車從對向駛來。在距離終點站不遠的這個路段，尤其是盛夏的這幾個星期，列車駕駛員會好整以暇地慢慢來，這不是我第一次碰到了。這正合我意，而少數幾個其餘乘客大概也一樣。這時我們每個人眼中都有了彼此，失去了這趟車程頭一個小時裡的羞怯。渺小如蜉蝣的我們變得多麼怕生！在人類世界裡曾經有過像我們這個時代如此強烈的怕生嗎？

是我看錯了嗎？那個列車駕駛員只是看似站在火車頭旁邊高高的草叢裡解決內急？我沒有看錯。而在他旁邊，咫尺之遙，站著另一名乘客，是個青少年，幾乎還是個孩子，在做著同一件事。所以說，我其實並不是這列火車上唯一的男乘客？還是說這個男孩也坐在火車頭裡？是這個列車駕駛員的兒子？

這兩個人仍舊站在軌道旁，一邊閒聊。車上的女子全閉上了眼睛。其中兩人從這趟車程一開始就並肩而坐，是被擠在一起的兩個陌生人，當火車上漸漸空了，她們仍舊成雙而坐，由於疲憊，還是誰曉得什麼原因。她們一直各自忙著自己的事，無所事事的時候就看向別處，此時兩位不僅閉上了眼睛，而是真的睡著了，她們的頭倒向彼此，就這樣頭挨著頭睡著，她們對彼此一無所知，既不知道對方是誰，也不知道對方叫什麼，是做什麼的，她們也不知道自己和對方頭挨著頭睡著了，此刻頭挨著頭熟睡，睡得香甜無比。假如畫下來，這四片闔上的眼皮和下面四個嘴角會是平行的線條，四個同樣下彎的弧形。水果賊啊，在妳的旅途中畫下所有睡著的人！

說也奇怪，或者並不奇怪：車廂裡所有的女子在同一時間醒來，開始打扮自己，對著一面小鏡子補口紅，顏色或深或淺，捏一捏自己的眉毛。為了什麼打扮自己？尤其這又不是一列駛往海邊的火車，而是駛往內陸？難道正是為了前往內陸而打扮自己嗎？

我下了車，過去加入軌道旁高高草叢裡的那對父子。這列火車停在中途，並非由於這位駕駛員一時興起，而是發生了一樁意外：停電了。不過，這件事也並非他所不樂見，參見上文。很快就會復電。於是這對父子繼續聊天，期待著將和妻子與母親在餐廳共享晚餐，是在特里耶沙托還是肖蒙，我忘了。他們也已經知道自己要吃什麼，兒子要吃瑪格麗特披薩，我想，至於父親呢？這我也忘了。

這列火車停住的地方，軌道不再是從下方穿越維奧納河谷。河流源頭如今已在我們後方。我們置身於高地上，在屬於皮卡第的韋克桑高原（還有一部分屬於諾曼第，另一部分屬於法蘭西島大區），雖然高度並不算太高。此刻，在快到拉維勒特爾特（這個地名的意思大約是：「小山崗上的村莊」）之前，視線不再被河谷低地的斷木殘枝阻擋，而能投向四面八方，直到地平線，看向已然無法想像的遠方。一陣和風從西北方吹來，這風吹得不符合這個季節，只要你想——我是一點也不想——就能想像一百公里之外的海洋，包括迪耶普、索姆河灣……等地。除了玉米，廣大高原上的其他農田均已收割，使得這片土地顯得更加遼闊，再加上完全沒有村落，就連零星的建物乃至田間的簡陋棚屋都付之闕如，只有畫面中景那不甚明顯的連綿山丘上聳立著一座電視塔，還是水塔？山丘名叫莫里耶。在日落之前的這個時辰，在染黃了整片土地的光線裡，與這個盛夏季節最相符的，是宛如沙丘般的高高雲野，以及雲後面一望無垠的藍天，乍看之下還溫柔熟悉，抬頭仰望時卻愈來愈使人感到陌生，同時觸動了回憶，但回憶並未浮現，拋下了你、我、我、我們，一如這片藍天漸漸拋下了你我，比任何一種威脅更加令人不安。

隨著視線一點一點往下移，離開那片藍天，天空下的土地因此顯得更加可靠，甚至更加親切，說不定也更加好客。這也是一片沒有花朵的土地，至少是在這列火車中途暫停的這塊地方，八月這個時候，頂多只有無處不在的白色旋花，從下方的草地攀爬到高高的樹梢。只是在這個時辰，旋花的花萼——中午的微光從花萼深處散發出來！——早已闔上，捲了起來，「就像自己捲的香菸，裡面裝的菸草不夠。」（那個羅馬尼亞泥瓦匠會這麼說），或是神似掛在矮樹叢裡的「使用過的衛生棉條」（那個葡萄牙木匠的說法？）。可是就算沒有群花盛開：此刻這片土地以榛樹叢和接骨木枝椏的剪影，以軌道旁楞樹和刺槐呈現扇形的剪影，以這些遠離藍天的黑色剪影向你、我、我們獻上它們的花束，表示出一種截然不同的歡迎之意。

這種忽然被這片土地接納的感覺從何而來？這樣與一片土地合而為一？這樣一種獨特的歸鄉？——且聽我說：在傍晚明澈的光線裡，我看見水果賊走向遠方，徒步穿越韋克桑高原，卻又彷彿近在眼前。儘管根本沒有必要，我還是拿起出發時掛在脖子上的望遠鏡來看（這又是個補述）；誰要是想知道，我也可以把製造商的名字告訴他——姑且先報上商標：LEGEND。

遠處有個細瘦的身影，不過即使用肉眼也能認出那是個女子，就算她自以為是隱形的，或至少是不引人注目，如同之前那許多年。從此刻起，情況暫時改觀。當我轉身面向那列停住的火車，我明白不是只有我這樣認為：那些女子全睜開了眼睛，目光跟隨那個陌生女子，看著她穿越收割過後的田野；一個女子的目光裡帶著羨慕，另一個帶著憎恨，第三個女子則變得醜陋，彷彿被揭穿了真面目，失去了魅力。

水果賊帶著感覺得出很沉重的行囊，輕快地走著，偶爾短步疾走，偶爾跨出弓箭步，像是自己一個人在玩跳房子的遊戲，不僅是由於收割過後的田野地勢不平，有時遇上障礙，有時暢通無阻，還因為她剛從城市裡來，也根本就是個在城市長大的孩子，得先找到一種適合這片土地的行走方式。

於是她從收割過的田野改走上一條鄉道，邁開大步，順著皮卡第大區，遠離快速道路的蜿蜒路網。偶爾，她會彎腰拾起被風吹到焦油與碎石路面的麥穗，像根香菸一樣插在耳後。同樣奇怪的是，她不是往一個方向走，而是繞著圓圈。另一方面，她並沒有繞著什麼東西走，也沒有包圍什麼，而是以愈來愈大的圓圈移動。然後她還是繞著某件東西走了：在種植穀物的大片田地中央的小島狀樹林，這是韋克桑高原的典型景觀。我原以為她已經消失在那後面，這時她又從另一邊繞回來，手臂下夾著一個南瓜之類的東西，形狀像個足球。她在樹林島前面來回踱步，跑了起來，來來回回，變成了急馳：她在尋找，幾近驚慌失措？尋找一個入口，但是我馬上就可以告訴她，這種法文稱之為 *clos* 的樹林島是進不去的，就像日本廟宇後面緊密交錯的樹林從哪兒也進不去。這些樹林島有著如高塔般在此處彼處聳立的樹梢，更讓人覺得像一座無法進入的堡壘，甚至是座城堡。

之後，水果賊離開了我的視線。不過，先前她還把行囊甩了出去，甩得很遠、很遠，動作有力，與她細瘦的身形毫不相稱。莫非她是預先把行囊扔到這一天（這一夜？）將屬於她的那個地方？（我轉頭往上看進車廂裡：其中一個女子的臉上流露出一絲嚮往？）我鬆手放開望遠鏡，以同樣的驚嚇看出：先前睡在火車臨時座位上的女子的確就是她，就是此地的水果賊。是的：又來了，當我心目中和我最親近的人活生生地出現在我面前，我會把他們視為幻象，視為完全不同的人，特別蒼白的人，陌生的人，而正是在他們那特別而又鮮活的蒼白裡，他們格外不同。我對我的孩子也有這種感覺：「剛剛替我開門的這個蒼白惹眼的陌生小孩是誰？」一會兒才恍然大悟：「天哪，那是我自己的兒子！」

一陣嗡嗡聲，一陣轟轟聲，一股振動：別害怕——是電力恢復了。上車，繼續行駛，在列車駕駛員踩熄了菸蒂之後（並不危險：麥田不會失火，麥子已經收割——就算這是百年以來最差的一次收成，不僅是在從前國王的穀倉）。

不久後又再下車，在從各方面來看都獨一無二的拉維勒特爾特車站，遠離既看不見也聽不見的村莊。向火車上那零零星星的幾個女子揮揮手，特別是短頭髮的那一個或是膝蓋窩結實的那一個，但是沒有人回禮，哪怕只是眨眨睫毛；火車一繼續行駛，她們全都又變回了高高在上的女子，無法接近，一如以往。

身為唯一下車的人，我以為車站裡只有我一個人。深深吸氣、吐氣，好幾次。又看見了從前那座車站小屋，早已關閉，並且封死了。至少曾經重新粉刷過，而且有朝一日或許會重新開放，只不過：為了誰呢？已經沒有售票窗口了。也許從來不曾有過？但是也沒有哪裡擺著自動售票機——這是拉維勒特爾特車站一個獨一無二之處。另一個是：要前往村莊，如果要走捷徑，得走上山坡，穿過一片樹林，一路上有許多岔路，卻沒有標出正確的路，因此就連「常走的人」（據說我也算是）也會一再迷路，在我看來，村中居民要回家時，如果沒有人開車來接，他們寧可繞道走公路。

這座車站還有其他獨一無二之處有待述說。而在仲夏日，在水果賊這個故事醞釀成熟的這一天，還又多了一件事。火車停靠處，軌道暫時成為雙向，一條往巴黎的方向，另一條往終點站的方向，軌道兩邊的兩個候車亭底下都有人，不是等車的人，這個傍晚時分不會再有火車經過，而是各有一個遊民。「遊民」這個字眼，不是只適用於大都市裡那些成形或不成形的人物嗎？但又該怎麼稱呼這兩個面對面蹲坐在破舊長椅上的人？在遼闊的土地上，並且是放眼望去唯一居住在此地的人，就不可能是「遊民」嗎？而他們也不是「流浪漢」或「漂泊者」。單看他們兩個一動也不動的樣子，一個俯身向前坐著，目光——如果還有目光可言——盯著那雙完全不適合走路的鞋子，他對面那人同樣一動也不動地歪坐著，唯一還能想像的動作就是躺下。SDF，沒有固定住所，*sans domicile fixe* 這三個法文字的縮寫，同樣不適用於他們。居無定所是否也可能意味著一種理想狀態呢？（至少對於像我這樣的人來說。）

起初我沒有看見這兩個人，因為在我下火車時，他們仍舊一動也沒動。沒人抬起頭來，不管是在這一邊的候車亭，還是在那一邊的候車亭。（對那破破爛爛、早已沒有棚頂的透明塑膠棚來說，「候車亭」不是個貼切的字眼。）不過，當我與其中一人攀談，一雙「其實相當活潑的」眼睛從一張「其實晒黑得很自然的」臉上看著我。而這個男子回話的聲音，聽起來「其實相當平常」，此人說話的嗓音是「其實很悅耳的男中音」。

我向他打了招呼，然後發問——不，不是問起他的生活或過去，而是：在我之前，是否有另一個人從這裡走過，一個年輕女子，不高也不矮，不胖也不瘦，不白也不黑——

大約介於兩者之間。「有，她來過。我的第一個念頭是：她跟我們是同一種人——可是她怎麼會到這裡來呢？可是看一眼就夠了：不。那是她，又不是她。對面長椅上那個傢伙令人害怕，像他那樣一聲不吭，就像一隻不吭聲的狗。在那個女子面前，忽然害怕起來的卻是他，就像一隻挨打的狗。怕那個女的？太好笑了！」而他真的笑了，一陣天真得令人驚訝的笑聲。「她在鐵軌上縱橫交錯地走來走去，有時走得很慢，有時側跨一步，一會兒朝那個傢伙跑過去，一會兒朝著我跑過來，而她其實就只是在找什麼東西。看起來她之後也在那邊那個破舊的工具棚裡找到了點什麼，雖然不是她原本要找的東西。是什麼呢？我不知道，當她從工具棚裡出來，就已經把那件東西塞進她的大衣底下，是個四角形的東西。是一本書嗎？以書本來說那東西太大了。不過，如果我沒記錯的話，從前也有很大本的書，對吧？還是一幅畫？一張照片？別問我。我自己的問題就已經夠煩了。我年輕的時候，曾經在襯衫底下帶著一條蛇，搭順風車橫越非洲，搭順風車，現在還有人這麼說嗎？對面那個傢伙在襯衫口袋裡藏了一隻小鼬鼠，活的。還是一隻雪貂？看哪，牠正從襯衫裡探出頭來，這雙黑色的小眼睛，這幾顆裂齒。像她身上那件大衣我也用得著，因為我怕冷，在夏天也一樣畏寒。非洲！馬利。你應該聽過保巴卡・特拉奧雷[13]的歌曲吧？『如果你知道我有多愛你，你就也應該愛我。』只不過她披在身上的根本不是真正的大衣，只是件披風。當年我在學校學過幾年德文，可是我唯一記住的一個字是 *Wetterfleck*（披風式的雨衣）。從我待在巴爾幹半島的那段時間，還有另外三個據說是德文的字眼在我腦中揮之不去，這幾個字從奧匈帝國時代起就在當地成為常用字流傳下來，但我並不知道這幾個字的意義：*Markalle*、*auspuh*、*schraufzier*。啊，她在那間工具棚裡找到的東西讓她多麼高興。還是吃了一驚？別問我。我試了好幾天，想把那個工具棚的門打開，又是搖又是扯，一次又一次。都沒用。而她呢？踹了一腳，那扇門就開了？不，才不是。她沒有去踹。她還從不曾踹過什麼東西或什麼人。可是有朝一日她將不得不這麼做？會不會是我一直都只是去拉扯那個壞掉的門把——我是做得出這種蠢事的——而她就只是把門推開？話說回來，那間工具棚是禁止進入的——難道她沒有讀一下那個禁止告示嗎？——而且從裡面順手拿走一點什麼，在我看來這就構成了竊盜的犯罪事實，若是破門而入，就構成了破門竊盜的犯罪事實，罪加一等，不管犯罪事實明顯與否。可是接著她坐到我旁邊，那件東西藏在披風底下，帶著既像竊賊也像女王的喜悅，和我靠得很近，差點就撞了我一下，還是說她的確撞了我一下，又或者她是想把我從這裡推開？想獨占這個位置？不。已經很久沒有一個女人這麼親切地在我身旁坐下了。已經很久沒有？事實上是從來沒有過。對面那個傢伙第一次朝這邊望過來。他是多麼羨慕。赤裸裸的羨慕。再赤裸不過。直到我們三個全都大笑起來，她整張臉都笑開了（現在的人還會這樣說嗎？）我不知道自己為什麼笑，而對面那個傢伙呢？他和她還有我一起笑了，只有啞巴會那樣笑。」

我朝那間工具棚走去。門大大敞開著，雖然太陽在西方略高於莫里耶山丘的地平線上，深深照進了棚子裡，裡面卻還是很冷，幾乎像個冰窖。尚未走進去前，我在門檻上轉頭回望往巴黎方向那個月臺上的「居無定所之人」。他立刻明白了我想向他表達什麼：這個棚子不適合作為他睡覺的地方，而他只微微點頭，幾乎難以察覺，算是回應了我這道眼神。棚裡的地上撒滿紙張，上面印著字，幾乎全是數字，我無須彎身去看，就知道那是銀行文件，從那一張張紙上觸目可見的銀行商標就能認出，那是一間「舉世知

13 保巴卡．特拉奧雷（Boubacar Traoré, 1942-），非洲馬利共和國的知名歌手，這首歌名為〈我為你歌唱〉（*Je chanterai pour toi*）。

名」的銀行，所謂「舉世知名」的意思就像幾個小時之前——可是那不已經是好幾天前的事了嗎？甚至是好幾個星期以前？——《巴黎人報》上出現了一個「舉世知名的藝品商」。接著我還是彎下腰，把幾張紙翻過來看。背面沒有印刷，是空白的。還是並不然：在水平照在上面的落日陽光裡，一張紙上也顯出了有東西印在上面，應該說是壓印上去的，而且是看不出來的手寫字跡，彷彿有人寫字時把這張紙墊在下面。旁邊是尋常的床墊，處於尋常的狀態；比較不尋常的是最後面角落裡那本舊電話簿，更不尋常的也許是那具微波爐，棚子裡明明沒有電源。莫非也有使用電池來加熱的微波爐？

念及水果賊的故事並非偵探故事或犯罪小說，我禁止自己再去問這類問題。我把那張紙塞進口袋，走回戶外，走向「拉維勒特爾特」那塊站牌，它在最後的陽光裡閃現出一種特別的藍色。住在這邊和那邊月臺邊緣的那兩個人，如今又回復他們最初的姿勢，並且睡著了，一個坐著，另一個躺在他沒有屋頂的棲身之處，連同襯衫底下那隻小鼬鼠或小雪貂，襯衫上印著 Circle City, Alaska，無法和他們攀談，或者說他們不想再被攀談。

看著月臺上方那座始終沒有車輛駛過、彷彿自有史以來就無人走過的陸橋，我也無言了。感覺無言幾乎讓我心情肅然。我感覺到自己愈來愈沉默。我也成了默不吭聲的人，就算不同於那邊躺在垮掉塑膠長椅上的人。全然沉默，我就這樣站著，面對著這片遼闊如世界的土地，莊嚴地沉默。我想像著水果賊在陸橋的斜坡後面，想像著她練習投擲，但沒有真的擲出什麼。

太陽下山了。度過了夏日溫暖的白天，第一陣涼爽的微風從皮卡第和韋克桑高原上吹過。已經收割過的田野逐漸暗下來，襯著先前隱藏著的白色海鷗，意外地呈現出白色。高高的天頂也是白色，帶狀的雲彩就像一道海浪回流之後留在沙灘上的泡沫。其中兩小片雲，相隔一段距離，被已然沉沒的太陽的一道光束攫住，此刻輕輕飄向彼此，在相遇的那一剎那閃出光芒。我不知道這為何使我憶起年少時讀過的一本小說，故事結尾，主角把他上方層層堆疊的雲朵看成一個必須掙脫的牢籠，某種比牢籠還要更堅固的東西：一座堡壘。

一步，然後再一步，由於被蜜蜂螫過而力道不一，多虧了那一螫。

在她的故事發生時，水果賊剛從一趟長達數月的旅行歸來。她在她靠近巴黎奧爾良門地鐵站的住處只待了一天一夜，就又上路了。她趕著離家，不僅是為了尋找她從俄國北方歸來之前不久失蹤的母親，也是由於她為了自己而擔憂，這份擔憂在夢裡十分明確，在醒來之後則多少不太確定，但卻可能變得更大。而「擔憂」是一個在涉及她本人時，她從未說出口的字眼。她避免說「我擔憂」，懷著迷信（這是她自己的說法，她老是說她「基本上是迷信的」），認為她一旦說出這個字眼，她的擔憂不會消失或至少減輕，反而會加深直到無法消除，將沒有解藥能解除這份擔憂；如果不說出來，也許就還能有一、兩種解方，這是她的迷信之一。

在她從北方的針葉林和苔原歸來之前，就已經有故事先她一步回來了，或者應該說是故事的零碎片段，有時也以素描的形式，寄給她的家人。寄給母親的比較少，母親對這些東西（而且不僅是這些東西）完全失去了欣賞能力，多半會寄給她弟弟，尤其是寄給她父親。因此，她整天都坐在葉尼塞河、鄂畢河和黑龍江畔，總之就是俄國北方的河流，有時也徹夜坐在那裡，因為太陽在下山之後馬上又從右邊？還是左邊？再度升起。她用線條畫出河流上發生的事，塗上顏色，不僅是用彩色鉛筆，也用剛好在她手邊的東西，不管那些顏色是否與外在世界的色彩相符，並且更加專注地畫出河流兩岸的動靜，在畫面的邊緣和角落所發生的事，而她最喜歡畫的，至少是畫得最仔細的，則是發生在她腳邊的事。她也順便學習俄語，那是她某一脈祖先的語言（至少她自己這麼認為），許多脈祖先當中的一脈，並且在信封上用斯拉夫語字母寫下她的名字，АЛЕКСИЯ。其間她也打工，擔任餐廳服務生（她有時候笨手笨腳，不止一次灑了湯和飲料），打掃旅館房間，也在河邊的魚市場工作（她在其中一個市場引來了別人側目、驚訝的嘲笑，由於放眼望去，她是唯一沒有「瞇縫眼」的人），她曾經擔任煮茶師和咖啡烘豆師（這兩件工作她做得最得心應手，由於她的 *timing*【在俄語中用的也是這個字，發音也一樣】），而在某個悠長的白晝，身為尋找蘑菇的人（如果這也能稱為「工作」的話），她找到的甚至比其他所有同在樹林裡的人更多。她令一個男子想起他死去的妻子。另一個男子起初喊她「孩子」，一小時之後把她比作莎朗．史東。另外有個男子想和她一起踢足球。還有一個男子把她的名字改成亞斯納雅．波利亞娜。還有另一個……

在她歸來那一天，從阿雷西亞地鐵站到丹佛—羅什洛站，再到蒙帕納斯站，她把巴黎街道上的所有人聲都聽成了俄國人的聲音，當她聽見一聲問候或一句問話，她每次都用俄語回答。她還把城市裡的鳥鳴聽成斯拉夫語的聲音。就連咖啡機都會吐出 č、š 之類的斯拉夫語子音，就在今天早上，她自己的蒸汽熨斗也是這樣。

亞歷西雅原本不叫這個名字。但是大家都這樣叫她，自從她小時候被認為失蹤，在她母親的地產上住了許多年都沒被認出（父親不在家，弟弟尚未出生），大家就用那個有著類似故事的聖徒亞歷西斯的名字來喊她。只不過，聖亞歷西斯是直到臨死之前，才被父母認出是他們失蹤的兒子，在那之前他都是住在樓梯底下的陌生人。

水果賊還半大不小的時候，還在她「住在樓梯底下」之前，就一再——該怎麼說呢？——「居無定所」？「性好遊蕩」？至少每隔幾個月，她就要失蹤一次，一走就是好幾天，然後在城鄉之間的某處被尋回，而他們始終不知道她是怎麼去到那裡的，可能是在鐵路貨運站的卸貨平臺上（甚至是下面），在市郊的社區農圃，在一輛報廢的巴士上，而且經常也在國境之外，在阿爾卑斯山、庇里牛斯山、亞爾丁高地的另一邊。她被視為有病，而她的病有個名稱。

她回來之後，起初沒被認出，後來與母親團聚，也與父親團聚（以另一種方式），亞歷西雅的漫遊症痊癒了，而且是徹底痊癒。這並不表示她就此安定下來。雖然在那之後，她大多住在她那間寬敞的公寓裡，那裡同時也是她的工作室。但是她經常出門去遠方旅行，只不過多少經過計畫，知道她要去哪兒，尤其是知道她將會在哪裡，也知道該怎麼去：沒有人擁有比她更敏銳的方位感——她擁有的簡直就是方位靈。另一方面，那些年她在混亂與迷失之中的四處亂跑也留下了一些東西，這東西並未成為她的負擔，反倒似乎鼓舞了她，有時呈現為一種從她身上煥發出的微光，像一種安靜的興高采烈。

前往皮卡第，前往韋克桑，這並不是她那些遠程旅行。嚴格地說（在地圖上，還是在別的地方），這連「旅行」都稱不上，頂多只能稱為一趟旅程，搭乘汽車或火車在一天之內就能從巴黎來回一趟。許多住在皮卡第的人為了工作而這麼做，只是反過來，他們是在每天早上前往首都，晚上回來。不過，對這些人來說，這也不是什麼輕鬆的遊戲。

「也」？意思是，對她來說，這趟旅程也並不預示著輕鬆的遊戲？沒錯，就是這個意思。在她眼中，所預示的根本就不是遊戲。早在出發之前，她就知道這甚至將會是她第一趟真正的旅行，是在哪本書裡寫著將會使人明白「自己的風格是什麼」的那種旅行。她曉得這一點，而這也是她想要的。當年她母親出發尋找女兒時，曾希望那是她的最後一趟旅行；而與母親相反，此刻她但願這將不會是她的最後一趟旅行。是的，這趟旅行的確預示著什麼。是好？是壞？總之是有所預示。

這個年輕女子還從不曾去過皮卡第。或者，也許她去過，在她四處亂跑、遊蕩四方的那段時間裡，但這片土地沒有在她記憶裡留下什麼。不過，她覺得這個地名很好聽，或者說是根本才有音韻可言，「皮卡第」，不同於「諾曼第」、「蔚藍海岸」、「阿爾薩斯」和「布列塔尼」。雖然這並未讓她聯想起騎士或城堡，卻帶有騎士的味道，有點，該怎麼說呢，「騎士風範」，尤其是當她大聲複誦的時候。

毫無疑問，母親突然離開了她在銀行的主管辦公室之後，將能在皮卡第找到她，而且「確切」位置就在韋克桑高原劃歸皮卡第大區的那一部分。（「確切」和「精準」一度是她最常用的字眼。雖然某一段時間則從她的詞彙裡完全消失。）之所以毫無疑問，是因為對這位銀行家女士來說，韋克桑已經成了唯一還有分量的地區，另一個原因則是水果賊的一個迷信這樣對她耳語。難道她在地圖上扔了一根火柴？引發了一場小小的紙火，再讓燒成的紙灰飄走？——隨便你們。你們愛怎麼想就怎麼想。

啟程展開她的單人探險之前，水果賊在聖拉札爾車站前面的「莫拉餐廳」和她父親碰面。她在西伯利亞那幾條河畔待了幾個月之後，如今覺得父親明顯蒼老許多。也許早在她那趟旅行之前，他的模樣就已經如此蒼老，只是此刻她才首次注意到。但是她並沒有嚇了一跳，甚至喜歡這樣。她一向喜歡父親身上的一切，也喜歡母親身上的一切，而她更喜歡的也許是比她小十歲的弟弟身上的一切。

她父親一如平常穿著深色迪奧西裝，只是有些地方像是被有刺的灌木稍微扯破了，胸前口袋裡插著方巾，腳上穿著英國製皮鞋，擦得晶亮，但有裂紋，而且鞋跟已經磨損，在他喊道：「俄國！說來聽聽！」之前，他兩頰發紅、幾近興奮地說起到餐廳來的這段路。他從蒙馬特墓園往下走（他就住在墓園旁邊，已經獨居多年），穿過布達佩斯路，沿路每個門口都有妓女對他默默微笑，年紀很大的妓女，幾乎是老嫗了，也沒有藉由化妝來假裝年輕，她們從那鑲著黑圈的眼睛裡露出靜靜的微笑，對他沒有半點期望，也根本不想從他這裡得到什麼，而且也許對任何人都不再有任何期望。

等她開始說起俄國的事，他顯然被她說的每一句話所吸引，朝她俯過身來，簡直是在讀她的嘴脣，接著複誦起整個句尾作為回聲。她還小的時候，他在她面前就是這樣，被這孩子的動作和手勢所吸引，並且加以重複。每當他的孩子出了什麼事，遭受了什麼意外，發生了什麼不好的事，被弄痛了，哪怕是必要的疼痛，他的這個習慣就格外引人注目，甚至成為一齣怪誕的默劇。如果孩子的頭由於睏倦而向前倒，同樣的情況也會發生在父親的腦袋上，他並非有意，也非故意。如果孩子一隻手伸進蕁麻裡被刺痛了而嚎啕大哭，這個成年人也會發出一聲疼痛的叫喊，幾乎與孩子同時，所以不算是真正的回聲。而當醫生朝小孩指尖注射針劑，父親心驚膽戰的程度要比小不點女兒還強烈十倍到十二倍。

說也奇怪，或者並不奇怪，後來偏偏是這個人在她眼中成了一種權威。這是由於她的家族觀念嗎？她的家族觀念就和她的方位感一樣既深且廣，甚至使她敬仰（並非狂熱崇拜）那些她只從故事裡聽說過的祖先，可是為什麼在整個家族裡就只有父親是她眼中唯一的權威？是這整個世界上唯一的權威？沒有答案。事實如此。事情就是這樣。

一如此刻，當她問他，她在莫拉餐廳該吃些什麼，父親的權威（作為她唯一認可的權威）一向也是遊戲的一部分。不過，視情形而定，遊戲會變得認真，而她需要這份權威，彷彿這一天和下一天、甚至是她的一生都取決於此，一切的後果都取決於此。而今天就是這個情況。事關重大。事關後果。

一如父親在女兒述說俄國故事時專心聆聽，等到談起他們這次會面的緣由，就換成她專心聆聽。她一次也不曾插嘴提問，任由父親說話，用一雙簡直深信不疑的大眼睛看著他，就算他卡住了，屢屢不知道該怎麼往下說，就算他，一如既往，會忽然胡言亂語，甚至弄錯了，她雖然馬上察覺，卻沒有糾正他：水果賊認為，即使在他偶爾的胡說八道裡，在他所犯的知識錯誤或思考錯誤當中（次數挺不少），也藏著某些她務必要聽從的東西，一字不漏。至於父親在談話中分了心，或者說注意力不斷被轉移，任由自己的注意力被轉移（這是他的一項特徵），她也虔誠地接受（在她那雙大眼睛之外請看她鼓起的鼻孔），視之為父親傳授給她的每日教誨和人生教誨的一部分。每當父親的目光遊移到牆壁或天花板上那些完成於廿世紀初的馬賽克裝飾，遊移到那些花卉或孔雀還是別的東西上面，她就乖乖地追隨他的目光，期待父親會伸手指向那色彩繽紛閃亮、嵌著金絲銀線的馬賽克。只有頭頂上方的一幅馬賽克是她偶爾會主動抬頭仰望的：畫中是一條用水果綴成的綵帶。她不只是去看，還是看上了這些栩栩如生、閃閃發亮的蘋果，以她特有的姿勢斜仰著頭，面向樹梢。

針對她將展開的前往內陸的尋母之旅，「前往法國的原始土地」，如同表現得像是史地學家的父親所說。在前菜和主菜之間，在主菜和咖啡之間，他一再發表意見。女兒洗耳恭聽，視為這趟旅行不可或缺的路線和方向指南，雖然父親發表意見時根本沒這麼想。（這個老人吃喝的時候一句話也不說，打從她有意識以來，他一次就只做一件事。）

「就我所知，妳欣賞的伊扎克・巴別爾[14]在將近一百年前也去過韋克桑，他的一本書裡，我忘了是哪一本，描述過那裡的村莊，據說從那裡的路旁往農舍看去，就只能看見一排沒有窗戶的高牆，那些村莊就像是百年戰爭時期的碉堡……皮卡第所產的乳酪很不容易消化，但是在蛋糕裡放個幾片卻風味獨具……在那些男人面前戴副眼鏡，用窗玻璃那種鏡片，就像好萊塢電影中的女人……否則妳的眼睛會使他們『瘋狂』，如同妳一出生就有人作過的預言，我忘了是誰了……如果妳又要去撿猛禽的羽毛：鵟的羽毛通常在那兒的樹林邊緣可以找到，尤其是林木濃密的地方，鵟在衝進衝出的時候，不管是不是在尋找獵物，往往會落下翅膀上的一根羽毛，意思是無意間掉落，每次都只會落下一根，但卻是牠全身羽毛中最絢麗的一根；至於老鷹的羽毛，如果妳運氣好，可能會有很長的一根躺在開闊的原野上，距離樹林比較遠，而且也是單獨一根；獵鷹的話，妳常常可以拾到一整雙翅膀，而且多半是在林木更為濃密的小樹林裡，獵鷹會在離地面很近的地方以很快的速度水平飛行，不管是由於追捕獵物還是愛得發狂，而且往往像是瞎了眼，也許是牠們太年輕？還是太年老？於是就撞上了一棵樹；至於蒼鷹，妳在皮卡第尋找羽毛時也會發現一整隻，連同死去的雉雞，在田間阡陌上俯衝下來的蒼鷹和雉雞同歸於盡；就連松鴉的整片翅膀——那柔軟的翅膀細羽藍得多美！在阿爾卑斯山一帶拿來做帽飾真是糟蹋——妳也能絲毫不費功夫的撿到，妳只需要——妳去徒步旅行時反正需要帶一把鋒利的折疊小刀——把翅膀從松鴉的身體上割下來（她沒有提醒父親，松鴉並不算是猛禽）……別向任何人透露妳在尋找……是伊扎克．巴別爾筆下的一個人物嗎？他曾這樣描述她：『她並不勇敢，但一向強過她的恐懼』，我不記得了，總之這句話是一個斯拉夫人說的……啊，那些跳探戈的男女，跳舞時忽然把視線從彼此臉上移開：妳就也這樣把目光移開——嗯，從什麼東西上移開？……妳母親還活著，這我知道，而她也想被找到，而且就只想被妳找到，這我也知道，她只會回應妳的呼喚，回應妳的呼喚聲，這我知道，肯定知道……留心遺忘在酒吧和旅店衣帽架上的衣物：她常把圍巾、帽子、領巾忘在那兒……她不會淪落，哪怕她試圖要淪落——試圖潦倒，放任自己，至少是一段時間，這我知道……而且不會有人殺害她，自從我認識她以來，她甚至就試圖想讓這

14　伊扎克．巴別爾（Isaac Babel, 1894-1940），受到後世推崇的猶太裔蘇聯作家，代表作包括短篇故事集《騎兵軍》。

件事發生：遇到某個人，要對方把她殺死……走險路的女人……這句話其實應該用英文來說，當作一首歌的歌名和疊唱句：*woman of dangerous tries*……還是 *woman of dangerous trials*？……雙音節的字要比單音節的字更響亮也更容易唱吧……天哪，我愈來愈討厭犯罪小說，多麼厭惡所有的犯罪小說作者！聽好了：我有個點子，可以寫一本完全不同的犯罪小說：在全球犯罪小說作者的全員大會上，有人預先放置了一顆炸彈，炸死了全部的人，無一倖免——再猜猜看，作案者是誰？……現在正逢新月，妳在鄉間將會體驗到星光燦爛的夜晚，而且可別錯過了那些流星，一顆也別錯過，八月是流星的月分……在那些小溪和小河裡游泳，維奧納河、特伊斯納河，溯河而上，順流而下，但要注意深處的泥沼，清澈河水中騙人的河底，切記一定要站穩，有一次我在特伊斯納河裡，還是埃普特河？一步踩下去就往下沉，河水馬上淹到肋骨……村中禮堂播放的電影，此刻在夏季或許也會露天播放？……拉維勒特爾特、莫納維爾和肖蒙，有供早餐的民宿，一點也不土氣……妳在路上的時候，不要閃避任何人，哪怕是閃開一個手掌的寬度……不會有人碰妳，如果妳不願意，更別說欺負妳……不會有人對妳不利……只要用眼睛看著他們，妳的眼睛，所有人都會想要對妳好，包括喝得爛醉的酒鬼，包括惡名昭彰的無賴，也包括村中的傻瓜——特別是他——都會希望能做對妳有益的事，一如他們一向希望去做對別人有益的事。爛醉的酒鬼會向妳深深一鞠躬，替妳讓開路來，哪怕他會一頭栽進村莊邊緣的薊草。那個無賴的舌頭，剛剛還裂成七條，從七張嘴裡伸出來，肯定會成為單單一條天使舌頭，作為聖靈降臨節的火舌落在他頭上[15]。村中的傻瓜會把麥芽糖遞給妳，是他專門為此在褲袋最深處隨身攜帶了幾十年的。如此，親愛的水果賊，妳不會有事，什麼事也不會有，至少不是來自外界……不過卻會來自內心……唉，妳的心：妳的心是怎麼造的？生來就會為了一點小事而心碎，生來就會冷汗直流，害怕再也不會醒來……但也沒有人比水果賊妳更快樂，更充滿快樂，更有快樂的天分！」

老人嘆息了好幾聲，但只有第一聲是認真的，後來那幾聲則是演的，每次他重複什麼的時候通常都是這樣。儘管如此，女兒也認真看待這幾聲嘆息。反正他所有的意見她都認真看待，而且是認真過度。

於是父親用這段話來結束送她上路前的叮嚀：「避開逆光。意思是：只在正午時

15　典出《聖經》《使徒行傳》第二章第三節：「又有舌頭如火焰顯現出來，分開落在他們各人頭上。」

分，在日正當中的時候，讓陽光照在臉上行走，除此之外則在早晨和黃昏行走，在太陽西斜的時候，當陽光照在背上。逆光會騙人，會把東西放大、縮小。貓會變成狐狸，狼狗會縮小成貴賓狗，小孩會變成龐然大物，怪物會變成小孩。另外還有一件事：要有空檔時間，次數愈多愈好。每當一個扣人心弦的故事被一句『在那之間』打斷，我就會鬆了一口氣，呼吸更為平靜。空檔時間掌握在妳手中。不要讓別人奪走！在空檔時間裡，在中途路段上，就是事情發生之時，就是事件形成之時。尋找，停下，呼喚，奔跑，尋遍一座座樹林，尤其是最小的樹林，尋遍大街小巷、城市村莊、小村落，尤其是小村落，一絲不苟地定睛細看。不過，在空檔時間裡走院子後面那條路，這不會有壞處。在空檔時間裡，仔細地把鞋帶解開再綁上，花上幾個小時也無妨，一步一步往前走，只盯著鞋尖看，讓雙腳帶著妳走。還有一點：每天要吃一頓熱食。不要相信公車時刻表。把地圖整整齊齊地摺好。穿兩雙襪子……」

作父親的可能還會這樣繼續說上好一陣子。只不過此刻他被打擾了。莫拉餐廳的領班把三、四個政客帶到了鄰桌，後面跟著四人一組的兩組記者——如果那是記者的話。他們尚未坐定，老人就已經提高了嗓門，既不是對著他女兒，也不是對著這群剛到的客人，而是對著空氣說：「這些人從早到晚都由電視送到我們面前，怎麼也擺脫不了。一小時接一小時同樣的面孔，同樣的假笑，同樣練熟了的交換眼神。現在他們還要擠進現實生活裡，用他們那身殯葬業者和明星足球教練的西裝加領帶使明亮的白天變得烏漆墨黑，就連在現實生活中也要繼續假裝成誰也不需要的菁英分子，假裝成早已不存在的國家權力，就像祕密會社的成員一樣。他們唯一僅存的權力就是向外國宣戰，並且在國內互相殘殺。滾開，至少在現實生活中別來打擾我們。離開還僅存的這一點此時此地。別來擾亂我的日子。看在老天的分上，為什麼餐廳領班要把你們帶到我的鄰桌，而不是把聖路易國王帶來，連同他親愛的摯友兼風趣的傳記作者，那位出身馬恩河畔茹安維爾的先生？與活生生的這兩位齊聚一堂，情況就會截然不同，就會是一場盛宴。可是這些傢伙作為活生生的人出現在這裡：完全是另一種滋味。」

這番激情獨白沒人聽見。這個故事想要這樣。單是水果賊的外貌就足以引開別人的注意，而她也引開了父親的注意——幾乎在他耳邊低語，彷彿想要感染他，使他也放低音量——她說餐廳提供的咖啡，來自牙買加的藍山咖啡，烘焙得太重，味道才會這麼苦，這麼平凡，失去了藍山咖啡在烘焙當時特有的風味。或是她扯扯老爸的衣袖，朝一個年輕女服務生的方向點點頭；她端著一個擺滿玻璃杯的托盤，在一排排桌子之間保持平衡，一滴也沒有灑出來，也沒有讓杯子互相碰撞。水果賊想向他指出這和她自己在西伯利亞河畔當服務生的差別。

然後她幾乎是急著想要擺脫父親。從前，當她還例外地對事情有著看法的時候，曾例外地有一次，她認為母親離開父親是正確之舉。如今她早已不再這麼想，根本就不再有看法。究竟是誰離開了誰？她不知道，也不想知道。假如被問到她的看法，她頂多會像簡．愛（還是珍．奧斯汀？）脫口喊道：「我的看法?!」但不會像十九世紀的英國小說人物那麼吃驚，而是就這樣隨口一喊。每次和父親相處一個小時之後，她就急於擺脫他。讓他回到他的業餘史地學家研究，回到荷馬史詩的源頭，還是別的地方。倒不是說她比較喜歡不在身邊的他，但是隨著時間一年年過去，每次會面即將結束時，她覺得他愈來愈像老電影中（至少是那些法國老片裡）被喊作「大猩猩」的那種人，意思是「保鏢」。當她有一次把他的手形容為一隻猩猩的手，而他問她這話是什麼意思，她所指的就是字面上的意思：把他的手視為一隻人猿的手。而且她主動又加了一句：「很美！」

他一走開，她就馬上忘了他，一如此刻在聖拉札爾車站前面。她簡直是把他給打發走了。可別讓他送她上火車，可別讓他守護！而此刻去目送他，再回頭看他一眼？不。她從不目送父親離去，還是小孩子的時候就不曾這麼做。反之，如果離去的人是她，她卻每次都會感覺到他的目光在她背上，偶爾也會讓她不自在。目送別人離去的可憐傻子。還是說目送也是荷馬史詩的源頭之一？

可是接下來，她卻第一次目送漸漸走出她視線的父親：「你總是不停在計畫、規畫、策畫、建議。而你自己卻茫然無措。沒錯：若是外地人向你問路，你很有把握知道什麼地方在哪裡。但是當你自己上路時，才走到下一個岔路，你就要問：我在哪裡？」她目送著他，父親此刻的身影就像一個年邁的囚犯，不久之前才被釋放，暫時獲釋。這使她想起她小時候搶著替他拆信，替他攤開地圖，尤其是替他摺好地圖，那是她父親幾乎從來都弄不好的。

終於獨自一人了。她的確這麼想，當她穿越「流失腳步之廳」去搭火車：「終於獨自一人！」流失的腳步？贏得的腳步！接著她思索，再度獨自一人，再度獨自走自己的路，為何使她如釋重負？在與別人相處甚至不到兩小時之後，何況對方還是少數對她而言重要的人？而她前幾個月在俄國時幾乎不曾，不，應該說是從不曾真正和別人來往。

接著，任自己隨著人潮湧動，她什麼念頭都沒有了。她不只是忘了父親，也忘了所有之前的事，還有所有她將面臨的事。既沒有想著從何處來，也沒有想著往何處去，既沒有想著鐘錶上的時間，也沒有想著實際的時間，甚至沒有想著目前的夏令時間。一種渾然忘我攫住了她，一種在大白天裡的夢遊，卻和她小時候在聚落邊緣那種無意識的遊蕩截然不同。她不僅知道自己是誰，人在哪裡，她也有眼睛和耳朵——能看見、聽見所有的東西和每一個人？這倒不是，但是她能看見、聽見在這一個小時裡不曾對人群中其他任何人呈現的東西。其他任何人？呈現？這份篤定從何而來？這份瞭解從何而來？——據說是這樣。故事就是這樣。

她看見有人在哭，而且顯然是很久以來第一次哭泣，甚至是這輩子第一次。此人是男還是女？不重要，再說她也不在意這個。有人躲在一根柱子後面站著。在躲警察嗎？想要給剛進站那列火車上的另一個人一個驚喜嗎？都不是。他躲在那根柱子後面站著，把那裡當成屬於他的位置，而且不只是在這個時辰——昨天他就已經在那兒站了一整天，從火車站清晨開門直到午夜過後關閉——復活節的時候他就已經站在這根柱子後面，去年聖誕節也一樣，在基督降臨節期間。那邊拄著枴杖的老人，像個侏儒，駝著背，撐著枴杖一步一步地穿過湧動的人潮，每走一步就休息一分鐘。此刻他把枴杖斜伸出去，終於一步也走不動了，緊抓著一道欄杆還是柵欄，駝著的背高出頭部許多。在熙來攘往的人潮中，快要垮掉的那具「骨架」根本沒那麼老，在十年、二十年前還踢過足球，是乙級聯隊的職業球員，生涯初期甚至還在甲級聯隊踢過一年球。當年他雖然並不富有，但還是攢了一點錢，後來被一個朋友兼顧問騙走了。這天上午他還有片刻時間信心滿滿，走上街頭時憶起當年他踢進的第一球，從中線射門，球高高飛過空中，他記得球入網後球網隆起，彷彿在慢鏡頭中放慢了速度，然後，場上所有的球員都不敢置信地轉過頭來看著他，而最不敢置信的人是他自己。但如今——

已經到了發車月臺上，她又掉頭，在火車站裡上樓下樓，在那數不清的商店當中的一家買了一個布包，有好幾個內袋、側袋和後袋，當下就被她命名為「竊賊包」。回到月臺上，她一直走到月臺末端，走出聖拉札爾車站屋頂遮蔽的範圍之外，雖然火車已經停在月臺邊等候，她還是站在遼闊的天空下，聽著海鷗刺耳的叫聲從空中傳來，由於低凹的軌道和兩旁高聳的建築物而顯得更大聲。白色蝴蝶不斷從陰暗的低凹處翩翩飛起，在陽光下顫動，乍看之下有可能會誤以為是海鷗。Transilien 是所有駛離巴黎的火車共同的名字[16]，駛往法蘭西島大區的外圍，而剛從遠東回來的她把這個名字讀成了Transsibirien（跨西伯利亞）。

接著，抓住水果賊目光的是她腳下的鐵軌。從前，鐵道的枕木之間肯定會有老鼠竄過去，不僅是在夜裡，就算是在此刻這樣的大白天裡也一樣。今天卻一隻也沒有，這種情況已經有好一段時間了。她幾乎想念起腳下的那些老鼠。那一片空無乾淨得死氣沉沉。她「幾乎」想念老鼠的一閃而過？不僅是幾乎。不過，從鐵軌底下的碎石裡蔓生出某種紅紅綠綠的東西，而且一直往上長到鋪了水泥的軌道邊界，幾乎快長到月臺邊上她的腳邊。那是一種綠色植物，讓她想起了一株蕃茄，然後發現那果然是一株蕃茄：當她朝它彎下腰來，一串成熟了的圓球狀深紅色小蕃茄就落進她手中，溜到她指間，她甚至無須彎曲手指，就能摘下那些果實，塞進口袋。她這一生總是一再看見果實（而且是豐美的果實）生長在最稀奇古怪的地方，而眼前這些蕃茄卻生長在這座世界之都火車站的軌道旁——

她在火車上立刻就睡著了，深沉無夢，她向來如此。當她醒來，火車正好停在一座居高臨下的車站，可見一條寬廣的河流，下車時，她才認出那是塞納河。旁邊還有另一條河，寬度不及塞納河的三分之一，甚至不到四分之一。莫非那是一條運河支線？不，那是另一條河，瓦茲河，而水果賊發現自己置身於這兩條河匯流之處，在瓦茲河注入塞納河的地方，而這個車站就恰如其分地叫做「孔夫朗—瓦茲河尾站」，意思是瓦茲河盡頭匯流處。

她原本沒打算到這個匯流處來。她熟睡時坐過頭了，本來她要在前一站下車，在聖奧諾里娜轉乘另一列火車。但此時她也不介意在兩條河匯流處待上一會兒。

她覺得這地球上所有她認識的河流，尤其是大河，在流經人煙稀少的地區時都很相似。比起其他任何地方，這種地方更讓她能夠想像這是匯集了各大洲的單一星球。世上任何一條小溪旁，任何一條小冰川旁，任何一條熔岩流旁，這樣的畫面都不曾在她腦中浮現，而在海邊更是不曾，不管是在日本的東海或西海，在巴西的大西洋岸或是如同幾天前在白令海邊，這一次並非如同前一年在阿拉斯加那一側的諾姆，而是在對岸的俄國，在堪察加半島的海岸。

16　Transilien 是法國國家鐵路公司所經營的法蘭西島大區遠郊鐵路網，從巴黎出發，以輻射狀通往遠郊市鎮。

此刻面對著塞納河和瓦茲河，她又神遊到西伯利亞那幾條河流的河畔，半個夏天裡，在她空閒的時候，她就也像在此地一樣坐在河岸斜坡的草叢裡。與葉尼塞河、鄂畢河和黑龍江相同的河風吹拂著她。薊草的種子閃著銀光，飄過水面，往往成雙成對，甚至好幾個緊緊交纏在一起，在瓦茲河和塞納河匯流處的草原上空，以同樣的方式飛向遠方。此處和彼處都有河燕，即使形狀和顏色略有差別，河燕的啁啾卻是在整個地球上都相同。那些空空的貝殼也和西伯利亞針葉林帶的貝殼一模一樣，被河水沖到河岸的泥沙上。不，不完全一樣，但即使如此，神遊中的她看起來一樣。而在此地慢跑和騎自行車的人（雖然只零星出現）：在西伯利亞也有嗎？有的。沿著葉尼塞河，也有自行車道和訓練跑道，而此處與彼處的休閒裝扮也相同。在神遊中（多虧了這種狀態並且藉由這種狀態），她感覺到自己就在現場，此刻圍繞著她的一切甚至更為強烈地存在；在神遊之中，並存的東西對她來說更加強烈、更加清晰，連同也在那裡的她在內。

多虧了她的神遊，她意識到眼前這兩條河的差別，特別是有別於大小的差別。不是有「窮酸味」這個說法嗎？總之，瓦茲河帶著貧窮的氣味，河面上有一團團黏液，來自想得到的、想不到的各種液體，水面上看不見夏季藍天的倒影，而瓦茲河流到盡頭時所注入的塞納河則帶著富貴氣，這又是一種說法，意思是根本沒有氣味，倒映在遼闊水面上的藍天甚至比上方蒼穹的真實藍天還要更藍。是這條填滿了地平線的大河造成了眼睛的錯覺嗎？這條大河彷彿把前景中這條小得多的河流順便帶走。是幻覺嗎？據說，塞納河水在經過一段時間之後就又乾淨了，至少是直到瓦茲河注入之前，史上頭一遭被整治得可以戲水和游泳，流經巴黎的那一段也一樣，在那些彎道旁尤其值得推薦，可是這個說法不是與這種種氣味不相符嗎？不論如何：一如在那條寒冷得多的西伯利亞河流裡道別之際，水果賊在此時此地也走進河裡，游向「瓦茲河的盡頭」。故事這樣說。

現在該說一說「水果賊」是什麼意思了，說一說她是怎麼成為書中這個水果賊的。

有人認為她父親有責任。她還很小的時候，他就彷彿示範給她看。這不是真的。是有可能他在年少之時曾經起心動念（曾經這樣想的人也許並不少），要翻過圍牆或是其他障礙，進入別人的庭院或是果園。但他從不曾把這個念頭付諸行動。他太笨拙，運動能力欠佳。再說：每次在他周圍有小小的逾矩行為發生，他就表現得像個嫌疑犯，於是往往也被歸咎，每一次都是冤枉的。可是在他的想法裡，他覺得自己要對周遭真正的違法行為負責，而且也理應被懷疑犯下了所有可能的罪行，搶劫、性侵、殺人、謀殺，而且不單是在他周圍的罪行。

她很小的時候就已經成為水果賊，在她短暫停留於鄉間時，而那實際上是她第一次待在鄉下。「成為」？當年那一天，當她爬上一個村中男孩的肩頭，從那堵不算高的圍牆跳進陌生人的土地，爬到樹上，從樹梢一把拽下了那顆在前幾天就令她「巴巴望著」的果實，彷彿她不是在那一刻才成為水果賊，而是一向就是個水果賊。

她沒把自己看成是個賊。直到如今也沒有人把她看成一個賊。她之所以被叫做「水果賊」，是因為她的家人用來當作她的第二個名字，排在她受洗的名字之後，在只有她母親會用的那個罕見名字「亞歷西雅」之前。當年圍牆內那座果園的主人就給她取名為「水果賊」，她在果園裡把那顆果實（是哪種果實並不重要）——「摸走了」？噢，不，給拿了，給採了。他是她母親年少時在村子裡的朋友，在附屬於果園的那間小屋裡（並非果園附屬於屋子），不經意地目擊了這個村裡沒見過的都市小孩摘下那顆果實。起初，他不禁從桌旁一躍而起，接著停下來，在窗邊坐下，以便能看得更清楚。後來他告訴他從前的女友，這個小孩的母親，說他喜歡他所看見的那一幕。剛才他還悶悶不樂，看見這個小女孩把先前半隱半現的果實從樹梢拽出來，他頓時被逗樂了，並且聽見房間裡（這屋子裡唯一的房間）有人在笑：發笑的人是他自己。

「水果賊」這個名字就是他取的。他這樣喊那個小女孩。她背對著他，在牆腳徒勞地試圖回到牆外；能夠幫忙她的那個男孩站在牆外，或是根本早就跑走了。「嘿，水果賊！」她緩緩轉過身來，睜大了眼睛，靜靜地看著他，像是看著一個多管閒事的人。為了空出雙手來爬牆，她用牙齒啣著果蒂，當他假裝成生氣的果園主人朝她跑過去，她就只是用雙手把果子按在身上。這是她的果子，不是別人的，更不是禁果。「順手牽羊」對這個孩子來說，有著非比尋常完全不同的意義，但只在涉及果實和水果之類的東西時，而且也只在「適當的時機」。日後對這個年輕女子來說也一樣。

偷拿、竊取、偷竊、偷盜，對水果賊來說都很可怕。在所有的違法之徒當中，她獨獨對小偷感到厭惡。強盜、性侵犯、殺人犯、大屠殺者，那是另一回事。那種偷偷摸摸，平常以一種簡直令人上癮的方式吸引著她。但是偷竊那種偷偷摸摸，在她眼中卻是天底下最令人厭惡的事，單是那個姿勢就令人生厭。如果她在超市裡目睹了一樁小竊案，不管她再怎麼努力說服自己，說那是出於不得已，或是被偷的東西幾乎不值什麼錢：她還是瞧不起那個小偷的手法。一向愛看電影的她，看過布列松那部《扒手》，其中一幕是在地鐵上還是哪裡，那一幫扒手把從乘客身上偷來的皮夾從一個人手中傳到另一個人手中，穿過一節節車廂，終至消失，像一段無聲的芭蕾，彷彿那是優雅乃至美的典範。在那之後，她對這個值得敬佩的導演似乎就失去了忠誠。後來在學校裡，她班上那些女生曾經流行結夥去百貨公司偷東西，有一天，當一個女同學向她炫耀那一點戰利品，她忍不住賞了對方一耳光，而且是熱辣辣的一記耳光。每一種惡行都各以自己的方式帶來痛苦，造成損害。雖然許多竊行根本不能稱之為「惡行」，而除了少數例外，說偷竊會造成損害乃是誇大其詞。既然如此，為什麼在她眼中、在她心裡，一樁竊行會以如此獨特而醜陋的方式令人痛苦呢？不只是傷害了被偷的人，而是破壞了一種先於《聖經》中任何戒律或其他戒律的戒律。

她偷水果這件事卻不一樣。除了從事時無須受到懲罰，還是好事一樁。而且偷得理所應當，也是美事一樁。美好得可為模範。誠然：她每次所做的是件「歪」事。但是就連這個說法對她而言，也具有不同於一般的意義。歪扭的東西讓她感到親切，就算只是略微歪扭，讓她感到她所渴望的那份祕密，特別是在面對歪扭的物品時，一根歪扭的縫衣針、一支歪扭的鉛筆、一根歪扭的釘子。歪扭的釘子會更耐用。

假如按照她的意思，就只有歪扭的東西還會被製造出來。莫非她不喜歡直角之類的東西嗎？沒錯，但她更不喜歡所有圓形的東西，球體、圓圈、環狀花紋、螺旋形。那麼，她想要事情按照她的意思嗎？想得很。或者應該說，她偶爾這麼希望。

這樣一個水果賊能發現多少東西！在她迄今四分之一個世紀長的人生裡，她經常換地方，但是多虧了偷水果這件事，每次她都有了安居的感覺，至少有一天之久，也許再多一天——時間更長的話，她在哪裡都不覺得安全。

她藉由估算她想順手牽果的地點、位置和角度來衡量每一個地方。只需要一天一夜，她就能在內心隨時喚出一種像是「果實參數製圖法」的東西，對她來說，這些參數才使得那個地方成為她的周圍。引人注意（或者並不引人注意）的是，這些「三角測量點」通常的確就只是個別的點。被她當成標記的，從來不是一整座果園或溫室，也不是一整片原野、樹林或灌木，還是大型種植場，而一向只是單棵的樹或單株生長的灌木，不會是一座葡萄園，更別說是滿山遍野的葡萄園：正好相反，她當成地標的會是單單一株葡萄藤，幾乎隱藏在籬笆後面，只露出幾片鋸齒形的葉子，從籬笆的木條或網眼之間探出頭來，向她洩露出自己的存在。

藉由偷水果來熟悉一個地方，並不僅限於她置身鄉間、被村莊和小鎮圍繞的時候。她在大都會裡也有同樣的經驗，而且往往「更有成果」。不管是在巴黎、紐約還是聖保羅，大都會的城區在她眼中之所以成為城區，並非由於其地標，也不是城區與城區之間逐漸泯滅的過渡地帶，而是多虧了她身為水果賊的漫遊，前往如同在尋寶遊戲中變得「溫暖」、「熱！」、「很熱」的地方[17]。每次她一抵達某個世界大城，她就知道她將有所斬獲，就算不知道會在哪裡，不管是在哪一個城區，哪怕是看似沒有果樹的地方。例如，她在巴黎所住的街區靠近奧爾良門地鐵站，那裡新建了許多廣場，種了一排似乎在全歐洲蔚為風潮的銀杏，格外閃爍的樹影形成了遮擋視線的簾幕，簾幕後面，在一堵無窗的屋牆邊，還留著另一個時代所搭建的水果棚架，依然結著果實，雖然數量一年比一年少了。而在殘留下來的棚架最高處，「今年夏天就只有一顆梨子」，水果賊述說，「但是特別大，長在棚架上很高很高的地方，就算踮起腳尖也搆不到。沿著城市快速道路旁，已經快到蒙魯日——」一旦她開始列舉她的作案地點，她就會說個沒完。

那冬天呢？冬日裡她要怎麼辦？當四處都不再有果實可偷？——「親愛的：冬日也有果實生長，多得很呢！」

「一個水果賊能發現多少東西！」——偷水果這件事跟發現有哪門子關係？難道樹梢是個能夠有所發現的地方嗎？——的確：可以說水果賊並未以這種方式做出什麼偉大的發現。但是，她在每日每夜順帶為之的行動中所看見、聽見、聞到、嘗到、體驗到的，是她在少了身為水果賊的地圖和時間表的情況下以別種方式絕對體驗不到的。因此，她把這當成一種發現，這件事再清楚不過。她也無須特意爬到樹梢，只有例外情況她才會這麼做。她的發現其實是順帶得來的，而且從來都與「贓物」（所謂主要的事）無關，反倒和附帶的事物有關。當她動身前往那個已知的地方，那個單一地點，每一次都東彎西拐——這本質上屬於她漫遊的一部分——當她朝屬於她的那顆果實伸出手，甚至是伸出雙手，當她從容不迫地又繞了別的路而踏上歸途，有點什麼順帶來到她眼前，來到她耳邊，輕拂著她，尤其是在深夜，以這種方式，在這種獨特性裡，是在做其他任何事情時都不曾輕拂著她的，而且她深信日後在做其他任何事時也不會。然後，嗅著那顆偷來

17 一種兒童遊戲，把一件東西藏起來，讓對方去找，當對方接近那件東西，就喊「熱！」，當對方離那件東西遠了，就喊「冷！」，作為給對方的提示。

的果實（除非是葡萄和核果，否則一向都只有一顆），也屬於她的順帶發現：一顆買來、拾到、獲贈的果實絕對不會散發出這樣一種香氣，一種冒險的香氣，祕密的香氣，像她剛剛偷回來的這一顆。至於滋味？水果賊幾乎不曾提起。似乎有好些果實她碰也沒碰，任由乾掉或腐爛。

不管是男賊女賊，水果賊是不得不然。還有一點也很清楚：這並不表示，拿取這些並非己有的果實乃是出於一種強迫症，乃是一種疾病，而染上這種毛病的人乃是竊盜狂。這是不得不然，就她而言，是一種自然而然的事，一種正當的事，一種善與美的事，一種必要而令人神清氣爽的事，而且不只和她一個人有關。

另一方面：難道水果賊把這看成一種使命嗎？難道她希望偷水果被奧運納入成為新的比賽項目嗎？這並不全然荒謬，只消看看所有被納入奧運的新項目。

曾經有一段時間，剛跨越從孩童到成人的門檻，她相信過某種像是使命的東西，她個人的使命，但不是水果賊這個角色，也不是人們所說的「在引申的意義上」。擁有一個使命，一個原因是有一天，原本還在同儕圈內（就算從來不是中心人物）的她忽然發現自己成了邊緣人，誰曉得是為什麼，而她也不想知道。其他人甚至不再跟她打招呼，之前她卻毫無疑問在這個團體裡一起玩。她不想知道原因何在，就跟她不想當個邊緣人是同樣的道理。「我不是邊緣人！」現在她看見自己位在中心。「我還會給你們一點顏色瞧瞧！」

二來是她被說服了她有這個使命。那些向她暗示她肩負著任務的人，隨著時間過去愈來愈多，一向都是年紀比她大得多的人。這些長者和老人，包括那些只看了她一眼的人，不管是在街上，還是從旁邊走過，都會不厭其煩地向她表示她是個「非常特別的人」——「一個十分罕見的人」——「總算有個與眾不同的年輕女孩，不像其他那些女孩，當她們諂媚地從你旁邊走過，身上就只差沒有價格標籤」——「妳這個脫俗的美人！」——「一個有使命的人！」

她剛成人的那幾年，最不厭其煩向她勸說她具有這樣一種使命的，是她自己的父親。「親愛的孩子，妳有一項任務，妳必須要在這個世界上守住妳十分特別的位置，對抗所有的人，除此之外妳也有一件義務。妳有義務擁有權力。妳應該把妳擁有的祕密力量展現出來，並且加以運用。妳將會讓他們（那些有需要的人，而且這些人的確存在，與妳所想的不同）看見妳的光芒，用妳的光芒燒掉他們的假睫毛，讓他們的耳環叮咚作響，打穿他們的鼻環。妳將具體表現出這份全然不同的權力。妳將會——妳將會——妳將會——」

後來，主要就是父親這番嘮叨和預言，完全扼殺了水果賊心中這份使命感，那是在她年滿二十歲後不久。起初這令她鬆了一口氣。可是後來，她內心有某種感覺，取代了從前那種「天降大任於我」的使命感，當這份感覺甦醒（雖然不常），可能使她更加不安而四處遊蕩。不同於「使命」，這種感覺就只針對她自己：一個挑戰，一個召喚，要她去克服，去證明。證明什麼呢？證明她自己。挑戰？召喚？是誰在挑戰她？誰在召喚她？沒錯：兩者雖然都只來自她內心，但同時又不只如此，遠遠不只。「我很少會這麼不安。很少會由於這些遊蕩而心情激動。」

不過，此刻在「瓦茲河的盡頭」游過泳之後，躺在河岸草地上，把雙腳浸在河水中淹至腳踝，卻是她所樂意的。美好的自然法則：兩隻彎曲的大腳趾，與其餘的腳趾形成對比。在所有人類身上都是這樣嗎？在猴子身上呢？她把兩隻大腳趾彎曲得更厲害了，同時她的腳趾被什麼東西碰了一下。當她坐起來，一個銀色杯子正緩緩漂走，是錫製或鋁製的。她從水裡撈了出來，這杯子有個把手，讓她想到從前西部片裡的咖啡杯。它在河岸的水中載浮載沉許多年，好幾十年。當她把杯子轉過來翻過去（多輕啊！）她知道它是上一次大戰的遺物，那場戰役在此地進行，發生在一九四四年八月，如同此刻這樣的八月裡，那個千年帝國和來自海外的強權在此交戰，一公尺一公尺向前推進、向後撤退的拉鋸戰。杯子上沒有國徽，水果賊把它塞進背包，決定這是德國的。德國？之後，她從她的「行軍背包」（她不由自主地這樣想）側袋裡拿了點東西出來，是介紹該場戰役的小冊子，是身為業餘歷史學家的父親給她帶在路上看的，標題是「韋克桑戰役」，封面那張大大的照片上是一輛被擊毀的德國坦克。她把這本小冊子遠遠地扔進「瓦茲河的盡頭」，讓它繼續漂流到塞納河上？讓它沉沒？讓它沉沒。

她站起來準備走開。離開之前，她還用小石頭和貝殼打水漂，每次都用左手投擲，彷彿想要練習。讓小石頭在流動的河水上跳躍：這可能嗎？可能的。作為回答，甚至有一條大魚從「瓦茲河的盡頭」躍出水面，一條梭子魚？一條鱒魚？一條梭子鱒魚？一條鱒梭子魚？這可能嗎？可能的。故事是這樣說的。這麼說來，瓦茲河並不那麼貧瘠。

幾乎同時，有一艘遊船悄然無聲地從瓦茲河滑進注入塞納河之處，彷彿沒啟動馬達，與剎那之前在她腦海浮現的畫面一模一樣。而她也已經朝著船上遊客揮手打招呼，他們全是中國人。或者是那些中國人不約而同地先向她揮手打招呼，而她向他們回禮。陌生的人向彼此打招呼是多麼令人欣慰，從中散發出多麼大的力量和威力，一種不同的力量和威力。

當她踏上繼續往前的路，她也決定，偷水果這件事隨著這一天而結束。或者說，她頂多只還會為了虔誠的紀念而做這件事。

為了向河口道別，她倒退著走了幾步。這也屬於她迷信的天性。從事這些迷信一方面是打發時間，或者說是她每日遊戲樂趣的一部分（她並不需要打發時間）。另一方面，她也認真看待她的迷信。她正經八百地想像，此刻這樣倒退著走，能使她從遠方幫助她所關心的人，她鄭重地數著步伐，等著數到一個奇數，十一，十三，十七。綁鞋帶時綁兩個一模一樣的蝴蝶結，切麵包時一口氣切完，走路時故意從一個水窪中間走過去，也能帶來同樣的效果。

此刻當她數著自己倒退的步數，她認為這能影響她那失蹤的母親。在她的迷信舉動快結束時，她還得要閉上眼睛，她也這麼做了。一直以來，不管是什麼東西，都會在她腦海留下持續很久的後像，久得出奇，而且輪廓鮮明。當眼睛微微閉上，沒有閉緊（這也是要求之一），有時那幅後像才讓她看見了她睜著眼睛時根本沒注意到的東西。閉上眼睛！而此刻，剛才搭船遊河的那些中國人以負片呈現，臉是黑的，頭髮是白的——所以說，所有的中國人都是黑髮？——黑色的手臂（白色襯衫）在甲板上舉起來向她打招呼，而站在他們之中，也打著招呼的，是她母親，她這樣看見，也這樣認為，「不會認錯，就是她」。一點也不像是失蹤了！「母親正和那些人一起出遊，為了休息。她就只是需要休息。為了什麼需要休息？為了正在發生的事，尤其是與她有關的事。」可是：一如沒有看法，也沒有解釋。她習慣了無法解釋的事。這時她還看見母親腿上的絲襪抽了絲。她怎麼看得見這個？她看見了。可是還有絲襪抽絲這種事嗎？有的。

那幅後像一閃而逝，她認為不管怎樣「一切都好」的信念也隨之消逝。但說也奇怪：水果賊同時感覺全身一震，上至頭皮，下至兩隻彎曲的大腳趾。直到此刻，直到瓦茲河注入塞納河的這個河口，她都一路磨磨蹭蹭。而這也很好：如果合該如此，她也會理所應當地繼續磨蹭下去。但現在：磨蹭夠了！她該前往的這個地區、這片土地在等待著她。那裡需要她，而且是迫切需要。由於在火車上睡著了，她來到偏西的地方，朝著大海的方向。而要前往內陸卻得往北走，筆直地走向北方。她要認真看待她的探險之旅，而且是馬上。一個冒險故事？誰曉得。至少她有這種心情。

而現在呢？那不是一口鐘的聲音嗎？是那種有時在夏夜裡，在遼闊的土地上彷彿來自遙遙遠方的鐘聲，來自地平線下方，雖然放眼望去並不見教堂鐘塔。此刻她才察覺，前一個小時在河邊，她急切地等待著這樣一種聲音，需要這樣一種聲音。難道這鐘聲只是她想像出來的嗎？

這個聲音不是想像出來的。只不過仔細聆聽會發現，它並非從地平線後面傳來，而是從前景傳來，來自下方，來自兩條河的匯流處，聲音愈來愈大。她繼續聆聽，這個鐘聲化為雷聲，往耳內鑽得愈深，就聽得愈清楚，一聲很輕、很遙遠的雷聲。這個夏天，她還不曾遇上雷雨，只聽別人說起過一場：在阿爾卑斯山某處，雷聲愈來愈接近，先是轟隆轟隆，後來成了爆炸聲，來自四面八方，在他的前後左右，最後幾乎雷電交加，他在閃電之間迂迴奔竄，「怕得要命」，「不管妳相不相信」……而她羨慕起此人的奇遇。

她在當晚抵達了韋克桑。不過，她抵達之處，還不是劃歸皮卡第大區的韋克桑高原，而是位處該區的西南方，仍舊屬於環繞著巴黎的法蘭西島大區。不僅距離那幾乎無人居住的遼闊高地連同它所屬的皮卡第還很遙遠（至少步行過去很遠，而水果賊曾表示她這趟漫遊必須以步行為主），她過夜的地方仍然還是座不折不扣的城市，一座大城。那不是一座幾百年間發展起來、和歷史難分難解的老城，更不是從前的王城，如同鄰近的蓬圖瓦茲，字面意思是「瓦茲河大橋」，當年聖路易王出發參加他並不真心相信的十字軍東征之前，曾有幾天（也可能還要更久一點）心情忐忑地望向那座城市。她過夜的那座城市，以面積和人口而言都比蓬圖瓦茲更大，屬於首都巴黎周圍所謂的「新市鎮」之一，是在二、三十年前圍著幾座老舊的農莊或根本就是一片空地，一條街接一條街，一座廣場接一座廣場，一個十字路口接一座十字路口規畫出來，而且一絲不苟地按照計畫建造起來的。城名是如今常見的複合名字，塞爾吉—蓬圖瓦茲，彷彿這座大型新市鎮，只不過是在瓦茲河上游發展起來的蓬圖瓦茲的衛星城市。

對她來說，這座城市就只叫塞爾吉，而非專業術語中稱為「合併城市」的「塞爾吉—蓬圖瓦茲」，幾座比較小、比較老的城鎮和昔日村莊也被納入其中：好比聖旺洛莫訥，該地的戲院是一棟平房建築，但是往橫向擴建得很遠，有八個廳（還是多達十個？），幾乎占據了整片車輛不得駛入的主要廣場兼市集廣場，展露出一種非洲傳統村莊的特色；奧尼（Osny）（s不發音）有著偌大的地方監獄，位在一座陰暗的幽谷邊緣，徒步旅行的人，從韋克桑高地往下朝瓦茲河走去的途中，會感覺到從監獄圍牆裡散發出來的沉默或是啞然無聲，幾近死寂，黃昏時分，尤其會有一種空氣不足、氣悶、令人窒息的感覺。瓦茲河畔歐韋有梵谷的墳墓，旁邊是他弟弟提奧的墳。這個故事發生之時，這座緊連著瓦茲河谷上游的小鎮，還不屬於那座合併城市。

與那座合併城市的其餘部分相比，塞爾吉大得不成比例，尤其是毫無例外地全由新建築構成，而不是只有乍看之下如此。位在河流下游，從瓦茲河的最後一個河彎（也許根本是唯一的河彎）往上，在地勢較高的那一側河岸，通常比較陡峭的那一側，長度、寬度乃至高度都自成一格，和奧尼、聖旺洛莫訥、尤其是蓬圖瓦茲被分隔開來，中間是幾乎無法通行的無人地帶。

至少對於步行的人來說，塞爾吉難以抵達。水果賊以前就熟悉塞爾吉這座新市鎮，曾在當地大學攻讀經濟，大學與整座城市一樣新，那是在她從自己的失蹤歸來之後，在她的銀行家母親敦促之下，不過她只讀了一學期（甚至還不到）。她熟悉的倒不是城市本身，而是那片地景，不，也不是地景，而是在造鎮的過程中被改變了的東西，而且幾乎不是自己親眼目睹，而是從侯麥執導的一部電影裡看見的，故事正好發生在成了休憩區的瓦茲河河彎地帶，連同湖泊、噴泉、小船，天曉得還有哪些東西。在她記憶中，那部電影的季節是夏天，侯麥的作品常是如此，常出現藍天和同樣藍的水，在年輕人之間輕鬆愉快的長長對話（侯麥的電影中幾乎總是如此），彷彿乘著夏季的風，以人工瀑布的潺潺水聲為背景。電影的故事，她已經忘了，她一向健忘，莫非這是她「半大不小」時，沒有留下記憶地四處遊蕩的後遺症？對那些與她相處過一段時間的人來說，她的健忘有時很嚇人，簡直令人害怕，彷彿她把一起見過、談過、乃至於一起驚羨過、讚嘆過、愛過的一切，包括不久之前才發生的，全都無法挽回地給永遠吞沒了。就這樣，她也徹頭徹尾地忘了當年她在大學講堂裡跟誰一起聽課，連同講堂、校園和那座新市鎮一起忘了，在塞爾吉的市界之外，她也忘了她在歐韋鎮梵谷兄弟墳前的無聲呼喊，連同長滿長春藤的那兩座雙子墳丘；忘了她天真的喜悅，當她在一個春夜裡回到塞爾吉，在一條新建的林蔭道上，一個在這座新市鎮裡十分罕見的老年人朝她迎面走來，對她說了聲：「您真美啊，女士！」（「女士」，而非「小姐」）她把這句話連同這個老人和那條林蔭道一起忘了，路名是相思樹還是含羞草？連同塞爾吉一起忘了。

如果有人點出她的健忘，她就覺得自己的健忘是種過失，必須歸咎於她。以塞爾吉為例，若有人向她暗示，說她之所以徹底忘了她在該地的時光，乃是由於她並沒有住在這座新市鎮，而是每天搭火車通勤，在她母親位於巴黎的公寓和校園之間往返，那幾個月裡她不曾在塞爾吉住過一夜，她就會拒絕這種說法，彷彿別人意圖要她為自己的忘卻一切推卸責任。這是她的過失。可別找藉口！

另一方面，她會回答：「對，我老是忘記，這令人害怕，想必嚇著了你。但是我向你保證：我每次都還是牢牢記住了一點什麼！」——「比如說什麼？」通常她也答不上來。也可能是（從她的表情可以看出來）那個記憶影像會使對方嚇一大跳、感到震驚或是羞愧，和他本身的過失有關，或是與對方或任何人都無關，而只跟她有關。

以被她遺忘了的塞爾吉來說，她曾經能夠說出關於這座新市鎮，她還是記住了點什麼。她所記得的是那片無人地帶構成的綠帶，圍繞著定居在那片偌大地區的居民，無法穿越，彷彿是那些執行都市計畫的人特意做來讓人迷路的。

她允許自己改搭公車抵達塞爾吉，而非徒步。夏季的乘客從一開始就稀稀落落。途中幾乎沒有人上車，也幾乎沒有人下車。車上寥寥幾個乘客全都是自己一個人，默不作聲。車內光線顯得愈來愈深黃；火車車廂裡的光線從來不會是這種顏色。時近黃昏。已然黃昏。在終點站「塞爾吉高地站」向司機——是位女司機——打聲招呼，對方也回了禮。幾個下車的人全向司機打了招呼，並且致謝。

接下來呢？這是她每天都要提出一次的問題，不特別問誰，也不是問她自己，或遲或早，不論如何，總之一天得要問一次，算是舒一口氣。而水果賊也已經動身，才下了車，就逕自往前走，步伐不快也不慢；就像某個清楚知道目的地的人，也知道那個目的地配稱為目的地，並且知道那裡有人在等他。如今的許多年輕女子不都是這樣行走嗎？不。她的走法不同。

她突然停下腳步。那是在塞爾吉這座新市鎮的許多中心之一，是好幾路公車的起站和終站，尤其是往返巴黎的區間火車的起訖站。更像是車站，而非廣場，而且就像絕大多數的中心，這裡屬於城裡地勢最高的地方，位於河岸較高的那一側，所以才有「塞爾吉高地站」這個名字，意思是位在塞爾吉的高處。要搭區間火車得往下走，有好幾層樓深，就像巴黎地鐵站；而即使是在巴黎，也只有少數幾個依山而建的地鐵站才這麼深，像是蒙馬特站，或是肖蒙山丘站。

她在行走當中（興高采烈地行走，只差沒有一蹦一跳）如此突如其來地停住，在這個通往地下的入口。這嚇著了她。她抽泣起來，哭了一聲，用拳頭壓住嘴巴，大叫起來。一大群人從樓梯走上來或是走出電梯，在大都會裡或其他地方工作了一整天之後下班回家，正在廣場上四散開來，全都低著頭或半閉著眼睛，在火車穿越這座新市鎮的最後幾段路上，他們的確是置身於一列地下火車上。沒有人抬起頭來，沒有人聽見她的叫喊。而她也立刻走到一旁，又鎮靜下來。彷彿先前她把自己從某件隱形的東西或某個隱形人旁邊用力拽開，就像鼓起了最後的力氣。

當她繼續往前走，像先前一樣輕快，她戴上草帽，並且把草帽繫住在下巴，雖然陽光早已不再炙熱，這倒是有理由的。在塞爾吉高地站此處，強勁的晚風從韋克桑高原吹過來。這頂草帽或許是用來遮住她淚水之下的微笑（也可能不是），水果賊想用這抹微笑來對剛才所發生的事表示歉意，向某個隱形人或是某件看不見的東西。但這卻適得其反，更使人注意到她請求「原諒我！」的溼潤眼睛。

一連串的誤會，彷彿接二連三，由於這抹微笑，而且後來也一樣，一整個晚上都是這樣，當她早已不再微笑，只是一股勁地往前走，然後獨自坐下。那些起初以為她在對他們微笑、後來又認為她在看著他們的主要是男人，但不只是男人，他們在下班後（至少在傍晚那幾個小時裡）為數可觀的人潮中來來去去，穿越這座新市鎮。

感覺上就像這些男子，也包括市界之外的那些男子，從不知道多久以來就不曾再有陌生女子在大街上把他們一個個看進眼裡（也可能從來不曾有過），看見我的存在，接納我，眼中有我。這種眼神，頂多只在電視上還看得見，而最可能是在廣告中出現，格外明顯，並且用上特寫鏡頭。然而：廣告裡的眼神和活生生投向我的那個眼神有著天壤之別！老電影中的眼瞼低垂也截然不同，被電影中斜斜一瞥的目光掃到，甚至感覺到片中女子在對我眨眼，哪怕是瑪麗蓮．夢露。還是舉個略可比擬的例子？當年在「凱撒狄斯可舞廳」閃爍的燈光裡那個陌生女子的眼睛？還是在「帕夏俱樂部」？肯定不是——沒得比較！也許是個妓女，裝作是最純潔的女孩，一如我當年遇到的那個烏克蘭女子，還是俄國女子，總之留著天使般的金髮，幸好此刻這個陌生女子不是……

基於這種種誤會，好幾次有男子向水果賊搭訕。不過，他們來搭訕時幾乎都彬彬有禮，或是表現出年輕人的興奮，包括那些年紀較長的男人，而他們的共同點是一份羞怯。針對其中唯一真的走近她、後來甚至還尾隨她的男人，她就乖乖採用父親的建議（其實她根本不需要的建議）。她停下腳步，沒有閃避對方，連「一個手掌的寬度」都不曾閃避，但也沒有戴上父親所推薦的「窗玻璃鏡片眼鏡」，就只用她的眼睛看著那個喝得爛醉的男人，而果不其然：沒有人想對她不利，她不可能出事，至少在這個時刻。

這是誤會嗎？不。或者說，如果是誤會，那麼是這樣的：水果賊在某些時刻帶有新娘般的氣質，她也恣意散發這種氣質。幾乎還是孩子的少女，能夠散發出某種氣質，特別是好幾個少女相聚時，當她們在某處安靜地坐在一起，懷著期待，但並非在期待某個特定的人。她則在過了這種少女年紀之後仍保有這種氣質。她自己說，再過幾年她就會像個「永遠的新娘」。而她一向就像個新娘，至今仍舊如此，當她獨自一人的時候，而當她和其他年輕女子在一起時更是如此。同時，她顯得像個胸有成竹的新娘。怎麼說呢：新郎還不知在哪兒，卻胸有成竹？正是如此。將會如此。故事就是這麼說的。她懷著安靜的信心。然而，當她在陌生人當中自顧自地坐著，當她在其他人之中向前走，或向前滑行，步伐輕盈，她會忽然一驚，嚇了一跳，語無倫次（她自己也聽不懂），道道地地、不折不扣地「丟」了她的臉，她會一個勁地做鬼臉，一個比一個幼稚——不是天真爛漫——就像典型的弱智傻瓜。——就只差鼻子沒流鼻涕，嘴角沒流口水？——在某些時候這也沒少。——可是這一切豈非不忍卒睹？——非也，而且是賞心悅目。這個新娘很美，如此之「美」。——美到令人想要跪下？——是的，老兄。是的，老弟。

在她有如新娘般的這個時刻，說來奇怪（還是一點也不奇怪）的副作用或後遺症是：明明才剛剛抵達塞爾吉，她幾乎不記得從前她在此地度過的時光，她卻被認為是熟悉當地的人，於是從一條大街小巷到另一條大街小巷，一直有人向她問路。主要是些開車的人，儘管帶著市區地圖，甚至還有自動導航，他們還是在這座新市鎮的交通系統中迷了路。彷彿他們已經多次徒勞地問起過這座或那座廣場，從塞爾吉通往高速公路的這條或那條交流道：從汽車裡向水果賊問路的那些人臉上的表情近乎央求，接近絕望，準備好在下一秒就要發飆，或是乾脆放棄，不只是此刻，而是永遠。換作是另一個人被這樣央求，也許會忍不住真的回答：「放棄吧！」最後一個在她身旁停車，並且請求協助的是個計程車司機，不是外地來的，而是當地人，來自塞爾吉—蓬圖瓦茲這個合併城市，也在此地長大，他向她表示他並非唯一迷失方向的當地計程車司機，用他的話來說，是搞不清東南西北。而從她走路和站立的模樣來判斷，沒有一個問路人願意相信就連她也幫不上忙。不過，她表達愛莫能助的方式，所用的眼神和嗓音，還有她的態度，似乎使得那一個個眼看就要發飆的人至少又冷靜下來。

隨著夏季的夜晚漸漸來到，汽車變少了，不再有人來問路。走路的人卻多了起來。而那些在這座新市鎮各處成群閒站或閒坐的人，似乎在先前那幾個小時裡就已經在那兒了，只是此刻變得明顯，能被看見、聽見，成為被填滿色彩的輪廓；沒有人看見她走來，至少在水果賊的眼中是這樣。

尤其是區間火車各個車站周圍那一帶，搖身一變，成了當初所規畫的廣場，這些在市區地圖上也被稱為廣場的地方，原本即使用上最生動的想像力也看不出來是座廣場。從一座車站到下一座，這些廣場上的人愈來愈多，不，你沒有看見嗎？已經滿滿是人。那些街道，在人們對未來的憧憬中被命名為「林蔭大道」和「大街」，頓時也成為向外延伸的廣場。一條繁華大街接著一條，直到整座城市在想像中形成了單單一條繁華大街。在入夜之前（在入夜很久之後也一樣），塞爾吉這座新建的城市，這座彷彿每一個角落、直到最外圍的環形和圓頂建築都用直尺和圓規畫出來的城市，有了一座南方城市的樣貌，而且是一座在其他任何地方都見不到的城市，遑論在真正的南方。而北方已經屬於皮卡第地區的天空，連同悠長的仲夏黃昏，更強化了這個樣貌，也就不足為奇了。時值假期，這裡沒有大學生，也沒有大批高階或低階職員穿著緊身長褲和遮不住臂部的短外套，手上拎著彷彿空空如也的扁扁皮包，而與這個繁華大街的想像或幻想有所抵觸；相反地，眾人的裝扮還使這份想像更加生動，他們在這座新市鎮各處或坐或站、攜手散步、踢踢躂躂地走著，披著紗麗或紗籠（還是紗什麼的），身穿中東式長袍或類似服裝，戴著各式各樣的面紗。

先前在此處或彼處，水果賊雖然看得見招牌上寫著「咖啡館」的地方，但那些場所沒能吸引她走進去。現在情況不同了。那些咖啡館前面甚至還搭起了先前並不存在的露天座位，道道地地的露天座位。

在塞爾吉這樣一個露天咖啡座上，她在其他同樣坐在露天座位上的那些人之間坐了下來。她先前是那麼引人注目，雖然並非有意，此刻的水果賊則變得絲毫不引人注目，而且不單是不再引起任何人的注意，而是有如隱形了。這種情形她也習慣了，而且就她最在乎的事情而言——不要讓別人看見自己，宛如消失卻又在場，和其他人同在！——這是她所樂見的。可是有時候，她卻並不樂意變得隱形。例如，在一家商店，在一個政府機關，在一間餐館，當她需要某件東西，急需（或不怎麼急需）要做某件事，當她又餓又渴地走進去——她怎麼能夠挨餓忍渴——別人卻對她視而不見，一次又一次，她對任何人來說都不存在，而且對方甚至不是故意的，也並非出於惡意：不同於所有在辦公室、在商店裡需要某種東西的其他人，對於主事者來說，她就像空氣。空氣？假如她對那些人來說至少是空氣——可是，不，她什麼也不是，她不存在，即使她是獨自一人站在或坐在那裡，適度地抬頭挺胸，在除了她以外空無一人、沒有訪客、沒有顧客的商店、政府機關和餐廳裡。等到她一無所獲地準備離去，她才終於被看見了。直到這時候，才會有人從四面八方朝她奔來，熱心殷勤，樂於服務。而她接受他們的殷勤，以她的方式，彷彿感到悲傷，而且有點羞愧，不是為了自己，而是為了對方。

她在露天咖啡座上一樣如同隱形。最後，她面前總算有了一杯葡萄酒還是別的飲料，而她從一種隱形（被人忽視，有如不存在）轉換成另一種隱形，一種她偶爾樂見的情況：去看，但是不被看見。以不同的方式去感知，正因為她自己變得令人無法察覺，不是個外來者、窺伺者、間諜、或是偵探——老天保佑——而躲藏著，不讓任何人察覺，置身於眾人之中，是他們當中一員，是民眾的一部分。

她看見一個大腹便便的孕婦，早已不再年輕，期待著她的第一個孩子。一個戴著面紗的女子，眼睛藏在面紗後面，對某人投去一道長長的秋波。一個婦人打她的狗，這隻狗是來接替另一隻在不久之前由於癌症或年老體衰，被安樂死的狗。那個在大街上停下來的年輕人在梳頭髮，起初梳得很快，然後放慢了動作，他猛然想到他剛才做錯了事，想到他全都做錯了，從一開始就錯了。一個人朝他迎面走來，一邊走一邊把他那件休閒長袍衣袖上的流蘇拉長，拉得很仔細，一根接一根地拉，相信（或是迷信）能以這種方式讓他姊姊在旅行穿過非洲戰區時一路得到保護，從布吉納法索出發橫越馬利共和國。那邊那個目露凶光的男子——「把錢拿出來！」——下一刻就會熱淚盈眶，後來也的確如此——幾乎如此，因為所花的時間不只一刻。那邊那個女子對她不忠的情人露出大大的笑容，大過整張臉，露出了全部的牙齒，待會兒她就會朝他吐口水，後來也果然如此——只是沒有口水。一個坐在露天咖啡座上的人朝另一個坐在好幾張桌子之外的人扔去一件東西；同樣也還坐著的對方肯定會接住，這也就是後來發生的事。那邊在下班人潮中的那個老人，這將是他最後一次出門。那隻其老無比的貓也一樣，從牠上方一番滔滔不絕的談話中聽得出來，牠幾乎無法再邁出腳掌，而是把爪子擱在柏油路面，靠一條長長的繩子被拖著走。水果賊把這一切看在眼裡，沒有同情之意，不帶一絲憐憫。不被別人看見的她以這種方式參與其中。

這段空檔時間裡，她在露天咖啡座上做的事就跟其他人一樣——那些人同樣處於空檔時間，如果他們沒有在聊天——她試著看書（在塞爾吉的這一晚她沒能辦到），雖然主要是忙著操作她的手機；她把那支西伯利亞手機也帶在身上，雖然只是當作紀念品。

先前，她把手機從背包裡翻出來，由於她把背包底部的一個信號聽成一聲呼救。她才拿好了手機，來電鈴聲或振動就已經響起。她看見父親的號碼顯示在螢幕上，決定不接。不過，既然手機已經在她手裡，她就發了一則「簡訊」還是「電郵」還是……給她弟弟，手指的動作靈巧，就跟周圍所有年輕人一樣。她弟弟還不滿十五歲，在學年當中休學離開巴黎那所中學（想當然耳是位在塞納河左岸的某個城區），為了去鄉下接受工匠學徒訓練，在他從小就熟悉的皮卡第。他住在韋克桑地區的肖蒙，住在學徒宿舍裡，也在那裡上課，就像在一所寄宿學校，暑期也繼續住在那裡。他姊姊發訊息給他，說她要去探望他。這將是她第一次去探望弟弟。這個姊姊幾乎總是在旅行，姊弟已經一整年沒見了。弟弟沃爾夫拉姆（對法國小孩來說是個罕見的名字）立刻回覆：「來吧！」

在那之後，水果賊有了再喝一杯的興致，尤其是有了食慾，想允許自己享用一頓像樣的晚餐。靠著她換來換去的工作，不僅是前一陣子在西伯利亞針葉林帶那幾條河畔打的工，還有那些指名給她的小費，她能夠養活自己，偶爾也允許自己奢侈一下。父親有時也硬要塞點錢給她，而她收下只是為了當個聽話的孩子，參見「家庭觀念」。再說，塞爾吉這家咖啡館兼餐廳的價位並不高，水果賊無須吝嗇就能守財；銀行家母親會誇獎她的節儉。

那是在塞爾吉的「聖克里斯多福地方火車站」，被設想為這座新市鎮的樞紐，名稱源自那座早已消失的教堂，紀念從前當地那位聖徒克里斯多福，那個擺渡人。他曾經把扮成小孩的耶穌揹在背上，在夜裡渡過一條河，渡河時，耶穌變得愈來愈重，他們渡過所有的河流，因此也渡過此地的瓦茲河。如今「聖克里斯多福教堂」的原址聳立著一座鋼骨建築，計畫成為新市鎮的地標，是一條拱廊，至少與教堂尖塔同高，拱廊下裝設了一面巨大的鋼製時鐘（直徑是十二還是十六公尺？——請上網查看），鐘面上是羅馬數字，從Ⅰ到Ⅻ，從輪輻之間的空隙還能仰望開闊的天空。

不過，在那個傍晚，塞爾吉—聖克里斯多福車站的那座時鐘停了，也可能已經停了一段時間。這座時鐘的形狀幾乎像個巨輪，此刻靜止不動的時針和分針也成了輪輻的一部分。輪輻後面，天色雖然還亮，卻已是傍晚的天空。遠方的燕子在空中穿梭，使人意識到這座新市鎮之外的土地。牠們曾經消失過一段時間，不止一天不見蹤影，現在牠們又回來了。

當水果賊再度抬起頭來，已是暮色低垂，太陽在那座透明鐘輪的前面和後面，早已西下，彷彿伸手可及。有什麼東西在嗡嗡飛行，從下方廣場上街燈映照出的飛舞身影，她才認出是蝙蝠。這麼說來，這座新市鎮裡有蝙蝠——不是說牠們只會住在老舊的磚石建築裡嗎？在殘破的閣樓裡？在地窖裡？莫非從前的老建築還存在嗎？幾世紀前的建築？她四處閒晃時，不曾注意到有哪座新建築倒塌成為廢墟，一座也不曾見到。這種事也不可能發生。這座城市對於自己的新市鎮身分太過自豪，尤其自豪於把自己呈現為一座新市鎮。蝙蝠！此刻夜晚從某個隱藏的洞穴裡飛出來？從一座古老墓園的陵墓裡飛出來？墓園雖然早已傾圮，但至少仍是個不可侵犯的場所。

她的方位感甦醒了，作為一份喜悅，對這個地方、對於身在此地的喜悅。不過，這在今日此地並非第一次發生。之前幾個鐘頭裡，她就已經心血來潮，儘管下過決心要暫時擱置她的「水果賊行徑」，卻還是在此處彼處塞了些東西到她的水果賊背包裡，沒有計畫，隨興而為，順手用左手拿了，一邊還做著毫不相干的事。而且沒有一次行為在法律意義上符合竊盜犯罪事實。儘管如此，她還是「道地的水果賊」。

她以這種方式所拿的東西不是偷來的，因為那是野生的，長在這座新市鎮高高低低的各個地方，不屬於任何人，既非私人財產，也不是公家財產，除非市政府對於野生植物和所謂的雜草也有所有權。水果賊所採集、摘取、拔起、扯下的東西，在市場上販售時叫做「香蔥」、「水芹」、「蘆筍」、「甜瓜」、「山菠菜」、「南瓜」，而且那些是栽種出來食用的。這些全都是她從這座新市鎮的邊緣走到中心廣場的途中塞進背包裡的：香蔥是在一棟辦公樓門口，山菠菜是在一間新設立的幼稚園旁邊，水芹是在瓦茲河的一條支流旁，那更像是一條河溝而非小溪，例外地沒有被整個加蓋。可是那顆甜瓜也是野生的嗎？是的，藏在一處斜坡的草叢裡。那支蘆筍更是如此，也是野生的，就像細瘦的麥穗——生長在一座沒有草地的城市中央？這合情合理嗎？是的。

而在這座新市鎮裡長得最茂盛、也最有滋味的野生植物，是一種結果實的植物，所謂的「馬齒莧」。雖然在一些國家，至少是在歐洲，長久以來就被栽種，在特別的市場上——「只有這些市場配稱為『市場』！」——被當成一種要價不菲的蔬菜販售。這種植物在這座新市鎮四處蔓生，油綠的心形葉片，在大街和林蔭道的排水溝裡蜿蜒生長，幾乎像灌木叢一樣攀上公務機關和公司行號的牆腳，就算新式建築已經不再有牆腳了。每年都被當成雜草清除，然後每年夏天又照樣在原地發出新芽，除之不盡，一種風味獨具的生菜，「建議和溫熱的馬鈴薯一起食用，加上橄欖油和一小撮粗粒海鹽」。

於是水果賊把馬齒莧的油綠葉片、野生蘆筍、小顆的野生南瓜……都加進她的正式晚餐裡，包括從聖拉札爾火車站的軌道旁摘下的那幾顆蕃茄。她用折疊小刀在盤子上方又切又割、削皮，沒有人盯著她看；雖然她當眾忙著，簡直像在進行一種儀式，彷彿是在做給某個人看，在燈火通明的露天咖啡座上仍舊無人注意到她；彷彿她仍是隱形的，而且不是被人忽視、宛如不存在，而是她喜歡的那種隱形。

等到她再次抬頭望向那座巨輪時鐘，停住的指針又動了起來。不，是她看錯了。不過，時鐘後面的天空已成了黑色的夜空，在強烈的燈光下看不見星星，那燈光照亮了聖克里斯多福車站周圍的廣場，主要來自上方，很高的上方。那條街，此刻在想像中是一條貫穿整座城市的對角線，就跟之前一樣擠滿了人，只是現在零零星星能夠聽見行走或站立的人發出的聲音和聲響，更加突然，也更加清晰。此刻更加顯眼的還有那些警察，他們像一小支軍隊，手持衝鋒槍在火車站前面巡邏，集保護者和監視者於一身。一陣輕柔的晚風吹拂著廣場和露天咖啡座，像是穿過那座大鐘的輪輻而來，聽不見風聲，不似下方的人聲，然而她卻彷彿聽見了那陣風，風聲急切，蓋過了人聲。在這陣短暫吹拂之後，下一個剎那，幾近滿月的月亮一下子從時鐘後面蹦了出來，由一圈被月光照亮的小小雲朵簇擁著，同樣是透過那座時鐘的輪輻被看見。這樣看來，夜裡不會下起雷雨，自從抵達塞爾吉之後她就一心渴望著的雷雨。

這輪月亮連同環繞在旁邊的雲朵是多麼耀眼，出現得多麼突然。而在月亮下方——她一再仰望之下，那月亮彷彿成了滿月——那條「對角線」上的聲響是多麼刺耳。尤其是從那些故意緩慢行駛的汽車裡傳出的音樂，穿過敞開的車窗或是從敞篷車裡傳出來，鑽進她耳中，像打鼓一般敲在她頭上。水果賊曾經痴迷於音樂，如今也偶爾還是。最打動她的是饒舌歌。啊，阿姆，真名是「馬紹爾……」。幾年前，她隻身前去尋訪底特律一個名叫「八英里」（8 Miles ＝距離市中心八英里）的貧民區，據說這個饒舌歌手在那裡度過他悲慘的童年；而她懷著希望，但願成年後的他將會現身片刻，不管是不是以明星的身分，哪怕只是遠遠地現身，那樣甚至更好。

然而，這一夜不是聽音樂的時候，哪種音樂都一樣，不管是蒙特威爾第、格雷果聖歌，還是強尼．凱許。月亮嵌在市中心那面停住不動的時鐘巨輪裡，籠罩著這座新市鎮。當她坐在月色下，那些砰砰咚咚的敲擊聲和饒舌歌（彷彿有人一直在嘶吼著）對她而言是種額外的負擔。她聽不進去，否則她也許會為之著迷。但在此刻這個夜晚，這些聲音雖然占了上風，她卻仍然聽而不聞。

她倒是聽見了截然不同的聲音，隨著時間過去而愈來愈急切，雖然從不曾占了上風。那是夜裡蟋蟀的唧唧叫聲——難以置信，還是並不難以置信——同時，她又完全不確定這聲音是從哪兒來的，是來自新近栽種的行道樹下圓形花壇裡的青草，還是樹上的枝葉？接著，從遙遙的遠方傳來貓頭鷹的叫聲，乍聽可能會以為是拉長了的貓叫。噢，在新市鎮的喧囂擾攘之中的這份祕密。沒多久，她就無須刻意去聆聽，這聲音已在她耳中。不同於那砰砰咚咚的聲響，她聽見了蟋蟀和貓頭鷹的聲音，亦即她聽見的不是那占了上風的聲音，而是那急切的聲音。而那急切的聲音愈來愈祕密，此刻變成了懾人的聲音。仲夏夜蟋蟀的響聲或叫聲遇上了來自別處的回應，在城市的背景中此起彼落，而貓頭鷹的啼叫也得到了回應，不是一聲喵嗚，而是一聲口哨聲，同時也像是水底下咕嚕咕嚕的聲音，或是水煙筒的聲音。當水果賊又一次抬頭望向那座時鐘，先前的錯覺又產生了，時鐘的指針又正常運轉，但這一次是持久的：那份錯覺仍在，無法從眼中抹去。指針「正常運轉」？它們將會重新運轉，就在此時此刻。至少它們看起來準備好要啟動，時鐘表現出上緊了發條的樣子，與蟋蟀聲相應，成為一種單調一致的聲音，填滿了她的耳朵，那是一種竟夜替時鐘上緊發條的有力聲音。

「啊，要是那祕密之物能占上風就好了。要是能由它來統治就好了。攫取這世間的統治權，不管是以溫和還是粗暴的方式，無須專門為之立法。以祕密之物作為統治者，無須明文的法律。但是，一旦成為統治者，豈非就失去了一切祕密？而它的力量卻正是來自祕密？一方面：那祕密之物不是已經在統治了嗎？並非從這一刻才開始，而是一向如此？另一方面：看在老天的分上，為什麼就只有我有這些疑問？而且不是從今夜才開始，而是一向如此，此外我的疑問不只這些。撇開搖滾樂、饒舌歌和那祕密之物不談，難道我將孑然一身直到生命的盡頭嗎？不去過那偉大的生活，藉由那祕密之物而和平共處，一如昨日、今日和明日，就只是活下來，一天過一天，如同在戰爭當中？可是另一方面，不是有人說我們早就已經在互相爭戰？是的，自從我四處遊蕩的那段日子以來，我就只是個倖存者。只是？可是，從我在每一天結束時倖存下來——所以我總是要保持清醒直到午夜過後——不也產生了一種自豪和一種力量，產生了一種不同的東西，不同於當年我來來去去奔走四方，那是一種由於進退兩難而發出的無聲嚎叫。那是一種好的倖存、一種豐富的倖存，而戰區取代了地區：這也很好。同時又一點也不好。啊，恐懼再次來襲。逃吧！」

「您在睡覺嗎？」一個和氣的聲音在問，發自鄰桌。她抬起頭來，望向那個人，對方的臉孔半在陰影中。是他嗎？不，不是他。不過，畢竟她沒有完全被人忽視，至少有一個人注意到她。她感到解脫，笑了起來；而他也跟著笑了。何等友好。

她站起來，走了，打了個招呼道別。他將不會跟著她，這是意料中的。不會有人跟著她。同時她繼續想著逃走，然後決定：「不要逃走。再也不要逃。要先一步一步繼續走。聽從父親的建議，一步一步地邁出去，讓雙腳來帶路。跟隨貓頭鷹的叫聲，往山上走，直到過夜的地方。」這時她才想到她還沒有過夜的地方，先前她沒去想這些事。

隨著貓頭鷹的叫聲一路往山上走。牠們彼此呼喚的地方想必是一座樹林。這座新市鎮的中央有一座樹林？若是這樣就好了，就像在那些古老、但並未逝去的時代，就像在那些古老而永恆的故事裡。可是放眼望去不見樹林，街燈的影子和滿月的影子規律地交替，有時也如同攣生子，月影和燈影成了手足，雙重的影子「在雙重的光亮裡」，如同一個古老故事的記載。那些建築物密集的大街和林蔭大道彷彿連綿無盡，只不過愈往高處走，就變得蜿蜒曲折。

等她終於到了上面，她發現自己又置身於一座廣場上，被這座新市鎮典型的建築物所環繞，甚至毫無縫隙，只是這裡的建築物還要高上幾層。再看第二眼，她認出了這是「塞爾吉高地站」的廣場，連同那深深往下通往地方火車終點站的入口，是她傍晚搭乘公車抵達時已經來過的地方。她有股衝動，想立刻閃進廣場旁那座電影院的一個放映廳裡，從那六到十六部夜場電影中挑選一部，這股衝動來自她的早年歲月，隨便什麼片子都行，就算是《不可能的任務4》或是《終極警探12》也無所謂，一部動畫片也行（除了一、兩部日本動畫片之外，她從童年以後就不曾再看過動畫片——順帶一提，在午夜之前的這個時辰，「如果要以數字來思考……」是多麼令人心情舒暢）。

鑽進一間戲院，在這個夜晚不在考慮之列。那會是一種怯懦，一種逃走，水果賊心想，是她剛剛禁止自己去做的。繼續跟隨貓頭鷹的啼叫。這個高處的廣場雖然照常栽種了一圈樹木，相隔著一點距離，有槭樹、法國梧桐、椴樹，還是其他樹種，全都差不多一樣高，剛剛長大，更加深了一種印象，彷彿她不是站在一座真正有三度空間的廣場上，而是站在一幅占據了整個地平線的亮面海報前面。但是貓頭鷹的尖叫——間或發出嘎嘎或咿咿呀呀的聲音——卻來自別處，在不太遠的地方，也並非來自上方，而是在幾乎相同的高度。不過，由下方柏油路面上飛濺的千百坨鳥屎倒是可以看出，一群麻雀睡在廣場周圍樹木當中的一棵上面（也可能還沒睡），那些鳥屎也落在一輛似乎被遺忘已久的汽車上，或者，她對自己說，那是一輛在逃跑時被倉促拋下的汽車：「以步行繼續逃走。」

為什麼不跟著蟋蟀，而要跟著貓頭鷹走呢？問題在於：此刻在這個就連在高處都無風的溫暖夜晚，到處都有蟋蟀唧唧鳴唱。不管她把頭轉向哪一邊：響聲來自四面八方，一點也不再祕密，也不像前一個小時裡那樣偷偷摸摸，而是公然展示自己，不像先前那般輕柔，有時甚至是種金屬般的刺耳聲音，像是高高樹杈上的蟬摩擦翅膀的聲音，這樣一種聲音也由她腳邊的一隻蟋蟀從鋪石路面的一道縫隙裡發出——如果那是隻蟋蟀的話。

不行，由於蟋蟀聲來自四面八方，無法依循聲音找到一個方向。繼續跟隨貓頭鷹，這就是她現在要走的路。等她終於找到離開廣場的出口——少數的出口之一，甚至也許是唯一的——起初她發現繞了遠路。不過，接著她又能走上那些令她感到親切的彎道，貓頭鷹的叫聲清晰在耳，她走在「正確的方向」，朝向一個不確定的目的地。這些蜿蜒的道路忽然通往那一排排緊密相連的新建築，往上穿過沒有建築物的土地。若非道路和兩側灌木叢裡的照明設備仍然過於明亮地從高處照亮了下方，顯示出從一條蜿蜒道路走上另一條的她仍舊在市區裡移動，在城市的管轄範圍之內，受到監督，也受到保護，她原本可能會把這片土地當成她在此地讀了一學期大學唯一還記得的那片廣大的無人地帶。

水果賊獨自走在蜿蜒的道路上。接近午夜的此刻，幾乎不再有汽車行駛，而她在每個轉彎處回頭向後看，並非擔心可能有人跟蹤她。那麼是為什麼呢？她自己也無法解釋。但忽然之間她卻還是明白了：她簡直是希望有人跟隨她。或者這樣說吧：她「樂於見到」有人跟隨她。

在最後一段蜿蜒道路的前方，有一個地名標誌：大字寫著「庫爾迪芒什」（Courdimanche），下方以較小的字體寫著：「新市鎮塞爾吉—蓬圖瓦茲所屬鄉鎮」。

Courdimanche，多美的名字，週日庭院，週日的庭院，週日般的庭院。（假如她那熟悉地方歷史和文字的父親也在這裡，他就會試圖向她說明，這個地名源自語言上常見的錯置，把原本是羅馬拉丁文的地名會錯了意。原名指的不是「週日」〔dimanche〕的所在地，而是「主子」〔dominus〕，地方領主的駐地；因此，Courdimanche是「地主莊園」的意思。儘管如此，對她來說，這裡仍舊會是「週日庭院」。）

她在地名標誌前面想到，這一天雖然不是週日，但也是週末。此刻一陣陣氣味撲鼻而來，帶有異國的風味，至少是在這座新市鎮的周邊地帶有這樣的感覺。「烤肉？」不，那不是炭火，而是柴火。而且這火並非在公園的野餐區燃燒，也不在住家的前院或後院，而是在屋內，就像是些村屋。哦，還有這種房屋嗎？也許在鄉間還零星可見，而且也只是在出售時才被稱為「村屋」。可是在這裡會有嗎？從照明設備和地名標誌來看，顯然還在這座新市鎮的範圍之內？我們來瞧瞧吧。為什麼當年在塞爾吉，沒有人跟我提過庫爾迪芒什？既位在塞爾吉的上方，同時仍在塞爾吉市內？還是我又忘了？

庫爾迪芒什這個地方，首先呈現在她面前的，是那座教堂尖塔，突出於村中屋頂之上，不是它高得多，而是它位在全村的最高點。她走過房屋之間一段陡升的上坡路，行經沒有彎道的窄巷裡，她愈接近尖塔，它就變得愈小，與它所屬的那座教堂一樣小，沒有被燈光照亮，至少這一夜裡沒有，雖然身為方圓之內最古老的建築，身為另一座地標，它值得被照亮；作為補償，那輪滿月照在它身上。同時一個伊斯蘭教宣禮員的聲音，從尖塔腳下那些方形的小小村屋裡傳了出來，是嗎？在呼喚教徒進行星期五的最後一次祈禱？是的，這天是星期五，將近午夜。一團雲絮從月亮上掠過，像一層薄紗，月亮閃現出古銅光澤，像寺院裡就要轟然響起的一面鑼鈸。

但響起的卻仍是貓頭鷹的叫聲，是單單一隻貓頭鷹發出來的，像是來自庫爾迪芒什教堂尖塔後面上方。隨著時間過去，水果賊背上的行囊愈發沉重，此刻她讓行囊滑到手裡，就這樣提著，一直走到那片由通往教堂的上坡路所構成的廣場。就這一天而言，她已抵達目的地，這一夜，她不再前往任何地方。

此地的照明也許就跟整座新市鎮一樣強烈，昔日的庫爾迪芒什村被併入了這個行政區，位居其頂端，她身為業餘地理學家的父親會說是位於「接峰面」。但是一種天然的黑暗籠罩在那些房屋之間和房屋上方，雖然人造光源在這個合併城市的其餘地區，已經成了另一種天然的光線。儘管有一輪滿月，從一座古老的煙囪（在她眼中是的）和冒出的煙後面是否有個東西在閃爍，是一顆星星嗎？不，是一架夜行飛機。而在一叢灌木底下，在村中殘存的黑暗裡炯炯發亮的是一隻狐狸的眼睛嗎？還是甚至是一隻山貓？不。但那至少是一隻貓的眼睛。

庫爾迪芒什的酒館打烊了，前面的鐵捲門已經放下。還是說已經永遠歇業了？再走十七步是麵包店，將在清晨開始營業，何時呢？「五點三十分」。再走二十三步，村中的客店位於半圓形廣場上，是，還亮著燈，大廳浸浴在白閃閃的光線裡，但是已經空無一人，還是說一整個晚上都空著？一間北非餐館供應「庫斯庫斯」、「塔吉鍋料理」，這兩道「招牌菜」一樣貴，從正面玻璃上寫著的大字讀得出來，「十三歐元」，全是奇數，「是個好預兆」。

她在半圓形廣場上再往前走，街道已經變得略微陡峭，可以眺望河流平原，連同新市鎮填滿地平線的燈光，像是在庫爾迪芒什深深的下方——「庫爾迪芒什，庫爾迪芒什……」水果賊不停喃喃唸著，行囊幾乎拖在地上。從前這座村莊的一棟棟房屋之間，有一棟房子特別顯眼，也因為它是唯一還有燈光的房子，而且三層樓的每一扇窗戶都還有燈光（第三層看來是新近加蓋的）。

屋子的大門開著：「門戶洞開」。玄關亮著燈，雖然只是一盞燈泡。她走了進去。儘管屋裡非常安靜，她感覺得到屋裡有人，很多人。後來也的確是如此。從一個房間到另一個房間都是沉默的人影，幾乎全都坐著，有些坐在椅子上，坐在長凳上的更多，都是倚牆而坐。房間中央是空的，只有最後一間的中央擺著一張靈柩檯，上面放著一副打開的棺木。她走過去，看著棺木裡的死者，屍體被鮮花還有別的東西給圍住了，幾乎只看得到臉。散發濃厚香氣的可能是薰衣草，但是蠟燭的氣味更為強烈。

從一個房間到另一個房間，默默坐著的人當中有一、兩個向她點點頭，彷彿認得她似的。她是前來弔唁的賓客之一，一個來參加守靈的人。一個老婦人朝水果賊走過來，執起她的手，握在手裡良久，白髮老婦看著這個女子停在與棺木相隔一段距離之處，雙眼漸漸盈滿了淚水。而按照故事所說，她這個外地人也馬上就溼了眼睛。

她用裝在一個舊果醬罐裡的聖水灑在棺木中的死者身上，罐子裡插著一枝黃楊木。在那看不出年紀的死者臉上又添了幾滴聖水。她往他身上灑了那麼多水，使得靠近他頭部的一支蠟燭嘶嘶作響，幾乎熄滅，然後燭火又竄得更高。她伸手要往他身上灑水時，她才注意到自己那隻手裡一直拿著一串乾燥的亞麻籽，是她在某片收割過的田邊拾起的，在她搭乘公車來到這座新市鎮之前。她把拿在手裡的草莖給忘了，一如她經常忘東忘西。而她是怎麼注意到的呢？由於那串球狀的亞麻籽所發出的聲音，介於簌簌和沙沙之間，一種從不曾這樣被聽見的聲音，又輕又柔，使得她豎起耳朵，而且不僅是她。當她環顧四周，像是想要為了這個在喪家顯得失禮的聲響表示歉意，有一、兩個前來弔唁的賓客向她點點頭，彷彿他們認得亞麻籽球的沙沙聲乃是一種古老的習俗。

她在倚著牆壁排列的一張長凳上坐下，與其他人一起。眾人自然而然地替這個陌生女子騰出了位置，雖然她的穿著也許和喪家的嚴肅氣氛並不相稱。但是在場也沒有人穿著喪服，就連家屬也一樣；每個人都穿著白天所穿的衣服，不管是去上班還是做別的事。兩個小孩捧著托盤走來走去，上面擺著款待客人的小點心、盛在小杯子裡的飲料，而這個陌生女子也與當地人一起接受款待。在那之後，似乎就允許大家打破沉默：零零星星有人交談，甚至有了一點笑聲。但是沒有人問她什麼。也可能在那些交談中包含了向她提出的問題，只不過她沒有看見有誰直接向她攀談。再說，眾人在這個喪家所使用的語言，是她這個走遍世界的人不曾聽過的，倘若其中有著問句，也聽不出相應的語調。（她父親告訴過她，有些民族和語言在發問的時候並不會提高聲調，只不過她又忘了是哪個民族和哪種語言。）總之，她一句話也聽不懂。她也知道假如她開口，使用國內通用的語言，其他人都會聽得懂，並且會自然而然地回答她，就算也許帶著口音。畢竟庫爾迪芒什位在法國，而他們全都已經入籍法國幾十年。單說這一點吧：全法國沒有哪個地名比庫爾迪芒什聽起來更像法文地名，不是嗎？而且聽起來就像是出自一則寓言，不是嗎？但是現在他們使用的是她不熟悉的語言，比任何一種語言都更陌生，她一個字也猜不出來，原因也在於那無法確定的聲調。雖然那語言也有聲調，但是那聲調意味著什麼呢？要問嗎？不：她也不問，保持絕對的緘默。這一夜她將再也不會開口。在整個庫爾迪芒什，都沒有人指望她開口，更別說要求了。傾聽，是的。但別開口說話。亞歷西雅感覺到一股力量在她身上滋長，一種安詳擴散開來，不僅是她本身的安詳。「啊，一種無法理解的語言，多美啊。不要停止說它，不要這麼快停止，不要在這一夜，拜託！」在這個喪家，甚至當有人就只是清清嗓子，都是她從未聽過的聲音。還是那根本不是在清嗓子，而是說出了一整句話？不過，那偶爾出現的噴嚏聲——夜風從全部敞開的窗戶吹進來，愈來愈強——的確是噴嚏聲，而且就只意味著「打噴嚏」？沒錯：只是在這種陌生的語言裡，打噴嚏的聲音似乎也和世界其他地方的噴嚏聲截然不同。的確：在大家熟悉的幾種世界語言中，每一種語言裡，打噴嚏的聲音都多少有點差異，帶有不同的母音和子音，不過全都是兩個音節。此處這種語言卻不同：噴嚏聲像是有三個音節，有時甚至有四個音節……一如人在疲倦時偶爾會看見雙重影像，此刻在午夜過後，莫非她也把她所聽見的聲音變成了兩倍？聲音本身再加上回聲？

她笑了起來，是她從前那種童稚的笑聲。前來弔唁的賓客彷彿接到了一個信號，把陌生的語言換成了此地通用的語言，而死者的妻子——如果她是他妻子的話，千萬別問——邀請水果賊在屋裡頂樓的一個房間裡過夜。對方已經拉著她的衣袖，讓她跟著走。當她在門檻上再次回頭看向靈柩，才注意到後面牆上那張裝框的相片，那面牆上除此之外空無一物。這種事經常發生在她身上，別人一眼就看見的東西，她在最後一眼才看見（或是根本沒看見）。而那位主婦說道——更像是自言自語，因此更使人留神傾聽——「喔，那是他女兒，在她小時候，在她還是個孩子的那段時間，她就像是他的神。並不是說他膜拜她，他根本不膜拜什麼。他會祈禱，但是不會膜拜。只是他其實沒有祈禱的能力，直到最後也無法，雖然他打從心靈深處想要祈禱……是的，他的女兒：他為這孩子犧牲了一切，犧牲了他對未來的夢想——而當年的他還有多少夢想，多麼大的夢想！每天懷著他『偉大的夢想』走來走去——犧牲了他經常掛在嘴邊的『偉大人生』——簡直是對犧牲奉獻的念頭（還是壓力？）著了迷，奉獻自己不只是為了他的孩子，也為了某種不明確的東西，只有對他來說值得奉獻的，不過最主要還是為了那個孩子，這一點無庸置疑。他不僅會為了他年幼的女兒而死，還會為了她與全世界為敵，為了她發動一場戰爭——他稱之為『我的世界大戰』——在他自己口中，『笨到說不了謊』的他會撒下漫天大謊，會燒殺擄掠，違反全部的十誡或是十一誡。他的甘願奉獻也可能表現得完全無害——但只是表面上：孩子一旦生病，哪怕只是感冒，他就立刻看見那孩子性命垂危，逼得他自己想死，在他自己手下橫死，想像著唯有如此，唯有藉由他本身的死亡和傷口，才能治癒他的親人，拯救他的親人。他把拯救視為一種使命，未必要犧牲自己，而他不斷在拯救那個孩子，雖然並沒有什麼需要拯救。可是等到有朝一日，她也許需要父親來拯救時，父親已經不再是她父親了。而她也早就不再是孩子了，既不是她父親的孩子，也不是她母親的孩子，誰的孩子都不是。雖然沒有明言宣布斷絕父女關係，他疏遠了她；雖然沒有明言把她逐出家門，他驅逐了她。一夕之間，他不想再見到成年的女兒，也不想再有她的消息。當然，這並不表示父女從此不再相見。他們繼續碰面，儘管如今各自在不同的國家生活，碰面的次數較少，他們繼續用『父親』和『孩子』稱呼彼此——他甚至還特別強調並重複這個字眼——兩人在火車車廂裡相對而坐，在餐廳的桌旁相對而坐，一起徒步旅行，經過鄉間往山上去——她的國家和那裡的山嶺——但是他看不見也聽不見走在他前面或旁邊的這個成年人；首先，他無法再看這個成年人一眼，無法看她的臉，尤其無法看她的眼睛，無法再去聽這個女人的聲音和語調，最後也不想看、不想聽了。『我不想再看見她、再聽見她，別問我為什麼，我每天都在問自己為什麼，從早問到晚：沒有答案。不可能就只是因為她已經一點也不像個孩子了吧？這應該不足以構成理由吧？是嗎？天哪，沒有答案！』她曾經是他最親的家人，後來變成他——喪家的女主人轉頭看向靈床上的死者——在生理上感到厭惡的人。她襪子上的破洞，右手食指塗了鮮豔色彩的長指甲——還是左手？——在夏日陽光下分叉的髮梢：這些都使他想要移開目光。刺青更是如此，其中一個很小，只有當她把頭髮挽起來時才看得見，是個瓢蟲之類的東西：『現在我還成了一個刺青女郎的父親！』還有從她嘴裡吐出的字眼，像是『溫室』、『沒錯！』、『薩拉耶佛』、『香腸』、『衛生紙』、『會議』、『熟人圈』、『產權所有人大會』、『第二輪投票』、『夢幻般的』、『生活品質』、

『口簧琴』、『南美大草原』、『常綠植物』：閉嘴吧！滾吧！一路順風！成年女兒身上的一切都令他看不順眼，就像先知約拿看不慣尼尼微這座城市。如果她穿著高跟鞋，他就覺得這鞋子太高；如果她穿著平底鞋，他就覺得她的腿太短。如果她搽了矢車菊藍的眼影，塗黑了睫毛，看到這樣一張有如面具的臉孔，他會猛然別過頭去。反之，如果她沒有化妝，他就覺得在她臉上早已不復存在的兒時的臉更加無處可尋，大得嚇人，赤裸得令人詫異。他覺得她的鼻孔太大，牙齒太小，或是反過來。她的額頭有時太低，有時太高。她的嘴唇，剛才還太過豐滿，片刻之後他又嫌太薄。一會兒他覺得她的頭太長，一會兒又覺得太圓。這個他口中的『人子』曾經得到他全部的愛，是他全部的愛流向之處，由於她，他才明白什麼是愛，才體驗到愛是怎麼回事——『愛是存在的，因為我體驗過』，這是他說過的話——而如今在這個人面前，他就只感覺到無愛。無愛算是一種感覺嗎？對，但是如此荒蕪、如此空洞，其他再怎麼糟糕的感覺都不會如此。他討厭自己的無愛，厭惡起他自己，就像他厭惡被他驅逐的孩子，只是厭惡的方式不同。像他這樣沒有了愛，身為無愛之人來看待整個世界——這是他自己說的——『由於無愛、由於缺少愛而用腦袋去撞牆』。所以到最後，需要別人來拯救的是他。而且他是多麼渴望獲救，簡直是乞求一艘救生艇、一艘『氣墊船』（這是他的用詞）來帶他脫離無愛的海洋。沒有東西來拯救他。而失去的女兒也不可能回家。很久以前曾有人對他說：『這孩子是你人生的作品。』如今呢？既不是孩子也不是生命的作品——差得遠了。他的使命終結了。一切都啞然無聲，煙消雲散。尋找獵物的蛇打亂了寂靜。一種無愛——無盡的無愛。」

這一家的女主人，或是她所扮演的其他角色，這時把這個陌生女子帶到了閣樓，替她整理好過夜的床鋪。而在這一瞬間，當女主人說完最後一句話，水果賊似乎要回應還是怎麼的，她說：「誰曉得呢？」這是她在抵達庫爾迪芒什之後，在踏進這個喪家之後，第一次開口說話。與她一起把床單拉直的那個婦人聽到這話，抬起頭來，爽朗地笑了很久，同時她的面孔愈來愈年輕，答道：「是啊，永遠沒人知道。另外，他的確名叫約拿，庫爾迪芒什的約拿。但是天曉得他並不是什麼先知。」

這個喪家的婦人忽然轉身從房間裡跑了出去，下樓回到死者停靈的樓層，就那樣留下了水果賊，沒有道一聲晚安。

她還在敞開的窗邊坐了一會兒，望向附近的山丘圓頂連同那座教堂尖塔。她在內心靜靜地複誦這個地名。庫爾迪芒什、庫爾迪芒什……單人沙發旁邊的小几上擺著一籃蘋果和梨子，明顯是在別處生長的，是買來的；她不會去碰這些水果，更不會去吃。她關掉床頭燈。這時月亮已經沉落，此時在夜空中閃爍的確實是星星，而不是夜行飛機；從窗戶看出去，她能說出北方大多數星座的名稱，無須她父親協助或插嘴，她不只是認得大熊星座和仙后座。但此時，她不想把那些星星合在一起看成約定俗成的星座，從而把那些星點和不在星座之內的星星分開；她想要好好感受整片星空，至少是在窗子裡看得見的那一片。這也就是接下來所發生的事，目前為止在她生命中就只是讀到或聽說的語言文字，在這一瞬間成了活生生的現實：那些星星俯視著她，片刻之久。而它們是多麼親切地一起俯視著她！

她閉上眼睛。她不期待視覺後像，而且不僅是由於夜已深。她也不想要視覺後像。那一次目光交換，整片星空對她的回望，對她來說已經足夠。經過這漫長而一再令人感到沉重的一天，一份平靜進入她的心中。對：她是在尋找母親，而且隔天上午就會繼續尋找。有一件事先前並未壓在她心上，但偶爾會不經意地——還是也許並非不經意？——令她苦惱，也會短暫地令她生氣：亦即並沒有人反過來在尋找她，尋找她這個人。現在這件事完全不再令她苦惱了。

儘管如此，在她微閉的眼皮後面，還是有一幅後像在閃爍跳動。並不是剛才的星空，也不是白日曾經出現在她眼前的東西。還是說，如同她身上經常發生的，那是某件她忽視了的東西，在後像中才又出現？參見「瓦茲河盡頭」那艘遊船上「母親的身影」。不，此刻所出現的並不是她忽視了的東西。那是一種在任何情況下她都絕對不會忽視的東西：一篇文字。假如那是份複寫的文字，她倒是有可能忽略。如果是印刷大寫字體，則很難想像她會忽視，但畢竟不是完全無法想像。但此刻在她眼皮後面的螢幕上隱隱閃動的是一份手寫文字，用彼此交纏相連的字母寫成，而這樣一份文字不可能會被她忽視，不管是昨天還是在那之前的所有日子。

然後她恍然大悟：這份一直延伸、在此處彼處發出光亮的手寫文字並非後像。在白天和外面的世界裡，完全沒有這幾行字的「前像」。這些字母並非她在夏季白晝的光線裡沒有看見、此時又重新出現的東西。就一幅後像而言，尤其也缺少了那種顏色的轉化：原本明亮的東西在後像裡變得黑暗，原本黑暗的東西則閃亮起來。這份文字不像是印在碳紙上的，一點也不像是負片，深色的字母在明亮的背景中彼此纏繞。而更重要的是：它們並非已經寫好，而是此時此刻才正寫出來，寫個不停，一氣呵成，一行接一行，在她的眼前，不，在她的眼皮後面。

只不過那些字她全都無法解讀，一個字也看不懂，更別說一整句了。在她眼中拉得長長的文字隊伍中，她只能讀到個別的字母，有一次她例外地讀到兩個。接著她睜開眼睛一段時間，再把眼睛閉上。那份手寫文字不見了嗎？刪除了嗎？磨滅了嗎？不，又閃現了，一個接一個，而且仍舊無法解讀，除了這裡那裡的一、兩個字母以外。到最後這成了一個遊戲：如果把眼睛閉得更緊一點，這份文字整體而言是否會更清楚？——並不會。——如果把眼睛睜開得久一點，是否能夠騙過這份文字，使它變得比較清晰可讀，再突然狡猾地閉上眼睛？——這份文字不上當。但是它繼續像跑馬燈一樣移動。

水果賊在她年輕的人生裡已經算是見多識廣，但是這種事，她在庫爾迪芒什這個夜裡還是頭一次見到。難道這不算是奇景嗎！在她之前，或是與她同一個時代的人，有誰曾經觀察到這種景象？莫非她是第一個，也是唯一一個，因此她千真萬確、不折不扣地是那個「被揀選之人」，「在女性當中被揀選的那一個」？她偶爾可能已經老糊塗的父親，有時會試圖說服她相信這一點，結果是她反而認為自己正好與此相反。想到這裡，她又笑出了她特有的笑聲。

令人驚奇的是，她覺得自己受到眼睛後面這列文字隊伍（後像？筆記？預告？）的保護。該是上床的時候了，在這張陌生的床上，在這可親的異鄉，舒展四肢，好好睡一覺。窗戶大大敞開，沒有窗簾。漸漸地，不再有關門聲從樓下傳來。前來弔唁的客人全都走了。喪家裡一片寂靜，全然寂靜。外面的聲響稀稀落落，而且聽來很遙遠，來自深深的下方，來自那座擴散開來的新市鎮。然後卻有兩隻貓頭鷹的啼聲短暫地從近處傳來，靠近庫爾迪芒什那座教堂後方的高處，最後，兩隻夜禽同時扯開嗓子，異口同聲，不再是啼叫，而是高唱。

這一夜，水果賊夢見了一個孩子，她的孩子。她時常夢見一個孩子，但並不確定那孩子是她的。這是她最常做的夢，連同她父親聲稱乃是家族夢境的另一個夢，從遠古以來就代代相傳：一如她，他也做過這樣的夢，而他的母親也做過，從前他母親的父親也做過，就這樣回溯到千百年前。夢境中，做夢者殺死了某個人，而到了夜裡，那樁未曾贖罪的殺人行為即將被偵破，將替整個家族帶來恥辱，無法以贖罪來消除的恥辱。她父親說，這涉及中古時代早期，他們這個家族的始祖在光天化日之下所犯的一樁弒君罪行。「假如殺死的是個暴君，就不會被迫做這個夢，毫無疑問！」（她父親認為「毫無疑問」的事委實不少。）

她已經很久沒有夢見自己是個殺人犯了；從她「住在樓梯底下」那段時間結束以後，就幾乎不再夢過。倒是夢見一個幼兒，一個小不點，這樣的夢一年比一年更加頻繁。而那些夢境毫無例外全是噩夢。不管那是不是她自己的孩子，夢裡那個小不點被託付給她。她是第一順位、與孩子最親近的照顧者。夢中也常常發生的情況是，這個小孩剛開始時彷彿還是正常小孩的大小，直到這個寧靜安詳的畫面轉變成災難時才開始萎縮，並且在她眼前繼續萎縮成一丁點小。這孩子若非掉進水裡，就是爬行穿過一扇打開的門，去到隔壁房間。但這還不是災難。那水很淺，幾乎只有拇指深，就算是對那個變成一丁點小的小孩來說也不構成危險，此外水面清澈平靜，一眼就能看見堅實的水底。隔壁那個房間也在同一個屋子裡，就跟這孩子剛剛離開的房間一模一樣，他就像是要到隔壁房間裡繼續玩耍。成為災難，是當她以為託付給她的這個小生命就在她腳邊玩水，等她低頭向他看去時，他已經不在那仍舊清淺平靜的水裡了，怎麼也找不到，她漸漸驚慌失措地伸手東抓西找，卻再也找不到了。而在隔壁房間裡，可以說那孩子就在剎那之前才開開心心咿咿呀呀地蹦了過去，翻筋斗過去，或是在遊戲中跌了過去，她幾乎立刻跟在後面，那孩子卻無影無蹤，無聲無息，房間裡空空蕩蕩，她的呼喚無人回應，而在其他房間裡也一樣：那孩子永遠失蹤了。而使得做夢者的夢魘和恐懼超過所有其他噩夢，也加深了其力道的（至深無比，這夢魘即將壓碎她的心），是這場災難不知由何引發，並沒有哪個行動、哪個事件會造成這個小孩的失蹤，不管是在水裡還是在隔壁房間，造成他永遠失蹤，再也無法尋回。其他的噩夢她會逐漸忘卻，健忘的她也具有獨特的遺忘天分，通常在隔天就忘了。這些特別的噩夢則會持續成為白天的一部分，一天又一天。

在庫爾迪芒什的那一夜，入殮的陌生死者停靈在樓下，她夢見小孩的那個夢，並非噩夢。夢中那個小孩顯然是她自己的孩子，由她所生下。夢裡沒有提到分娩，也沒有分娩的影像。沒有提到孩子的父親，不過孩子顯然是有父親的。只是這個夢、這個故事不是關於孩子的父親，也不是關於她，孩子的母親。或者這樣說吧：夢裡，她就只是個觀眾，在劇場正廳的前排座位上，或是其他座位，總之是在樓下，身為她孩子在樓上廊臺或別的地方那一幕的見證人，夢中的故事就只和這孩子有關。

而那是個什麼故事呢？根本沒有故事。沒有什麼能說給世人聽的。那孩子就只是在那裡，如此而已。他既不高也不矮，既不是黑髮也不是金髮，既不是站著也不是坐著，也沒提到他躺著。他說話嗎？至少說了些什麼嗎？一句話也沒說。他，她的孩子，沒有話要說。一如沒有故事，也沒有什麼可說的。那孩子多大年紀？大約？她不知道，就連大約也不知道。那究竟是不是個孩子，如果是，就真的是她的孩子，唯一的孩子，而且他將永遠是獨生子。多麼可憐，甚至是悲哀，對這孩子來說，一如對他母親和父親來說：孤單的獨生子，父母時時為他們唯一的孩子擔憂。就連中國都已經廢除了一胎化，不是嗎？既不可憐，也不悲哀（一點也不），對任何一部分而言。不，那是幸福。就只差不是永恆的幸福？沒錯：是少了永恆。但是，她夢中的幸福缺少了永恆，其實無關緊要。或者說，她起初根本沒有察覺這份缺少。面對夢中她的孩子，她也不覺得自己是個「部分」，一如她面前的孩子也不是「部分」，而這可能就是使她幸福之處。白天裡，水果賊獲得的幸福時刻也不少，就算只有短暫的片刻。但這是第一次在夢裡、隨著夢境、在夢醒之後都感到幸福。——一個夢對我有什麼用？這樣一個做夢的女子，對我們有什麼意義？而這樣一個夢並非頭一次被夢見，而是從遠古以來就被夢見，而且既被女性夢見，也被男性夢見？未來它也將同樣被夢見，逐字逐句，以同樣的文本，不是嗎？——

有何不可？為了舉世的幸福，假托沃爾夫拉姆．馮．埃申巴赫或是另外某人的話來說。這樣一種母與子的國度：難道只存在於夢中？只存於夢中的天堂？

另一方面，她在這張陌生的床上睡得多麼香甜。令人訝異，或者也並不令人訝異。在庫爾迪芒什這一夜的最後一個小時裡，她醒來過一次，不知自己身在何處，隨即更加安詳而舒暢地睡著了。

她年少時在邊緣地帶四處遊蕩的那段期間，情形卻正好相反。夜裡，她筋疲力盡而睡著之後若是驀然驚醒，每一次她都會不知自己身在何處而心生恐懼，不管是在哪座倉庫的裝卸平臺下方，在某個廢棄的火車站候車亭下，在天曉得為什麼沒有關上車門或根本就已報廢的巴士後排座位上，在除此之外空蕩蕩的停車場邊緣。她會一躍而起，在那片陌生的黑暗中跑來跑去（由於靠近大城市，那片黑暗從來不是漆黑，而是一種昏暗）。她會撞到裝卸平臺的水泥壁、巴士上的鋼條、火車站破爛的塑膠牆面，當她不知如何是好，這種碰撞幾乎對她有好處。先前她在那片不屬於某個地方而又無處不在的低沉噪音中醒來，只有她撞上東西時砰砰啪啪的聲音短暫地製造出屬於此時此地的聲音。假如那片黑暗像樣一點就好了……但卻不是：每一次，當她又一次從一場昏睡中驚醒，不知自己身在何處，那個夜晚總是昏暗的，除了昏暗還是昏暗，而在當年，這就是引發她心中恐懼的主要原因，置身於在夜裡不知是何處的那些地方，不管往哪裡看，總是同樣的昏暗，還有那無休無止、無邊無際的低沉噪音。把我關起來吧——只求能擺脫這昏暗的空無。再也不要體會這種昏暗，此刻不要，在我臨終之際也不要！

這個願望後來實現了，至少實現了一部分。隨著她不再四處遊蕩，雖然她偶爾在此處或彼處仍會在夜裡驚醒，但是每一次都能馬上適應，能夠知道自己身在何處，是在一張床上，在她位於奧爾良門地鐵站旁的住處，還是在戶外。偶爾她仍會在戶外醒來，儘管是以另一種方式。如果夜裡在戶外醒來，她甚至會覺得周遭環境更加清晰地呈現在她眼前，不管她在入睡之前是否曾刻意將之牢牢記住。

在庫爾迪芒什這一夜，她在天亮之前醒來後，並不需要先行適應。她不知道自己身在何處，但這並非舊事重演。她並不像從前那樣覺得自己被放逐到一個無有之地——她感覺自己被一個地方圍繞，一個特別的地方，一種特別的圍繞。現在可不要知道我在哪裡，也不要知道這地方叫什麼名字。她父親在她上路時又說中了一件事，就算又只是例外說中：她不會出事，至少在這個地方不會。而這個完全沒有名字、沒被劃定的環境對她來說還有另一種意義：這裡有東西等待她去發現；這裡很熱鬧，將會很熱鬧，既熱鬧又安靜，無名地熱鬧，無名地安靜。能夠發現的一切都已經發現了嗎？胡說：要一點一點地去發現，結局未定。所以妳就先放心地繼續睡吧。——她也立刻就又睡著了。

等她第二次醒來，從照在房間牆壁的日光來判斷，太陽已經高升，水果賊起初以為白天已經過了一大半。不過，後來她發現時間其實還很早，夏令時間又一次誤導了她。此外，在位置遠遠高出河川平原的庫爾迪芒什，太陽升起的時間比較早。因此，她還是可以慢慢來。儘管如此，她卻幾乎急著要離開這裡。另一方面，她在夜裡經歷過的這些事後，此刻在日光裡，她理應要向這個地方致敬，不是嗎？可是話又說回來：她所經歷的不是已經夠多了？

在內心的這種矛盾中，她度過了早晨的第一個鐘頭，也許還有第二個鐘頭。無傷大雅的矛盾？從表面上看起來是的。從表面上看起來甚至也許是種有益的矛盾？是的，但不是對她而言。直到如今，她都無法只從表面看一件事，所有要做或不做的事，她都一樣嚴肅看待。在她內心，每一件要做或不做的事，都可能成為一件任務或一樁麻煩，一樁她有時幾乎解決不了的麻煩。她的銀行家母親是個果決的人，或至少扮演著這樣的角色，碰到這種情況，常稱她為女版的哈姆雷特，而且這樣說時偶爾帶著惡意，帶著惡意的不耐煩。

先是有股力量把她拉出了房間，可是走到外面的樓梯口，她又掉頭回來，而且不止一次，把被褥重新摺過，挪一挪椅子，打開窗戶通風，擦拭窗臺上並不存在的灰塵，從地板上拾起一根想像出來的頭髮，甚至坐在桌旁，研究下一段路的地圖，畫下庫爾迪芒什的山丘圓頂連同那座教堂尖塔，仔仔細細地畫了很久。該走了！離開這棟屋子，離開這個村莊，離開這座新市鎮！還是要再多留一段時間？有沒有可能我在這裡錯過了什麼呢？某種重要的東西，而且還繼續錯過？於是，只看見她站在房間門檻上僵住了，除了那兩隻手，她把一雙手絞了又絞，彷彿想用一隻手勒死另一隻手，再把自己也一併勒死。這樣的扭絞雙手就只在她身上看得見，

最後，她終於還是在樓下現身了，帶著她的行囊，她的包袱，準備出發。接著又在停靈的房間待了許久，在那群又回來了的弔唁賓客之中，面對已經封住、預備被抬出屋子的棺木。儘管她不知道該如何是好，她同時感覺到體內有股力量，彷彿要讓她使死者復活。之後在門戶洞開的大門裡，一隻腳已經踏出屋外。現在，最後一次，「還要再最

後一次？」回到她睡覺的房間，她靜靜地站在房間中央，與床鋪、桌子和椅子隔著一段距離。而此刻，終於準備好出發，在早晨的陽光下，在寬闊的街道轉彎處，那裡也是庫爾迪芒什的中央廣場，她卻還是又走上那個喪家屋裡的樓梯，棺木正被抬下樓來。她把從路邊「親手摘來」的一束花放進死者送葬行列的花圈和花環裡，作為早晨的獻禮。

沒有人看著她，喪家的女主人也沒有看著她，遑論跟她說話或至少打個招呼。她卻打了招呼，或者說試著打了招呼，而她的問候就跟她本身一樣被忽視了。這種被忽視彷彿是她內心矛盾的一部分，她在最無足輕重的事情上無法決定現在該做什麼，不該做什麼。然而，只要事關重大，她就是果決的化身，一秒也無須考慮，在反掌之間就決定去做，如果決定不去做，就立刻轉身離開。成為自己母親眼中的陌生人，讓母親認不出她，如同當年她住在母親宅邸的門房小屋裡那段時間，那就是身為女兒的她所做的決定。如今去尋找母親也是她的決定（雖然尋找父親或許更適合這個故事，但以她的情況來說，她無須尋找父親）。捨棄大學不讀是她的決定。前往阿拉斯加，在西伯利亞漫遊，也是她的決定。

這時，在庫爾迪芒什，位於塞爾吉—蓬圖瓦茲這座新市鎮最頂端的村莊，依然看得見水果賊的身影。她帶著全副家當——東西看起來又多又重，但是既不多也不重——坐在唯一的酒館前面，在溫暖的陽光下（村中已不再有能夠提供遮蔭的樹木），小口啜著咖啡還是別種飲料，動作很慢很慢，彷彿想要爭取時間。那個可頌麵包來自隔壁的麵包店，已經下肚了，沒塗奶油，一向挑食的她從來就不喜歡奶油。她穿著某種迷彩裝，比起在大自然中，比起在灌木叢和樹林之間，在此地這個建築物擁擠、幾乎不再有鄉村空地的市鎮邊緣，她的裝扮可能還更不引人注意，而她服裝的通風看來是迷彩偽裝的重要元素。不過，先前她被那一群弔唁的人所忽視卻與她的穿著打扮無關。

庫爾迪芒什的高地上吹著一陣輕柔的微風。噢，夏季的風：她差點就大聲唱了出來。回頭望去，看見下方那座新市鎮的霧氣，那霧氣並非來自瓦茲河，而是來自已經沉沉壓在低地上的熱氣，她想像在山丘圓頂上也聞得到。那是她之後得通過的地方。說也奇怪，在明顯無風的情況下，庫爾迪芒什的這陣微風不是從上方有著教堂尖塔的村莊頂端吹來，而是從下方吹上來的一股上升氣流，穿過她迷彩裝的寬大衣袖，經過她的脖子，再往上拂過她的臉，拂過她的臉頰、額頭和鬢角，最後從她的髮線上描過。

手機螢幕上是她父親的晨間問候。然後是一封信，用的是斯拉夫文字，來自西伯利亞魚市場的一個婦人，水果賊在那裡打工時和她成了朋友。靠著她行囊裡的俄語字典——她帶的東西可真齊全，又一次令人驚訝——她得以閱讀那短短幾句話。對方自稱她長到這麼大，還從不曾有過一個女性朋友。她（收信人）是第一個，也是唯一一個，而且將來也仍舊是唯一一個，就算她們倆（俄語中有雙數名詞嗎？）再也不會相遇。單是想到她，就讓她（寫信者）能夠覺得腳下踩著實地，是她一輩子都不曾有過的感覺，而西伯利亞的永凍層土地卻是……在她那邊，夕陽已經照在葉尼塞河上，「而我們倆當然還會重逢」。對於此地的她來說，對方也是她的第一個女性朋友。與她同輩的女性，先是小女孩，再來是成長中的女孩，再來是已經長大的女孩，如今則是年輕女子，如果居然跟她走得比較近的話，通常都對她懷有敵意，對她投來難以模仿的凶惡眼神，這些起初像是想與她為友的女孩當中，甚至有一、兩個是她的死敵，想要毀掉她。她把手機螢幕上這段來自西伯利亞的話語讀了又讀，但願能把這段文字摺起來塞進口袋，塞進她這身迷彩裝的一個暗袋裡。

繼續閱讀，讀前一天令她感到排斥的那本書。不過，此刻是讀它的時候。（再說，閱讀是她的日常迷信之一，讀什麼都好，但要逐字逐句地讀，專心讀，這會對另外一件迫在眉睫的事有所助益，能使她淨化，使她堅強，就算不能讓她覺得「腳下踩著實地」。）

這本書講的是一個男孩的故事，照從前的說法，是個半大不小的男孩，還是如今仍然這樣說？（她只讀講述故事的書，她的父母則是……）這個男孩成長時沒有母親，只有父親，有一天早上毅然搭上一列駛往鄰國的火車，在傍晚時分抵達該國首都，徒步走到城市外圍，搭乘最後一班纜車到附近的山區。男孩在最高的一站下了車，走上阿爾卑斯山的一條山路，再走一條小徑上山，獨自一人，一直走到天黑。他走到一座登山小屋，此時不是登山的季節，小屋上了鎖。他破窗而入，獨自在小屋過了一夜。隔天早上他走回纜車站，搭纜車下山到該國首都，一路晃蕩，走回火車站，坐上回家的火車！等他在晚上踏進父親的屋子，父親根本沒有察覺這孩子整整兩天一夜不在家裡。

她把書闔上，還拿在手裡一會兒。「是時候了」，每次她都這麼想，當她終於能夠決定。是該走的時候了，走出庫爾迪芒什村，走出塞爾吉這座新市鎮，往北方走，穿過韋克桑高原進入皮卡第？首先還有時間去看看圓形山頂上的老教堂和那片樹林，如果那算是樹林的話。貓頭鷹在林子裡徹夜啼叫，彷彿在呼喚她，她在深沉的睡眠中都能聽見，而此刻在那裡有一隻公雞叫個不停——這可能嗎？在一片樹林裡？——她已經站了起來，連同她輕輕的行囊。先前她閱讀時，送葬的行列已經從廣場上走過，穿過從前種植穀物的田地，前往墓園，而她雖然沒有特意從書上抬起目光，卻察覺了那列走出村莊的隊伍的一切動靜，這是她的感覺。一隻友善的手擱在她肩膀上：庫爾迪芒什的酒館老闆向她道別。她沒有請他收拾杯盤，而是自己拿去擱在店裡的櫃檯上。當他問起她的名字，她用四種不同的語言說：「沒有名字！」他便沒有再問。

小山丘上那座教堂是關著的。小山丘座落在庫爾迪芒什的大山丘之上。她在教堂門口蹲下，用一隻眼睛往裡面窺視。除了也許曾經是聖壇的幾塊石頭，教堂正殿似乎是空的，一種明亮的空洞，白閃閃的石灰岩已經半化作石膏，更增長了這份明亮；整個韋克桑高原的地底都由這種石灰岩構成。伊斯蘭教宣禮員的聲音作為一陣回聲，傳進她耳中，這聲音曾在黑夜和早晨交替之際，大約是五點左右，傳進了她睡覺的房間，來自與教堂後面第一聲雞鳴相反的方向。還是說這也許是她此刻想像出來的？

教堂後面果真接著一片森林。總之，她把那十來棵樹木連同矮樹叢稱之為森林。矮樹叢非常濃密，沒有顯而易見的入口，因此她得要鑽進去，半用爬的，要通過最為濃密的最後一道障礙時甚至得仰躺著，扭動著身體前進，把背包和提袋拖在後面。接著豁然開朗，來到寬闊的空地，地面柔軟，沒長矮樹，就像是在一座道地的森林裡，由於灌木叢圍繞在四周形成屏障，外界有如遙遙的遠方。她爬起來，站直了，想像著一座畜欄，不是真有牛群足跡的真實畜欄，更沒有真正的牛群，而是在一部西部老片裡的一座畜欄，特別為了畜欄那一幕而搭設的，兩個死敵最後將在那裡對決。是《驛馬車》（*Stagecoach*）還是《長槍萬里追》（*Winchester '73*）？她不記得了。

她不由自主地看向地面，尋找打鬥的痕跡。幾步之外有一個雖小但很明顯的窪地。有可能是個彈坑嗎？沒錯。她走下去，在窪地裡躺下來休息，那裡的地面至少比外面柔軟兩倍，這時她遺憾自己前一天把父親塞給她的那本小書扔進了瓦茲河注入塞納河的河口。那本書裡記述著此地的最後一場戰役，在一九四四年夏末，在同盟國聯軍和「第三帝國」撤退之後又再向前挺進的士兵之間。她遺憾嗎？並不竟然。她信手在這個彈坑裡尋找，翻動那一年來、十年來、一百年來的落葉，她的手指在深深的下方摸到某種金屬物品，不過從摸到的形狀來判斷，那東西又圓又薄，並沒有危險性，她無須害怕（她也並不害怕，她不像她父親那樣容易受驚）。她拾起那個東西，輕得令人驚訝，就算加上那結成塊狀的層層樹葉，那一圈圈的樹葉就像樹幹上的年輪。那是一個鋁缽，與其說裝著樹葉，不如說是這些樹葉把它塞滿了，沒有生鏽的痕跡，幾乎可以和昨天在河邊拾獲的鋁杯配成一對，像在童話故事裡一樣，只不過這是來自一場大戰最後幾天的兩件遺物。她也把鋁缽弄乾淨，放進背包裡與鋁杯擺在一起。在她認出這個東西的瞬間，一個聲音從她張開的嘴巴脫口而出，她講話時常用這個聲音起頭，不管接下來她要說些什麼，也不管她是在自言自語還是對別人說話，而這個聲音是「噢……」，她也這樣寫，尤其是要寫一封信的開頭時。

這一次她沒有再說些什麼，就只有這一聲：「噢！」也許是她要往下說時被什麼東西打斷了？總之，此刻可以看見她在彈坑裡站了起來。她是在打探什麼嗎？才不是！她不是個偵探。她動用直覺，同時又看又聽又聞又摸，但主要是看和聽。這仍舊是個遊戲，就算是個緊張的遊戲，彷彿攸關生死。她假裝這是戰爭。看著、聽著在那十幾棵樹後面從四面八方包圍了她的灌木叢和矮樹，她有兩種玩法。一種玩法是：一個傷兵在那兒或坐或蹲或躺，半昏迷或完全昏迷，總之默不作聲，頂多只能發出一聲幾乎聽不見的嘆息或喘息；他來自她（水果賊）的陣營，而且與她親近，是她唯一的朋友，而他迫切需要她的協助，就是現在，否則就來不及了；就只有她還能拯救他。第二種玩法呢？某個敵人埋伏在灌木叢中，不，是一群敵人，是敵軍，是戰爭的化身，而她若是從彈坑裡出來，暴露了自己，尤其是在錯誤的時機，以一個錯誤的動作，她就會完蛋。只不過：戰爭裡的每一刻不都是錯誤的時機？每一個動作不都是錯誤的動作？

這兩種玩法輪流交換，從樹叢的一個個縫隙向外窺伺，豎耳傾聽樹叢裡的聲音，她就這樣演練著，一直演練到緊急情況發生，起初就只是在她的想像中。樹葉沙沙作響，窸窸窣窣，兩根樹枝在風中互相碰撞、摩擦、撫摸、敲擊，這些祕密的聲響對她來說一向體現出世間的和平，說不定是永遠的和平，所根據的不是別的，就只是這無比親切的呢喃。在她想像中，這些祕密的聲響突然變成帶有威脅之意，喃喃低語著威脅。這份祕密意味著戰爭即將爆發。而周圍灌木叢深處那一窩窩盛著陽光的鳥巢可能仍然像是鳥巢，但那個顏色不再是陽光的金黃。

接著是超乎純粹想像之外的緊急情況？從灌木叢最後面枝葉最濃密的地方，傳出的喀嚓聲和爆裂聲不可能只是來自樹枝，即使是很粗的樹枝？即使是在風中逐漸倒下的一截樹幹？那爆裂聲成了呼嘯，成了騷動，雖然是在更遠的地方。那是一個人類，一個特別高大的人類，或是有好幾個，而作戰的吼叫聲即將響起，宛如來自同一個咽喉。還是並非如此：從灌木叢深處猛然直起身子的是一隻野獸，一隻沉重、巨大的野獸。

她一躍而起嗎？她緩緩地站了起來，很慢很慢。雖然她後退了一步，然後又一步，退出了那個彈坑。但是她不會離開。如果她以逃走自救，她反而會輸，並且輸掉一切。她抽出隨身攜帶的彈簧刀，啪地彈出了刀鋒。那個怪物——只可能是個怪物——這時果然衝了出來，一次衝鋒，她心想，「如同書上所說」，那東西像箭一樣筆直地穿過灌木叢，衝到開闊的樹林裡，她將在那裡等它。

朝她衝過來的是一隻公雞，體型矮小，像個侏儒。就是牠在破曉時分啼叫。只不過這隻公雞並不像法國教堂尖塔上鐵鑄的公雞那般平和。牠在戰舞中張開尾羽，她幾乎還來不及在牠身上看出一隻她從紀錄片裡認識的鬥雞，牠就已經衝上她的雙腿，開始啄她。不過牠沒有啄中，她躲開了牠的喙，又再次躲開，直到這變成了一種遊戲，至少她這麼認為。那隻公雞卻認真地繼續攻擊，而此刻在牠面前，她至少允許自己撤退，從容不迫地先退一步，然後再退一步，那隻小鬥雞則趁著她停下腳步時立刻又向她衝過來，等到她幾乎就要退出教堂後面這片樹林，這時在牠身後，隔著一段距離，一隻母雞終於從灌木叢中啪嗒啪嗒地走出來，輕聲咯咯叫著，和公雞相反，牠並未豎起羽毛，但體型仍然比公雞大上一些，而牠就是公雞保護的對象。

又到了「是時候了」的時刻，「現在是……的時候了」。現在是向庫爾迪芒什道別的時候了；把這座圍繞著這個殘存村莊的新市鎮留在身後，往鄉下走，走向大地，走進內陸。

不管街道是向左還是向右，往東還是往西：所有出城的道路都往下走。她往下走在通往北方的路上，那確實是條很陡的下坡路。在出城的地方，她在一棵獨自佇立的樹下向此地道別，從深綠發亮、微微捲曲的葉片和皸裂的樹幹，她遠遠就認出這是一棵梨樹。從遠處她沒有看見果實，站在樹下，抬起頭來看，起初也沒看見，後來卻還是看見了一顆梨子，襯著藍天高懸在上方，由於梨身上窄下寬，在夏季的風裡微微搖晃，只有梨子會這樣懸在枝頭搖晃。水果賊感到一陣渴望，想立刻爬上樹去（爬到高處，因為就梨樹而言，這棵樹長得相當高），摘下那顆高懸樹梢、被藍天圍繞的梨子。她簡直由於渴望而吞下口水。若是一個貪婪的人絕不會這樣吞口水，根本就不會落到要吞口水的地步。

她沒有去摘，畢竟接下來這幾天她禁止自己偷水果。就算沒有禁令，她也不會去做。

撒手不做可以是一種欲望，也是喜悅的泉源，支持著她去面對將要來臨的事。

她與生俱來的興高采烈攫住了她，於是她跑了起來，向庫爾迪芒什道別，雖然只跑了幾步——她數到「十三」，奇數！再數到「二十三」——而且她是倒著跑，目光向前看著地名標誌。

新市鎮前面的野生植物綠帶放牧著綿羊，後來才發現那是從沙石土壤中突出來的石灰岩塊。近午時分，那幾輛上坡或下坡行駛的汽車裡沒有傳出音樂，只有收音機在播報新聞，那些聲音都很相似，或者根本就是同一個聲音，在每輛汽車裡都相差無幾，一會兒嚴肅而鏗鏘有力，一會兒又改用活潑的音色播報起比較輕鬆的新聞。她置若罔聞。暫時不聽新聞，而且盡可能愈久愈好。

她來到半山腰上，回到新市鎮裡，只是不曉得是在新市鎮的哪個地方，又有迷路的人來向她問路，就像昨晚一樣，多半是那些騎機車送披薩或壽司的小伙子，而她通常都至少能夠指出方向。其中一人按了一聲喇叭，聲音像是越洋輪船的汽笛，停在她旁邊，繼續問個不停。他沒問什麼私人問題，而是正經八百地問起了天氣：「今天晚上會終於下起雷雨嗎？會雷電交加嗎？而不像昨天夜裡就只遠遠看見無聲的閃電？」他仍舊停著，騎在機車上說：「又是一場血腥屠殺，又是一場殺戮，難道世間再也不會有和平了嗎？我的養父常對我說起八〇年代，把強尼．凱許、強尼．阿利代、讓—雅克．高德曼、米歇爾．貝加的歌曲唱給我聽：『再也不會有像強尼吉他這樣的人……』。現在我問您：世界到底什麼時候才會和平呢？請您回答。什麼時候？什麼時候？未來會是什麼樣子？接下來會怎麼樣？」

她沒有回答。那個小伙子彎下身子，朝她湊近，目光炯炯。她從不曾見過如此緊迫盯人而又坦率的目光，或者說她也許見過一次，面對著一個垂死之人，雖然那是種不一樣的坦率。這個小伙子的目光也像是一個袒露的傷口，同時盯著她的眼睛，把她當成他最親密的知己（別問我為什麼）。接著他又問了最後一個問題：「您肚子餓嗎？」而她以伸出雙手作為回答。剪接。下一幕。

住宅區邊緣處的馬路漸漸曲折，顯示出她終於要離開這座在無風的正午十分悶熱的新市鎮，那些房屋和高樓住宅之間尤其悶熱。可是這條路的末端並未變成直路，也沒有變成曲度平緩的彎道通往開闊的鄉間，而是愈來愈彎曲，呈現一圈比一圈小的螺旋狀。她為了避開這些螺旋而走上岔路，沒多久之後，這些岔路就也彎曲成為螺旋狀，然後從這些岔路上又有起初看來很有希望的岔路。就這樣下去？就這樣再也走不下去。在最窄的最後一圈螺旋上不再有出口，這條岔路就跟螺旋形的主要道路上所有的岔路一樣成了死巷，最後圍成一個圓形廣場。但還是有出口可供離開和繼續前行？不，這個廣場被一排圍成半圓形的房屋給封住，充當停車場和通往這些小房子的通道。這些房屋是帶有舊日風味的新建築，雖然不是這個地區的舊日風味，而且可以說是座落在綠地上，只是沒有路，尤其是沒有人行道可以離開這片綠地，除了再繞回主要道路的那條路。多刺的綠籬是如此緊密相連，如此堅硬而又強韌地編結在一起，用刀子也分不開，就連她這個一向能克服障礙的水果賊，也怎麼都找不到能鑽過去的地方。

她嘗試了，從一個螺旋到另一個螺旋。她看見屋裡有人盯著她瞧，雖然並不令她心煩，卻還是阻止了她用盡全力來突破那道綠籬。最後她沒有力氣了，緩緩倒下。不，是撲倒在這樣一個路底廣場兼庭院的中央，在約略以半圓形環繞著她的那排房子前面，倒在一片草地上，想像著那些房屋的正面朝她圍攏過來，就像一支敵軍舉起盾牌朝她走近。她的興高采烈會多麼突然地轉變為垂頭喪氣。甚至是在今天，當她昨天深夜的那場美夢還在持續發揮作用。而她其實根本沒出什麼事。她就只需要掉個頭，搭上一輛公車，各路公車都能帶她出城。她的問題在哪裡？她哪裡失敗了？覺得自己全盤皆輸的恐懼從何而來？她直挺挺站著往下那一倒是那麼猛，雙腳猛然落地，她有可能會跌斷脖子的。碰到這種情況，應該要呼喚哪個聖徒？她再也不要站起來。繼續面朝下躺著，土地在眼前閃爍，就像從前電視機在節目收播之後的畫面。

平常她很快就能度過這種情況。通常只需要一次深呼吸，那個生性快活的她就又回魂了。或是她藉由幫助別人就也幫助了自己。只是這次她沒辦法深呼吸，而且放眼望去，沒有人可能會需要她的協助。有時候，單是走進一家商店買點東西就能讓她放鬆，不管買的是什麼。購物的過程，用金錢來交換商品，可以是一種幸福，這一點無須她母親特別教導她。只是，雖說是新市鎮，放眼望去卻不見一間商店或小鋪。至於她那些在困難下曾經生效的迷信舉動呢？像是把一塊石頭或一枚硬幣扔到身後，把一根棍子豎在食指指尖上保持平衡。她試過了：沒有石頭，就扔一束青草；沒有棍子，就用原子筆。

什麼也沒有發生。她化成了一塊石頭，僵成了一根棍子。假使現在有人碰她，即便是熟悉世間所有恐怖事物的人，也會被這份堅硬嚇一大跳。這具垂頭喪氣的身體從頭到腳所散發的堅硬；那是一種惡意的散發，一種極端的攥緊，由蹲伏在草地上的那個人形具體表現出來，在下一刻將會引發一場爆炸，炸彈即將引爆。

向外顯示為攥緊，向內就只有軟弱，一種彷彿已成定局的軟弱，作為那最終之物。不會有天堂隨著這些炸彈來到，假托沃爾夫拉姆的話來說，幼發拉底河和底格里斯河不會隨著這些爆炸而自天堂流出。而天堂卻會隨著別的炸彈和爆炸來到？她希望能把她的軟弱套用到所有其他的「人肉炸彈」身上，而那些人將會徹底明白：沒有天堂！但是這個願望無濟於事，既幫不了她，也幫不了其他人。

那段四處遊蕩的時期過後，水果賊一直平穩地生活在真實時間裡。她從不曾感到時間太漫長，也從不曾感到時間太少，甚至是沒有時間。她不熟悉那種一方面感到無聊，另一方面又覺得時間不夠的情況。如果她偶爾趕起時間，她就是俗話「急中有慢」的具體例子。她父親，那個業餘人類學家，把她的不受無聊沾染（具體表現於她「天使般的耐心」，他把這種耐心和「綿羊般的耐心」區分開來）歸因於「女性特質」，歸因於她「生為女性」：對他而言，早在剛開始有人類的時候，在非洲部落，就是由女性……總之，她活在此時此刻，隨著時間而活，由於時間而活。時間是一種物質，一種好的物質，一種可愛的物質。而她也把「置身此時此刻」當成一種運動，也許是唯一健康的運動，至少長期來說是如此。單是「時間」這個字眼，這個名詞，就多麼令人感到舒暢，而作為複合名詞的「時間」也同樣令人感到舒暢，收成時間，漫遊時間，喘息時間，和平時間（還是也可以說「戰爭時間」？）更別提那些有關時間的成語：時來運轉，時移世易，因時制宜，與時俱進，吉日良時，順天應時……

假如是平常的她，關於親愛的時間，她都能唱一首歌了；她始終懷抱著唱歌的衝動，至少唱一首來自她自己、只為她響起的歌曲。但她此刻的狀態卻叫做：不合時宜。而這意味著：啞然無語，沉默無聲。無法再說出一個字，再發出一個音節、一個音，更別提她常說的「噢！」而沒有字、沒有音節、沒有音，就無法繼續。一如外面沒有能繼續走下去的路，她內心也沒有。她忽然不再是平靜深夜的那個年輕女子，也不再是乘著晨風的那個年輕女子，而是個崩潰的老婦，就連一根手指或一片嘴唇也動不了，她癱瘓了，是件該被運走、被清除的東西。*Further on up the road*，路的前方，強尼．凱許的歌聲剛剛還在她腦中繚繞——忽然就無路可走了。完了！「完了」？在那片草地上，她就連這個字眼都說不出口。而她手機螢幕上的信號也與此相稱：「時間用盡」。

代替了字眼的是一種無言的感覺，一種負罪感（如果這能稱之為「感覺」的話）。

一如她一向喜歡「時間」這個字眼，她也一向討厭「罪過」這個字眼。她從小就不得不聽到這個字眼，從父親口中，更早是從父親的父親口中，並且還要再往前追溯，這是自遠古以來就主宰著這個氏族的基本感受，而她立誓再也不讓「罪過」進入她的內心，不管是這個字眼，還是這個基本感受。「罪過？別再跟我來這套。別再談你們的罪過！」

此刻，她蜷縮在草地上，並非她心目中理想的那種歪扭，她但願草地上能有一棵樹，就只需要一棵小樹，讓她能攀著樹身把自己拉起來，一棵樹苗。她也落入了罪過的圈套，也像她的祖先一樣，無緣無故地感到罪過，尤其是為了某件她無可奈何的事。

此刻，她看見自己的罪過，在於她尚未在所謂的社會上找到一席之地，至少是沒有找到穩定的一席之地，一如與她同齡和同世代的許多人。或者套用一個巴爾幹人的話來說，「只有自備了位置的人才有一席之地」。當然，不管她去到哪裡，她總是自備了位置，但是當地的社會並不需要她所自備的位置。她學過一些東西，能做一些事，不僅是彈吉他、滑雪和開車。而她所學過的東西同時也成了她的一部分，一點也不像是學來的，她的能力散發出一種靜靜的權威。

只是她無法憑藉她的能力打進這個社會，打進現有的社會結構。平常這並不令她心煩。她並不在乎，帶著些許傲慢，甚至覺得這樣很好，而且不僅是很好。她對自己的位置懷有自信，就算不是在社會的這個或那個圈子裡，而是在與她同類的人當中。她並不孤單。與她同類的人的確存在，而且人數很多，尤其是如今，而有朝一日，在不遠的將來，在不久之後，在這些人仍然年輕的時候，他們將會塑造出截然不同的社會，超越現有的束縛，也超越所有過時的「社會契約」，所謂的意識型態。這一點她很確定。肯定無疑。若沒有與她同類之人所塑造出的社會，世界就會毀滅，末日就會來臨。

但是在此時此刻，她感覺不到與她同類之人。她獨自躺著，而且背負著罪過——單是這樣躺著就是罪過。沒有風吹過來，天氣這麼熱，這是她的錯。在這一排房屋所有那些擦得晶亮的窗戶之間，那扇髒兮兮、灰撲撲、沾著蒼蠅屎的窗戶是她的錯，彷彿住在那扇窗戶後面的人是她。夏季裡綠油油的矮樹籬之間，那一叢凋萎的灌木是她的錯，是她忘了澆水，任由它死去。她所躺的這塊草地上唯一的鼴鼠丘是她的錯。不單是發生在這個鄰里的夜間竊盜是她的錯，最近新市鎮裡發生的所有罪行也都要怪她。那輛麵包車沒來，同樣是她的錯，平常準時在週六中午就能聽見喇叭聲從遠處傳來，販售這個半圓形住宅區所需的麵包。

她仍舊無法移動，更別說離開原地。言語麻痺就是肌肉麻痺，就是吞嚥麻痺，就是全身麻痺。就一個年輕女子而言，說來奇怪，或者也並不奇怪，假如她開口呼救，她會向她母親呼救。而更奇怪或者也並不奇怪的是，她正是為了母親，為了有可能去幫助母親，此刻她才會落入這個無法穿越的陌生之地。

她就這樣等待著被運走。看在外人眼中，要說她是個坐在一片草地上休息的徒步旅人也可以。彷彿她有大把的時間。一點也不像是被團團圍住、被活活埋進時間裡的人。果然，她原本的耐心仍舊在她身上發揮作用。那種成為化石、攥成一團的感覺正要消散，她接受了她內心的軟弱，於是她覺得那份使她無法招架的軟弱幾乎是美麗的。她在等待著被運走？是的，不過，就像訃聞常寫的，「懷著豐沛的耐心」。同時，說也奇怪，或是並不奇怪，她心裡有個聲音在對自己說：「沒有人過著比我更美好的生活，誰也沒有。你們都該羨慕我！」

世人每天遺失的東西不知凡幾，不管是在這些新市鎮，還是在那些已經發展成熟的舊市鎮。當她躺在那兒，她的目光罕見地銳利，在張貼於遠處住宅庭院裡的一張照片上看見了一隻走失的貓，看見了所有的細節，從那雙被閃光燈照得目眩的黃色眼睛，到下方抱住貓咪肚子對著相機的那雙手，是一個小孩的手。一張較小的照片張貼在更遠的地方，上面是一隻飛走的鸚鵡，牠也彷彿就在她眼前。此刻的確就在她眼前的，是好心的鄰居拾起來掛在綠籬上的失物，這兒有一頂遺失的毛線帽，那兒有一條遺失的頭巾，那裡則是一件毛線外套。她在枝葉綿密交纏的綠籬裡尋找那隻飛走的鸚鵡，確信她將會看見牠，也會看見那隻跑走的貓咪，如果她繼續用目光在灌木叢下搜尋，彷彿她急切的目光有助於喚回那失蹤的動物。

海鷗歸來，在她上方盤旋尖叫，牠們在阿拉斯加的白令海濱飛得很低，距離她不到一個手肘，像是要朝她俯衝下來，而她揮動一雙手臂把那些海鳥趕走……接著是在開羅附近的沙漠裡通往大金字塔的入口，身穿黑衣的女子蹲踞在牆壁的一個凹處，她誤以為那個半蒙面的女子是個修女，把一枚硬幣放進對方湊巧伸出來的手裡，而對方搖了搖頭作為回應……而此刻又在她腦海重現的，是當年在格雷多山脈托爾梅斯河底那些水蜘蛛的影子，同樣突如其來，也同樣迅速地又消失了，彷彿煙消雲散。那條河在該處還是條小溪，在高山谷地裡緩緩流淌，很慢很慢，那些水蜘蛛的影子在河床上閃爍的水晶砂裡一動也不動，是深黑色的，鑲著一道七彩的多層光暈……

她不知道自己此刻發生了什麼事，也沒有自問原因何在，影像、剎那、剎那間的影像簡直是朝她蜂擁而來，帶回了她這輩子曾經去過的地方。這些影像才一閃現就又隱沒，而閃現的從來不是一整個地方，而是其片斷，但是這些片斷本身又是完整的，不是所謂的「碎片」。她以前去過的地方就這樣閃現，吹過來，蜂擁而來，再一次被意識到，又一次重現，但並非來自外界，而是來自她自己。當它們轉眼像海豚一樣又再隱沒，它們並非消失在別處，並非離她而去，而是消失在她心裡。這些地方影像並非永遠遺失，而是仍舊在她心裡，在她體內，雖然無法任意喚出，但隨時可能像海豚一樣飛躍而出，不知由什麼所引發。如果不是白令海、吉薩金字塔、格雷多山脈的影像，就是一個又一個其他地方的影像，來自你、我和我們的人生，多虧了這些無法解釋的——但願永遠無法解釋！——影像，我們的人生得以脫離某些困境，將來也還會使我們得以脫困，也但願永遠如此！以她此刻為例，從時間的困境中獲救，脫離時間的困境，回到時間裡。這些影像活著，就算只是些小小的影像。

她鎮靜下來。這些影像使她鎮靜下來，這些幾乎模糊不清的影像。她沒有一躍而起。她看著自己站起來，站穩了。看見自己邁出腳步，看見她在行走。先前她究竟怎麼會倒在地上？她已經不記得了。她也向這個地方道別，按照她的習慣偷偷地道別，把她的手祕密地轉了一圈，最後拾起一根躺在地上的榛樹枝——看來這些新市鎮裡的人也會削榛樹枝——用左手投擲出去，遠遠地扔在她和她要走的道路前方，而她發現，她的左手至少和右手一樣有力。

終於往前直行，終於明確地往北方走。正午剛過，夏季裡縮短的影子在她腳前。從蓬圖瓦茲往北，在奧尼，在韋克桑高原唯一明顯的河谷低地，一條名叫維奧納小河的河谷，在從此地通往穿越維奧納河谷步道的過道前面，一條狗與她結伴同行，一條不知打哪兒跑來的黑狗，看不出是什麼狗——至少她看不出來，她不是懂狗的人——體型不大也不小，非此亦非彼。這條狗並非沒有主人，牠屬於奧尼市區的一戶人家，靠近古老的神父居所，靠近那座還要更古老的教堂，維奧納河谷裡唯一一座幾乎位在河畔的教堂。牠穿過敞開的庭院大門朝她跑來。她其實什麼都不怕，也不怕狗，但是每次有一條狗（不管是哪個品種）朝她而來，小時候父親跟她說過的一個故事就會影響她。父親說，她母親懷著她的時候曾被一隻大丹狗攻擊，「還是一隻杜賓犬」——她父親也不熟悉狗的品種——「總之不是拉布拉多」，母親受到驚嚇，差點流產。因此，每一次水果賊遇到狗，她雖然不會逃走，也不會後退，卻會不由自主地停下來，一動也不動。她也不會像許多人那樣，自然而然地把手伸向狗，更不會在狗慢吞吞地走向她時，踩著側步去逗牠。

這次也一樣。看見那隻狗朝她跑來，她停下了腳步，盯著狗。不過，正因為沒有人說「牠不會傷人」，她隨即冷靜地往前走。狗從前面嗅了嗅她的膝蓋（不是從後面聞她的膝蓋窩），然後就彷彿理所當然地跟著她，走在她旁邊。牠跟在她旁邊跑，與她同行。反正她想，最遲在從公路和鐵路拐進河谷低地時，牠就會掉頭返回奧尼的那座庭院。

然而，在進入谷地的道路前面，那條狗並沒有掉頭，甚至跑在她前面，掛在牠脖子上的狗牌傳出的叮叮噹噹更大聲了，也可能是因為在河谷的白楊、柳樹和赤楊之間，聲響的世界忽然不同了，迥異於在房屋之間、馬路幹道上和鐵軌旁的聲響世界。接著牠在道路或小徑的每一個彎道後面等她。偶爾牠也會落在後面，當她回頭去看，只見牠靜靜站在路邊，像是在道別，終於準備要回家。可是一會兒之後，狗牌叮叮噹噹的聲音又在她身後朝她接近，牠再次趕過了她。

倒不是她想要擺脫牠。但是為了牠好，她希望牠能回家去。要怎麼讓牠明白這一點？目前為止，她還不曾對牠說過一句話。假如她對牠說話，只會使牠更加緊跟著她，單是她的聲音就可能使得牠和她變得形影不離。她無法故意改變她的聲音，就只會用她與生俱來的聲音說話，也沒有辦法大喊大叫。

有時，那條狗會在河谷的灌木叢中消失一段時間，或是在維奧納河眾多支流的其中一條順流而下，朝著奧尼的方向，朝著家屋和庭院的方向。可是一轉眼，也沒聽見牠的聲音：牠就又出現了，站在她面前，和她相距不到一步，等待著她，彷彿牠不是從這一天起才在等她。由於牠從谷地上那些橫七豎八躺在地上的枯木之間鑽過去，牠身上溼淋淋的，沾滿苔蘚。這些數不清的枯木，從樹根到樹梢都長滿了厚厚一層綠絨絨的苔蘚（綠色河谷？苔綠色的河谷）。

就這樣，他們倆往河流上游漫步，走了一個小時又一個小時，往北方前進，穿過長滿苔蘚的河谷森林，放眼望去，僅看得見樹林，只偶爾被河谷中的村落截斷，雖然中斷的距離很短，只有「投擲長矛幾次的距離」：布瓦西萊勒里那，之後是蒙熱魯、阿布萊日……過了於斯之後，他們倆再度隱沒在陽光幾乎透不進來的河谷森林裡，外面則是炎炎夏日。當那條狗第十一度等待著她，睜大了眼睛，嘴裡刁著一隻死鳥，站在一個岔路口，水果賊就也停下了腳步，第一次對著牠開口說話。她察覺這根本是她這一天裡——

她的故事至今為止已經很長了——第一次大聲說話（她沒有把在店裡點早餐，還有面對庫爾迪芒什那顆高掛在樹上的梨子時發出的「噢」算進去）。

她提高了嗓門，對那條狗說話，牠立刻伸直了腦袋，並且豎起了耳朵：「噢，你啊：我曾讀到過，身為狗的你們，能夠憑直覺辨認出寂寞的人，能夠嗅出迷失的人，聞到被離棄的人。聽好了，畜生：我不寂寞，更沒有迷失或是被離棄。我一個人就抵得過天空下三個徒步旅人，甚至更多。我不需要你。夾起你的尾巴，溜走吧。回家去找你的媽媽，找你的爸爸。我不需要隨從，你懂嗎?!我不需要誰來依戀，更不需要狗來依戀！離開我的視線，走開吧！」

她不僅提高了嗓門，聲音很大，怒氣沖沖，差點就喊了起來，也許是她這輩子第一次。而那條狗退到一旁，讓她過去，眼睛睜得比剛才更大了。牠張開了嘴巴，那隻烏掉在地上，是隻烏鴉，牠雙腳落地，動了動，跳了跳：牠沒死，完完全全沒死，甚至沒有受傷。但那隻烏鴉暫時仍然留在原地，那條狗也一樣，她也一樣。

最先走開的是那條狗，先朝著錯誤的方向往河流上游走了幾步，然後朝著正確的方向往河流下游走，那是回家的方向。起初牠還回過頭來看了一眼，之後就不再回頭。牠還有一段長路要走。而她在入夜之前也還有一段長路要走。她沒有回頭去看，一次也沒有，既沒有回頭去看那條狗，也沒有回頭去看誰。

現在換成那隻烏鴉陪她走了一段時間。牠在她身旁跳著走，每一次都往前連跳三下，只有烏鴉在地面上前進時會這樣跳，這也使她憶起小時候玩的跳房子遊戲。這時她累了。但是休息不在考慮之中，雖然那厚絨絨的苔蘚引誘著人躺下去舒展四肢，那苔蘚鋪滿了這片河谷的地面，一直延伸到很遠的地方。她學著烏鴉往前連跳三下，以這種步伐逐漸趕走了倦意。

烏鴉飛走了，留下一根黑色羽毛，鑲著一道——有這種顏色嗎？——藍紫色的邊。現在她獨自走著。看見那羽毛的藍色微光，她腦中浮現了後像，先前那條狗有著藍色的眼睛，不一樣的藍。空氣流動在河谷樹林的高高樹梢之間，幾乎聽不見，那不是風，就只是持續流動的氣流。在下面苔綠色的範圍裡，靜止無風。維奧納河在流經這片河谷低地時——她用西班牙文的 *vegas* 稱之，回想起她在西班牙的時光——分叉出許多支流，潺潺水聲裡頂多偶爾會響起一聲咕嘟；有些支流的水停滯不動，微帶鹹味，成了死水。在所有這些支流當中，幾乎無法區分哪一條才是主要支流，尤其是在那些不斷重新形成的內陸三角洲（她父親的用語）之間，這些三角洲截斷了谷地的道路、步道和小徑。

她選定了一條支流，雖然從遠處看過去，河水就跟其他支流一樣是黑色的，但到了她腳邊卻是清澈見底。水果賊就在這兒游泳，始終只在同一個地方，先往上游的方向游一段，逆流而上耗掉她不少力氣，然後再順流漂浮而下，到達她把行囊擱在苔蘚上的地方。她就這樣來來回回地游了很長一段時間，這段時間因此無法計算，自成一格。維奧納河水近源頭處很冷，但是她並不感覺受凍；水底的水草雖然茂密，長達好幾公尺，纏繞著她的雙腿，倒是又輕又軟，而且馬上就又滑開了；每當她站住，她能踩到水底。某幾處也有淤泥，但是深度頂多只會使她腳踝陷進去。

這樣在河裡游泳，讓自己順流漂浮，站在水中讓河水淹至肩膀，進入那無法計算也無須計算的時間，眼界也隨之不同。她發現在這種狀態下，她留意的方式不同，注意到的東西也不一樣。她發現，除了色彩的亮度不同，而且不單是苔蘚綠的亮度，河谷低地的生物也與外界的生物不同，雖然目前只有少數生物出現，而且體型都很小。外面的生物通常都是成雙成對、成群結隊地出現，這裡卻都是單獨出現，除了成群的蚊子：這兒有一隻飛蛾，那兒有一隻知更鳥，這裡有一隻蜻蜓，那裡有一隻鍬形蟲。就連死水支流上的水蜘蛛看來也只有一隻，牠並沒有在行走，而是站著，像是在等待，就和其他那些個別出現的小動物一樣，就連那一隻繞著圓圈飛行的蝴蝶也像是在等待。最後她還注意到另一個生物，遠處那些赤楊木之間有單單一棵野生蘋果樹，在河流三角洲的另一邊，閃亮的綠色從赤楊木單調的黑色中突顯出來，由於稀疏的樹葉中那宛如「天象儀」的千百個黃色蘋果，而游在水中的她嘴裡也已經感覺到這種蘋果的苦味，並不需要特意咬下一口蘋果。雖然：好好去咬一口那苦之又苦的東西，不正是這樣的一天裡應該做的事嗎？甚至是非做不可？

稍後，仍是在同一段時間裡，她坐在一條死水支流邊上，那條支流已經蓄積成一個不算小的池塘。她雙腳浸在水中，吃著最後一塊披薩，是新市鎮那個送披薩的小伙子從機車上遞給她的。她肚子餓了，「終於」，她心想，彷彿這是她唯一的願望。先前她去尋找過野生的醋栗，雖然主要是因為想起了父親的話；她啟程前往皮卡第之前，父親曾對野生醋栗津津樂道，說那是維奧納河谷樹林的特產。她在那些枯萎、幾乎沒有葉子的灌木叢裡，雖然還零零星星看見了一小串果實，但果實早已乾癟、萎縮，失去了那種「酸得令人精神為之一振」的滋味。至於隨處可見的黑莓則尚未成熟，也永遠不會成熟。

從她位在奧爾良門地鐵站旁邊的公寓，她能看見街道的另一側，看見一間有陽臺的公寓，陽臺上密密麻麻地栽種了灌木和樹木，形成了一小片樹林，即使用最銳利的目光窺視也難以看透，在除此之外一片光禿的房屋正面顯得十分惹眼。從她的窗戶看過去，她一再自認為察覺到這片樹林裡有生物的動靜，人的動靜，偶爾能看見一部分身體，一隻手、一張臉，雖然每次都只見得一片臉頰或一隻耳朵。但不管她再怎麼忍不住地往陽臺上那片小樹林裡窺視，她從來沒瞧見過一整個人。而每一次，每天早上，她就又重新用目光尋找。心想總有一次，總有一天，她會清楚看見那邊那個他或她，那個她在尋找的人。鄰居陽臺上這片樹林給她的感覺有如那些阿拉伯式庭園，那些庭園經過精心修整，長得密密麻麻的植物彼此交纏，既吸引人的目光，也拒絕著人的目光。隨著時間過去，她搜尋的目光沒有在那長著濃密樹林的陽臺上引起一絲動靜，哪怕是風的動靜，也沒有一個前額或一個手肘出現，像一個畫謎、一種幻象或近乎幻象，另一種海市蜃樓，投映出一個就在那裡、仍舊隱藏著、卻是活生生的人影。

她在維奧納河的這片河谷低地上，也在自己身上察覺了這種不管是否病態的搜尋目光。而她在片刻之間就發誓戒除。沒錯，那是個誓言。雖然，下一刻她又轉念，認為她每日的引領眺望「其實美好而使人振奮」，不亞於一部電影傑作，雖然美好而使人振奮的方式不同。只不過，在這河谷樹林裡，重點不在於發現一個陌生人，不拘男女。所以，罷了：搜尋的目光在今日就此結束！仍要永無休止地眺望，但是不再尋找。而她一本正經地向她的尋找吐了吐舌頭。

當她這樣坐著，就只是坐著，把雙腳浸在河谷池塘的水中，她並非自始至終獨自一人。當她只是彎起腳趾，水深之處有個看不見的東西朝她游過來，掀動了整片池塘水面。那是隻動物，不過，是哪一種呢？牠在她面前轉了個彎，掀起了更大的波浪，仍舊看不見，也無法從部分輪廓猜出那是什麼。接著，從水面上持續延伸的曲線波紋可以看出那東西以蛇形曲線游到池塘中央，潛入深處，頓時消失得無影無蹤。蛇形波紋卻仍然留在水面上，久久不散，在那除此之外幾乎全然靜止的野地池塘上蕩漾，只有那一隻蜻蜓在池面上輕輕點水。她坐在池邊，想像著那水中的動物是一隻鯨魚，不，是吞掉了先知約拿的那隻鯨魚，呼天搶地向上帝祈求世界末日的約拿，他在鯨魚肚子裡待了三天，才又被吐到岸上。她繼續想像那隻鯨魚將會把預告世界末日的先知繼續留在牠肚子裡，直到永遠，而若是按照她的意思，牠也應該這麼做。她同時想到，打從她啟程以來，約拿這個人物就成了某種像是路標的東西。

她在維奧納河谷遇到的下一個生物又是隻動物。從清晨以來，在她遇見了這麼多動物之後，若非這一隻動物是她頭一次見到的某種稀罕東西，她本來就算看見了也不會有什麼興趣，不管是一隻兔子、一隻狐狸、一頭野豬，甚至是一隻鹿。一隻野雉從河谷樹林裡飛過，不遠也不近，位置在古老畫作上被稱為「中景」的地方，當透視法已經被採用並且仍被實行的時候。儘管她還年輕，她已經遇過無數隻野雉，見過牠們在原野上行走、奔竄、飛翔，尤其是看見牠們從灌木叢和田壟間驀地飛起，從咽喉深處發出一聲大叫，由於受驚或是別的原因，但她從未見過像這樣的一隻野雉，也從未見過這種飛行方式。太陽從一段距離之外斜斜照進這片河谷低地，日光裡，這隻野雉的羽衣在飛行時閃出金光，假如沒有陽光，說不定還會更加金光閃亮。這金野雉並非受驚才飛起來，牠飛行時沒有發出一聲叫喊或一點聲音，那是一趟長長的飛行，飛過那些樹木之間，有赤楊和槭樹，在河谷地勢略高的此處也還有山毛櫸。金野雉無聲地飛行，牠的體型很大，看起來至少比她所熟悉的野雉大上兩倍。牠始終飛行在等高的水平線上，筆直地飛，一直都在半截樹木的高度，更接近地面，而非樹冠。牠不曾閃避一棵樹幹或是較低矮的枝椏，沒有向上飛，也沒有向下飛，更沒有往旁邊飛，彷彿牠事先就計算過飛行軌道。牠安靜的直線飛行似乎永無休止，在半空中穿過河谷樹林，那片樹林擴展成為森林，那個飛行體在光與影之間變換，從一種金變為另一種金。這隻野雉的飛行並非「筆直如箭」；筆直是筆直，但牠飛得很慢、很慢。可是，牠身後那根尾羽，不就像一支箭嗎？像一支太長的箭，遠比野雉的身體更長，一支繃緊了、插上羽毛的長箭？的確，只不過這支向後繃緊的箭，顯然只是用來控制方向與保持飛行路線。這隻金野雉就這樣不慌不忙，靜靜地以直線飛行，展開這趟飛航旅行，而且就在水果賊的故事被述說的此刻，過了很久以後，牠還在那兒飛行，在河谷樹林的樹幹之間和後面，進行那趟其實為時不長的飛行，在她看來太過短暫的飛行。在那之後，她不曾再見過一隻金野雉飛行，直到今日，她也不曾再回到牠在她面前成直線飛行的那個地方。然而，隨著歲月流逝，長滿苔蘚的河谷低地的該處，在她心中成了一個可以朝聖的地點，始終仍是，不管她是否專程動身前往。

在遇見那許多動物之後，終於出現了一個人，而且還是個跟一隻動物有關的人，雖然他立刻就又從她身旁走過。他尚未現身之前，她就聽見他了：一種像是貓叫的聲音，但是那一聲喵嗚是如此笨拙，只可能是一個笨拙模仿貓叫的人發出的。接著一個男子出現在路上，原來他在尋找那隻失蹤的貓，不管他是受到妻子或小孩的委託，還是自己主動前來。那隻貓的照片從那座新市鎮就一路跟著她，往河流的上游走，穿過維奧納河谷，此處每隔幾百公尺就有一張貼在樹上。不管他是不是受人之託，此人顯然認真在尋找那隻失蹤長達數週的小動物。他真心誠意地找著，不是隨便出門看看，而是為了尋找而出發，帶著這個地區的詳盡地圖。他的搜尋是急切的，不同於一般的尋找，驅使他去找到那隻走失了、迷路了、孤伶伶地蜷縮在某處的小動物，而且要牠還活著。此刻他向四面八方呼喚那隻動物，也向她詢問，問她是否看見過牠，也許至少有點線索，例如一撮皮毛……（他拿了個樣本給她看，灰黑色的一撮毛），單聽他的嗓音就明白他不會放棄，今天不會，明天也不會，直到……當她沒能幫上他的忙，他立刻就繼續向前走，彷彿感到失望，甚至氣憤，不僅是針對她，而是針對全人類，竟然沒有人睜大眼睛去留意他們一家人如此思念的那隻動物。在河流的下一個彎道後面，他的呼喚變得更加憤怒，不是對那隻貓咪發怒，而是對他自己和這個世界。

她依然在河谷低地坐了一會兒。那隻鯨魚是否會再一次在池塘裡掀起波紋？那隻金野雉是否會順著牠的水平航線再飛回來？那隻失蹤的貓咪是否會從灌木叢中用一雙圓圓的眼睛靜靜地盯著她？她是否甚至會在一株長滿苔蘚的枯木上發現那隻飛走的鸚鵡身上的黃色條紋？牠的照片同樣被貼了出來。她使勁地瞧，眼珠子都快掉出來了，但是什麼也看不見了。她感覺到她有種力量，但她所嘗試的事超出了她的力量。在此地的大自然中，居然就只聽見由單單一隻蟋蟀發出的唧唧聲，單調，冷淡；而前一晚在那座新市鎮裡卻有一整支蟋蟀合唱團，彷彿自柏油路面底下響起，如蘆笛般吹奏，一支地下合唱團。她坐在那裡，感覺從那以後彷彿過了不止一天。

該是再度上路的時候了。誰說的？她的故事這樣說。不是眼下的真實時間嗎？不，真實時間也一樣。她坐在那裡時，谷地邊緣的鐵道上有火車駛過，雖然就只有一列火車。那是午後時分，而這個路段的車班本來就很少，不只是在她的故事發生之時。天上隆隆的飛機聲不斷，聲音不大，而且正因為不曾停歇，到最後她便聽而不聞。相對地，河谷低地另一側邊界後面的郊區公路上，偶爾響起的車聲就聽得更為清楚。向四面八方生長、彷彿連綿無盡的苔蘚，在某一處能讓人窺見遠方那條公路，那一處並不比庫爾迪芒什那座教堂大門的鑰匙孔大多少。在空檔時間裡的她，樂於窺見那條公路：當汽車的金屬外殼從遠遠的車道上閃亮發光，閃進昏暗的河谷低地，那幅景象很美；車身色彩的變化融入此情此景，鈷藍色，銀灰色，血紅色，就算每次都只是短暫地發出光亮。

她把鞋子套上溼溼的腳，各打了三個蝴蝶結（不可以打兩個，但也不能打四個）。當她站起來，彎腰去拿她的提袋和行囊，那兩件東西彷彿自己換了位置，離開了她，同時也已經被拎了起來。那不是幽靈的手，而是兩隻強壯有力、顯然血液暢通的手，男子的手。那人不是小偷，也不是強盜，這兩種可能馬上被排除在外。是她上午在塞爾吉—蓬圖瓦茲那座新市鎮裡遇見的年輕人，騎在機車上運送披薩的送貨員。只不過他是徒步來的，一路偷偷跟著她，直到她不知所措、半昏迷地躺在那塊草地上，然後又暗中繼續跟著她，始終保持著距離，但並沒有刻意隱藏自己，直到維奧納河谷地，在這裡他靜靜等待，等待時間到來。做什麼的時間？幫忙她提行李的時間，充當她的腳伕，總之是為她效勞。他也等待著開口詢問她的時機，問她是否願意讓他陪她走一段路，讓他當她的腳伕和旅伴，如果可能就一直到晚上，直到沙爾斯鎮，甚至走到維奧納河的源頭，在拉維勒特爾特下方，離開法蘭西島大區，進入皮卡第。

她「噢」了一聲，沒再說什麼，任由此事發生。她也允許這個年輕人不像職業腳伕那樣，踩著沉重的步伐跟在她後面，而是走在她旁邊，腳步輕快，儘管提著東西，一如她一向也都是這樣輕快走著。

他突然出現，並沒有嚇著她，甚至沒有令她驚訝。但她也準備好接受一、兩件令她吃驚的事。準備好？她期待著，甚至相信這些事將會發生，彷彿她身旁這個人只可能帶來驚喜。

很長一段時間，兩個人一言不發地走著，仍然往河流的上游走，繼續走在棧橋以及內陸三角洲的老舊木橋上，這些木橋也被苔蘚地毯包裹，蜿蜒曲折地穿過維奧納河谷地。如果小徑太過狹窄，無法讓兩個人並肩而行，那個小伙子就會默默地讓她先走；而在那些往往只由一塊木板搭成、沒有欄杆的橋上，他則會走在她前面，測試那木板的承載力，並且騰出一隻手伸向後面，以防萬一這女子需要協助。

他為了這番行動而換了衣服，不似為了徒步旅行或下鄉玩一趟，而像是一個在工作日，從週一到週五都在某處穿著制服上班的人，為了週末時在市區閒逛而換上的衣服：淺灰色夏季西裝，三件式，黑色的背心，鈕釦使用同樣的布料，代替鍍金的金屬鈕釦，無領白襯衫，沒戴帽子（也沒有戴早上送貨時那頂便帽），沒穿籃球鞋而穿了皮鞋（雖然商標是仿冒的）。她覺得他看起來比騎在機車上時年紀大一點，後來又覺得他看起來還要更年輕一些。他長得有點像某個人，只是她怎麼也想不起來像誰。阿姆？不對。蒙哥馬利．克利夫特[18]？也不對。像她在西伯利亞的那個女性朋友？她笑了，走了幾步又笑了一次；而他並沒有問她為什麼笑。

雖然是大白天，而且日期顯示是八月初，這表示白晝還會持續好幾個鐘頭，但是愈接近水源地，原本就陰暗的谷地樹林就更加陰暗。是她聽錯了嗎？還是烏鶇的啁啾正逐漸低沉，成為夜鶯的鳴唱，就只差沒遇上第一隻蝙蝠了（一隻燕子，甚至是一群燕子，是不會出現在這一片片、一塊塊、一條條的苔蘚之間的）。野生植物長得愈來愈濃密，橫七豎八的朽木也愈來愈多，因此，日蝕般的昏暗取代了河谷地帶的陽光。有一棵獨自生長的樹長得很高很高，太陽高掛在樹冠上，那是棵橡樹（這個樹種在河谷地帶很少見）。她和他在同一瞬間停下腳步，抬頭往上看，看著在無法觸及的高空裡被陽光照得通透的橡樹樹冠。

走出這些幽暗的樹林裡，兩人一起步上同樣被陽光照得通透的稀樹草地，白晝在那裡迎接他們，一個不折不扣的夏日，使他們兩個都深深吸了一口氣，聽得見他們齊聲呼吸。河谷低地在此處忽然變成開闊天空下的許多小園圃，鄰近沙爾斯鎮的地方，那裡曾是維奧納河畔的一座小城，如今在這座逐漸寬廣的河谷裡，是個難以定義的聚落，不再像一座城市，也不像是從前的村莊，但是因為幾乎沒有新建築，而顯露出可觀的歲數。

兩人不約而同地倒退走了幾步——他九步，她十三步，還是剛好相反——向這些河谷樹林道別。這只是暫時道別：到了傍晚，雖然在夏季悠長的白晝裡仍有日光，他們將要出發前往水源地，兩人不用交談就能明白。根據詳細的地圖，走到末路將沒有棧道也沒有橋，更別說道路了；地圖上就連以小點表示的可能通道都沒再標示出來，必須靠自己的力量冒險前往。

首先：先談現在！空曠處的空氣，在那些小園圃之間和後面流動，四周被河水流經的稀樹草原給圍住，被大片草地分隔開來，上頭主要生長著蔬菜和塊莖類，洋薊和馬鈴薯。看到馬鈴薯，不禁使人認為，它們出現在這幅風景畫面裡彷彿是時空錯置：這一幕呈現在他們兩人面前時，馬鈴薯根本尚未在歐洲栽種。是那個小伙子把這個念頭說出來

18 蒙哥馬利．克利夫特（Montgomery Clift, 1920-1966），美國知名演員，曾參與《紅河谷》、《紐倫堡大審》等經典名片的演出。

的：「那些馬鈴薯是這個畫面裡的一個錯誤——飄洋過海把馬鈴薯從美洲帶回來的瓦爾特・羅利爵士[19]根本還沒有出生呢！」從這以後，在這個故事裡，水果賊的同伴就也有了一個名字；在兩人的這段插曲中，他將會叫這個名字：「瓦爾特」，這個名字也與他的身形相稱。「瓦爾特」和「亞歷西雅」。

瓦爾特和亞歷西雅一同往北，朝古老的沙爾斯鎮走去，在幾乎沒有樹木的谷地上，位置夠寬，不只容納得下一雙行人，一直維持著並肩行走。他們並非成雙行走，而是始終保持著一段並非刻意、完全自然的距離——沒有什麼比這段距離更為自然。

若非有那些逐漸隆起、形成軌道區的鐵軌，他們面前的景色可以假裝是另一個時代，一個根據一般的曆法早已過去的時代。原因不僅在於沙爾斯鎮那座教堂的尖塔，如今就像在八百年前、七百年、五百年前一樣聳立在藍天之下（它也會這樣聳立在灰色、黃色、紅色的天空下）。那些用石灰岩和石膏岩建造的方形房屋，也一如幾百年前一樣零星散布在河流平原上，連同為數不少的半廢墟和廢墟，彷彿它們從前就是廢墟，只不過也許是在別處，被稍微挪動了位置。「現在一如幾百年前？」「正是如此。」

那些岩壁尤其加深了這種今日一如昔日的雙重景象，它們相當陡峭，在某幾處幾乎寸草不生，光禿禿的，尤其是在其中一側，「典型的陡峭河岸」（父親的用語），從上方的韋克桑高原陡落進河谷。

房屋、廢墟、教堂尖塔，還有灰白的石灰岩峭壁，這些峭壁比當地的建築（連同那座高塔在內）還要高上兩、三層樓，全都是由同一種材質構成、形成、沉積而成。而把這個地區圍在腳下的長長岩壁和懸崖所散發出的規律性，也反映在下方乍看蓋得雜亂無章的房屋上，賦予這片雜亂一份萬年不變的規律，同樣包括了鐵軌及除了正中央那兩條鐵軌之外均已鏽蝕的軌道區，連同那條開鑿出好幾條運河的河流。「現在是現在」，也可以有完全不同的意義，而「很久很久以前」也未必就已經「過去」。噢，那些泛黑的地衣，在石膏岩的懸崖上，在教堂尖塔的方石上，在未經斧鑿的屋牆石塊上，在道路兩旁的低矮石牆上。噢，零星散布在岩壁下方的洞穴，汽車和曳引機停在那裡，旁邊是已經報廢的木柵欄車和馬車。

19　羅利爵士（Sir Walter Raleigh, 1552-1618），英國航海家，替英國在美洲建立起殖民地，並將馬鈴薯和菸草等美洲作物帶回英國，受到伊莉莎白女王一世賞識，受封為爵士。

亞歷西雅朝她的旅伴靠近，同時仍舊踩著規律的步伐大步向前，在沙爾斯鎮入口地名標誌的前面，她牽起他的手，快步走了幾步。現在是她領路。她還塞了點東西到他手裡；他二話不說就往嘴裡送，一口咬下那顆蘋果、梨子、桃子、杏子——不，不可能是杏子，杏子成熟的季節早就過了——咬得喀吱喀吱響。咬一顆桃子會喀吱喀吱響嗎？沒錯。她從那些小園圃裡順手摘了這顆果實，一樣在光天化日之下，誰都不會認為那是偷竊，瓦爾特更加不會。而且「想當然耳」，她不只偷了這一顆果實；水果賊把另外一顆或另外幾顆一如往常地留給了自己。

他們繞道前往沙爾斯鎮的磨坊，沿著維奧納河一條水流湍急的運河，不同於在河谷三角洲時，這條河在此地滔滔奔流，簡直是洶湧澎湃。遠遠就能聞到剛磨好的麵粉味，也能聞到剛出爐的麵包香；在那分支眾多的磨坊工場旁邊，也有一座麵包工坊開設在一個院子裡。許多磨坊幾百年來都靠著這條小河提供動力。沙爾斯鎮的磨坊是最後一座，至少是僅存的一座，但這座磨坊的新舊建築就占了半座河谷。

磨坊附設的麵包工坊所烘烤的麵包，通常只供應給一些餐廳和特定市場，並不零售。可是亞歷西雅不只是希望能有一條在磨坊烘烤的麵包，她是一心一意想要，非要不可，至少一條。麵包坊雖然開著，但放眼看去不見人影，於是他們兩個就站著，與千百條各式各樣的麵包在一起。那些麵包擺滿了一個又一個架子，快要頂到高高的天花板，無人的櫃檯後面也有——至少還有個櫃檯。瓦爾特無聲地使了個眼色，自告奮勇要跳過柵欄，拿走一條麵包。亞歷西雅同樣無聲地搖搖頭：當個水果賊沒關係！可是麵包賊？這可不行！儘管如此，這一幕景象是多麼壯觀，這一條條層層疊疊的麵包公路和麵包鐵路，在這個空間深處一個遙遠的消失點交會。

總算有人從另一個房間出來，走過來時就已經搖了搖頭。可是到了她面前，見她站在那裡，巴巴地看著所有麵包，對方還是拿了一條給她，並且祝他們兩人旅途愉快。這樣一雙男女，他已經很久不曾遇見，還是說這根本就是他第一次遇見？

市鎮中心？教堂前的廣場？不。鎮公所前面？看不出哪裡是中心，也看不出有政府，政府例外地相當節制，幾乎有點羞怯（若真有一個羞怯的政府倒也不錯）。索性把那個有柵欄的平交道當作中心。那裡有一股涼氣，在地處偏遠的沙爾斯鎮到處均是如此，在此處敞開的鐵道柵欄之間還要更加強烈，雖然只是在溫暖安靜的夏日午後的一縷微風，一種荒涼而與世隔絕的氣息。軌道區也許曾經有過圍欄，如今除了平交道柵欄之外只剩下一根水泥柱，上面貼著一張海報照片，又是一張，似乎已經貼了很久了，泛黃得厲害，是個年輕人的照片，寫著他的死亡日期，包括時辰。在這個自殺者的照片前面——如果這是個自殺者的話——亞歷西雅不由自主地在胸前畫了個十字，她的旅伴也立刻跟著畫了一個，雖然他並不知道自己怎麼會這樣做。瓦爾特顯然這輩子還從不曾在胸前畫過十字，可是他畫十字的方式卻像是他常常都在畫。接著回頭望，越過肩頭，那道平交道柵欄橫在畫面中，不僅不合時宜，還是鎮上景觀裡的某種錯誤，某種破壞了畫面的東西，一種異物。

接著她邀請這個小伙子去「喝一杯」，去這個故事發生之時，沙爾斯鎮唯一的酒館，名叫「宇宙咖啡館」，位在軌道柵欄的另一邊。途中他們經過一棟全由碎石砌成的房屋，日久歲深，屋外的石梯同樣由碎石砌成，石梯下方的圍牆上有個入口，像是通往一間儲藏室，使得亞歷西雅憶起了某件往事。說來奇怪，或者也並不奇怪，在多少算是開闊的大自然裡待了一段時間以後，從這些有時毫無間隙地連在一起的老房子中間走過，是件賞心樂事，走在廢墟之間也一樣。

宇宙咖啡館在下午時分空空蕩蕩。只從電視機裡傳出聲音，一直播放著賽馬實況轉播，也一再提到賽馬場，名稱以「谷」字收尾，「和平谷」、「歡樂谷」，還有「拉斯維加斯」……「托爾梅斯河平原」，不過也有此地熟悉的地名，像是「奧特伊」、「昂吉安」、「萬塞訥」。一再有爆冷門的贏家出現，賽前被看好的馬則被取消比賽資格。酒吧裡，並沒有賭馬的人在眾馬匹抵達終點線之後盯著他的賭馬券瞧，然後也許大叫一聲。老闆不在吧檯後面，他站在擺放待售香菸的那面牆前面，因為在這個時間（平常也一樣），那裡比較可能會有客人。此人這些年來一直都是酒館老闆，帶著同一副悶悶不樂的表情，是那種並非自願流落到沙爾斯鎮的人，此地的生活也不符合其天性。此刻他簡直是從香菸區跳進了飲料區（平常他習慣慢慢晃過去），用一副他自己也幾乎覺得怪異的笑容迎接這兩位客人。不過，他的笑容不完全是針對這兩位客人而發，主要是針對一個婦人，她和他一樣匆匆趕到櫃檯後面，準備招呼客人，只不過是從另一個方向。從不久前開始，吧檯便與廚房相連，「宇宙咖啡館」也附帶經營一家小餐館，這個婦人是廚師，與老闆是一對，這也是不久之前才開始的。這個婦人不管做什麼都滿懷熱情，不僅是在這一目了然的小廚房裡料理食物，而這份熱情具有感染力，她在狹小的空間裡忙碌著，彷彿這地方的確自成「宇宙」。她改變了這個陰沉的男人，至少暫時改變了，以一種同時令他感到心酸的方式，使得他幾乎為自己、為這個婦人、為他們倆的幸福感到擔憂，看看他的笑容就知道了。不過，還是先祝福他們有個「好的開始，不僅是對廚房而言！」

儘管店裡空空蕩蕩，瓦爾特和亞歷西雅還是花了很久的時間才找到座位。千萬不能選錯位子——必須是恰當的位子，合適的位子。而他們兩個誰都無法選定一張桌子。要替自己選擇：不成問題。可是要替幾乎陌生的對方決定：很難辦到。於是他們從一張桌子晃到另一張，把椅子拉出來，又推回去，而店裡總共也只有三、四張桌子。沒有一個位子合適，而且不僅是由於電視賽馬轉播無處不在（隨著時間他們會忘了電視正在轉播，或者說有這個轉播也沒那麼糟）。可是，找到一個好位子，一個合適的位子，不管是適合做什麼，在此時此刻不可或缺。事關重大。倒不是說之後某個時刻取決於此，更不是接下來那一天取決於此，未來更不用說，重要的是此時此刻。他和她都一樣受到了挑戰。他們必須要以雙人組的身分證明自己。

事與願違，他們一個人在這邊，一個人在那邊，在宇宙咖啡館裡走過來走過去。兩個年輕人舉棋不定，猶豫不決。難道不該由比他年長幾歲的她來決定座位嗎？還是應該反過來，由身為男性的他來決定？可是他卻迴避著她的目光，雖然從這天上午以來，他就殷切地尋找著水果賊的目光，就連她不在場時也一樣。眼看他就要發出野獸般的嚎叫，衝到馬路上，從此消失無蹤，衝到一輛接一輛地行駛在馬路上的卡車輪下（這條馬路是連接法蘭西島大區、諾曼第和皮卡第的一條主要幹道）。說正經的，嗯，這個完全正經八百的小伙子也認真看待此事。而她又回復成原以為已經徹底擺脫的女版哈姆雷特，像從前一樣絞著雙手或咬著指甲，年輕的她和那個小伙子一樣認真，她感覺到她恨不得狠狠給他一拳，她這個同樣猶豫不決的孿生兄弟，用拳頭把他逐出酒館，永遠不再相見，看著他被下一輛和再下一輛卡車的孿生車輪給嚇一跳。他們兩個在外人眼中顯得多麼年輕，而他們並未意識到自己的年輕。正是在彼此共同的猶豫不決當中，他們顯得多麼年輕，這份猶豫不決有如具體的災難擊中了她，也擊中了他。年輕得令人羨慕？胡說：認真得光彩照人，年輕得具有感染力。

是宇宙咖啡館的老闆和老闆娘，幫忙他們擺脫了那份猶豫不決，完全是無心插柳。一扇平常關著的門打開了，而亞歷西雅和瓦爾特終於在一張桌旁找到了位子，在戶外一個稍微墊高的木頭平臺上，像是從前的舞池，俯視一座擺著雜物的庭院，說是庭院，更像是個堆放雜物的地方。不過，這個座位新近開始受到客人歡迎，單是這裡要比酒吧安靜就是個原因。酒吧後面的這個座位原本是打算給常客坐的，到目前為止尚未出現的常客，不過或許他們也就要出現了。

老闆把桌椅擦乾淨，桌椅除了不乾淨還生鏽了，然後他的「達令」——他這樣喊她，又是個外來語，從他那彷彿痛苦而扭曲的嘴裡吐出來——拿了杯子來，再擺上替晚餐所準備的開胃小菜。配上從磨坊拿來的那條麵包正好。

當著這個女廚師的面，亞歷西雅和瓦爾特交談起來。自從他們在維奧納河谷地再次相遇，就幾乎一直保持沉默。瓦爾特在共用的盤子上把所有小菜替彼此分好排好，就一個披薩外送員來說，這令人驚訝，或者也並不令人驚訝。他說：「我還從沒見過一個廚師像這樣披散著一頭長髮！」亞歷西雅則說：「而且是這麼平滑的金髮，夾雜著兩、三綹顏色比較深的頭髮！」

稍後在平臺上的這張桌旁，眼前是庭院裡的雜物，往南順著河流下游遠眺他們來時的河谷，他們又嚴肅起來。他開口敘述；她則仔細聆聽。

「年輕人結束自己的生命不是什麼新鮮事。也許一直以來就是這樣，在妳我這個年紀的人，用我母親的話來說，『先走一步』，而且整體而言，不管是哪個時代，年紀輕輕便自殺的人數，一直都差不多高。令我思索的是，如今那些先走一步的年輕人，用他們的自殺表達出對如今這個時代的某種看法，他們用自殺對抗這個時代，棄絕這個時代，詛咒這個時代，為了最終還能改變如今這個時代。就這一點而言，我覺得我們這些人，畢竟還是活在一個特別的時期？在一個歐洲國家，從前一度（這已經又是很久以前的事了）被稱為『鐵幕國家』的一個國家，別問我這名稱是誰取的，曾有一個年輕人在那裡生活，那還不是太久之前的事。他的名字是茲德涅克・阿達梅克（Zdeněk Adamec）。不，不是楊・帕拉赫（Jan Palach）。楊・帕拉赫是另外一個年輕人，我想他是在一九六八年，在布拉格的溫塞斯拉斯廣場還是哪裡當眾自殺，為了抗議蘇聯軍隊欲維持鐵幕，進駐當時的捷克。至於他是在自己身上澆了汽油然後點燃，還是像那些中國年輕人一樣在天安門廣場還是哪裡衝到坦克車前面，我不記得了。茲德涅克・阿達梅克來自同一個國家，只不過他自殺的時間比較晚，在鐵幕一下子消失、瓦解、煙消雲散幾十年之後，鐵幕的消失沒有發出撕裂聲，既沒有砰然作響，也沒有轟然倒下，一點也不像希區考克那部《衝破鐵幕》，對吧？但是茲德涅克的死也是為了表示抗議。請包涵，如果我接下來只用前名來稱呼他，平常我不喜歡這麼做，尤其是對陌生人，那些我從不認識的人。可是我卻覺得自己彷彿認識茲德涅克。這個茲德涅克我認識——打從心底認識！對我來說，他就叫茲德涅克，不加姓氏，就像布萊茲．巴斯卡就只叫布萊茲，克雷蒂安．德．特魯瓦[20]就只叫克雷蒂安，席內丁．席丹就只叫席內丁，強尼．凱許和強尼．阿利代是強尼一號和強尼二號，尼古拉．普桑[21]就只叫尼古拉，喬治．貝爾納諾斯[22]就只叫喬治，伊曼紐爾．博夫[23]就只叫伊曼紐爾，蘿姬雅．特拉奧雷[24]就只叫蘿姬雅，而您——如果我用「妳」來稱呼的時候也請原諒——就叫亞歷西雅。我絕對不會用前名來稱呼歐巴馬、普丁、柯林頓這些人——如果非提到他們不可的話——我會根本省略他們的前名，頂多只有唐納．川普可以（也應該）繼續擁有他的前名。茲德涅克離開人世是一種抗議，他所對抗的不是時事，不是正在他眼前發生的、特別沒有天理的事，不是某一個國家、某一個政府對另一個國家和另一個政府所做出的事，不是一個自認是唯一能帶來幸福的社會制度所做出的事，為了反對另一套制度，另一套制度雖然也承諾帶來幸福，但是至少在表面上，在語言和姿態上並不張揚，像是顧念生病的鄰居而躡手躡腳。茲德涅克把自己拋離這個世界，是為了對這個世界表示抗議。抗議生命的存在？抗議被生下來的不幸？抗議在未被詢問就被拋進生活？說不定，甚至是抗議拒絕提供任何答案的整個宇宙，抗議這無盡空間的沉默？別惹我發笑了。就我對茲德涅克的一點認識，他眷戀著生命，只有幼小的孩子會這般眷戀生命。活著，單純而沒有疑問地活著，這對他而言具有意義，終其一生，這對他來說甚至意味著一切。他並不期待宇宙（作為某種可以計算但玄妙難測的東西）對所謂的存在問題給出任何答案，而是默默敬仰著宇宙。據說他崇拜女性，但是直到最後，都不曾有人看見他單獨與一個女人在一起。而他據說是個帶著新郎氣質的年輕人，安靜而又興奮，彷彿發著燒，總之是時時懷著期待，他準備好了，不管鈕釦孔裡是否插著一朵花。有一次他擁抱了一個全然陌生的人。另一次，他

20　克雷蒂安·德·特魯瓦（Chrêtien de Troyes），十二世紀的法國吟遊詩人，被視為宮廷小說的創始者。

21　尼古拉·普桑（Nicolas Poussin, 1594-1665），法國巴洛克時期古典主義畫家，《阿爾卡迪的牧人》為其代表作。

22　喬治·貝爾納諾斯（Georges Bernanos, 1888-1948），法國作家，人類的善與惡是他常在小說中探討的主題。

23　伊曼紐爾·博夫（Emmanuel Bove, 1898-1945），猶太裔法國作家，知名作品包括小說《我的朋友》（*Mes amis*），中譯本取名為《我想要一個朋友》。

24　蘿姬雅·特拉奧雷（Rokia Traoré），一九七四年生於馬利的創作歌手。

親吻了劇院裡一個帶位小姐的手——他幾乎每天都上劇院，不管是在布拉格、布爾諾、茲諾伊摩還是別的地方。又有一次，據說茲德涅克在布拉格山頂城堡區，在聖維特主教座堂的一場彌撒當中，嘴裡含著聖餅，挽住了一座聖像雕塑的手臂。而在布爾諾一位詩人去世的屋子裡，據說他在那裡的紀念石匾上，略改了詩人的一句詩，用噴漆噴上『謝謝屋裡的鹽！』[25]他讀書就跟上劇院一樣：以經典作品為主，只閱讀書籍，不看報，不看電視。他最喜歡在風中待在森林邊緣，在世界的風裡，這是他替那風取的名字；他的朋友喊他『待在風裡的人』，這用捷克語該怎麼說？由哪些音素構成？據說直到生命結束他都不問世事，對世界新聞一無所知，對於與新聞相關的畫面視而不見。『帶著你們的資訊滾開吧！』——因此他在朋友當中也成了邊緣人。當全歐洲在巨大的海報牆上替記者這門職業打廣告，用的標語是：『資訊是一種使命』，茲德涅克又成了噴漆者，但是和之前在布爾諾截然不同。而當羅馬的教宗，現任教宗還是另外一個，『致全城與全球』地宣告：『神愛資訊！』茲德涅克寫了一封信給他，是一系列大宗投遞的信件當中的第一封，後來也寄給世上其他的領袖人物，全都沒有收到回信，最後以他的自殺結束，隨著他最後一次寄信，不再指名要寄給誰，而是寄給全世界，署名為『茲德涅克．阿達梅克，我母親的兒子』。還是說這一切都只是我想像出來的？是我今天早晨還是什麼時候夢見的嗎？無論如何，茲德涅克死了，他曾經存在過，過著只有像他這樣的人才會過的生活，像新生兒一樣赤裸而沒有防衛，直到死亡。——」

說到這裡，瓦爾特被一陣拍手聲打斷，那也是示意他停止的信號，同時有個人說道：「謝謝你的演說，年輕人。」說話的是一個他們倆先前沒有注意到的老人，他自己從宇宙咖啡館裡搬了一張桌子到這個堆放雜物的院子裡，此刻就坐在這張桌子旁。他的語氣並非不友善，而是彷彿他已經聽了好一陣子，但這會兒已經聽夠了。老人面前擺著一個裝滿榛果的玻璃碗，一邊繼續說，一邊用一個鋼鉗把榛果撬開，彷彿要加重他那番滔滔不絕的話語：「去年被宣布為同情年，前年被宣布為家暴婦女年，前前年被宣布為銀薊年，前前前年被宣布為扯斷的鞋帶年，而接下來這一年呢？誰曉得。我本人則宣布今年為榛果年。去年，榛樹幾乎沒有長出果實，不然就是被蟲吃光了。但今年，榛果飽

25　係指捷克詩人楊．斯卡策爾（Jan Skacel, 1922-1989），他被視為用捷克語寫作最傑出的詩人之一，這句話指的是他一首叫做《我們屋裡的鹽放在哪裡》的詩。

滿完整，而且數量之多，就連快八十歲的我這一輩子都不曾見過，就算是榛果大豐收的一九四四年也比不上。當年第一批成熟的榛果在八月落下，如同此時，那是世界大戰在我們韋克桑高原這兒的最後一場戰役發生之前。那時我還是個小孩，又瘦又小。我裝滿榛果的褲袋有如石頭般沉重，不，還要更重，把我往地面拉。那種被往下拉的感覺很美好，那沉甸甸的感覺令人開心。榛果在我走路時嘩啦啦的響聲尤其美好，在一左一右的兩個口袋裡，如此親切，在奔跑時更是悅耳——這一次不再是逃跑。我是自動自發地跑了起來，就好像在玩遊戲。至於榛果首先是種可以吃的東西，不僅是戰時聊以充飢的食物，這一點在當時，我並不在乎。可是現在，在榛果產量創下紀錄的這一年——至少是自從一八四八年以來，在那之前的幾百年，即便是韋克桑最詳盡的教區檔案裡，也沒有記載榛果收成的資料——對我來說，大快朵頤至少就跟從地上撿拾一樣重要。如今從地上撿拾榛果，對我來說要比以前吃力了，而且不只是因為在戰爭結束後，我的身高長成了當年的兩倍。不過，對『我們這種人』來說——我感激地重複你剛才的用語，年輕人——最好是先把榛果烘烤過，我覺得烤過的榛果更好吃，生的榛果硬得幾乎像石頭。現在請你們兩位看過來，看看一年當中最早一批成熟、從榛樹叢裡掉落的核果有何特別。請看看果殼被撬開的這粒榛果，用一支專門用來撬開榛果殼的鉗子，不是胡桃鉗，就我們此地生長的野生榛果而言，胡桃鉗的兩個鉗子離得太遠，這些野生榛果顆粒小，一顆胡桃裡可以裝進四到七粒。這粒榛果完整無缺，帶點黃綠色，像顆迷你蛋，一顆用磨亮的木頭刻出的裝飾蛋，榛木。可是你們瞧，現在我把這顆迷你蛋從殼裡取出來——先要把殼輕輕撬開，不能太用力，否則果實就會裂成兩半！——而你們看見了什麼呢？可惡，你們沒看見嗎？眼睛睜大一點！——啊，你們總算看見了！這顆迷你蛋，今年第一批成熟的榛果之一，它附著在殼上，沒辦法輕易從殼裡倒出來。唉，我的指尖太沒有力氣，失去了感覺——該由妳來，年輕姑娘！把核果捏在拇指和食指之間，一點一點地，一公釐一公釐地從殼裡取出來。這樣就對了。千萬別用力去搖，也別拉扯！核果的一端附著在殼上，另一端卻自由而鬆動地躺在殼裡。用另一手的食指去壓比較鬆動的那一端，稍微用點力，但還是要輕輕地。輕一點！小心點！現在你們看見了什麼呢？沒錯，榛果蛋附著在果殼的另一端，從果床上被抬起來了，這是槓桿作用，同時它也繼續附著在殼上。是靠著它的絨毛嗎？靠著它出生時的黏液附著在母殼的黏液上？錯了。你們瞧：榛果並非附著在殼裡，而是懸著！懸在哪裡呢？沒錯：懸在一根線上，從殼裡伸出來的一條線，在那兒，深深藏在有如皺褶衣領的葉片中。果殼連同細線，還有有如皺褶衣領般圍繞著果殼的葉片都是從榛樹叢得到養分——別拉這條細線，看在老天的分上，否則會斷掉！——最終是由這些細線來提供果實養分，以這種方式讓果實成熟，成為今年此地第一批成熟的野生榛果之一，甚至是第一顆成熟的榛果。而且，就第一批榛果而言，罕見地完整，殼上完全沒有昆蟲叮咬的痕跡，也沒有被幼蟲啃食。你們看，母殼大概曾經被蟲鑽過，但沒有鑽透，這殼是如此堅硬。今年的夏季使得整株灌木連同果殼異常強壯，這個地區成千上萬株的其他灌木和果殼也一樣，今夏是百年難逢的夏季，你們也有同感嗎？雖然也許只是在韋克桑高原這裡，而且也只在榛果收成這件事上。現在，小姑娘，把連接果殼和果實的這條線輕輕用指甲掐斷，使果實和果殼分離，要留心讓那條線繼續留在核果身上，它一直提供這顆果實養分，直到果實成熟！假如是寫在使用說明書上，這句話會用粗體字來寫，再加上兩、三個驚嘆號，也許還會加註這段話：現在把堅果的臍帶——讓我們終於直呼其名吧——在鬆開的那一端抓住，還是捏在拇指和食指之間，它的韌性真令人驚訝，簡直像條麻繩，不是嗎？再用這條線把那顆蛋、那粒堅果、那粒榛果從被撬開的殼裡拉出來，慢一點，小心點，這是必須要一公釐一公釐、甚至是一微米一微米地進行的工作，堅果下面可能還有纖維和果殼相連，如果拉得太猛，那條看似強韌的線就可能會從果實上被扯斷。對，這樣就對了。這樣很好：堅果靜靜地懸在線上，在妳年輕的手指之間，沒有像預料中那樣掉下來，它不會掉下來，就算它像此刻這樣開始晃動。把它連同那條線繼續這樣靜靜地拿著，不要搖，不要晃。現在把手臂伸直。看哪，晃動變成了來回擺動，非常規律地一來一回，不依靠外力。就讓它擺動一會兒吧。這不是時鐘的擺動。該死的鐘錶時間，我詛咒這些時鐘。但是看哪，這種擺動也並不意味著什麼。啊，擺動，美好可愛的擺動！唉，已經五點了。『五點，死亡的時刻。』就像我們小時候所說的。」

老人驀地站了起來，簡直像是被彈起來，拿起裝滿榛果的玻璃盅揚長而去，沒再看他們一眼，也沒有道別。他返回他的老人公寓，這樣的老人公寓在沙爾斯鎮不只一棟。他住的那一棟有著「美麗陽光」之類的名稱，望出去是那片軌道區，月臺間兩組鐵軌發出明亮的金屬光澤，其餘七組到十三組鐵軌則凍結在黯淡無光的鏽褐色裡，大多零星四散，兩旁長著薊草和其他高高的野生植物。那七具到十三具廢棄的轉轍器，也以同樣的鏽褐色分散在荒廢的軌道區，全都以相同的斜角矗立，如同當年它們還被操作的時候，一根接一根的操縱桿橫越整片場地，仍舊伸向某個鐵道工人的手，彷彿在下一個瞬間，工人的手就會將它壓下去或拉起來。

夜裡，這片鐵道區域仍有黯淡的照明，比起鎮上同樣黯淡、間距不一、發出慘白光線的路燈，鐵道區的照明燈具更為密集。老人坐在窗前矮凳上，看著這些燈光，直到他的眼皮第N次闔上，在那間名叫「美麗陽光」或「金色年代」的老人院裡，他自己替這間老人院取的名字則是「霧之月臺」。他總是因為害怕睡著，一再用力睜開眼睛，注視著這片軌道區，連同那彷彿站崗的轉轍器。他漸漸對隔壁房間傳來的鼾聲、悲歎、呼喊、呻吟和喘息聽而不聞，練習著他用阿拉伯語稱之為「迪克爾」（dhikr）的讚念，能練多久就練多久。「迪克爾」的意思也包括「記憶」，但對他來說是「回想」，是「緬懷」。「迪克爾」在宗教儀式裡不是僅限於「念及神」嗎？可是對他來說就只在於純粹的回想，不涉及任何人、任何事。「緬懷」死者？不。就只是緬懷。

他將在那家剛開張的餐廳度過今晚，在鐵道的另一邊，在已經關閉十年的火車站斜對面。餐廳名叫「塔那那利佛」，除了幾種必備的法國菜餚之外，主要供應馬達加斯加的特色料理；餐廳老闆連同妻子、母親、姊妹、堂表兄弟姊妹和小孩都來自該地，從印度洋來到沙爾斯鎮。根據今晚的邀請海報（在同行競爭對手「宇宙咖啡館」裡也貼著一張），晚餐時，將會有一支馬達加斯加樂團演奏，獻唱的女歌手也來自馬達加斯加，是一場晚餐兼舞會，必須先訂位。老人上午就去那家餐廳訂了位，「兩位」，雖然他知道他只會是一個人，也將是全場最年邁的，此外，也將是顧客中唯一住在沙爾斯鎮本地的人。其他人都從別的地方來，有些甚至遠道而來，而且幾乎全都出生於馬達加斯加島或是馬達加斯加裔，女性戴著花環，彷彿她們出身還要更遙遠的地方，來自太平洋，來自大溪地之類的地方。他們大多數移居至巴黎周圍那些新市鎮，總之是開車來的，不只是從鄰近的塞爾吉—蓬圖瓦茲過來，還從聖康坦伊夫林或是更遠的地方來，從巴黎南邊或東邊，從埃夫里或邦迪。每一次，他坐在自己那一桌，看著其他那些大得多的桌子，有時也有長桌，一張接一張，他都覺得那裡彷彿坐滿了所有從馬達加斯加移居法蘭西島大區的移民，在一張桌旁坐著住在塞爾吉的所有馬達加斯加人，在下一張桌旁坐著住在聖康坦伊夫林的所有馬達加斯加人。每一次他都這樣覺得嗎？畢竟這家餐館才開張不久，還不到兩個月。的確是每一次，因為這樣一場連著舞會的晚餐，每兩週一次在星期六舉行，而他但願——是的，他還有願望——這會持續下去，至少持續到冬天，如果上帝保佑，也許再持續到明天春天。而今天又是這樣一個星期六，即使是沙爾斯鎮也會熱鬧起來，就算鎮上沒有其他地方談得上熱鬧，至少在這溫暖明亮的大廳裡是熱鬧的，跳舞的人頭上的花環和圍繞在身上的花圈一起擺動。這些人手舞足蹈，自得其樂，有成人，也有小孩，也許甚至還有一、兩個老人共舞。面對這些人，他無須扮演觀眾，像在觀賞一個巡迴各大洲演出的藝術舞團，讓人掏錢來欣賞的舞團。不，這些跳舞的人，不需要他當個觀眾來欣賞，結束時無須向他們鼓掌，不必當個被困在觀眾席上的觀眾，就只需要看著，感到開心，直截了當，為了那些跳舞的人而開心，也為了在看著的自己開心。他將會把玩起長褲口袋裡的榛果，把榛果握在鬆鬆的拳頭裡，再向跳著舞從他旁邊經過的人張開他抓滿榛果的拳頭，請他們拿一些來嘗嘗——就算沒有人接受。莫非馬達加斯加人不認識這種食物？即使是在首都塔那那利佛？這種玩意究竟能不能吃？「塔那那利佛」：這個店名，也是吸引老人到這家餐館來的原因之一。年少時他對地名就百聽不厭：馬拉卡波，還有現在這個塔那那利佛。在另一張桌上，「宇宙咖啡館」那一張，此刻又加上被他撬開的果殼，一堆殘骸，一片「混沌」（Chaos）（與地質學裡於冰河期形成的巨礫岩同名），未必與這些響亮的城市名稱相稱，或者其實很相稱。只要別睡著就好！而他將還是會打起瞌睡，一次又一次，並且在一個短短的夢裡看見自己這個老人騎在一輛兒童三輪車上，一圈又一圈地騎著。

時間還早，還有很久才會入夜。儘管如此，水果賊和她的旅伴應該要準備啟程了。但是在沙爾斯鎮仍舊看得見他們的身影，而且又是在一家店裡，宇宙咖啡館對面那家烤肉串店。怎麼會這樣？出於發現者的好奇。出於探索的精神。在馬路幹道旁邊的一家小店裡探索和發現？

倒不是這個意思。首先，他們應該要探索這個地方，這個法蘭西島大區最北端的沙爾斯鎮，彷彿理應在轉往別處之前，對這個陌生的城鎮致敬，必須走進屋子裡，隨便哪裡都好。他們試過教堂：關著，沒有貼出將舉行週六晚間彌撒的告示，下一場彌撒要等到秋天學校開學以後；門住的教堂大門上方，那座鐘塔就像一座塔屋一樣寬，就像一座磨坊的塔，塔上的烏鴉像寒鴉一樣扯著喉嚨叫喊，如同在十月。麵包店呢？去過了。花店呢？店門口的花束就像在首都裡一樣多，他們待在店外沒有進去。火車站：窗戶被釘死了，門被封住。「塔那那利佛餐廳」：飄出了馬達加斯加菜餚的香味，但不能進去，餐廳為了晚上的盛會預先準備。河岸高地的岩洞：入口用鍊條封住了。藥局：裡面能有什麼東西令人驚奇？他們還能夠探索，並且藉此給予此地適當回報的，只剩那間烤肉串小店，用塑膠板搭成的棚屋，帶有中東宮殿的風情，是從庫德斯坦進口到沙爾斯鎮來的。

此外，水果賊，亞歷西雅，由於那些開胃小菜也正好肚子餓了，當她這樣說，她的旅伴聲稱自己跟她一樣餓。但基本上，在這個陌生、同時意外好客的沙爾斯鎮，重點在於把她故事裡在這一天將要發生的事盡可能往後拖延，不管是什麼事。也許，按照水果賊的故事，一次又一次的閃躲，是為了讓她在這之後更加直截了當、加快速度地敘述她的故事？直截了當？加快速度？還是得再說一次：誰曉得。

烤肉串宮殿小屋沒有戶外座位，但是門大大敞開著，玻璃珠簾被推到一邊，店家替亞歷西雅和瓦爾特把一張桌子推出來，一半擱在人行道上。桌子很窄，他們坐在兩張塑膠凳上，旁邊留出位置給那些進進出出的人。那些人和他們不一樣，是買了食物外帶，帶回家或是帶上火車。他們背後的電視臺播放著庫德族流亡的節目，音量在他們進來時調小了，店家也詢問他們是否想改看法語頻道。兩人的那聲「不」並非異口同聲，男孩的那一聲「不」接在她那一聲後面。反正，他們也幾乎聽不見電視上所說的庫德語，因為他們前面那條公路幹道上的車流在週末時大為增加，轟隆隆的車聲幾乎不曾停歇，完全不是八月初這個時候一般人料想中的情況。只有在幾步之外的平交道柵欄放下來時，才聽得見這種外語的幾個音節或整個字，輕柔的雙音節語音，在驟然安靜的馬路上幾乎像是蟋蟀的唧唧叫聲，而且也許不僅是由於這種說話聲和方才呼嘯而過的隆隆車聲之間的對比。電視上同時出現了各式商品的連續畫面，用庫德語吟誦著的幾乎就只有數字，由於這些數字也出現在畫面中，無須翻譯就能明白：這是個購物頻道，位在杜塞爾多夫、盧森堡或是誰曉得哪個地方。

等到火車通過，柵欄打開，再度坐在轟轟的車流中談得上是種享受嗎？這在先前就是種享受了，令人愉快，不必再聽見個別的聲響。既聽不見人聲，也聽不見其他聲響，聽不見清嗓子的聲音、咳嗽聲、噴嚏聲，也聽不見關門聲、高跟鞋的噠噠聲、拉起手剎車的聲音、從教堂高塔傳來的寒鴉啼聲。只聽見那一致的轟轟隆隆、呼嘯咆哮，充滿了這座小鎮，而且超出沙爾斯鎮的範圍之外，充滿了這座河谷，這谷很快就不再是谷，不是維奧納河谷，也不是別的谷，一如沙爾斯不再是專屬此地的沙爾斯，而是一個巨大、無名、移動著的回聲室。沒完沒了？不該終了。

有一些貨車，主要是那些聯結車，還有一些特別大、特別長的卡車，在這番狂野（仔細聽也就沒那麼狂野）的追逐中按響有如遠洋輪船嘹亮汽笛的喇叭，在那番轟鳴和怒號聲中簡直擾人。在距離大海相當遠的此地，這種有如輪船汽笛的嗚嗚聲帶來的錯覺，對那令人愉快的整體嘈雜構成威脅，減少了那份單純的嘈雜帶來的享受，純粹只在此時此地的嘈雜，不給人任何錯覺。受不了這份嘈雜？受不了這些錯覺，至少是這一種錯覺。雖然這條公路在過了迪耶普之後沿著大西洋而行，也被稱為「迪耶普公路」。但是首先，這裡離海洋還很遠，足足還要往西北方走一百公里。其次：此刻千萬別提大海，千萬不要離開這裡往海邊去。故事就在這裡進行，此時此地在內陸。的確：迪耶普公路，第九一五號公路，在離開法蘭西島大區之後，穿越皮卡第的西端，進入諾曼第，直到迪耶普為止的這個路段，有個別名叫「藍調公路」。而這個路段就始於韋克桑高原，就在出了沙爾斯鎮之後不遠處，距離布孔維萊爾這個村莊一英里，或多少俄里。中午時分，在藍調公路旁，大約在巴黎和大海之間的半途上，大卡車一輛接一輛地停在村中的「白馬客店」門口。只不過，在此刻下班前的騷動中，在這一方面震耳欲聾、另一方面彷彿把耳朵吹空的喧囂裡，絲毫沒有藍調的痕跡，哪怕只是遠遠地依稀聽見一小段藍調的如泣如訴。

沒有什麼來打擾水果賊和她的旅伴，沒有一句話、一道目光，瓦爾特也不再從旁邊偷瞄亞歷西雅。先前他的目光讓她搖頭閃避，被人盯著瞧使她亂了方寸，雖然她並未真正察覺。但此刻不再有人從旁邊瞅著她。兩人坐在烤肉串小店的塑膠桌旁，一致地凝視前方，那是南方，背對著他們的目的地，不管這個目的地將會是何處。在中景裡，在那些車輛後面，在那些樹葉後面，是那些磨坊高塔，再往上是無雲的藍天。不，此刻忽然有一片雲從藍天裡蹦了出來，單單一片大大的烏雲。可是，不：那不是雲，而是一棵淺綠闊葉樹的後像。可是那兒有一輛傍晚的巴士，剛剛從那一排連綿無盡的卡車車隊旁邊駛過，巴士唯一的乘客不就是她母親嗎？不，不可能。她的銀行家母親，這個貴婦人，何時開始戴上了頭巾？蜷縮著身體，彷彿陷進了座位裡？像個乾癟的農婦，甚至像個女僕？話說回來：她母親不是一向自認為「樂於服務」嗎？而從車尾投來的那個微笑，不就是她母親那獨一無二的笑容嗎？除了那個微笑，其他都不重要，而且那是個什麼樣的微笑啊！

接著有名行人出現在馬路另一邊，是個女的，被那些汽車擋住，只偶爾在瞬間能看得見，而且僅看得見一部分身軀，一隻擺動的手臂，一個耳環，一部分臀部。一個年輕女子，那麼理所當然又目標明確地走著，是個當地人。她也讓水果賊想起一個熟人，一個親近的熟人，雖然和剛才巴士上那個中年婦人令她想到母親是種不同的感覺。她肯定認識走在馬路對面的那個人，只是她還沒有意識到那人是誰。那就只是一種模糊的感覺，但這份感覺說的是：來者不善。一個對手。一個敵人！同時她一躍而起，向那個行人揮手。對方先前往烤肉串小店瞥了一眼，之後才走了一步就猛然停住，就在同一刻也對她揮起手來，用上了兩隻手臂，同時打算穿過一輛緊接著一輛向前奔馳的汽車和貨車，過到這一岸來。

一隻腳才踏上車道，馬上又在下一輛卡車駛來時往後跳——在沒有縫隙、只能向前行駛的車流裡不可能減速，更不可能剎車。再試一次，然後再試一次，就這樣一試再試：每次都是同樣的過程，向前半步，後退半步。此刻要穿越九一五號公路是不可能的，於是，亞歷西雅在同樣徒勞地試圖朝對方走去之後，有了時間來思索：對方是誰？她們是怎麼認識的？

想起來了：她們曾在巴黎就讀於同一所中學，是同班同學，幾年前一起參加畢業考。而且對方並非她的敵人，至少不屬於當年聚集在她頭號敵人身邊的那一群女生。當年她覺得那彷彿是一條定律：每一個學年，換了一個班級，就會有一個新的敵人。自從中學時代結束以後，她就不曾再有過一個敵人，任何地方都沒有。針對她而發的敵意是有的，雖然她不明白是為了什麼，但那不是赤裸裸的持續敵視，不像以前年復一年朝她襲來的敵視，而與人為敵根本就違反她的天性。然而，不再有敵人使出渾身解數想要毀掉她：這件事仍舊令她感到不可思議。難道她懷念從前那些死敵嗎？並不是。絕對不是。老天保佑！

不，那不是從前的敵人，那個沒有失去耐心，站在藍調公路另一邊的女子，繼續對她揮動雙臂，一再對她微笑，有時在原地跳上跳下，簡直是興高采烈的模樣。然而，此刻亞歷西雅又想起來，一起上學的那些年裡，如果說對方身上曾經散發出什麼，那麼就是一種像是惡意、總之不善的冷淡，而且不只是針對曾經坐在她旁邊的亞歷西雅，而是對全班同學的漠不關心，帶有攻擊性，一種從不間斷的防禦火力，從她的眼角，從她叉開的手肘和尖尖的膝蓋發射出來。就連她有一次哭了，唯一的一次，出於某種原因，還是無緣無故——那些淚水此刻又在水果賊眼前浮現，比起當年在現實生活中更加清晰、更加接近——淚水從那兩個僵直如故、目光帶著威脅的眼珠裡噴灑出來，成為她那持續無聲的掩護砲火的一部分，也許還更加強了火力，彷彿在說：別煩我！誰也別膽敢來碰我！離我遠一點——你們所有的人！你們全都滾開！離開我的視線！消失吧，你們和你們的同夥！

要等到平交道柵欄再次放下，阻擋了貨車隊伍，曾經是同學的這兩個女子才終於聚首。這個時代的人們幾乎每天都互相擁抱，當擁抱成了一種儀式化的反射行為，亞歷西雅發現自己以「自人類有記憶以來」（她的記憶）就不再有的方式被對方擁抱——不，是以從未有過的方式被擁抱。而且這個擁抱對她來說再自然不過，對另一個女子來說也許更是如此。她們沒有用名字來稱呼彼此，不管她們是否還記得彼此的名字或是已經忘了；這一刻她們不需要名字，不需要地址，甚至不想知道是什麼使她們兩個恰好在這個時刻出現在這個她們都不熟悉的地方。偏偏是沙爾斯鎮，即使以直線距離來看距離巴黎並不遠，感覺上卻遠離一切，而在現實世界中也的確遠離一切，乃至於她們在國外巧遇的機率還要更大一點。例如在智利的阿塔卡馬沙漠，在挪威一個無人居住的峽灣（如果有這種峽灣的話），在湄公河岸的一間河濱小屋，比起在沙爾斯鎮這家烤肉串小店的門口，在法蘭西島大區和皮卡第之間（幾乎無人意識到的）邊界上。在此地，發現自己有如兩個從天而降的人，在毫無心理準備下面對著彼此，雖然很久以來，她們就因為常常見面——更因為常常扭頭不見——而熟識，但多年以來從不曾主動跟對方說過一句像樣的話，此刻的邂逅非比尋常。這是件大事，令人開心的大事。假如她們是在別處巧遇，好比說倫敦的特拉法加廣場，克里姆林宮前面，還是曼哈頓的時代廣場（拜託不要），她們就會像以前一樣一言不發地擦身而過。但是此時此刻在這個偏僻的小鎮，沉默錯身而過是不可能的，不會有比這兒更偏僻的地方了，即便是短暫停留，也不會有哪個地方比這裡更不吸引人，一個不像個地方的地方：兩人處在這裡，會立刻迎向對方，並且這輩子第一次與對方交談，這番對話就跟先前的擁抱一樣，是「自人類有記憶以來」不曾再有的，不管她們談的是什麼，是撼動世界的大事，還是始終停留在剛開口時的結結巴巴和不知所云。一個算不上熟悉、談不上了解的熟人在這樣一個地方向另一個人敞開胸懷：這種事自然嗎？不僅自然而且奇妙，近乎奇蹟，得要慶祝一下。而那位昔日同窗也一字不差地這麼說了：「我們得慶祝一下！」

她們倆在烤肉串小店內的一個角落坐下。面向隆隆車聲的店門被關上了，好讓她們能夠交談。瓦爾特先是坐在離得遠遠的一張桌子旁，不管是他不想打擾她們倆，還是對於水果賊有個熟人而失望，哪怕只有單單一個熟人——彷彿他所服侍的她應該誰都不認識，不認識這世上的任何人，彷彿她應該是孤伶伶的隻身一人。而此刻，從他所坐的位子看過去，她就像個年輕女子，與所有其他年輕女子相似，不管是她的表情、手勢或整個姿態——一個年輕的法國女人，就像新市鎮裡每天成百上千從他機車前面經過的那些女子。不過，當她用眼神向他示意，他就也坐到了亞歷西雅和她朋友那一桌旁。他認為那是她朋友，只有親密的朋友才會坐得這麼靠近。

烤肉串小店的庫德族廚師把電視轉到了一個體育臺，此時完全靜音，正在轉播非洲的一場足球比賽，象牙海岸對戰馬利。填滿螢幕的體育場看起來相當低矮，觀眾臺上座無虛席，有時一個座位上還坐了兩個人。五顏六色的長袍，在象牙海岸的風裡或是在觀眾從座位上躍起時飄揚起來，一會兒是象牙海岸的海岸人民在雀躍，一會兒是馬利的內陸人民。而在這低矮的非洲體育場上方是非洲既遼闊又柔和的天空！起初瓦爾特只是假裝關注這場比賽，以便在這兩個年輕女子面前當個隱形人。到後來他的視線就完全集中在這場比賽和非洲的藍天。至於他是否也同時聽著這兩位昔日同窗的談話，這在水果賊的故事裡不得而知。順帶一提，就只有另一個女子在說話，從前目光看似凶惡的那一個。

她說起那些男人，她從中學畢業後那六、七年裡交往過的男人。她不是與幾個男人交往過，不是與一些男人交往過，而是與許多男人交往過，或是用她的話來說，「與他們出去過」。那段時間，她與那麼多男人出去過，乃至於她早已經不再去數——也可能她一開始就沒有去數。她沒有談起個別的男人，沒有特別描述某一個，沒提到任何細節。而她說話的聲音與從前不同，往昔，如果她開口，用的是侮辱人的呆板聲調，沒有抑揚頓挫，這個聲調仍在她們曾有的共同經歷中繼續迴蕩。她現在的聲音卻是誠懇的，說話的節奏展現出自信，她述說自己所經歷的事時，完全沒有當地的口音，尤其是沒有首都某些年輕女性說話時的含混不清和吱吱尖叫。那是驕傲的口音。她無須為了曾與那許多男人一起出去（意思是她曾躺在他們身邊）而難為情。她沒有感到一絲罪惡的陰影，反倒簡直是洋洋得意。

這是因為她與那個男人——在她的敘述中，那許多男人就只是一個男人，那唯一的一個——共同經歷了某種唯有與他這個男人能夠經歷的事，而且是在他們倆以身相許之前。她對以身相許的行為隻字不提。從她述說發生在那行為之前的事的語氣聽起來，那已經是個事件，已經是件大事，而接下來發生的事並不重要。重要的是在那之前發生的事，每一次都是一種共鳴，是那個男人與她這個女人以相同的方式所起的共鳴。對於什麼的共鳴呢？對彼此的熱情。男女之間的熱情？這股熱情是後來才出現的，往往是在末了，到了最後。在那之前，是對於對方所說的話起了共鳴，往往就只是一句話，在適當的時刻說出來就是福音。接下來在短暫的沉默中起了共鳴，這短暫的沉默漸漸變成長長的沉默。在那之後，有一段時間這兩個人沒來由地感到興奮，為了他們周遭的黑夜興奮，為了夜雨敲窗而興奮，為了滂沱大雨的暗影興奮，在關掉燈光的室內興奮，對房間的四壁興奮，對雨水滴落在一千〇三個簷溝裡汩汩流淌的聲音興奮，對空轉的唱片——在這個故事發生時，偶爾又有人播放起唱片——興奮；對一個打開的火柴盒感到興奮，盒中只有一根已經點過的火柴，頂端燒成了焦炭，彎成脆弱的弧形；對一幅靜物畫興奮，畫中只有一個白盤子，上面擺著一片麵包，旁邊是一小撮粗鹽；對指甲下緣的月牙興奮，對一隻街貓豎起的長尾巴興奮，對所有那些微不足道的事情之間的空檔時間感到興奮……而最後才是以身相許，那個理所當然的部分，那理應發生的事。餓與渴，渴一如餓，以及那理所當然的投向彼此的懷抱，有時是那個男人投進了她的懷抱。

那個庫德族老闆來了，替這三位客人端來一盤他們並沒有點的甜點，他剛剛用蜂蜜和小米做的。他問也沒問，逕自坐到他們這一桌來，同樣問也沒問就述說起來，說他來自土耳其和敘利亞之間的邊境地帶，身為穆斯林，屬於阿拉維派，而他們的清真寺、他們的祈禱場所一般而言不是建造起來的，而是在信徒正好逗留之處，主要是在大自然中，因此在維奧納河谷這裡，當他想要祈禱的時候，會帶著祈禱毯到大自然中，最喜歡往北走，去到河谷水源地那片幾乎無法進入的原始森林。在這當中，在已近黃昏的非洲天空下——在歐洲的沙爾斯鎮，日光才剛剛柔和下來——象牙海岸的足球隊擊敗了馬利隊（三比一）。瓦爾特請求老闆讓他看看那條祈禱毯。老闆從廚房後面的房間拿了過來，甚至拿來了兩條，大小如同鋪在床前的小地毯，花紋是深色的，底色也是深色的。從上到下的淺色斑點是維奧納河谷無處不在的苔蘚絨毛。

離開的時候到了。該是向沙爾斯鎮道別的時刻（永別？並沒有這麼想）；向昔日的同窗道別（永別？）。要付帳的時候，水果賊起初從腰包掏出來的是一張俄國紙鈔。

瓦爾特和亞歷西雅啟程之後，另一個年輕女子仍然坐在烤肉串小店裡，獨坐在桌旁。這時另外幾張桌子有幾組人提早來吃晚餐，幾個帶著幼兒的家庭，這些小孩在還有陽光的時候就將被送上床去睡覺。只見她像個盲人一樣呆望著前方。為什麼這種事這麼少發生呢？在一個怎麼也料想不到會遇見對方的地方，遇上那足夠熟悉的人，而正是在這個地方，在他們之間，在我們所有人之間，一切都會變好，真的是一切，而且不僅是暫時地，而是長久地。為什麼地球上沒有預備好這種地方，讓到目前為止是死對頭的人在那裡不期而遇，讓長久的大和解成為重大事件？為了天下太平，為什麼地球上沒有替這種巧合預作準備?!（先是問號，再來才是驚嘆號。）

她就是無法停止像是生氣地瞪著前方，哪怕她希望能停止，而且是多麼希望！她簡直是在乞求能有人讓她睜開眼睛去看某件東西，隨便什麼都好。但什麼都沒有。她的禱告沒有應驗。一切都在跟她作對，而且更糟糕、更可怕的是她也與一切為敵。店裡那些人是多麼相像，分毫不差。廚房角落和後面的棚子裡忙碌的這一家庫德族人，假如他們至少在臉型和頭型上有點差別就好了，有個不一樣的稜角、不一樣的圓形、不一樣的橢圓。可是他們彼此之間可能比那些顧客還要相像，外甥跟舅舅酷似，外甥的女兒酷似舅公，以此類推。坐在那幾張桌子旁邊的幼兒相貌更是如此：像極了父親，也像極了母親，再過二十年，最遲再過三十年，這些子女就會變得與生父生母一模一樣，全然相同。他們將和此刻這些父母有著同樣發育完全的身體，連同遺傳而來或是從父母那兒學來的姿態、舉止和手勢，與此刻那位父親一模一樣地抖動大腿，與此刻那位母親一模一樣地滑著手機，哪怕那個男人也許根本不是孩子的親生父親，而那個女人——獨坐在桌旁的她這樣覺得——就只是在假裝扮演母親，倘若她偶爾暫時中斷她的手機遊戲，一如旁邊那個小孩在二十年、三十年之後也將假扮母親，一如有朝一日，不僅是這間烤肉串小店的人們，而是放眼全世界都只會有「週日父親」或是由陌生人充當的父親和虛假的母親。

她想要哭泣。但她還是哭不出來。眼睛裡不是淚水，而是地獄之火。至少還有點什麼。少女時期，她被同學喊作「惡龍」，當時她心裡難受。但此刻她願意接受自己的惡龍身分。當個惡龍很好。她甚至感到得意：我跟你們這些人都不一樣。那個來自庫德斯坦的人為什麼不再坐到她這一桌來？每一張桌子的餐點都已經送上，為什麼他還交叉著雙臂站在櫃檯後面？何必還戴著廚師帽，而且還是紙做的，目光掠過她而望向遠方？而且為什麼和老同學相聚的喜悅沒有繼續延續？當時她自覺敞開了胸懷，對全世界敞開。那些話語是多麼輕鬆地從她口中吐出。隨著述說，她才明白自己經歷了什麼，如何經歷，才明白自己究竟是個什麼樣的人。在那一個小時裡，她成了另一個人。不，是成為了她自己。而在那之後，轉眼又是獨自一人：結束了。彷彿從不曾存在。這就是人類歷史上所謂的新鮮事？所謂的「前所未有」之事？每一天，甚至是每一個小時、每一個瞬間都有數不清的經歷、事件和發現，而在一個小時、一個瞬間之後就彷彿從未發生？當前這個時代的主要特徵就是後續作用愈來愈弱，到最後根本就付之闕如？

她舉起空玻璃杯——一家烤肉串小店用的竟然是玻璃杯，而不是塑膠杯？在這家店裡卻很普通——準備要振臂投擲出去，面前是個玻璃櫃，擺著餐碟，放著可在微波爐裡或別處加熱的現成食物。這不是她第一次這麼做。當年在中學裡，有一次全班去海邊郊遊（該不會是走藍調公路到迪耶普去吧？——不然是去哪裡？），她比其他同學喝得更醉，在港口一間咖啡館裡，在同學的連篇廢話和笑聲中愈來愈沉默，忽然把一顆比拳頭還大的石頭朝著咖啡館的玻璃櫥窗扔過去，那顆石頭是她在迪耶普海灘拾起來放進口袋的，由於石頭裡有一個洞，可以讓她透過石頭看出去。石頭扔出去後，該發生的事就發生了，她和全班同學從店裡被轟了出去。此刻在庫德斯坦，她由於想起當年在迪耶普那一幕而平靜下來，她放下玻璃杯，小心翼翼地，沒有發出聲音，然後再點了一杯。而老闆終於又坐到她這一桌來。

這段時間裡，水果賊和她的旅伴早已繼續向北走。八月裡，伴著幾乎無雲的藍天，傍晚時分似乎久久佇留，宛如在緯度更高的北方。天氣暖和，下方在維奧納河谷地，在沙爾斯鎮最後幾排房屋之間，簡直是炙熱無風，那些房屋一間接一間地連著建造起來，中間沒有縫隙。走到這裡，亞歷西雅從她的腳伕身上拿回一部分行囊自己背，比較大、比較重的那一部分。兩人默默交換了眼神之後，瓦爾特就由著她這麼做。他不習慣走路，尤其是這麼遠的路途，他雙腿沉重，一再踉蹌，即使並沒有遇上障礙。年紀較長的她走在旁邊，腳步是多麼輕快，彷彿沒有重量，連同她背上所背的東西。她邁步前行，步伐並不大，走在那些房屋之間，一如走在沒有人煙的大自然裡。不同於他，她沒有流汗，就算他用目光尋找她襯衫腋下的汗漬，一如他習慣在看電影時去看女星的襯衫腋下，而在年分比較新的影片中有時可以看見他在尋找的東西；亞歷西雅卻像是一部老片。這個女子彷彿走過了七重山——而在韋克桑高原這裡根本沒有七重山——她的臉雖然發亮，但不是由於汗水。唯一出現在這個徒步遠行的年輕女子皮膚上的是幾粒雀斑，還是點狀的胎痣，先前看不見，在一邊的臉頰上，緊挨著彼此，構成一個星座的形狀，是三顆還是五顆？——他數不來——是在左臉還是右臉？——他踉踉蹌蹌地走在她旁邊愈久，愈分不清左右。從他的角度來看，哪裡是左邊？哪裡是右邊？還是說，他應該要從她的角度來看？

離開沙爾斯鎮之前，經過的最後一棟房屋是座廢墟，已經深入維奧納河水源地的森林。那廢墟無法進入，每一側的門窗都封死了。不久前，外牆上才被畫上世界各地常見的圖像、符號和反符號，其中還有些變化值得進一步打量，也許世界各地均是如此。此地還有些別的：幾十年前的塗鴉痕跡（不是幾百年前，這個破舊的建築還不夠老），幾乎被粉刷掉了。越戰是什麼時候的事？將近五十年前，對吧？在此處的屋牆上，只需要補上幾個字母和半個字，就能讀出美國仍在那個異國投擲汽油彈，被要求停戰，不要去騷擾這世上的其他國家。那些彈孔則來自另一場戰爭，在圍牆的一處特別密集，得再向前回溯三十年，一場發生在此處鄉間的戰役，在這一部分的歐洲到目前為止的最後一場戰役，分不清是誰向誰射擊，在那些塗鴉之間和下面，既看不出納粹黨徽十字，也看不出別種十字圖案，遑論「一個民族，一個帝國，一個元首」那句標語的殘餘。亞歷西雅前往東歐旅行途中就見過不少這種標語，而且不總是隱藏著。

從前附屬於這棟房屋的一個木棚上所張貼的殘留海報，則不確定是哪個時期遺留下來的，木棚的一片木板牆還突出於灌木叢之外。那些海報用訂書針固定在牆上，訂書針仍未脫落——似乎所有的訂書針都還在，密密麻麻地在發黑的木板上閃閃發亮——有海報的一角塞在裡面。牆上某一處，這些訂書針和碎紙片更加密集，與相鄰的石牆上那些彈孔截然不同：在那數以千計的訂書針當中，包括周圍生鏽的圖釘，可以看出一個四方形，一個高度大於寬度的長方形，以那些疊得很密的碎紙片作為四個基準點，而長方形的內部一個訂書針也沒有，是這片木板牆上唯一一眼就能看見的空白。「這是從前張貼戲院海報的地方！」瓦爾特喊道，但這聲呼喊也同樣可能來自亞歷西雅。而果然如此：在那些層層相疊的碎紙片中，有幾張比較大的，上面還殘留著兩、三個字母，甚至是半個字，雖然無法藉由這些字母猜出那些電影的片名，倒是可以想像，當成是個遊戲：*L'e(nface nue)*，《赤裸的童年》，一個孩子被父母遺棄的故事。瓦爾特猜的是 *Les v(isiteurs du soir)*，《夜晚的訪客》。儘管如此，仍舊無法確定這些電影的年分和時代。但這些電影「當年」被放映過，這就應該已經足夠，也的確足夠了。

當他們仍舊站在那片木板牆前面，他和她輪流翻著幾乎和書本一樣厚的海報碎片，一邊猜想著片名。一聲爆裂聲，從旁邊那座用磚塊封住的廢墟裡冷不防地響起。不，不可能是爆裂聲，那個聲響太過低沉。但的確是來自一擊，而不是來自一塊掉落在地上的碎石。那一擊來自廢墟裡面，擊向用磚封住的屋牆，而且是蓄意的一擊，並非一隻被關住的大型動物用腳去踹（乍聽幾乎像是這樣），而是來自一個人類。在河谷這座被封住的廢墟裡住著一個人，不管他是怎麼進去的。從以前的下水道？從那嘎吱作響的屋頂（就算那屋頂看起來爬不上去）？有人從裡面敲打著牆壁，不是赤手空拳，而是用某種堅硬的重物，意思是：「你們這些外面的人，滾開吧！」那一擊帶著惡意，甚至帶著殺人的意圖。假如他們之間不是隔著一堵牆，屋外這兩個人就會猝不及防地被人用鐵鎚擊中腦袋，或是用一個廢棄的轉轍器的操縱桿。說也奇怪，從屋裡往牆上的那一擊就只有那一次，顯然是針對他們而發，而且力道驚人。

接下來是一片寂靜，那個古老的形容詞是怎麼說的？肅殺。先是小伙子向前一步擋在女子前面，然後換女子擋在小伙子前面，如此這般交替，而且千萬別弄出聲響。這使得水果賊又想起了和她父親的一次徒步旅行，那是很久以前，在阿拉斯加的育空附近。當時他們走在樹林裡，一陣嚇人的劈哩啪啦逐漸接近，來自一頭猛獸，想必是一隻熊，而她父親也同樣擋在她前面，然後換成她擋在他前面，如此這般交替，直到最後，從陰森的樹林裡走出一個瘦弱的印第安老婦，一雙手臂滿滿捧著蕈類，顆粒不大，但是帶著牛肝菌的光澤，只在阿拉斯加的育空河畔遼闊的天空下才有。而此刻，在沙爾斯鎮北方的維奧納河谷地，從這座廢墟裡走出來的會是誰呢？這個谷地正好位在法蘭西島大區和皮卡第的邊界上，這個邊界不只是劃出來的一條線，而是一個特別的邊界地帶，一塊獨特的邊界地，是他們即將穿越的地方。沒有人從廢墟裡走出來。沒有人擊向他們的腦袋，沒有人挖出他們的眼睛，沒有人把他們生吞活剝。從屋裡往圍牆上那一擊沒有下文。接著卻還有一點動靜：那是一聲咕噥，幾乎聽不見，也聽不明白，但顯然是一個人類發出來的，不會聽錯。這聲咕噥的意義與那一擊不同，雖然並非與之相反。這聲咕噥既非帶著敵意，也絕非友善，不是針對誰而發，既不是針對一個人類，也不是針對別的東西。

這兩個人在穿越這片無路可走的邊界地帶之前，還得先郊遊一趟，走出河谷，走上高原，那裡有一條「凱撒路堤」斜斜穿過寬廣而沒有樹林的韋克桑原野。這是徒步旅行者對這條步道的稱呼，不知是自古以來就叫這個名字，還是新近才取的；這條路上沒有汽車行駛。

那的確就只是一趟郊遊。作為路堤，路面略微隆起，沒有彎道，直直穿越已收割的麥田，也沒有別處常見的行道樹，至少在這一段沒有。像這樣直線前進，始終走在沙土夾碎石的寬廣路面上，算不上是探險。雖然由於凱撒路堤比周圍的平坦土地略高，地平線上的風景很不一樣，而感覺上身體也像是在堤防上移動，只是旁邊沒有河流和海洋，腳下就只有自由延伸的路面，一時之間使兩人的腳步輕快起來，給了他們繼續前行的動力，不管接下來將會如何。

偶爾在凱撒路堤上，有人朝他們迎面走來。他們兩人這趟郊遊所走的西北方向，除了他們之外別無行人。有一次，一個騎馬的人超越了他們，對方率先向他們打了招呼，彷彿一個高踞在馬背上搖晃前行的人理應先打招呼。至於徒步與他們相遇的人，通常都是人數較多的團體，而且大多是老年人，當中零星夾雜著較為年輕的人，像是湊巧加入了這些團體，多半也默不吭聲。那些老年人七嘴八舌地交談，扯著嗓門，或許也是由於年事已高。他們的談話聲遠遠地就從路上傳來；平常只有成群結隊的自行車騎士會這樣扯著嗓子聊天，也是為了在輪輻嗡嗡轉動的噪音裡還能聽見彼此在說些什麼。

接著，凱撒路堤以接近直角的角度和另一條步道相交，旁邊有一個指向西南方的指標，上面畫著一個貝殼：這是前往聖地亞哥—德孔波斯特拉的無數條朝聖步道之一，這些步道不僅穿過法國的這個地區，還穿過了整個法國，大致朝向西南方，從瑞士的阿爾卑斯山區、從德國的萊茵河畔、從亞爾丁高地森林往下走，大約到聖讓—皮耶德波爾，再往上從倫塞斯瓦列斯越過庇里牛斯山；這些步道被宣布為朝聖步道而登記在地籍簿上，但肯定不是自古以來就開始的。

亞歷西雅和瓦爾特從凱撒路堤轉上聖雅各之路，走上與朝聖目的地相反的方向，朝聖地位在遙遠的加利西亞。他們不往西南方走，而往東北方走，走回維奧納河谷地，走回河谷切進韋克桑高原的最高點。該是結束這段郊遊的時候了。該向仲夏天空下那片遼闊的土地道別了，在不止一次道別仰望時，天空愈來愈無邊，逐漸明顯成了拱形，直到它鼓脹起來，成為那個肯定自古即有的蒼穹。成雙的鳶盤旋著飛向彼此又再分開，帝王般的鳶，該是把這些鳶鳥留在身後的時候了，包括牠們那拖得長長的單調鳴叫，還有雲雀的啁啾，牠們一邊鳴唱一邊從田壟間垂直升空，就這樣往上拉起看不見、但會作響的一層層樓，隨著一陣又一陣的啁啾，一層一層地往上爬升至空中。有很長一段時間，看不見這些「造樓」的雲雀，這些鳥兒是這麼小，翅膀是這麼短，等到終於能在高空裡認出一隻正在那裡啁啾啼鳴，牠就只是一個小黑點，也許只有那隻從高處覬覦著雲雀的猛禽才看得出牠在顫抖。而這個黑點在一眨眼之後就又被抹掉，下一聲啁啾同時在空中樓層更高幾層的地方響起，的的確確是在七重天上，在那裡歌唱的雲雀——這遙遠的嚶嚶唧唧還能稱之為歌唱嗎？——甚至連個能被看見的黑點都不再是。

這條新近被宣布為聖雅各之路的步道，在全國至少有七十乘以七十條。這條路上頂多只有幾個人與他們迎面而來，他們兩個又是唯一往反方向走的人，朝聖地位在身後遙遙的遠方，而且每走一步就更加遙遠。這條步道愈往東北走，接近人跡罕至的水源峽谷，就變窄成為一條小徑。在這條路上，與他們相遇的也的確清一色都是朝聖者，至少他們的裝束證明了這一點，每個人的裝束都大同小異：兩個拇指粗的健行手杖，特大號的雅各貝殼，兩、三個用繩子串起，在朝聖者的背包或別的東西上晃來晃去，喀答喀答的聲音遠遠就能聽見，甚至等到朝聖者與他們擦身而過，早已消失在地平線後面，都還能聽見。

不同於那條以凱撒為名的步道上的健行團體，聖雅各之路上的朝聖者大多是默默獨行。兩人同行是少數例外，三人同行則從未見過。而且兩人同行時也一樣沉默。這種沉默並非蓄意，也並非由於疲倦。這些朝聖者引人注意之處在於他們全都走得很快，來時匆匆，去時可能更加匆匆。雖然沉默不語，他們卻和古老文獻中所記載的朝聖者不同，那文獻夢想著新生，文中的朝聖者「緩緩」走來，「沉思地」，而且「看似從遠方來」。現實中這些朝聖者雖然的確來自遠方，但是看起來不像，一個都不像，當他們這樣急急忙忙地走過，穿著七里靴，重複著彼此的動作。雖然他們在接受別人的問候時也會回禮，但是回禮時很匆忙，再加上他們似乎不能理解怎麼會有人往反方向移動，彷彿他們不僅認為那是個錯誤的方向，甚至認為那是不被允許的。這兩個人在這條朝聖者之路上與他們擦身而過，不曾有一個朝聖者向他們發出疑問，對方頂多不可置信地對他們微笑，也許微微搖頭。從前有一次，她在一條滑雪長坡道上誤闖了單行道，別人也向她投來這種眼神，只不過少了微笑的嘴，說了幾句嚴厲的話。

不久之後，他們就從沿著高原邊緣繼續往前的朝聖步道轉上旁邊一條小路，往下通往維奧納河的水源峽谷。再會了，寬廣的土地。這條小路不是人類走出來的，不是獵人走出來的，而是野獸走出來的，在幾步路之後就被有刺的黑莓灌木叢堵住，變得無法通行。一轉眼，他們倆就被灌木叢給包圍了。可是這也無所謂：野獸能過得去，她就也過得去，他也一樣，衣服、雙臂和雙腿上被劃破幾處不算什麼。繼續往下穿過那陰森的灌木叢，回頭不在考慮之列，是不被允許的。

沒有潺潺水聲，沒有水泉流淌的聲音替他們帶路。也沒有鳥鳴，就連最輕的嚶嚶聲也沒有。如果他們抬起頭來，那片每一公頃均已開墾的廣大高原就像從遙遠的天際俯視著他們，俯視著這片由多刺植物和藤蔓長成的灌木叢。他們得下坡穿越的是一片不折不扣的叢林，與非洲或亞馬遜河流域的叢林不同，這是歐洲內陸的一片叢林。這裡不只是沒有風，還沒有空氣，彷彿叢林的植物把所有氧氣都鎖在自己體內，既悶熱又冷到骨子裡。聽不見蟋蟀的叫聲來展現夏季的遼闊，連短短一聲都沒有，蟋蟀聲不僅是沉寂下來，而是根本就無從想像——變得無法想像了。

然而，這個稱不上環境的環境卻是有益的，就一段時間而言是恰當的。他們沒有讓自己被這座叢林牢籠囚禁，牢籠的一部分隨即又成為下一個牢籠。一步一步向前，張大眼睛留心每一個障礙，這能夠喚醒全部的感官，甚至有片刻使人感到生命的樂趣。同時，正是在這種時刻，在這片寂靜的叢林裡，他們但願有一場騷動，但願就在他們附近有一家子的鹿從樹叢裡一躍而起，但願有個野豬家族的母豬發出一聲嚎叫，從地洞裡朝他們兩個撲過來。這也與生命的樂趣並不矛盾。

他們在峽谷最深處，沒有遇到噴湧而出的泉水，只遇到泛著油光、閃出假彩虹顏色的泥漿洞，那裡沒有東西在動，也沒有水在流動，就只是停滯。至少有嗡嗡叫的蚊子作為生命的跡象？就連這個聲音都沒有。維奧納河的水源峽谷其實根本沒那麼深，但是，那裡沒有一絲動靜，沒有一絲的風，沒有蜻蜓，沒有水蜘蛛，就連水蜘蛛的影子都沒有，這加深了峽谷的感覺，加深了對於深谷的想像。

從某處一個無法確定的地點，又聽見遠方傳來的模仿貓叫，那個男子的聲音就快啞了，仍然試圖用這叫聲，喚回從新市鎮裡走失的寵物，一路找到這兒來。而忽然之間，此處他們倆的腳下有了回應：某個有尾巴的、四條腿的東西從沼澤裡爬出來。一隻貓？是的，但只是從最初的形狀來判斷；這隻小動物試圖張開嘴巴發出聲音，卻徒勞無功，牠的回應沒有聲音。

接下來這張嘴就一直張著，完全無聲，在水源地叢林裡不知何處，回應著遠方那個男子呼喚貓咪的聲音。他的聲音啞了，但是堅持不懈。最終這個呼喚還是得到了一聲回答——如果這算得上是個回答——但不是從下方叢林底部那隻小動物發出來的，而是從藤蔓纏繞的高高樹梢傳來，一隻貓頭鷹的叫喊，讓人誤以為是一聲拖得長長的貓叫，聽起來像是回答。貓頭鷹在大白天裡叫？是的。

貓頭鷹的叫喚漸漸消失之前，那個看不見的尋覓者在樹林裡或是在他所站之處就有了反應。此刻他扯著喉嚨喊出一個名字，聽不清楚，想來是那隻走失貓咪的名字。接著他喊這個名字喊了好幾次，休息了一下之後又不停地喊，他的聲音不再沙啞，一次比一次更響亮。那隻貓頭鷹繼續叫喊，每一次都從不同的地方，彷彿想要嘲弄那個尋找寵物的人。而被尋找的那隻小動物在灌木叢邊上張大了嘴巴作為回答，張得比牠的整個腦袋還大，比剛才更加殷切，但是仍然沒有聲音。牠無法追隨主人的呼喚，牠太虛弱了，連一步也走不動，甚至無法用四條腿站立，半趴在叢林的泥沼中。牠的腳掌縮了進去，一張臉爬滿了鼓鼓地快要漲破的扁蝨，尤其是眼睛周圍，那斑斑點點的扁蝨，形狀和大小有如圓圓的杜松子，但不是藍色，而是灰白，這些扁蝨在吸食牠的血液時似乎也吸掉了牠的毛皮碎片，使得這隻貓有如一種經過突變的不知名生物，不屬於動物世界。

垂直有如時鐘指針的貓眼瞳孔不見了：由於眼睛周圍爬滿了扁蝨，瞳孔那一道黑色顯得像是圓的。唯一還像隻貓的是那副牙齒，尤其是尖銳的犬齒，在那張仍舊無聲開闔的嘴裡。可是貓舌不也是嗎？那獨特的形狀和質地，只有一隻貓的舌頭會有這種形狀，摸起來才會是這種感覺。那舌頭卻彷彿從這張嘴裡消失了，毫無痕跡。

這個怪異的生物顯得沒有能力生存。不再有能力生存？還沒有能力生存？沒有死，但也不算真正活著，像是某種尚未成形的東西，不是植物，但也還不是動物。不過，牠還是活下來了，走了很遠的路，幾十公里，最後來到無路可走的地方——靠著水源地沼澤的植物和水維持生命？而且牠這樣長途跋涉，離開了家，離開了身為寵物的生活，已經好幾個星期了，那些四處張貼的海報照片早已泛黃，而這隻被尋找的小動物僅只有一絲與一隻貓相似，更像是一種無法定義的生物。

把牠抱進懷裡的是亞歷西雅。牠沒有反抗。當牠讓她抱起來，牠既不是貓也不怪異。牠像動物一樣有體溫，呼吸著，沒有發出呼嚕呼嚕的聲音，身上沒有肉，只剩下皮包骨，但卻多麼沉重。此刻是瓦爾特在回應遠處那個尋覓者的呼喚。他是個瘦弱的年輕人，卻忽然有了宏亮的聲音，差點把她嚇了一跳。那聲音是那麼響亮，聲聲入耳，彷彿發自一個巨人的胸膛。就只有「差點嚇一跳」嗎？是的，就只有差一點。因為他並非突然放大聲量，並不嚇人。而她也習慣了在相對瘦小的人身上聽見這種聲音，不僅是在男性身上。不過比起在現實生活中，在歌聲裡更常聽見，不只是像阿姆這樣的饒舌歌手，還主要是那些藍調歌手，也不只是在珍妮絲・賈普林[26]身上，願上帝賜福於她。

徹頭徹尾嚇了一跳的，是她臂彎裡的那個生物。這樣也好。這是個好兆頭。牠活著，漸漸變回了一隻貓，而遠處那人的呼聲從詢問變成了回答。在雙方互相應和的呼喊聲中，他們穿越那片樹叢，逐漸接近彼此。

過了很久，瓦爾特和亞歷西雅才終於與那個尋找小動物的人相遇。多久呢？很久很久，就像這一天，也像這一天的故事。他們一再被黑莓的鬈鬚絆住，既無法前進，也無法後退，除非任由衣服被扯破，眼看自己被藤蔓纏住，就連飾演泰山的強尼・維思穆勒[27]也無法從中脫身。不過，水果賊隨身攜帶的工具幾乎足以應付所有的情況，她也帶了可以應付這種情況的東西，一種小型開山刀，用來砍斷這些自動形成的牢籠。的確：這個故事發生之時，歐洲中央有叢林地帶正在形成，比地球上的其他地方更難穿越。而那隻貓安靜地躺在水果賊臂彎裡，寧靜安詳，睜著一雙大眼睛，連同眼睛周圍的扁蝨，像人眼一樣大。

看著她的旅伴每隔一會兒就發出響徹這座叢林峽谷的呼聲，她注意到，她在這整段時間裡都忽視了的一件事。也可能她一開始就看見了，只是沒有真正進入她的意識，沒有真正察覺。此刻她卻覺得這事忽然很明顯：她身旁這個年輕人，膚色與她不同。他不是個「白人」。就算他的臉也許不「黑」，但還是比她的臉黑得多，是深褐色的，而且並不是晒出來的。古埃及曾有這種男女雙人雕像：男的總是比較黑，女的卻很白。然而兩人仍屬於同一個民族或氏族？無論如何：在這一刻，在與他同行幾個小時甚至更久之後，她明白了她身旁這個人出身於另一片大陸，用警方的術語來說，是個「非歐洲人」，這個踉踉蹌蹌、掙脫障礙、奮力穿過這片歐洲叢林的男子。她注意到這一點，是他使用嗓音的方式截然不同嗎？還是因為在幽暗的叢林裡冒著汗水上上下下、來來去去，他的膚色才這樣黝黑發亮？不管是什麼原因，不管怎麼回事：他令她驚訝，一如她也對自己驚訝；而他忙著呼喊和奮力前進，並未察覺她忽然這樣驚奇地注視著他。總之，「瓦爾特」這個名字不再適合他。那麼該用哪個名字呢？她暗中試著想了幾個：沒有一個與她身旁這個困在荊棘中的人相配。在那張深色臉孔下，那套淺色夏季西服有了幾條裂縫，

26 珍妮絲．賈普林（Janis Joplin, 1943-1970），美國搖滾與藍調歌手，以嗓音獨特知名。

27 強尼．維思穆勒（Johnny Weissmuller, 1904-1984），出生於奧匈帝國的美國游泳名將，曾獲五面奧運金牌，後來進入影壇，以飾演泰山一角而聞名於世。

裂縫很小，還能織補。

她的旅伴每次朝那隻貓的主人呼喊，就會把兩隻手擱在嘴邊。他手背呈現出的褐色可能比他的臉更深，只是摻雜著大小相似的蒼白斑點，使得他的手背有如長著花斑。

此刻她用食指在空氣中描摹這個花紋，就像她小時候獨自走路時偶爾會在空氣中寫字一樣，個別的字母和完整的字。而她覺得自己從前玩這個遊戲時，前方的空氣要多得多，擁有一個明確的空域，原因不僅在於此時此地，當她用左手在前方描畫，仍然得一直用右手壓彎叢林裡擋路的灌木。

她所做的事仍舊沒有被身旁那人察覺。就算他察覺了，他也不允許自己去問，或者說他被禁止去問她在空氣中的描畫意味著什麼。也可能他理解其意義，但忍住了沒說什麼。這個小伙子在這一天裡已經帶來了這麼多驚奇，是可以對他有所期望，就算不能期望一切。

這樣奮力披荊斬棘穿過灌木叢，他們究竟前進了多遠？有一次，對方的應答呼叫彷彿就在近處，可是下一次聽起來又像起初那樣來自遠方。彷彿他始終在同一個地點等待他們和他的寵物，而從他所站之處他無法走進叢林一步，可是他們在試圖接近他時卻走錯了方向，離他愈來愈遠。是啊，奇特的水源地：沒有水流帶領他們走上源頭，走到空曠的地方。就算有水，就只是零零星星、靜止不動的小水塘，它們彼此相似，或者根本就是相同的水塘，他們在不久之前、在一段時間以前、在很久以前都曾從水塘旁邊經過。而想沿著峽谷壁往上，離開水源地，是行不通的，即使用上那把已經鈍了的砍刀也一樣，那些藤蔓實在太粗了。

倒不是說這兩人失去了勇氣。他們無法想像去走回頭路，甚至是放棄這個行動。他們必須穿越這個錯綜複雜的水源地，其他選項不在考慮之列。他們沒完沒了地持續穿越下去也是順理成章。至少水果賊這樣認為。她在獨行之中從不曾走回頭路，或者說即使暫時走了回頭路，也只是為了能更加順利地前行。此刻這趟兩人之旅也應該如此，必須如此，自從小時候與父親同行，這是她第一次與別人一起走。至於她的旅伴呢？——他和她一心一德，她這樣想像，這樣認為，這樣覺得。她曾在一個登山者所寫的書裡讀到：「一向就只有差勁的旅伴」，這句話不適用於他。她又從旁邊瞧了他一眼，心中想著：「你是個好旅伴」。他則回望了她一眼，彷彿明白她的心意。

接著，一件事打斷了這持續進行的狀態：一陣喘息，愈來愈接近，來自一個人類。

這聲音不可能來自那個尋貓的人，因為仍舊聽得見那人鍥而不捨的呼喚，有時從很深的低處傳來，彷彿來自一個洞穴，有時又來自高空，宛如來自一個熱氣球。那陣重重的喘息響徹了這整座原本一片死寂的叢林，分不清聲音來自前方還是後方。

片刻之後，那具身體隨之出現，那個活生生的人。他奔跑著經過他們身邊，轉眼就穿過樹叢，消失無蹤。怎麼可能呢？在難以穿越的叢林灌木中奔跑？就這樣穿了過去？是的，因為以這種方式奔跑、不假思索就找到唯一可能的通道的人是個逃亡者。在這個對任何人來說都難以通行的地方，只有一個在逃命的人才能夠像這樣找到出路，或者說得含蓄一點，是一個孤注一擲的人，或者說得再含蓄一點，是一個在此刻幾乎孤注一擲的人，哪怕這只是他自己的感覺。

奔逃的那人，露面的時間就只有短短一瞬，他自己則沒有看這兩個叢林漫遊者一眼。表面看來，他簡直有如運動員一般優雅地繞過了他們。但是這一秒鐘就足夠了，不，是十分之一秒、百分之一秒：他被跟蹤了，而假如他被抓到，他就完蛋了。他的腦袋脹得通紅，不僅是由於那超乎常人的賣力，不，非人的賣力。那陣喘息不單是喘息，還伴隨著低沉的咻咻聲和尖銳的呼嘯，一再交替，當此人早已衝出了視線之外，那聲音仍舊既遠又近地在樹叢的空氣中縈繞。一個年輕人？從身體來看是的，但那張臉卻是個老人的臉。就像一張老照片上一群青少年的臉，他們在徒步穿越沙漠時迷了路，可能並未意識到死亡將至，喪命之前還替彼此拍了照，照片上他們全都有著老人的臉。

跟蹤他的人將緊接著出現？他們倆不約而同地擋住了路，擋住預期將會出現的人，她的旅伴甚至叉開了雙腿，在軍隊裡學到的，或是看來的。啥也沒有：跟蹤的人沒有出現。看起來就連那隻氣息奄奄的貓，也準備好要保衛那個被追趕的人，至少牠試圖豎起皮毛並且張嘴吼叫，即使仍舊沒有發出一點聲音。他們一方面感到失望，他們原本樂於再一次被打斷；另一方面又覺得這樣也好，這一天的行動已經夠多了，發生的事件已經夠多了。早晨，水果賊在滑手機時意外讀到一則訊息，說被她歸到「事件」那一欄的消息少得令人吃驚——她是否想要添加一些呢？今天的事件已經夠多了，至少這一類的事夠多了。

接下來呢？注定要發生的事就發生了？非也：在水果賊的故事裡，很少有注定要發生的事。偶爾會發生也許應該要發生的事。但規則是：事情就順其自然地發生了。

就像一個橄欖球員帶著球衝鋒，在一排排對手之間開出一條路來；那個東彎西拐穿過叢林峽谷逃走的人也以這種方式，替他們倆在糾結的藤蔓和帶刺灌木叢中開出了一條路。他們跟隨著他走過的路，只是走得比較慢，慢得多，乃至於和他相比，他們就像是以慢動作前進，假如這是一部電影的話。他們一次又一次模仿那個逃亡的人，拔腿跑個幾步，一會兒是他，一會兒是她。把逃亡當成遊戲——這是不可能的，除了那麼幾步。

接下來終於有了個事件，在陰暗的灌木叢中待了那麼久之後——那裡的陰暗比一般的陰暗還要暗上幾分——他們腳下的土地意外出現了一條路。那不是由狐狸或兔子走出來的小徑，轉眼又將消失在野生植物裡，而是一條真正的道路，一條修築而成的路，一條不折不扣的道路——這是個值得一書的事件。

終於又置身在陽光裡，在那忽然伸手可及的開闊天空下，待在叢林裡的那段時間裡，天空和陽光好似永遠消失了，彷彿不曾存在。但是，即使沒有陽光的照射，從那條路上發出的光亮也會一樣具體。那條路彷彿自己會發光，由下而上散發出光亮，連同沙土、碎石、仲夏時節空空如也的水潭，這光亮一入眼直接感染了心情，那外在的光亮同時也照亮了內心。一條路的光亮也可以是種昏暗的光亮、黑色的光亮，撒上了熔岩顆粒的光亮。那是在無路可走的地方長時間瞎闖之後一種特別的光之現象，來自一種尚未被研究、也無法被研究的物質。這條路的另一個特殊之處在於並非筆直向前，好比先前那條凱撒路堤，而是以幾乎察覺不出的彎度向前延伸，此外還緩緩升高，最後是一道隆起的光門，出了那道光門，便離開了水源地樹林。昔日通往大宅邸、通往城堡、甚至是通往王宮的道路就是這樣建造的。一直到最後一個彎道都仍然看不見王宮，要過了最後一個彎道才赫然展現出其富麗堂皇：那不是正規的道路、寬如河流的大道嗎？就像以長長的彎道緩緩上坡、通往占滿整個地平線的凡爾賽宮前面那片廣場的道路。可是，此刻這條林間小路將通往何處？水果賊本來也許可以在她隨身攜帶的一本地圖上查得出來，一本最為詳盡的地圖。但是她並不想知道，而她的旅伴也只在乎她的想法。他們彼此有著默契，想要讓這條不知名的道路給他們帶來驚喜。

同時，在那片不僅無名而且拒絕被命名的草莽中待過之後，她想要終於再度穿越一個幾乎所有東西都有名字的地區，就像那些標示詳盡的地圖上。每一座小樹林都有名字，就連一條早已乾涸的小溪河床，就連一排越過田野的矮樹籬都有個名字，哪怕有一座幾乎不明顯的小丘名叫「絞刑架山丘」，一片林間空地叫做「死人草原」，一片沼澤名叫「蛇洞」。她需要有名字的世界，甚至是渴望，至少是地理學上的名字。是的，雖然仍舊看不見水源，遑論聽見：現在他們總算站在「維奧納河水源」的土地上。維奧納：這條河的名字，惦念許久也失去許久，隨著踏出去到這條路上，這個名字又回來了。而維奧納之名給人帶來多少安慰。這個名字，連同這條路，使人心豁然開朗，或者也可以說照亮了心靈。

這個故事難道把那個尋貓的人給忘了嗎？連同他那隻失蹤而後又被尋獲的寵物？沒忘。他站在那兒，在那條路終結的地方，在那片不僅是對他而言難以進入的叢林障礙之前（法文的 *Clos* 是形容此景的生動字眼，意思是封死、堵死）。他讓水果賊把那隻貓遞給他，彷彿這是理所當然，他一言不發地把牠接過去，也沒有道謝，把那隻仍舊一聲不吭的小動物放進準備好的籃子裡，沒有看牠一眼，哪怕是匆匆一眼，而且轉眼就消失在那條路的第一個彎道後面。

接著，從遠處，早已在視線之外，傳來了一陣啜泣，一陣嚎啕大哭，遠比先前那數小時裡他那些詢問與回答的呼喊更大聲，更刺耳。他就這樣哭出了他的感謝，不管是感謝誰。那一陣啜泣同時也是叫喊和咆哮，等他到了高原上他停放汽車的地方，可能還會哭喊得更厲害，給他在塞爾吉—蓬圖瓦茲那座新市鎮的家人——總算有一次他可以這樣稱呼他們——打電話，告訴他們這個好消息，一會兒結結巴巴，一會兒又啜泣起來，他的哭聲還蓋過了發動引擎、向前奔馳、踩下油門的聲音，並且繼續在維奧納河的整個水源地繚繞，而且不僅是一段時間。現在只要把這失而復得的東西平安帶回家。不要開太快。考慮到每一件失而復得的東西都有再度失去的危險！用鑷子小心地清除那些扁蝨，盡可能不要把毛皮也扯掉了！馬上去看獸醫！糟糕：這天是星期六。週末，而且還是盛夏——最近一家還開著的動物醫院在哪裡？不過，唉，總會找到的。不，是我將會找到，沒有問題。總算也有我說話的餘地了，而且是在那些最重要的人身旁——今天我這樣覺得——亦即我的家人。那個人是怎麼說的？「我舉世知名——在我妻子身旁！」

久久捧著那隻走失的動物穿過叢林之後，此刻水果賊的手裡空了，感覺有點奇怪。同樣奇怪的是，當他們終於走在空曠的地方，終於走在一條路上，不再每走一小步都受到阻礙，他們暫時停住了，不再繼續往前走，而是轉身面向那片叢林，在那裡久久駐足。此刻他們無法想像自己是怎麼從這片混亂中走出來的，這片混亂是如此徹底，乃至於在交纏的黑莓、野薔薇果、刺槐、山楂等野生植物和唯一無刺的藤索當中反倒又形成了一片簡直清晰的圖案，一片天然綠籬，遠比人類栽植的籬笆更為濃密，遮蔽效果更佳。事後回想令人膽戰心驚，想到自己剛才還在這片綠籬後面盲目地移動，事後的驚恐，縱然只是從心頭掠過，無法和騎馬越過波登湖的那人心中的驚恐相提並論[28]。還是說其實可以？

她從這片綠色屏障摘了一把烏黑的黑莓，她的旅伴也跟著摘了一把。他們又一次驚訝地發現，那些較大、較成熟的黑莓——入口就覺香甜——通常都藏在葉片底下，在背陰處；而那些受到陽光直射的黑莓則是酸的，不然就是有點腐爛。已經死去或正在死去的覆盆子，在黑莓灌木之間或底下長著：它們被黑莓大軍給征服了，就連最後一個新芽也被消滅殆盡，這種情況在各地皆然，不獨在此處。

要動身離開時，水果賊先倒退著走了幾步，她的旅伴也再次仿效她，這一次幾乎同時，和她心意相通。儘管歷經艱辛，他們向這片難以通過的樹叢道別，默默地說聲再見。

兩人在那條明亮的道路上走過一個又一個彎道，走出水源地的樹林，經過最後一段平緩的上坡路之後，在上方停下腳步。從這裡即將進入那片極目四望都沒有灌木和樹林的高原，浸浴在夏日傍晚的光線裡。暫時不再有樹木和灌木，尤其沒有矮樹籬——感謝此地異常寬廣的天空。

站在進入高原的門檻上遠眺：經過了大都會、新市鎮、河谷低地、法蘭西島大區邊緣的小鎮和水源地叢林，此刻極目四望，一眼看去就只有土地——這片土地——皮卡第。這份通往八方的遼闊呈現出遠方，也讓人感受到遠方，這條路繼續以幾乎察覺不出的緩坡向前延伸，但穿越的大多只是有如一整片道旁原野的田野，並沒有通往什麼特別的地方，既非通往農莊也非通往村莊，更非通往城堡，遑論王宮。但儘管這片土地乍看直到最遙遠的地平線都空空蕩蕩，至少是空無一人，在屬於皮卡第大區的這片韋克桑高原的上空卻充斥著一個又一個的名字。西邊那排山丘名叫莫里耶，山腳下，視線未及之處是名叫瑟朗和阿當庫爾——勒歐克洛謝的村莊，後者的意思是「有著教堂高塔的村子」。依順時針方向，在右邊，自中古時期以來就由那條如今叫做「藍調公路」的大道一分為二：一邊通往海洋，通往迪耶普；另一邊通往內陸，通往韋克桑地區的肖蒙。接下來一長串的地名，依順時針方向往北方、東方和南方，在方圓之內圍繞著這片高原：那些村

28　波登湖上的騎士這個典故出自一首德語敘事詩，講述一個人騎馬前往波登湖，打算在湖畔搭乘小船到湖的對岸，因為時值嚴冬，湖面結冰，此人誤以為那是一片平地，遂騎馬過湖，到了對岸才從別人口中得知自己剛才的冒險之舉。回想剛才的危險，此人遂在驚嚇中猝死。

莊和聚落此刻全都在視線之外，利揚庫爾—聖皮埃爾、拉維勒特爾特、莫納維爾、馬爾克蒙。再來是南方的另一列山丘，是這個地區最高也最長的一列，名叫羅斯山丘，山腳下的村莊和聚落名叫納維爾—博斯克、坦博爾、沙文松、萊奧爾姆（意思是頭盔）。而韋克桑高地另一條小河的水源地就位在羅斯山丘，不像維奧納河的水源地有如叢林，這條小河名叫特洛伊訥（意思是女貞，一種植物）；另外還有數不清的小溪，一條名叫索塞榮，第二條名叫雷韋隆（這個字也有「除夕」的意思），第三條名叫庫勒夫爾，意思是蝮蛇。一個又一個的名字，從那片看似空蕩蕩的廣大土地上，在他們面前嗡嗡飛起，使這片土地有了韻律，也使他們有了節奏。

剛才還感到疲倦的他們從這個地方起跑，把此地當成計畫之外的起跑臺，立定起跑，跑向那片土地，打賭誰會贏得賽跑（至於是誰贏了，賭注又是什麼，就沒有記載）。他們跑進去的土地，不只是繼法蘭西島大區之後的另一個大區，不只是這個名叫法國的國家的另一個區域，更勝於此，是一片不一樣的土地，獨具一格，或者就只是某種不一樣的東西，這是個甜蜜的幻覺，雖是幻覺，但重點是「甜蜜」。再加上——莫非這是種更加甜蜜的錯覺？——平時無所不在的國家，不管是法國，或根本上所謂的「國家」，似乎被阻隔在這片遼遠的土地之外，這片看似空曠、卻又充斥著名字的土地。一個國家：悉聽尊便，但是不要在此時此地出現，不要在今天，而且但願上天保佑，也不要在明天，不要在明天傍晚之前，不要在明夜之前，亦即在夢想中這個故事的結局和尾聲之前。

在這片一成不變的土地上，除了他們兩人之外就空無一人，在一個彎道旁他們停止奔跑，之後就從容不迫地並肩前行，兩人之間隔著一段距離——這條路足以讓十幾個人並肩同行。剛才的奔跑並不激烈，兩人當中誰都沒有氣喘吁吁（那個不習慣步行的小伙子可能還是有一點喘，但是沒有讓人察覺）。雖然已是傍晚，而且要在哪裡過夜也還沒有打算，但他們並不著急。

此刻是個中途路段，從一個地方到下一個地方，從發生了某件事的地方到下一個事件將要發生的地方。中途路段也意味著：除了把這段路走完，沒發生別的事。儘管如此，表面上看起來，這兩人在兩個事件發生地點之間移動的方式，一點也不像是只想把這段路走完。他們徒步穿越這片土地，看起來就像那個古老的故事所說的，「若有所思」而且「像是來自遠方」。那個年輕女子故意放慢腳步，而她身旁的年輕男子並未刻意模仿她的步伐，而是自然而然地配合。這步伐也大得不尋常，不僅是對她這個女子而言。那是闊步前行，以土地測量員的動作來丈量這個中途路段，並且盡可能去注意路上、道旁以及周圍的所有細節。這些細節不容忽視。正是在這些中途路段上，它們能夠給予提示，有助於讓人準備好去面對在目的地將會發生的事，讓人對於將要發生的事敞開胸懷。是的，此刻在這個中途路段上，在用心去看、去聽時，就可能先行預感到事情的發生。什麼可能會發生？某件事——不管是什麼事。因此：在中途路段上可別匆匆忙忙。可嘆啊，那些太過匆忙的人。你們卻相反，你們這些懂得利用中途路段、間隔空間和空檔時間的人，懂得放慢腳步，並且竭盡所能地吸收一切：你們有福了。

路旁只有一棵樹：一棵核桃樹，藏在樹葉裡的核桃幾乎還看不出來，但是每看一眼，愈能看出那些果殼尚未裂開的果實。道旁有一個黑色的鐵鑄十字架，豎立在一個淺色的水泥座上，十字架上那個瘦削人形的腳邊擺著一個金屬罐，裡面插著凋萎的野花。那一片尚未收割的麥田被道路切開，從田裡忽然衝出一大家子的野豬，起初是一陣咚咚隆隆的聲音，接著是一片騷亂，牠們穿過道路，從這邊的麥田遷移到另一邊去，一轉眼就又消失在麥穗底下，那些麥穗還繼續顫動了好一會兒。但此刻可以聽見一陣威脅的怒吼和嗥叫從那裡傳來，彷彿來自一隻巨大的狗，針對他們兩個而發，使得他們倒退了幾步。一直等到那隻落在隊伍後面的野豬（不是最大的，但也不是最小的，而是正在成長的一隻）終於也奔馳著在他們面前穿過道路，那陣吼聲才安靜下來。路邊草叢裡那隻烏龜，牠死了嗎？不，牠還活著，正笨拙地向前爬行，只有烏龜會這樣爬。雲雀的啁啾在入夜以後沉寂下來，空中的鳶啼也逐漸消失，取而代之的是火車的汽笛聲，從很遠、很深的地方傳來，彷彿來自一片從高原此處無法看見的窪地，那是最後一班返回巴黎的列車。夏日的風變成了夜風，那仍舊溫暖的吹拂夾帶著涼意。路上此處彼處及踝的沙土中，有大大的雨滴留下的零星印記，有如天花疤痕，已經乾掉了，好像是在好幾個星期以前，在六月的雨季裡落進沙土中的。

一幕景色接著一幕景色，同時卻平淡無事。平淡無事地邁開大步行走，走在空曠處，放空地行走。放空行走與空轉截然不同——一個個細節彼此圍繞，互相交錯：萬花筒般的行走。由中途路段和空檔時間構成的萬花筒。拿這樣一種萬花筒作為消遣？是的——有何不可？

這段路走到半途，一輛警車朝他們迎面駛來，遠遠地就透過飛揚的塵土、車頂上的閃燈和警笛預告了它的來臨。在奔馳而來時放慢了速度，然後以步行的速度經過他們身旁。他們無視於身穿制服的警察投來的目光。那是個幻象。此地不可能會有治安當局。而那些警察也已經帶著櫥窗人偶的表情，默默地從他們旁邊駛離。

稍後，在這個中途路段上第二次與人相遇：一個有點年紀的婦人，村中小學的老師，此時打算利用學校放假期間來寫一本書，一本偵探小說，不然還會是什麼。她獨自一人生活，原本與她同住的母親在幾年前去世。只有與學生在一起時，她才能夠與人群相處。在教室裡，在學生面前，在學生之間，尤其是在學生之中，她感覺到也知道自己適得其所。她身處那群學生當中就有了朝氣，就像是他們的同學。但是在校園裡她就已經開始怕生，不再知道該把自己往哪裡擺，不管她是在校園裡看顧學生，還是只是步行穿越。單是從那些在教室外面變得陌生的學童旁邊經過，就足以使她腳步踉蹌。而當她必須在校外街道上當個行人，身處所有那些成人當中！更加使她腳步踉蹌。害羞是件美好的事，尤其能夠使人變得美麗。但是她在家門之外的害羞——照她自己的說法是「出了自己的窩」——表現為某種「動物性」的羞怯（這又是她自己的說法），總之是非人類的——沒有使她變得美麗，反而使她變醜了，那是一種扭過頭去的害羞。如果有人朝她迎面走來，不管是誰，她的頭就會猛然轉向一邊，避開對方。如果對方是她認識的人，例如曾在親師座談會上見過（她在這個場合能極其自然地直視每個人的眼睛），她扭過頭去的害羞可能會表現得更為強烈：在那個迎面走來的人面前，她的頭簡直都快被她扭斷了，哪怕剛剛在她家裡或是在學校裡，她還站在門口親切地與對方握手道別。

有時候，她會在家裡接待客人，而且次數相當不少，她的家就是從前她母親的家。她雖然沒有朋友，接待客人卻很熱情。對這個漸漸老去的女教師來說，好客簡直是她宗教信仰的一部分，而在皮卡第這個地區並沒有好客的風氣。凡是從她家裡出來的客人，沒有一個不覺得受到了女主人面面俱到（由內到外）的招待，都覺得那足以作為待客的典範，並且受到這番待客熱情的感染。然而，隔天若是在街上相遇：請參見上文。即使用再宏亮的聲音向昨天還是所有鄰居當中最親切的她打招呼，對她扭過頭去的害羞也無濟於事。

不過，幸好對她和村民來說，除了家裡和教室之外，還有第三個地方能化解這種極端的靦腆，簡直是使之化為烏有。這個地方就是教堂，每當星期天舉行聖禮儀式，舉行彌撒。儀式進行當中，她始終抬頭挺胸，用一雙大眼睛把教堂裡的所有其他人納入視線，準備好微微抬起眼皮，無聲而愉快地向每個人打招呼。之後在教堂門口，她也用言語和眾人打招呼，漸漸變成彌撒結束後教眾之間的輕鬆閒聊，她也跟著一起聊，甚至會盡力拉長閒聊的時間，讓人無法想像在星期當中，不管是在街道上還是在廣場上，她一直躲避著所有這些週日和她站在一起的人，不管是男人、女人還是帶著小孩的夫妻。她是這地方最奇怪的人。

只不過，教堂愈來愈少舉行週日彌撒，此時夏季這幾個月裡根本沒有計畫要舉行，下一場彌撒要等到九月開學以後。放暑假了，沒有學童。而她也許能夠邀來家裡作客的人一個都不在，所有在考慮之列的人都在外地，而且這種情形還要持續好幾個星期。

她打算要寫的那本偵探小說，將以這個地區為背景，這是她從小就熟悉的地區，從她母親的家開始。早年這一帶殺人案眾多，在全法國惡名昭彰，巴黎的某些書店仍然買得到書名為《瓦茲省殺人案》的小書，附有插圖。直到如今，根據地方的《瓦茲省週報》所載，在這個省分，每一週裡仍然有不少人死於非命，人數幾乎不比從前少，只不過一般而言，這些命案多半並非蓄意，也沒有經過謀畫，不同於謀殺，乃是在盛怒之下的突發行為，是過失殺人，打架致死，最常發生的則是車禍造成的死亡，由於在狹窄的公路上車速過高。

也就是說，瓦茲省幾乎不再有謀殺案發生。但是對她來說，卻該有一樁謀殺案發生，經過長年的縝密計畫。她的小說將要敘述一樁還從不曾被犯下的謀殺案，不僅在現實生活中不曾發生過，在小說的世界裡也不曾。她還不知道這樁謀殺是以哪種方式聞所未聞，只知道這件罪行必須聞所未聞，是所有謀殺案的極致，是「所有謀殺案之母」（這也將會成為書名）。凡是閱讀她這本小說的人，必須透過閱讀，化身為這樁謀殺案的被害人，就算沒有和被害人成為一體，在故事結尾一起被炸得粉身碎骨，連同皮膚和毛髮都蕩然無存，至少得染上一種絕症，久病不起，直到生命終了！不過，到目前為止，她唯一確定的是：作案地點是在維奧納河水源地的某處，被害人的屍體或是屍塊就位在該處的叢林裡。現在她將要弄清楚這樁謀殺案是在何時、何地發生，如何發生，她從家裡出發，帶著相機、手電筒、測量儀等等東西，以便去（是怎麼說的？）蒐集資料。至於這樁謀殺案為什麼發生？沒有為什麼。這也將屬於她這本書聞所未聞之處。

當這個未來的偵探小說作者在穿越韋克桑高原的這條路上遇見這兩個人，她又把頭扭向一邊，而且在這空曠遼闊的原野上，要比在村子裡、在住家附近還要扭得更用力，只差一點就會把脖子連同後頸一起扭斷（特別的謀殺方式）。儘管如此，她還是從一個眼角瞄到了這兩個年輕人（這也是不由自主，只是不同於把頭扭開），看見他們在傍晚時分走進這片土地，她這個老婦的土地，看見他們邁步、轉彎、漫步、遊蕩、閒晃。「噢，青春，噢，回復青春。」她從他們身旁走過，他們向她打了招呼，而她沒有回禮。之後她才轉身面對他們——此刻不再是不由自主，而是自發地——總算也向他們打了招呼，雖然聲音很小，沒被聽見。多年前，她年少時，曾有一次獨自搭乘火車前往法國南部，路途很遙遠，從黑夜坐到白天，又再坐到黑夜，當年的火車是那麼慢。不知何時她睡著了，後來，接近午夜，在目的地醒來（波爾多？比亞希茲？西班牙邊界旁的拉圖爾德卡羅勒？）她的頭擱在鄰座男子的肩頭，一個陌生人，一個士兵。在那之後，她再也不曾睡得那麼沉，醒來時再也不曾那麼美好。寫一個謀殺的故事？為了製造恐怖而濫用這片土地的寂靜？用可怕的事來窄化其遼闊？撇開陰森恐怖吧。祕密是好的，但不要陰森恐怖。為了一個懸疑故事而洩露、出賣這個地區和這片風景的祕密？透過故布疑陣的線索而貶低了這些地方，使之蒙羞？荒唐又荒唐。一個凶手，不管是哪一種；一樁謀殺，不管是怎麼發生的：乏味之至。反倒是瘋狂殺人……一個瘋狂殺人者的故事……一個沒有理由的故事……一個瘋狂殺人的女子……一個聞所未聞的瘋狂殺人女子的故事……哎呀，世界……哎呀，人生！

接著只看見這兩人腳不停歇地走在這條成弧形延伸的淺色沙土路上，兩旁是大多已經收割的麥田，前方是西北邊深黃色的天空，太陽剛剛下山。遠遠地看過去，他們似乎平穩地繼續著他們那從容不迫的步行節奏，頂多稍微加快了一點。但是從近處看，就能看出那個小伙子亂了節奏。他忽然匆忙起來，走得慌慌張張，在長長的幾步之後接著幾個較短的步伐，幾乎跑了起來，然後又刻意放慢腳步，走了較長的一、兩步。他把先前拾起的麥穗拿在面前，路標上也有三個麥穗，構成這個昔日「國王穀倉」的地區標誌，但這也無法幫助他找回節奏。

年輕男人突如其來地感到恐懼，一份很大的恐懼，一份巨大的恐懼。他害怕將到得太遲，怕他們兩個會到得太遲。做什麼事太遲？就是太遲。去哪裡太遲？就是太遲。將無法再阻止那場災難。什麼樣的災難？那場災難，他們兩個原本可以阻止的災難。但是現在已經太遲。還是說也許尚存一點機會，一點渺小的機會，能及時逆轉這場來勢洶洶的不幸，在最後一分鐘加以拯救，在最後一秒鐘，在最後百分之一秒。拯救誰？自己嗎？另外某個人？去拯救，去拯救，看在老天的分上去拯救！正因為想到這個微小的可能性，想到也許還可能去拯救自己和別人，使得這個小伙子的恐懼無比膨脹。巨人般的恐懼一步一步地把他從自己身上擠了出去；踉踉蹌蹌走在路上的不再是那個年輕人，而就只是那巨人般的恐懼。

那個小伙子的跌跌撞撞愈來愈常變成向前猛衝，他在彎道抄近路，走直線穿過剛收割的田地。水果賊盡可能走在他前面，她仍舊比他靈活，藉由沉穩地走在他前面，她試圖把這個節奏轉移到他身上，讓她的旅伴感染這份平靜：白費力氣。他在恐懼中久久沉默，這時他把這份恐懼喊了出來，像個傷心欲絕的人一樣啜泣，也像個剛剛失去最後一線希望的人。他嚎啕大哭，嗚嗚咽咽，泣不成聲，同時一直踉踉蹌蹌地越過田野，不曾停下。誰能理解。她了解他，因為她想起了自己到處亂跑的那段時期，雖然那是種不一樣的亂跑，她之所以了解他也可能是別的原因，誰曉得。眼前這個情況，是她預期這個小伙子將會帶來的驚奇之一嗎？倒不是。但是他們將要共同度過的夜晚即將來臨，而她耳中是他的哀嚎，眼前是他涕淚縱橫的臉，那鼻涕彷彿從好幾個鼻子裡同時流出來。曾住在樓梯底下的亞歷西雅很有把握——她常有這種奇怪的預感——這個彷彿永遠失落的人就在這一天裡還會讓她驚訝，並且讓她在驚訝之餘大笑起來。不過，此刻她卻很想賞他一巴掌，讓他回到此時此刻。

後來是那場驟然逼近的雷雨，消除了他對災難的恐懼。你看見那黑壓壓的雲帶了嗎？轉瞬之間就從莫里耶山丘的後面蹦出來，簡直像是快閃而過。雲帶裡也已經夾帶著頭幾道閃電，接著，片刻延遲之後，響起了還很微弱的隆隆雷聲。這場雷雨還在遠方。前一天她希望下一場雷雨，現在她的願望實現了，並且有了意義：閃電和遠處的雷聲使她身旁這個驚慌失措的人立刻回復了鎮靜。他無須自己努力，就猛然擺脫了那份恐懼，回復了平靜。接下來他具體散發出這份平靜。友善的雷聲，親切的閃電：有這種東西嗎？這要看是誰在聆聽和注視，如何聆聽和注視，也要看在哪個時刻。

此刻兩人奔跑起來，竭盡雙腿的力量和肺活量。雷雨的鋒面乘著西風而來，每朝天空望一眼就又更近了一點。閃電過後，雷聲響起，間隔愈來愈短，這是人盡皆知的。有一段時間，兩人看著、聽著這一幕，就像在觀賞一幕冒險場景。儘管如此，奔跑是必要的。離開這片沒有樹幹的高原，就只有落下的閃電呈現出樹的形狀。至少暫時還沒有下雨，頂多只偶爾有一大顆雨滴落在額頭和手上，兩人在盛夏裡長途跋涉之後，這幾乎像是愛撫。直到這條路終於微微往下坡走，連上一條行車道路，大雨才傾盆而下。如同以前的說法，兩人頓時成了「落湯雞」。暮色也幾乎同時降臨，深沉的暮色宛如已是深夜。偶爾有汽車經過，全都打開了車燈，只聽見滂沱雨聲和雨刷擦窗的聲音。一輛汽車停下來，邀請他們上車。他們婉拒了，搭便車在這一天不在考慮之列，但他們向駕駛道謝，把溼漉漉的手伸進打開的車窗和他握手，可千萬別讓他感到氣餒，免得他下一次不再為了徒步旅人而停車。

最後，看見這兩個人站在一棟單獨聳立的大房子前面，半隱在黑暗中，只有二樓一扇窗戶亮著燈，上面也許還有一層樓，此刻在夜裡看不清楚。雷電交加：沒那麼戲劇化，雷電已經在愈來愈大的雨勢中沉默、熄滅。每過一會兒，附近那條快速道路上的車燈就又照亮這兩人滴水的臉龐。從車聲來判斷，也許甚至有兩條道路？水果賊和她的旅伴站在那棟屋子的門檻上，仍然暴露在雨中：這棟屋子與韋克桑高地上所有的古老建築一樣，雖然有石板建造的結實屋頂，屋頂邊緣卻沒有突出於屋牆之外，而是與屋牆密合，因此完全無法替站在屋外的人擋雨；「遮風避雨」是談不上的。

她按下門鈴，起初短短地，然後長長地，聽得見鈴聲響徹了整棟屋子，彷彿這是棟空屋，而且所有房間的門都敞開著。那個小伙子也敲著門，然後用拳頭去搥。無人回應。水果賊按下門把，起初有點猶豫，接著就用力按下。同時那門把也從裡面被人按下，這扇門一下子大大敞開，她差點就從門檻上跌進屋裡，跌向來開門的那個男子。

入口很寬，兩個人同時進入綽綽有餘。那人雖然沒有明擺著擋住入口不讓他們進去，但也沒有示意要他們入內。他默默地把目光從一個人身上移到另一個人身上，看著雨水從他們身上流下來，流得那麼厲害，使得她和他都必須把雨水從嘴脣上舔掉。那人彷彿置身於夢境中，他獨自一人在屋裡已經夢了好一段時間，此時在這兩個新來乍到的陌生人面前繼續夢著。他所穿的長袍雖然不是睡袍，乍看卻像是睡袍。

他仍然沒有要讓他們進來的意思。他身後的一樓幾乎完全在黑暗中，只從樓上傳來微弱的光線，他睫毛都沒眨一下地盯著他們瞧，自己站在那兒也整個僵住了，彷彿先前他就這樣呆若木雞地站在屋裡門前好一段時間了。

在歐洲某些地區，那些終身未嫁、或是根本沒找到另一半的女人，會說從她們身上散發出「獨身的怨氣」。此刻這個屋主不也給人這種印象嗎？不僅是怨氣，甚至是嫌惡？

他的嫌惡只是表面上的。當水果賊毅然跨過了他的門檻，同時把她的旅伴也拖了進來，屋主的那份僵硬就立刻放鬆了。那是寂寞造成的僵硬，在這個悽清的夏日，從中午過後他就在對抗寂寞。現在他以完美的一鞠躬向這兩位夜間來訪的客人表示歡迎，同時幾乎像在跳舞般地滑了一步。就算他仍舊沒有開口，他在內心裡終於又暗自說話了，這是好幾天、好幾個星期以來第一次。

「他們來了，我期待已久的客人。他們沒有拋棄我——他們不會！他們跨進了我的門檻，當著我的面跨過了門檻，給我門檻裡遠古貝殼圖案的這份榮幸，給這些化石這份榮幸。他們是為了晚餐和下榻之處而來，而替他們服務是我的榮幸。他們遠道而來，理應得到我的服務，理應得到面面俱到的服務！我終於又可以當個主人了！這喜悅之情，讓我門檻的石灰岩變成結晶！」他首先跑去拿毛巾，讓這兩人擦乾身體，他的身手靈活，只有當了一輩子客店老闆和民宿老爹的人才會如此靈活。

他的房子在不久之前還是家旅館，而在這個旅館老闆的心裡，它也仍舊還是。白天，在面向馬路的房屋正面，可以看見迪耶普客棧這幾個大字，每一個字母完好無缺。下方的馬路旁，那裡也是與另一條馬路交會的十字路口，豎立著兩個路標：比較大的那一個寫著「距迪耶普一百公里」，另一個指向「韋克桑地區的肖蒙」，對應著那兩條有如剪刀張開的馬路。「迪耶普客棧」就孤伶伶地位在這兩條相交的長途公路旁，沒有鄰居。到了秋天，這間客棧將被拆除，而之所以沒有客人上門，不僅是因為整夜持續的交通噪音。關於該客棧何以無利可圖，更詳盡的原因請參見網路：網址是 Auberge de Dieppe com. 之類的。

儘管如此，即便沒有公告營業時間，這家位在兩條大馬路之間三角地帶的客棧仍然暗中維持著「可營運」的狀態，在老闆的想像中，這將一直持續到拆屋鐵球來到的那天早晨。地下室、廚房和客房都準備好了，不管來客是誰，旅館大門也日日夜夜都沒有上鎖。不過，這兩個在雨中漫步的人是自從……以來的第一批客人，他們需要他的服務而走進屋裡，對客人來說這是理所當然。還是說，還有另一個人來過，單單一個人，而且在這裡過了一夜，是昨天嗎？還是前天？一個星期以前？這個民宿老爹失去了時間感嗎？還是說如今他活在另一個時間裡？

無論如何，不管是不是在另一個時間裡：客棧的一樓浸浴在一種明亮而溫暖的光線中，來自燈泡的光，是有如檯燈和餐桌燈的光線，整個一樓是間不大不小、恰到好處的接待廳，光線不至於太亮，該有的陰暗之處和隱密的角落也不缺。此外，火也早已生好，在那個同樣不大不小、對這個夜晚來說恰到好處的壁爐裡熊熊燃燒，劈哩啪啦響著——夏天裡在壁爐生火？那又如何？——那張桌子的材質不是烏檀木，也不是大理石，但也不是膠合板或塑膠；桌上擺了餐具，不是利摩日名瓷，也不是某地所產的水晶，但也不是……屋裡所有的東西都像是只有在非常古老的故事裡才會出現。「只有」？難道是說：不同於現實生活中？不！在現實生活中也不時會發生這種事，而且是在恰當的時刻，如此一來，生活才會成為事件，現實才會成為現實。至少就敘述這個故事的我來說——不是重述，而是試圖先行敘述。對於故事中的人物來說，在他們一輩子當中，如同在迪耶普客棧所發生的事件，雖然並非經常發生——就在其實並不罕見的神聖時間裡——但他們也一再遭遇，或是被賜予包括在這之前發生的狼狽插曲，不只是雷雨暴風。而且如果我讀到的沒錯，其他不少「先述者」也曾遇過這種情況，在沃爾夫拉姆·馮·埃申巴赫和我的時代之間，從塞萬提斯到托爾斯泰，再到——有何不可——卡爾·邁[29]，從雷蒙·錢德勒和喬治·西默農，再到——有何不可——伊莎貝·阿言德、贊恩·格雷[30]和傑瑞·科頓[31]。

那個雨夜，沒有行人經過這間被兩條大馬路從旁邊切過去的「前」客棧。不過，假若有人從這棟長長延伸的房屋前面走過，某個半是迷路的人，或者就只是個夜遊者，那麼，在此刻那些前前後後、上上下下燈火通明的窗戶後面的景象，將會使他立刻想要走進屋裡。

這兩個客人協助主人準備餐點，取出葡萄酒瓶的軟木塞，把酒端上桌。由於此人一再重新陷入呆若木雞的狀態，往往是在某件事做到一半的時候，在走向廚房或是回到大廳的途中，他們便完全主導了全局，要求他——一點也不婉轉，但是他樂於從命——與他們一起在餐桌旁坐下，最後變成是他們在替他服務。再說，他們也習慣了服務，他和她都精通此道，也樂於服務。關於晚餐的食物，就只說這麼多：添加了水果賊在路過村

29　卡爾．邁（Karl May, 1842-1912），德國作家，以創作冒險小說知名，代表作係以印第安人威尼圖（Winnetou）為主角的三部曲，曾被改編成漫畫、電視劇及電影。

30　贊恩．格雷（Zane Grey, 1872-1939），美國作家，以寫作美國西部拓荒者的冒險故事知名，許多故事後來都被搬上銀幕。

31　傑瑞．科頓（Jerry Cotton）是一系列以德文寫成的通俗犯罪小說中的虛構人物，同時也被出版社當成小說作者的筆名，第一集出版於一九五四年，至今已出版超過三千集。

中國圃時所拔起和摘下的蔬果，但並未被身旁那人察覺。某些農田裡，從前遍植在韋克桑高地的穀物，這幾年改為栽種大面積的菜豆、豌豆和蕪菁，不曉得昔日種植黑麥和燕麥的農民，是從哪個遙遠的當局接獲的指示。過往栽種好幾平方公里穀物的田壟，如今只有洋蔥探出頭來，那股氣味瀰漫在公路上。農莊往往建於中古時期，每一座就自成一個村莊；皮卡第那些村落外圍的防禦村莊，有幾座農莊如今被一片荷蘭芹海給包圍——表面看來是千千萬萬束的荷蘭芹，事實上都是芫荽。至於這些洋蔥和芫荽要供應給哪個市場？請參閱每週出版的農業報紙。

收拾餐點，清洗碗盤，用手洗。假如有夜遊者經過，此刻他會在樓下一扇窗前停下腳步，看著這兩個年輕人玩桌上足球，由主人充當觀眾，他終於徹底清醒，並且站了起來。儘管有交通噪音，那顆小球的喀答聲和射中球門之後的歡呼聲在屋外仍清晰可聞，尤其是那個年輕女子的歡呼。再說，她比對手更常有歡呼的理由。她的球技比那個小伙子高明得多，她遊玩的時候，他根本目不暇給，遑論反應。她也沒有給他半點機會。至少讓他進一球保住面子？這也不在考慮之列。主人在下一局出手援助這個小伙子，負責防禦，但同樣毫無機會。從水果賊的手腕下射出了一球又一球，看來只是一個毫不費力的小動作，那顆球就已經咕咚一聲落入對手的球洞深處，回聲傳出去，越過長途公路，在夜雨聲中朝四面八方迴蕩。

稍後，在大廳的另一個角落，自動點唱機啟動了，呈現出一道電子彩虹的顏色。這次沒有聲音傳出戶外；戶外只有嘩啦嘩啦的雨聲，來自從黑壓壓的天空垂直落下的瀑布，水平方向則是轟隆隆的汽車和長途貨車。但可以看見屋內有人在自動點唱機前面跳舞，起初是兩個人，隔著一段距離，後來是三個人，那個顯然十分年輕的女子先把比較年長的男子拉到舞池上，托住他的手肘，示範舞步給他看。

這兩個人所跳的不可能是一支藍調舞曲，那個男子逐漸跟上了節奏，那個小伙子則當個安靜的觀眾，只把重心從一隻腳移到另一隻腳上。雖然從此地開始，就是延長並拓寬了的「藍調公路」，可以說是其交會點。但是一首既真摯、又隨興的藍調樂曲，那如泣如訴的單調，實在沒法用來跳舞吧？哪怕是一首夏季藍調也一樣？還是說其實可以？懷著沉重的心情而跳的一支舞，用沉重的腳步來跳的一支舞？還是說根本就是只能坐著跳的一支舞？與藍調歌曲相稱，當歌手就只是坐著時，唱出的藍調歌曲最為純粹也最為真摯，也許是坐在一張搖搖晃晃的椅子上，甚至是一張缺了一條腿的椅子？就像坐著的藍調歌手，也有坐著的藍調舞者？

小伙子走到一邊，在一張矮凳上坐下，上身微微前後搖擺，除此之外沒有別的動作。由此看來，自動點唱機所播放的確實可能是一首藍調樂曲。倒是年輕女子和年長男子隨之舞動的音樂不可能是一首哀傷的曲子，不可能是一首藍調歌曲。她把一雙手擱在對方肩膀上，他們輕快地跳著舞，所跳的舞蹈幾乎有點像是一支圓舞，他們在大廳裡滿場飛舞，有點像是一支輪舞，幾乎讓人以為還有好幾對其他舞者在同樣的圓圈、螺旋和場域裡來回穿梭。這種雙人圓舞顯得如此輕快，又如此戲劇化，沒有歌手來主導這兩個人的步法，只有幾種樂器，不，只有單單一種樂器，一種能夠快速演奏的小型樂器，一把小提琴？

正是如此：他們在小提琴的伴奏下跳舞，因為他們乃是同一個大家族的兩個成員，連同整個家族都處於險境。他們隨著約翰・福特所執導的電影《憤怒的葡萄》當中的小提琴樂聲而舞，片中的母親和兒子被敵人團團包圍，就這樣跳著舞來保護彼此。而在這裡，母親的角色由這個年輕女子來跳？片中由亨利・方達所飾演的兒子，則由年老的屋主來跳？正是如此。而此刻這個女孩藉由帶著他跳舞（而且她帶得多好！）來保護這個男子？這兩個男人？不管敵人是誰？正是如此。不管是現在、過去還是未來。

即將發生的危險不是來自外界，而來自那個年輕人。剛才他還在坐著跳舞時搖擺，上半身隨著他的藍調樂曲前後擺動；這時他逐漸停止搖擺，猛然坐直了，環顧四周，每次都轉動整個頭部，眼睛則維持不動，就像貓頭鷹一樣。他要從哪裡開始？往哪個方向？用他的暴行朝哪個人、哪件東西衝過去？下一秒鐘他將會為了殺害而朝什麼東西撲過去？

水果賊知道這個小伙子心裡是怎麼回事。她怎麼會知道呢？從她的夢裡，而且她就是知道。很久以來，他就想與這個世界一刀兩斷，而這一刻已經來臨。從這個世界上永遠消失。除掉自己，把我弄走。進入天堂，或者至少是那個明亮的地方，幼發拉底河和底格里斯河從天堂奔湧而出之處？根本沒有明亮的地方，眼睛前後僅有黑暗——趕快把我從這裡弄走，進入永恆，阿門。

她起初不知道的是：他會試圖和另一個人同歸於盡嗎？藉由把他自己除掉，也把她了斷？也把與她跳圓舞的舞伴一起了斷？一舉解決他們三個？她也的確偷偷地環顧四周，看看大廳裡是否有武器：牆上沒掛軍刀、佩劍或其他武器，頂多只有這些東西的後像或是幻象，在壁爐的火光中以閃爍跳動的輪廓出現。

然後她明白了：只有他自己想要離開這個世界。她與屋主，這個「民宿老爹」，他們或許以某種方式存在於某個地方，但是對他來說不再存在。沒有哪個別人在他眼中還存在。或者說，這個小伙子不再能指望其他任何人。既沒有人支持他，也沒有人反對他。不再有人為我存在，從來都沒有人在我身旁。他們到底在哪裡？我的同類?!我一直都在暗中吶喊。他們究竟在哪裡？那些混蛋、無賴、兔崽子、狗腿子、豬腦袋──我的同類？而我得要活到二十一歲──還是說我已經二十二了？忘了我自己的年紀……──才恍然大悟：與我同類的人並不存在，不存在於任何地方，也不存在於這裡，就連這裡也一樣。我多蠢啊。蠢得像黑夜，蠢得無以復加。

而她也知道：他在躊躇。他還會躊躇幾個瞬間。雖然他即將執行對自己的暴行，將使他永遠倒地不起，但是他還拿不定主意。無論如何，他不打算靜靜地做這件事，不想在僻靜的地方，在雨夜裡的戶外某處，場景應該就在這裡，在明亮的地方，在眾目睽睽之下，在鑼鼓喧騰之中。就算他只有這兩個觀眾：他攻擊自己的恐怖行動必須讓世人看見。迪耶普客棧的大廳後方是一面沒有抹上灰泥的石牆，由大石塊砌成，而助跑的距離夠長，足以把腦袋撞碎。另一方面，壁爐裡的火此時在燒紅的炭火堆裡熊熊燃燒，假如他把仍擺在桌上的橄欖油澆在自己身上……

此刻，水果賊已經把這個小伙子從他坐的矮凳上拽起來，把他拉進雙人舞中。他不明白自己怎麼了，但是當他看進她的眼睛，他卻還是明白了。他想要哭泣，終於想要哭泣，別的都不想。他沒有哭。但是他曾經想哭，這就夠了。他想要親吻這位女士的手，兩隻手。他沒有去親吻這一雙手。但是他曾經想要親吻，這就夠了。他們三個繼續跳著圓舞，一隻手臂擱在另一人的腰際，忘了剛才的事，也忘了在大雨中長途跋涉之後鞋子裡溼冷的雙腳。

接著，屋主讓他們倆自行上樓挑選寢室，自己就先行告退。在那之前，他還往壁爐裡添了些柴火。這兩個客棧住客在爐火前坐了很久，鞋子在爐火的溫暖中漸漸乾了。小伙子問水果賊，她怎麼會知道他的念頭。她回答：「我就是知道。」他心中驚訝，但不是由於她的回答，而是他注意到在他們一路同行了這麼久之後，這是他們第一次對話。他想要在他說的下一句話裡加上她的名字，她在前一天裡給自己取的名字，可是他太過疲倦，說錯了她的名字，把「亞歷西雅」講成了「艾莉莎」。而她回答，如果隔天早晨或白天她需要用到一個名字，這就會是個特別適合朝遠方呼喊的名字。

他是個孤兒，這件事，她連猜都不必猜。她第一眼就看出來了，當他騎著機車停在塞爾吉—蓬圖瓦茲那座新市鎮一條街道的轉彎處，車後綁著那個鐵箱或鋁箱，裝著他要運送的披薩、壽司還是別的東西。和他相比，箱子顯得特別巨大，似乎比他重得多，彷彿比他還高。但願這個可惡的箱子不會在哪一天他必須緊急剎車時，綁緊的繩子鬆脫了，從後面猛然撞上他，撞斷他的後頸！

他既沒有父親也沒有母親，直到幾年前，他都為此憂傷。他的雙親只在夢中與他相遇。事實是，在夢中也從不曾真正相遇：他在夢裡每次都徒勞地等待他們，等了一整個夢境的時間，等了一整夜。他總是站在一片林間空地上，在一座偌大的森林裡，而他得知了一個消息，不知道是怎麼得知的，並非透過聽覺，沒有聲音傳來。那是一個來自空中的消息，告訴他，就在此時此刻，父親和母親將會從樹林裡朝他走來，不走向其他任何人，只走向他，他們的孩子。甚至每一次都指出了他父母將走出樹林、來到這片林間空地與他相會的地點。他們將會從兩棵大樹之間的陰暗處走出來，那是兩棵高聳入雲的大樹（在夢中那通常是雲杉）。他就這樣站在林間空地上及腰的草叢裡，夢中他早已不再是孩童，也不再是青少年，而是一個沒有年紀的人，是等待的化身。他心中有種前所未有的歡騰，一顆心由於喜悅而想要跳出胸腔。他們終於要來了，終於將會在這兒，現在，就是現在……而直到如今，當他說起這件事，說到那兩棵雲杉之間每一次都仍舊無人出現，他都還會激動難耐。

後來他漸漸不再這樣想念雙親。隨著時間過去，他們也從他的夢裡消失。他不再憂傷，不為了他們，也不為了自己。起初這令他苦惱。不管是在白天還是在夢裡，不再繼續尋找父母令他感到內疚。接著卻有一段時期，他對自己的無父無母簡直感到自豪。這份自豪後來變成了傲慢和自負。舉目無親使得這個年輕人自認是被揀選之人，從那千千萬萬被家族糾纏並且在其中窒息的人當中被揀選出來。我們這些無父無母之人的腋下是無比自由的空氣，在我們的羽翼之下是無比自由的風！是的，他雖然隻身一人，卻把自己想成「我們」：我們，我們這些無父無母之人，將會給你們一些顏色瞧瞧，等著吧。我們就是世界，是未來的世界之王。如今充滿不幸的地方，明日將會由我們這些擺脫了父母的人帶來幸福。我們就是救星，注定要來拯救這個世界，今日的世界，拯救它免於墮落和毀滅，是的，這是我們的使命。你們其他人自以為是世界的主人，其實早已經成為世界的奴隸。替我們這些人讓出位置來！我們這些無父無母之人，這地球上唯一還自由的人！讓我們自由揮灑。

然而，如今他又重新懷抱期望，往往是在白天，而非在夢裡，站在陰暗森林裡的林間空地上。而他就像當年他還是孩子時一樣殷切等待，倘若不是他的父母，那麼就是他的親人，是的，親人，但不是血親。後來的傲慢一如童年的夢想消耗殆盡。這份傲慢就只讓他騎上了比雅久公司生產的那輛偉士牌機車，穿梭在新市鎮各處，運送別人打電話預訂的餐點，不是嗎？雖然這份差事在那時也帶給了他一點好處（金錢？在這裡我們不談金錢），主要是在取餐和送餐的過程當中，不管這奇不奇怪。冬夜裡，他先在餐廳把餐點裝進那個金屬箱子，經過寒風凜人、往往漆黑漫長的中途路段，頭上戴著特殊的毛線帽，是從聖路易國王的一幅小畫像上學來的，前往經常帶有冒險性的地址，而帶有冒險性的還不只是地址。他的機車，他的送餐工具，叫什麼名字來著？「今天」。

等到隔天早晨，他們兩個將各走各的路。這是已經想好的。是否他們正是最後一次相對而坐？此刻他與她都這樣自問，但他們無須特別說出口。不，他們將會再見，在並不遙遠的某一天，也許就在不久之後，而且那也不會是最後一次。話說回來：誰曉得呢？於是他們仍默默地在收拾乾淨的餐桌旁坐了一會兒，一人坐在一端，心意相通，聽著屋外的夜雨落下，嘩嘩的雨聲由於長途公路上的車聲而變得沉重大聲，車輛經過的時間間隔逐漸拉長；而在客棧裡面，屋主在樓上他私人的房間裡說話，聲音很大。就像有些人講電話一樣大聲？不，不一樣。在樓下的他們後來才恍然大悟，那個人是在說夢話。在睡夢中，他並非與任何人說話，而是與自己說話。

雖然那個聲音發音清晰，響徹了整棟建築，卻還是聽不懂那個睡著的人在說些什麼。然而那聽起來就是一種平常的語言，不是陌生的外語，而是一種古老的語言，熟悉已久，甚至再熟悉不過。聽不懂？是的。沒有意義？了無意義？非也。這個聲音從頂樓響起，沒有徵兆，毫不費力，從未提高音量，散發出一種權威，與在中央廣場上宣布事情的權威截然不同，也不同於一個喚禱者的權威。這份權威來自於近午夜之時，那裡似乎響起了一種語言，先於後來所有語言的一種語言。用此種語言發言的那個聲音，沒有統治者的語氣。這個聲音和這種語言都無意於統治，沒在命令什麼，要求什麼，宣布什麼。能聽出來的話中之意，始終在實事求是、樂意效勞之間變換：事情是這樣那樣，局勢是如此這般，因此，就我能力所及，我將會去做哪些事，而且樂意之至。可是，那第三種聲音又是從哪裡來的呢？在那些空檔時刻，彷彿來自另一場夢，一個更加深沉、似乎是平行進行的夢，打斷了實事求是、熱心服務的聲音，出其不意，模糊不清，超乎所有的語言之外，結結巴巴，有時是一陣刺耳的笑聲，接著是一聲嗚咽，幼兒的啼哭，一種無法補救的啼哭，而且永遠也補救不了？

兩個人互相把對方送到各自的房間門口，他先送她，接著她送他，然後他又送她。該是道別的時候了。是的：雖然水果賊與披薩送貨員是在這天上午才湊到一起，此刻兩人都感受到離別。他們也都很想在道別時給對方一點東西。我送你一點東西，你送我一點東西。非這樣不可嗎？是的，非這樣不可。於是又過了好一會兒，他們就只是在客棧走道上面對面站著，看著彼此各自默默尋找一件可以送給對方的紀念品。小伙子把口袋裡的東西全掏了出來：沒有一件合適。那把折疊小刀不合適，印著餐廳名稱的原子筆也不合適。最後，她從他手裡隨便拿了一點東西，一條斷掉的鞋帶，一個晾衣夾，一個開瓶器，一個小鐵匣。而她呢？她要他把外套給她，待會兒，她就會把在叢林裡被鉤破的裂縫織補起來，再掛在他的房門外面。

做好了這件事，亞歷西雅／艾莉莎還睜著眼睛，在她選擇過夜的臥室裡躺了很久。

她挑中這個房間是由於一個特殊之處：位在客棧的樓梯底下，不是屋子內部的樓梯，而是建造在這棟古老建築外部的樓梯，並非木造，而是石砌的。外牆石梯底下的這個空間，從前可能被當成馬廄來使用，後來才改建成客房，與屋內相通，如果客棧裡其他房間全都客滿，便可以湊合著使用。此刻，這棟屋子幾乎是空的，她卻還是選擇睡在這個樓梯底下的小房間裡。這是她長久以來的願望，想在這樣的房間裡度過一段時間，哪怕只是一夜。現在機會來了。此時不掌握更待何時。而她期待著什麼呢？像這樣躺在狹窄的房間裡，幾乎像是被關在裡面，窗戶不比一個射擊孔大多少。她就只是想這樣躺上一夜，就像傳說中聖亞歷西斯住過的地方，他在自己父母家樓梯下的一個陋室裡住了許多年，沒被家人認出來。她的一個名字就是得自於他。

她此刻的房間不是陋室。雖然狹小，但仍舊舒適，而且安全。在狹小的空間裡轉身、翻身能夠增強自由和自主的感覺，而窄小的床鋪對這種感覺也有幫助。這個小房間散發出純淨，而且並不需要那個淋浴間來給人這種感覺。

當她在鏡子前面端詳自己，久久凝視著自己的眼睛，她意識到不同於平日，這一整天她連一次都沒有想過她的家人，既沒有想到母親，沒有想到父親，也沒有想到全家人當中有時與她最親近的弟弟，那個成長中的少年，那個半大不小的孩子。白天裡她不僅是忘了去想他們，而是他們三個根本沒有在她的意識中浮現。彷彿她把自己的家人整個忘了，彷彿他們並不存在。母親、弟弟、父親都被她忘了。

當她繼續凝視著自己的眼睛，她有了一個念頭：這樣也好！由於她把家人給忘了，好事便會發生在他們身上，他們全都獲得了新鮮的空氣；母親、父親還有親愛的弟弟（他們三人當中，弟弟受到的危險也許最大），都被魔法送到了一個尚稱安全的地方，至少是在這一天裡，暫時地安全。這一點她很確定。她一整天如此徹底地遺忘了她的家人，這使她心安，在與她切身的事情上也使她更為堅強。把家人忘了：一個觀念？而什麼是觀念？某種有價值的東西，而且過了這一天以後仍該繼續有價值。「妳看著吧！」她小聲對鏡中的自己說。「我們等著瞧！」

儘管如此，她還是忍不住要查看手機的訊息。有兩則訊息，一則來自她弟弟，一則來自她父親。弟弟說：「來吧！我有事要跟妳說。」父親則寫道，他已經先行搭車前往皮卡第，將在隔天傍晚等待她、她弟弟，還有他們姊弟倆的母親，如果上天對他們大發慈悲的話。父親說，他還不知道會在哪裡等她，他原先想好的地點已經不存在了，或者應該說，他沒有再找到那個地方，一如他經常無法再找到他曾喜歡的地方，要不然就是自詡為偵察員的他在中途迷了路，這正是這個「缺少方向感的地理學家」會做的事，這個稱號足可作為他這一生的題銘。母親沒有傳來任何訊息。西伯利亞河畔的那個朋友也沒有。此刻她本來會希望得到這個友人的訊息，哪怕只是隻字片語。不過，對方早上傳來的訊息仍然溫暖著她的心，再說，在那遙遠的東方早已經是新的一天了。

房間牆上唯一的掛鉤上掛著一件衣物，顯然是有人忘了帶走的。一條圍巾？不，一塊方巾，一條絲巾。看得出來掛在那兒的時間還不長。從哪裡看得出來？想到所有那些被遺忘在酒館、餐廳和旅店衣帽架上的衣物，通常已經掛在那兒很久很久了。這條絲巾卻相反，僅僅只被忘了一、兩天。忘了？還是故意掛在那兒的？

夜燈關掉後，在這個樓梯底下的小房間裡，忽然有股熟悉的氣味飄過。一陣香氣拂過她的鼻孔，香味並非來自戶外，既非來自雨水，也不是源自被雨水浸透的田野或長途公路。那是她母親的香水味，淡淡的一縷朝她飄過來，就只有一縷，轉瞬即逝，像是從下面飄上來的，不是從床上，而是從地板上。地板用很寬的木條鋪成，像是用來鋪在寬敞大廳裡的那一種，在這個窄小的空間裡卻馬上就碰到了牆腳。由此看來，她母親來過這同一個房間，但沒有留下過夜，而是睡在別處。對於像她母親這樣的人來說，這個樓梯底下的小房間不在考慮之列（還是其實不然）？再說，這張床對於高個子的銀行家女士來說太短了。還是說，誰曉得呢，就這麼一次，就這麼一夜，特殊的一夜，也許正好合適？不。母親就只是迅速地看了這個房間一眼，利用了銀行假日，由她自行宣布的假日——母親的權力是這麼大——進行一趟考察旅行，前往所有在「谷歌」或別處所列出的「位在樓梯底下的旅館和民宿房間」。

前往所有樓梯底下的簡陋住處，這樣的一趟考察旅行有什麼用意？什麼目的？所圖為何？為了在這些陋室裡調查什麼？這些陋室曾經是睡覺的地方、放掃帚的工具間、逃兵和反抗軍的藏身處、關調皮小孩的禁閉室、黎明時分將被處決的死囚的牢房。不管是為了調查什麼。面對所有這些樓梯底下的陋室，去探索，尤其是去探索自己。

高大的母親曾站在那裡，在童年的夜晚有如巨人般高大的母親，站在這個小房間的門檻上，一隻腳在房外，一隻腳在房內，深深彎著腰——這個房間的門十分低矮——隨著看進房裡的目光，同時探索著自己的內心，她的內心乃是一座城堡所有房間裡最小、最暗、最僻靜、最隱密的房間，這座城堡構成了她的心靈建築。不知道這個房間，或是她心靈的這個特別的角落，在母親的考察旅行中是否也煥發出有如百合花潔白的光亮？母親有時會聲稱她看見自己心靈的城堡煥發出這種光亮。想到這裡，她的孩子，水果賊，從一片漆黑的房間裡發出了孩子氣的笑聲。

閉上眼睛，那些文字又在她眼皮後面移動、經過、列隊通過，依然是手寫字，規律，無法辨識，頂多偶爾有個別的字母閃亮起來。她覺得這列文字隊伍在白天裡也不停這樣移動，只是她睜眼時看不見，而迷信的她把這當成翌日的好兆頭。那些文字走著、跑著、閃爍發光，無法解讀，存在著，近在眼前。

在半睡半醒之際，她覺得快速公路上呼嘯的車聲漸漸遠去。儘管如此，那仍舊是這房間裡最強勢的聲音，穿過到處都是裂縫的石牆傳進來。只不過，半睡半醒的她，聽見了別的更加突出的聲音，更加清楚，而她覺得那轟轟的引擎聲似乎漸漸形成了一種基調，使得其他的聲響凸顯出來。基調？是的，基調。

其他聲響是祕密的聲響。它們也相似於閉著的眼皮後面列隊行進的文字，鮮明地出現，在轟轟的車聲中，比任何時候都更鮮明。所有這些聲響都來自近處，來自這個房間，在這個逐漸入睡的女子腳邊、身旁、頭側。說也奇怪，或者並不奇怪，尤其是那些平常被輕視、甚至被憎惡的聲音在此刻有了分量。該不會是在耳邊嗡嗡叫的蚊子吧？不，不是蚊子。還是雨滴落在屋簷溝槽裡的聲音？這聲音並無祕密之處。顯得祕密的是讓她回想起自己半睡半醒之際的那些聲音，例如讓她想起一個小時前（還是在什麼時候？）她替那個小伙子縫補外套時，針線嗖嗖穿過針眼的聲音。此刻讓她覺得祕密的還有一隻蠹魚發出的聲響，平常被忽視，甚至沒被聽見，牠靠近她耳朵的某處，以富有旋律的間隔在床頭窸窸窣窣。一隻蠹魚的窸窸窣窣是種旋律？在這一夜裡是的，一種祕密的旋律。一隻剛出生或垂死的蒼蠅忽大忽小的嗡嗡聲。再加上對那扇小窗而言太大的窗簾在夜風夜雨中啪啪掀動的聲音，還有旅行用熨斗逐漸冷卻時發出的聲音，她半小時之前用這個熨斗（是在皮卡第這兒嗎？還是半個月前在西伯利亞？）熨平了隔天要穿的衣服……還有……就在呼嘯的車聲中，這些祕密的東西，使房間裡的空間更加開展，而且所開展的不僅是這個空間，它們替漸漸入睡的她奏起音樂，合奏著讓她進入夢鄉。那祕密的東西在這一天結束時重新被聽見，這個即將入睡之際依然迷信的女子，視之為翌日的好兆頭。——等著瞧吧。——我們嗎？我們是誰？——就是我們。

她做著夢，一整夜夢到的不是別的，不是別人，而是她自己和他。他是誰？他就是他。一整夜都朝著他們兩人的結合而發展。他和她之間瀰漫著一股既強烈又溫柔的緊張氣氛。這股緊張的氣氛中，並沒有發生什麼突如其來的事，而是穩定地持續增強，漸漸膨脹，從一個人漸漸漫溢到另一個人身上。不僅沒有發生什麼突如其來的事，根本什麼也沒有，啥都沒有，沒有就是沒有。她沒有碰觸他，他也沒有碰觸她。他們沒有走向彼此，更沒有奔向彼此，沒有相對站立，沒有一起跪下，沒有摟摟抱抱，沒有並肩躺下，更沒有躺在彼此身上。關於他們倆，能說的只有一件事：他們面對著彼此——不是站著，也不是坐著——就只是面對著彼此。雖然他們注定要在一起，並且渴望著對方——這種注定就是一種渴望，而這份渴望就是一種注定——但行動不在考慮之列。還是應該說：結合沒有必要。又或者說：兩性之間的尋常結合不在考慮之列。兩性的任何一種結合，包括心電感應（如果有的話），此刻都在他們兩人之外。

也就是說，他們兩個有著完全只屬於他們倆的領域。而這個領域有何特殊之處？在這個領域，身為女子的她與身為男子的他擺脫了他們相異的身體——從彼此的軀體解脫出來，但仍舊是有血有肉的身體。他們兩人的身體渴望著彼此，同時上升成為單單一種純粹的生物，而這個生物一整夜都在來回擺蕩，無休無止，渴望並且得到滿足，滿足之後又再渴望。他們的領域超越了時間與地點，也超越了男女，但其力量仍是來自那具體的事實，亦即一男一女的身體自然而然地徹夜融合為一，成為第三具身體，使原先那兩具身體成為多餘。這是他們兩個多麼需要的，是這一個生物多麼需要的。無窮的需要。無盡的甜蜜。無限甜蜜的需要。哈雷路亞！富饒的夜晚，珍貴的夜晚。這只有在男女之間才有可能嗎？只有在男女之間！而且只在夢裡？不，這可不行。

在早晨安詳地醒來，就像星期天的早晨。那天也的確是個星期天，即便是在樓梯下方這個狹小的房間裡。她仍舊躺著，回味著夢境。這種夢境如今太少出現了。還是只是對她而言？而那個夢境也已經消逝，失去了力量的來源，失去了構成夢境基調的感覺。她和他，那個男人，她的男人，剛才在夢裡對彼此的意義，對整個人類世界的意義，在她的人生中將永遠不會實現，就連約略實現也不可能。對於像她這樣的女子而言，這世上沒有真命天子，沒有對她而言適當的男人。或者說她，水果賊，不是任何男人、任何真正的男人的真命天女。她只能繼續懷著她的夢境直到死去，阿門。

但是不，別說阿門，不要「認命」。別對所謂的命運作表示同意的禱告，而要握起拳頭敲打房間的石牆。她想起主日布道裡的一句話，是從一位高高站在布道壇上的神父口中聽來的，在一個遙遠而陌生的國度，當地仍保有這種居高臨下講道的習俗：「在靈魂與上帝之間無盡的愛之顫動，這就是天堂！」誰說他，她的男人，一個活生生有血有肉的男人，不是已經在前來找她的路上？誰說他，她的男人，並不存在，而且永遠都不會存在？是她自己，就只有她這麼說。而她並沒有義務要相信她只對自己說的話，對吧？不，她不要進修道院。不要天上的新郎。要一個塵世間的新郎！

哈雷路亞。她看見晨光從石牆上的一道裂縫照進來，是淺灰色的。雨停了，但太陽仍躲在雲後。拉開窗簾，窗簾從天花板直直垂落到地板，小小的窗戶卻只有射擊孔那麼大。雨珠在窗戶的鐵柵上閃閃發亮。推開鐵柵，一線陽光落在地板上，她想把它當作灰塵拾起來。護欄上是昨夜擺在那裡的一顆蘋果，果蒂朝上，果蒂凹陷處注滿了雨水。一隻烏鶇在上方的屋簷溝槽裡，尋找築巢的材料。週日的晨光照在圓圓的蘋果上，是某種尚待研究、急需被研究的東西。啊，在那些所謂改變了世界的發現之外，所有那些尚待去發現的東西。啊，穿上那件週日長袍，昨夜剛熨過的那一件。她為了這一天打扮自己，戴上阿拉斯加育空地區阿薩巴斯卡族的耳環。在這個狹小的房間裡，腳下的地板感覺如此堅實，即使不得不彎腰站立也一樣。此時不知從何處響起了教堂的鐘聲，就算教堂裡早已不再有福音可聽，也許再也不會有福音可聽。唉，弄錯了：那不是呼喚信眾望彌撒的教堂鐘聲，而是塔樓上的時鐘。標準時間，真實時間。真實？下樓到街道上，到長途公路上。做點什麼！做點什麼！——儘管是星期天？——去做！——可是做什麼呢？——做什麼都好：灰色的天空，低矮的雲層，使得她想去做點什麼。但願天空維持灰色！

她在客棧樓下的客廳裡，隨即找到了事做。客棧主人（前客棧主人，而在他自己的感覺裡，他將來也還是客棧主人）坐在餐桌旁，而她這個住客問也沒問就替他服務，他也乾脆地讓這個陌生年輕女子替他服務。她熟悉咖啡機的操作，對廚房裡所有的事一清二楚，彷彿她一直以來都在那裡工作，無須先行詢問餐巾放在哪裡，還有吃水煮蛋的小匙、杯碟、橄欖油、胡椒研磨器和鹽罐（裝滿了來自製鹽場的新鮮粗鹽）。當她來來回回地在廚房和大廳之間轉來轉去，她的耳環叮噹作響，但是她看起來並不匆忙。耳環的叮叮噹噹也是週日早晨車聲呼嘯中的一種祕密聲響，尤其是在往迪耶普那個方向，通往大西洋的那一條長途公路上。

一如昨夜裡，他的聲音從樓上他的私人房間裡傳來，此刻可聽見這位民宿老爹在客廳的長桌旁開口說話，聲音很輕，但還是聽得見，而且不同於昨夜，此時字字句句聽得清清楚楚。不確定他是在跟誰說話，是跟他自己嗎？還是跟這個陌生女子？他說話時坐得挺直，看著前方，伸長了脖子，像是想緊緊盯住遠方，包括廚房最深處的角落，這間廚房即使對一家餐廳來說都十分寬敞。平常如果有人從用餐區對著在廚房裡忙碌的人說話，廚房裡那人往往得要跑出來詢問對方剛才在說些什麼，但她並不需要這麼做，即使在鍋碗瓢盆的叮呤哐啷聲中，大廳裡那番滔滔不絕的話語，她也沒有聽漏一個字。

客棧主人首先說，早上起床後，為了要把他那件專門在星期天穿的襯衫扣好，弄得他筋疲力盡。單是要從左右衣袖下緣各三顆鈕釦當中選擇一顆，就已經很傷腦筋：最近的那一顆，中間那一顆，還是最遠的那一顆。最遠的那一顆有個優點，能使衣袖繃得最緊，成為裹住手腕的第二層皮膚，而且是更美、更好的皮膚。接著，決定好了之後，要把所選擇的那顆鈕釦擠進釦眼裡又是個問題。的確是擠進去，因為若非鈕釦對釦眼來說太大，就是釦眼對鈕釦來說太小，莫非是用特製布料裁剪的這件襯衫縮水了？由於用了太熱的水洗滌？足足八分鐘——不吉利的數字八——外加好幾秒鐘，他為了扣上衣袖的鈕釦，忙得滿頭大汗，每次差一點就要扣進去時，鈕釦老是從釦孔滑出來、跳出來、彈出來。而這個時間數字還只適用於這件行動當中比較容易的那一部分，亦即用左手把右手衣袖裹住右手手腕扣好。反過來的那一部分才更累人：要付出雙倍的時間、雙倍的汗水。還是說反過來那一部分比較容易，而最先提到的那一部分才是苦差事？這會兒他也說不清楚了。接下來是打開那些「真空包裝」的大賣場食品，裝著供餐廳使用之分量的奶油、火腿、乳酪。所有的包裝上都印著：「拆封容易」——可是接下來呢：弄斷了拇指指甲。結果打開了嗎？都打不開，不管是奶油、火腿還是乳酪。他在事前就感到氣餒，而且不是今天才這樣。每次他在隨便哪個產品上面讀到「拆封容易」的字樣，或是在有待組裝的器具上讀到「容易組裝」，所有這些號稱「拆封容易」和「輕輕鬆鬆毫不費力」的東西簡直使他受到了精神創傷——請原諒他使用這個字眼。

他沉默半晌，接著又聽見他說：「我不會放棄我的客棧。首先我要把迪耶普客棧改個名字，在一場慶祝活動中隆重地重新命名，歡迎所有人前來，不論遠近——主人恭請大家踴躍前來——重新命名為『內陸客棧』。的確，海邊是遠方，但是內陸是另一個遠方。而這個遠方應該要重新展開，在我這間位於內陸、經過改建的客棧，應該從這裡開始，從這裡出發。我是多麼喜愛這個地方，我父親就已經是這間客棧的主人，在他之前則是我祖父。讚美他，也要讚美這兩條長途公路，通往海洋的那一條，一如通往內陸的這一條。我是多麼喜歡那些汽車的呼嘯，不管是往這兒來，還是往那兒去。而我多麼想念那些汽車從那裡轉彎進來，來到我的車隊商棧。假如他們知道我覺得他們有多美，在他們的車上，在那兩條交叉的長途公路上，每個人都很美，那各自不同的側臉、額頭、鼻子，那些禿頭、那些胖到沒有下巴的人：假如他們聽見我說他們有多美，他們個個都會成為好人，並且好心地駛離公路，開到我的停車場上，讓我來接待他們，那些傢伙，那些窩囊廢，那些沒用的人。但是首先只要他們在車上舉起手來跟我打招呼就夠了。向我打招呼的身影！是的，遠方將在我這裡重新展開，對你們來說也一樣，不管你們是粗心大意的人，不忠實的人，不管你們是無賴、騙子、拖欠付款的人還是差勁的顧客。但是，不，關於你們，我不再多說一句話——再把話題拉回這個地方：那邊，雨水積成的水窪在星期天的風中顫抖。那邊，昂吉安賽馬比賽的賭票飄過兩條公路之間三角地帶的上空。那邊，蘆葦的花序在路塹裡，孢子隨風飛走。那邊，是從前替母牛授精的地方，啊，還記得那隻公牛老是從母牛身上滑下來！矮樹籬裡的保險套。破舊的簡陋廁所。那條狗星期天被帶出來在收割過的田野上拉屎，但卻拉不出來——瞧牠縮起身體的樣子。大前年春天的那張海報，邀請前往『凱撒狄斯可舞廳』。那個歪斜的十字架紀念著一九四四年陣亡的美國士兵，不久就會徹底倒下。而此刻：看那個男子在車上點燃一根香菸，那個女子鬆開了頭髮，一個男子對著別人喊『白痴』或『混蛋』，一個男子按喇叭驅趕別人，一個男子阻撓後方來車。後座上揮手的小孩——他在對誰揮手呢？——啊，我已經很久沒見到小孩了……說到這裡，我又要把話題轉到你們身上，請你們踴躍前來。不，我不會離開這裡。不，我不會交出這塊三角地帶。不，我不會任由我的客棧死去。我愛這一片三角地帶，勝過愛這個世界。遠方不僅是從這裡開展——它就在這裡，在我眼前，只有一臂之遙，唉，我在說什麼呀，只有一個手肘那麼遠，唉，我在說什麼呀，就只有一個巴掌那麼遠。此處這個三角地帶自古以來就是個避難所，而它將再度成為避難所，並且維持下去。」

說到這裡，始終直視著前方的客棧主人才轉過頭來，面對著站在廚房門裡的她，於是她第一次看見他的臉，或者說他第一次讓她看見他的臉：遠遠沒有她想像中那麼老，簡直還年輕，不——是稚氣，尤其那雙眼睛。同時，那張臉上此刻閃過一絲也許只有在一個老人的臉上才會如此突然露出的表情，一種友善的惱怒，一種含怒的友善。

在他無聲的要求下，她過去坐在他身旁。「您過來跟我一起坐真是太好了！」他想要這樣呼喊；這一聲呼喊，一字不差，曾經出自一個顧客口中，那是很久很久以前的事了，當時店裡一個年輕的女服務生，為了讓客人高興，做了此刻這個年輕美麗的陌生女子所做的事。不過，他把這句話留在心裡，彷彿說出來並不得體。作為替代，他用一聲呼喊提高了接下來所說的話。一聲呼喊！一聲呼喊：頂多是在夢中，在深沉的睡眠裡，他才能夠呼喊，他深信除了敬畏的戰慄之外，呼喊乃是人類最棒的部分，而且他不是昨天才這樣認為。沉默的戰慄和大聲呼喊。

而此刻他呼喊著——很大聲，但是並非發自胸腔，並不響亮。這或許也沒有什麼不尋常：一具「典型客棧老闆」的龐大身軀，胸寬頸粗，又大又圓的頭顱配上胖胖的臉頰，就像昔日廣告看板上的客棧老闆——他此刻呼喊的聲音卻很單薄，極端單薄，彷彿同時在取笑自己喊出的話語，彷彿並不認真，那看似急切的呼喊甚至可能是在說反話。

在兩條長途公路交叉的三角地帶，年邁民宿老爹的呼喊又尖又細，像是小學一年級的學生第一天上學時的聲音，他喊的是：「儘管如此，在這個地方我是多麼想念鄰居啊！只有鄰里聯歡會，不再有真正具體的鄰居了。」

當他繼續說，不再呼喊，事情漸漸明朗，他所指的未必是有血有肉的鄰居，而是鄰里的畫面，來自他的童年時期，來自古老的書籍，還是誰曉得來自哪裡。他想到的是鄰里的房屋，而且並非門窗，更不是人物或身影，幾乎純粹只是鄰舍的屋頂，也許還有屋頂上一片玻璃瓦，在屋瓦中形成圖案，不管是有意還是幻想。接著是最頂端屋脊瓦的線條，一塊瓦壓在前面一塊瓦上，就這樣一塊接一塊，宛如一列長長的騎兵隊伍用隱形轡頭圍攏在一起，朝著不知名的方向前進，不管屋頂上是否有風向標指出東南西北。是那些屋頂給了他（或是曾經給了他）鄰里的畫面和感覺。在那些屋頂上，讓他感受最強烈的是煙囪，還是應該說是每次從那些煙囪裡冒出來的煙。

站在自家窗前，環顧四周，在環顧之下，才有了所謂的周圍。平靜的天氣裡，周圍屋頂上所有平行的煙柱都是垂直的；如果有風，一面面被吹斜了的煙旗仍然是平行的，在強風中呈水平平行，而在近乎颶風的天氣裡，那煙才從煙囪裡出來，成為煙絮四處飄散；這一幕給了人對鄰里的特別感受和想像。而最有鄰里感的大概是在風和日麗的天氣裡，當那些煙柱幾乎是隱形的，只能從屋頂上方蜷曲的空氣看出來，更像是猜到，而非看見。說也奇怪，或是並不奇怪，相較於從更高、更大、更粗的煙囪裡冒出來的煙，從比較小的煙囪裡冒出來的煙，不管是煙柱還是成團的煙霧，更能予人歸屬感，可以說歸屬感的多寡和壁爐的容積成反比。每次看見一個煙囪細瘦得像支爐管，不比一個花盆更大，也不比一頂廚師帽更高，他對鄰居的屋頂簡直會感到一份柔情，甚至是對整棟屋子，也包括住在屋裡的人（有何不可？），那些陌生而且也將維持陌生的人。

最後，在沉默良久之後，這個客棧主人又用他單薄的聲音呼喊了一聲，如此突然，把他身旁這個陌生女子嚇了一跳，彷彿如雷貫耳：「可是事實上，看見一根垂直升上天空的煙柱，我經常把隱身在下面屋子裡的那個人視為亞伯，而把站在這裡的我視為他的壞哥哥該隱！」喊出了這段話之後，他隨即專注於一個解到一半的數獨遊戲，拿著鉛筆在那上面畫來畫去，像在操作一具紡織機。彷彿他正準備給某人寫一封信！只不過他沒有寫信的對象。

水果賊在出發之前又回到那個石梯底下的小房間，待了一會兒。彷彿正是在那個只能跨出三步、幾乎不容轉身的空間裡，她能夠汲取力量來面對即將發生的事。這個偏僻的小房間應該充當她的重訓室，她這麼覺得，也這樣決定，她的故事想要這樣。不需要任何器材，既不需要啞鈴，也不需要跑步機和擴胸器。早晨之前的鍛鍊也可以省略，把棍子當成想像中的長矛舉起來，但是並沒有投擲出去，朝著那棵想像的樹上那顆想像的果實，規律地伸直、彎曲手指。如果說這個房間有一件器材，無須特別增強體能就能使人更強大，那麼就只是一本書。藉由閱讀來增強體能，使人更強大。此話怎講？把一本書當作強身器材？就她此刻正在閱讀並且繼續讀的書來說，是的。眼前必須要決定，今天就得決定。——可是今天該決定什麼事呢？——沒有答案。把前一天當作書籤摺起來的那一頁撫平：她覺得那彷彿是別人摺起來的。

她在行軍床上繼續閱讀那個少年的故事：他在另一個國家度過了一天一夜又一天，等他回到家裡，他的家人卻不曾察覺他不見了。讀著讀著，這個故事在她的腦海中逐漸變成了另一個故事，在她暫停閱讀時有了新的轉折，這個轉折並不在書裡，但是倘若沒有這本書就也不可能會有這個轉折。她站著閱讀，擺出起跑前的姿勢，一條腿跨向前。

首先，這個故事成了她弟弟的故事。他比她小十歲，雖然成績很好，卻中途輟學，離開了巴黎的「亨利四世中學」。自暮冬以來，他就在皮卡第的韋克桑學習木匠的手藝，也就是她此刻看書的地方。不同於書中所寫，在她閱讀時彷彿自動從她腦海掠過的這一段插曲中，她弟弟在那個陌生的國家，夜裡待在他撬開的纜車小屋時並非獨自一人。半夜裡，有另一個人來和他作伴，那人自稱是來登山健行的，說他在高山上迷了路，此刻才找到了山上的纜車站。他們並肩躺在光禿禿的地板上，由於小屋裡沒有長凳，更沒有床墊。這兩個陌生人在黑暗中閒聊了一會兒，彷彿他們是舊識，這種事在山中小屋稀鬆平常。

忽然，這個不速之客停止了閒扯，一句話才說到一半，說的是明天的氣象預報，還是別的什麼。他睡著了嗎？聽不見熟睡的呼吸聲，根本沒有呼吸聲。然而，在這漆黑的小屋裡，那片寂靜並非死寂，而是某個人屏住了呼吸的那種寂靜，為了伺機而動，而且不是件好事。這個故事的主人翁，那個幾乎還是個孩子的少年，她最親愛的弟弟，身處險境，性命垂危。除了那把折疊小刀，他手邊沒有武器，他試著在長褲口袋裡打開刀子——刀刃卡住了。

緊貼著他身旁，一陣沙沙聲此刻在黑暗中響起，聲音漸漸變大，同時彷彿由上而下逐漸接近平躺在地板上的他。不過，在那當中，那個沙沙聲一再沉寂、停止，有一段時間完全消失，然後又重新響起，比之前更大聲，顯然更為接近，幾乎已經在他腦袋上方。在那陣沙沙聲中，彷彿在其核心，漸漸發出一陣爆裂聲，一聲轟隆，而在下一刻，這聲音就將爆發並且落在他頭上——在那另一個國家那間沒有燈光的小屋裡，那個少年簡直希望這件事會發生：那些空檔時刻是如此陰森恐怖，連同在寂靜中嚇人的停頓，使人的胸口快要爆炸。

她怎麼能夠從這本書偏離，把弟弟放進這個被世界遺忘的孩子的角色裡，放進一個鬼怪故事、甚至是恐怖故事裡？這麼說來，她坐在裡面讀書的這個房間，其實並不像她想像中那樣具有保護的力量？

回到書頁，繼續閱讀，逐字逐句。書裡也有黑暗中的沙沙聲，即將發生撞擊之前的聲響，還有那聲砰然巨響。不過，在書裡，坍倒在那個躺平的年輕人身上的，在手電筒的光線下，就只是一直擺在他頭部前端地板上的旅行袋，它不知怎地緩緩傾斜，直到砰然倒下。別提什麼鬼怪。別再製造恐怖故事。這個少年安然無恙，隔天將會平安回家，在另一層意義上也安然無恙，懷著這個從此將伴他一生的祕密。因此，這個房間畢竟還是個適合看書的地方。此外，她在恰當的時間在這個房間裡閱讀。在她所有的迷信當中，閱讀是最為具體的？是她最信賴的？是她最有信心的？超乎所有根深蒂固的迷信之外的一種迷信？

用閱讀，透過閱讀，在閱讀之中，藉由其力量而能夠保護某個人，某個她在乎的人，這就是她的信仰。既是信仰，也是確定，如同從前所謂的「信仰的確定性」。

懷著這份確定，知道她確實藉由閱讀保護了弟弟，她立刻打電話給他。她沒有向他道早安，也沒有祝他週日愉快，尤其沒有問起他的健康狀況，這個水果賊／姊姊結結巴巴地對他說，她就要去找他了。她甚至沒有給他時間說一句話，事情很清楚：他不可能不愉快，比起在夜裡，現在他感覺好多了，而且最好的事還會降臨在他身上。事後她才納悶，為什麼他沒有像她一樣高興得結巴起來。她結結巴巴地說話時，他的大聲呼吸意味著什麼？近乎呻吟的呼吸？莫非他想要對她述說什麼？述說和呻吟？——此刻深黃色的光亮取代了雨天的灰色光線，從這個房間的石縫裡照進來：太陽又露臉了。而說也奇怪，或者並不奇怪：她希望太陽在這一天裡不要出現。今天可不要有陽光。可是太陽仍在不停地照耀。可惜了那淡淡的灰色。

待要向這座兩條長途公路之間的客棧道別——又是一次道別——再去她的旅伴在破曉時分離開的那個房間看一眼。他回到那座新市鎮，繼續騎機車送餐，這門生意在星期天很賺錢，有些訂餐的人開門時還穿著睡衣或浴袍，哪怕已經是下午了。這個房間打理得很整潔，桌椅彷彿依幾何形狀排列，床上的被子和床單都拉得平平整整：是在軍隊、寄宿學校和孤兒院裡學會的鋪床方式。在房間一角，在那顯然剛剛掃過的地板上——在這方面她是專家——有件東西凸出來，一件小東西，一個絨球，想必是從瓦爾特（這暫時又成了他的名字）那頂毛線帽上脫落的。她小心翼翼地拾起那個絨球，更加小心翼翼地把它塞進口袋，並且用一根手指在自己的額頭上用力按了很久，直到她的額頭上留下一個圓圓的深色印痕，將一直留到這一天晚上，也許還會留得更久，就像有時候在印度婦女的額頭上所見到的印記。

要離開又名「內陸客棧」的「迪耶普客棧」時，店主一直擋住她的去路，從一層樓到另一層樓，從一個樓梯平臺到另一個樓梯平臺，從樓下大廳的一根柱子到另一根柱子。他並非故意，而是不由自主，出於一份暫時性的笨拙。她自己也很熟悉這種情況，理所當然地接受了，她誇張地繞過他，像是在玩一個遊戲。

那個老人並不是在玩遊戲。他甚至沒注意到他擋住了這個陌生年輕女子的路。他臉上露出含怒的友善的那段時間過去之後，此刻他一臉嚴肅，一雙眼睛睜得又圓又大，以他的年紀來說大得出奇。苦澀的嚴肅？懇切的嚴肅。

同樣地，由於她先前像個員工或女傭一樣服侍過他，他一再使喚她去做一些小事，拖延她離去的時間。咖啡機的濾網不只要洗得乾乾淨淨，連一小粒咖啡渣都不剩，還要用一塊抹布擦乾，「不是這一塊，這一塊會擦出刮痕，而是那邊那一塊！」她漏掉了一塊在廚房一個爐臺上的麵包屑，星期天早上烤白麵包時掉下來的。她睡覺的小房間裡，那扇小窗沒有關緊，窗簾也沒有好好拉上。大廳桌面上還有蠟燭的蠟油留下的汙漬，而且自動點唱機的插頭沒有拔掉！

等到要付帳的時候，為了去拿紙筆來寫帳單，他先是消失了好一會兒，不曉得是在從前櫃檯區域的哪個地方。怎麼搞的？他要她支付過夜的費用？是的，這是她自己的主意，樓梯底下的那個小房間，對她來說要比金錢更為珍貴。而這個從前的客棧主人在商言商，覺得她想要付帳的「願望」是理所當然的，也可能他只是假裝這樣，為了爭取時間。接著填寫帳單又拖了好久。他畫著數字和字母，簡直像在著色，在括弧裡填上數字，甚至寫上了日期，年、月、日，再寫上「星期日」。

他花了這麼多時間來寫帳單，於是最後，她在他身旁坐下，看著他又寫又畫，直到最終把「內陸客棧」這幾個字也畫完。這個年輕的陌生女子——他不想知道她的名字——把鈔票（是筆小數目，但畢竟是錢）擺在桌上之後，他又為了找零錢而消失了很久，時間比之前至少要長三倍。等他終於回來，他的腳步是那樣拖拖拉拉，就算那也許是故意的，卻也仍舊是認真的，一如他之前的每一個指示和舉動，絕非遊戲。

可是接下來，該是離開這間老客棧，走出戶外的時候了，走入戶外，走進空氣中，而且她頓時覺得非走不可。否則就太遲了。什麼事太遲？一切。一切都將太遲。

在默默拖延的道別之後，她正準備要跨過門檻——又高又寬的門檻，造於另一個時代——這時門檻變暗了。客棧主人站在門外，像是要阻止身為客人的她離開，一如前一天晚上乍看之下，他像是要阻止她和她的旅伴進入屋裡。就只差他沒有張開雙臂來把門擋住。但是，不，他的一雙手臂垂在身旁，只有手臂會這樣下垂，不管是老人、年輕人還是小孩的手臂（最不會下垂的也許是幼兒的手臂）。瞬間過後，他往旁邊跨了一步，讓她走出門外。

他自願要接過她的行李，至少替她保管到晚上，讓她能夠空著雙手走過那片空曠的土地。還有什麼比這更自由？更有益心靈健康？——至少他自己這一生都懷有這樣的雄心壯志，上路時不帶行李，頂多只帶一支牙刷。她回答，肩負重物行走鄉間令她感到舒暢。倘若沒有背負相當的重量，她會覺得若有所失。如果出門旅行一段較長的時間，通常要隨著她肩負起有點分量的行李，那一天才開始具有意義，才開始有了價值——那一天才真正開始，哪怕已經是下午，或是接近日落。尤其是在穿越陌生的國度時，在一天這樣真正開始之際，在背負著重物跨出第一步的那一刻，會額外出現一道特別的光，讓她覺得自己在這個陌生的國度可靠地定了位，在自己的國家就沒有這種感覺。他則問她，皮卡第此地的韋克桑高原，尤其是瓦茲省，對她而言是否是個陌生的國度，而她回答「是的」。他說，他在她和她的旅伴身上發現了一個共同點，不，是兩個共同點，儘管他們倆有許多根本上的差異。第一個共同點是不規則的髮線，幾乎像是混亂的鋸齒形線條，兩條髮線彼此分毫不差。第二個共同點則是同樣分毫不差的太陽穴血管，她的在右鬢，他的在左鬢，也可能是反過來。好幾條血管緊密相疊，以蛇行曲線從太陽穴的皮膚底下凸顯出來，平常被稱為「生氣時爆出的青筋」，在他們兩人身上卻是原本就在，即使心平氣和時也是鼓脹的，也許是由共有的疲憊所引起。只不過就連此刻，這些血管仍舊在她的太陽穴上爬行，如此立體；平常只有雕像的太陽穴血管才會這麼明顯，而且也只在男性雕像的頭部。她問這是否意味著什麼。他並沒有回答，在道別時給了她一根鶩的羽毛，上面有著條紋，還給了她野豬的一顆牙齒，一顆尖尖的犬齒或裂齒，幾乎有手指那麼長，堅硬有如花崗石。

他陪她走到那條離開公路三角地帶的小徑，這條小路，只有他這個當地人認得。她由著他陪她，彷彿這屬於週日的一趟散步，在隔開小徑和長途公路的那堵石牆前面，她甚至允許他用手做成梯子，讓她踩著翻過牆去，「就像以前的人一樣」，他和她異口同聲地說。其實沒有必要這樣做，那堵牆還不到肩膀高，而且已經剝落。她獨自一人走上那條小徑，又倒退著走了一會兒，沒有去弄清楚她置身何處，也不知道這條路通往何方，她眼裡就只有這個地方，這個收容了她一夜的地方。是的，事情就是在那裡發生的。屋外石梯底下那個小房間的牆壁上，那扇窄小有如射擊孔的窗子閃閃發亮。遊戲繼續！

忽然有飛身上馬的興致，騎馬在田地上馳騁，誰管是不是「我們的」週日，雖然她幾乎從不曾坐在一匹馬上。不騎馬，她首先大步向前走，沒有抬起頭來，而是垂下目光，倒不是為了看著鞋尖，如同父親的建議，而是刻意盯著地面，眼裡就只有她腳前的土地。從她背後、從遠處和更遠處看起來，她顯得沉重，甚至是遲鈍，扛著那有如軍事裝備的背包，背幾乎都駝了。她搖搖晃晃、慢吞吞地走著，很難相信剛才她還扮演著女傭的角色，在客棧裡各處輕快地舞動。

這樣做，是為了獲得力量：就只盯著地面，走在小徑上，她希望能藉此汲取力量，或是從地底下重新贏得力量。而她也成功了。千萬不要看向別處，至少暫時不要，不要把目光從這條淺色的沙土路上移開，她的確是以行軍的步伐走在這條路上。眼睛就只盯著地面。切勿抬起頭來，懷著期盼望向何處。尤其要避免仰望天空，也要避免用目光去搜尋遙遠的地平線，否則力量就會立刻從她身上消失。幸好夜裡那場雨沒有在小徑上留下水窪，沒有倒映出遠方和夏季高高的天空，在她經過時亂了帶給她力量的節奏。此地皮卡第的韋克桑高原，地基是由多孔的石灰岩和吸水的石膏構成，在朝陽升起之前，雨水就已經滲入地下了。

另一件事也有助於增強力量：這片土地的深處有無數彼此相通的涓涓細流，而後在很遠的地方，在高原腳下，這些細流將成為泉水，冒出地面。有片刻時間她以為，地表下這幾千條細流的聲音能夠傳出來，傳進她耳中，傳進鄉間週日的寧靜中。她在這片寧靜中一步一步地往前走，眼裡只有路上的沙土，耳中只有來自高原內部的淙淙水聲。還是說，這個潺潺淙淙的聲響其實來自埋在地下的天然氣輸送管，來自俄國還是別的地方，如同小徑邊緣的黃色三角形所示？還是說，像這樣在一條地下輸送管裡潺潺流過來的乃是石油？（不是始於北極圈邊緣，從阿拉斯加的巴羅角開始的那一條。啊，俄國，啊，阿拉斯加。）不管在地底潺潺流動的是流水還是天然氣或石油，這都能給她力量。腳掌的感覺，富有彈性的腳掌。是否要和西伯利亞的朋友說說話，在星期天問候她一聲？此刻沒有必要，彷彿單是在皮卡第的高原上一個勁地往前走，就是向對方的問候。

一段時間以後，她能夠放膽停下腳步，抬起頭來，目光離開小徑漫遊到別處去，而這條小徑這時已經變寬，成了一條路，路上散布著斑斑點點的馬糞。在這片沒有樹林、看似平坦、明顯是高原的景色中，第一個印象是：置身於整個世界的一部分，而這一部分同時也代表著整體，乃是其中心。在一個確定或無法確定的時刻，在確定或不確定的情況之下，這種印象難道不是在任何地方都可能產生嗎？不是在任何地方，而是在某些地方，而此刻就也在這裡產生。

這個地帶，連同整個世界，以一個圓盤的形狀向地平線延伸，不完全平坦，在水果賊此刻站立之處（亦即被標記為中心點之處）微微隆起，在遠處的邊緣則漸漸下沉。於是，第二個印象是：她置身於一隻鯨魚的背部，在其最高點，一隻特定的鯨魚，傳說中把被扔進海裡餵魚的倒楣先知約拿一口吞進去的那一隻。這隻鯨魚把他又吐回陸地上之前，他在牠肚子裡有幾天幾夜的時間來準備他的災難預言，要去向尼尼微或是另一個古老的世界大城宣告。此時從鯨魚腹中深處傳來了約拿爭吵不休、心胸狹窄的咕噥與埋怨，針對世界的毀滅。這個聲音取代了從地底下傳來的潺潺淙淙。

不過，把這種和宇宙有關的典故從水果賊的故事裡趕走吧。《聖經》的畫面，從這個故事裡滾開，尤其是《舊約》那些能與時事扯上關聯的畫面。就像避開瘟疫和霍亂，千萬要避免被古老的故事沾染，那些號稱「歷久彌新，如今仍在上演」的故事。如果在水果賊的故事裡要出現一個古老的《聖經》畫面，那麼頂多是一個不論在當時或如今都與時事無關的畫面，例如路得和波阿斯在夏季麥田裡拾穗時相遇、後來結為夫妻的那個畫面，被尼古拉．普桑（他出生於諾曼第小鎮萊桑德利，就在皮卡第的韋克桑高原附近）如此真摯而又恢弘地畫了出來。這個畫面在故事說到這裡時尚未出現，而且直到結尾也不會出現。

她繼續向東走，正對著太陽，迎著早晨，不久就將是中午。雨後的和風從西邊吹拂在這片高地上，來自夜晚的方向。入夜之前，還要度過盛夏裡的幾乎一整個白天。那條路以平緩的弧線向前延伸，這一次果真是通往一座城堡，韋克桑高原為數眾多的城堡當中的一座。每一個村莊都有一座城堡，往往隱藏在農舍之間，需要去尋找。這一座孤伶伶地獨自聳立，據說在同一個位置上曾有過一座更古老的城堡，由「征服者威廉」所建造。不過，同樣也撇開歷史不談。另一個規矩是：歷史性的東西頂多只可遠觀。於是，水果賊對這座征服者的城堡不理不睬，轉彎越過剛收割過的農田，走進沒有路的地方。不同於她母親，她不太在乎城堡，除非是隱藏著的。她曾經在凡爾賽宮附近住過一年，不曾有走進去的衝動。她那自稱年輕時「遍讀群書」的父親，有一次曾表示他始終不明白，為什麼卡夫卡筆下那個土地測量員一心一意想要進入山丘上那座城堡，為什麼不留在山下村莊裡那間客店。至於她：由於城堡通常沒有果園，單是基於這個原因，城堡就對水果賊沒有吸引力。

據說任何一個小故事都逃不出大歷史，所謂的世界歷史，就像那齣有名的戲劇裡，那個粗暴的屠宰師傅，對那個純真的年輕女子說：「妳逃不出我的愛！」[32]是這樣嗎？曾經是這樣嗎？將永遠是這樣嗎？還是並非如此？或是的確如此？無論如何：信不信由你，水果賊在星期天橫越田野時遇見的第一個人，乃是在尋找於二次大戰最後幾天在韋克桑高原失蹤的祖先，那已是七十幾年前的事了。

她正準備穿越一片玉米田，這些玉米田是這片高地上幾乎唯一尚未收割的田地，要等到秋天才會進行收割。風中傳來玉米葉片一陣激動的窸窸窣窣，近於呼嘯，無從比擬。這陣窸窸窣窣之中，接著是另一陣零星的聲響，在玉米田裡變換著位置，忽近忽遠，來來去去，一會兒往前，一會兒往後。聽見這個聲響，她在休耕的田地上停下腳步，就像當年和父親在灌木叢前面一樣，準備好面對一隻巨大的野獸，至少是一頭鹿，就像道旁警示牌上所畫的，一頭正要躍起的鹿。而從一排排長得密密麻麻、比人還高的玉米莖之中擠出來的彷彿跟當年是同一個人，只不過他臂彎裡抱著的不是野果，而是幾根疊在一起的骨頭，大腿骨，或是他認為是大腿骨的東西。

但是，在他從玉米田裡走出來的那一瞬間，使這個人如此引人注目的，並不是這些骨頭，而是他身上散發出的那份明亮；儘管陽光無處不在，玉米田裡卻很陰暗，幾乎黑

32 這齣戲劇係指《維也納森林的故事》（*Geschichten aus dem Wiener Wald*），作者為出生於匈牙利的德語小說家與劇作家霍爾瓦特（Ödön von Horváth, 1901-1938）。

得像夜裡。這個明亮的身影絲毫沒有可怕之處，當這個男子簡短打過招呼之後，說起他尋找失蹤的父親已經找了幾十年，他的身影仍舊明亮。

這個在戰爭中出生的兒子如今已經年邁，但是他的父親仍舊出現在他夢中。從前，兒子還把父親當成活人在尋找，直到不久之前仍是如此。夢中，他的父親健康有活力，仍然活著，只是隱居在某處——某處，但是就在這一帶，七十多年前在一個與此時一樣的八月天，他在此地最後一次被人看見。不過，最近當父親在他夢裡出現，父親同時又是另一個人，而此人指向這整片土地，整片韋克桑高原，整個皮卡第，作為他的墳墓，而非指向某個特定的地點。夢裡，兒子彷彿聽見父親或是站在他面前的那個人在唱歌，用強尼．凱許渾厚的嗓音唱著：「沒有一座墳墓留得住我的身體！」

可是誰曉得呢：誰能夠說他父親不是還活著？如今，百歲人瑞不是愈來愈多了嗎？而且這個七十多歲的兒子不是才在韋克桑地區的週報上發表了一首詩嗎？在報導殺人案、被燒死在汽車裡這類新聞之前，這份報紙還保留了一個版面，刊登當地人所寫的詩。把這首詩的幾句隨意翻譯如下：「機率渺茫的事，站起來吧，動起來吧！」

他先把那些骨頭扔回玉米田裡，一根接一根地，越過左肩、越過右肩扔出去，像在進行一種儀式，接著按照他幾十年來的習慣，掏出了他父親的照片。照片上是個十分年輕的男子，他把照片湊近她的臉，確信這個漫遊的女子能認出他在尋找的人。她將會協助他找到父親。必須如此。這個失蹤的人不能永遠失蹤直到時間的盡頭。沒有什麼傷痛勝過為了失蹤者所感到的傷痛，沒有什麼比為了失蹤者所感到的悲傷更令人心碎。在這個失蹤者身上，他哀悼的不是父親，而是他的孩子。而沒有什麼比為了一個失蹤的孩子所發出的慟哭更加呼天搶地。

他從這個陌生女子的眼睛看得出來：她是他的盟友。她認真記住了他父親的相貌。如果此刻他流下眼淚，她就也會流淚。但是他沒有哭。雖然他劇烈地喘起氣來，但那是出於信心（不同於他視為空洞而蔑視的希望）。他已經半轉過身去，準備繼續尋找，這時他擁抱了她，而她也由著他擁抱，並沒有輕輕去拍他的肩膀，為了把激動的心情拍掉，或是加以「疏導」，就像加入配樂一樣，這種輕拍肩頭在電視上的擁抱畫面裡也觀察得到，也是他這一生中一再碰到的。

接下來她行走了一段時間，不再只是朝東行，有時正對著太陽，有時太陽在旁邊，或左或右，她縱橫交叉地走過這片土地，沒有發生什麼需要詳細敘述的事，或者，借用古老故事裡慣用的那句話，「沒有什麼值得一書的事」。但同時可以確定，像這樣無事發生地走在路上，沒有把什麼東西看進眼裡，更沒有去觀察，會有畫面出現在你眼前，進入你腦中，這些畫面和拍攝出的影像或繪出的圖畫並無共同點，更不同於《聖經》的畫面。那是些平凡的畫面，是你所經過的地方和場所，你並沒有特意去看，就只是經過。視覺後像有一個特點，亦即一旦你把眼前的東西刻意看進眼裡，或是特別加以觀察，它們就不會出現；而你所經過的那些不特別引人注意的地方，沒有哪個細節躍入眼簾，沒有「值得一書的事件」，那些地方的畫面也是如此。它們之所以後來會成為畫面，就只是因為你在當下沒有意識到它們的存在。它們是事後才出現的，但是不同於一般的後像，並非在事後立即出現，而是在事過境遷很久以後，往往是幾年、幾十年以後。不是出現在眼睛裡，不是出現在眼皮後面，而是在全身各處。此刻這個女子從這片土地上走過，什麼都沒有注意去看，而有一天早晨或是晚上，比如說在八年之後，在隨便哪裡的一個房間裡，她將會彎起手臂，那時她才會意識到路旁那個鐵鑄的十字架，是她此刻剛剛經過的，過去的畫面，現在的畫面和未來的畫面合而為一。是的，未來的影像，說來奇怪，或者也並不奇怪。未來當她從她的房間走到陽臺上，在奧爾良門地鐵站附近或是別的地方，而吉普瑟伊那座水塔的畫面，將會從她的膝蓋窩裡升起，充滿她整個人，就是此刻她心不在焉地經過的那座水塔。未來她將在陽臺上向右跨出一步，而此刻在那條名叫雷韋隆的小河上，剛過了雷伊村，快要到代蘭庫爾村，那股明亮的水波，連同幾個泡沫，將會把該地陽臺上那個女子的影像用發自她腳跟或別處的無線電波傳送出去，穿透她的身體和心靈。她將會把頭歪向一邊，意識到此刻在坦博爾村那空空如也的兔子棚；她將會意識到在瓦朗古雅爾附近，一頭小驢子孤伶伶地在一棵樹下；她將會意識到蒙特傑沃那座教堂屋頂下的一個燕子窩。她將張開雙臂，並且察覺到莎拉·伯恩哈特[33]在羅斯山丘上的故居，那是韋克桑高原上最高的山丘，目光穿過窗戶，落在那面書牆上，一本安東尼奧·馬查多[34]的詩集將在事後浮現，書名是《孤獨》。她將踮起腳尖，並且注意到韋克桑地區肖蒙市區邊緣的那家自助洗衣店，所有的洗衣機都大大敞開，裡面空

---

33 莎拉·伯恩哈特（Sarah Bernhardt, 1844-1923），法國知名女演員，主演過轟動一時的法國劇作，例如小仲馬的《茶花女》。在世界各地登臺演出，也是最早參與電影演出的女星。

34 安東尼奧·馬查多（Antonio Machado, 1875-1939），西班牙詩人，一九〇三年出版的詩集《孤獨》（*Los Soledades*）為其代表作。

空如也，只有一臺洗衣機的滾筒裡有一團藍色衣物，像是件工作服，一會兒向左、一會兒向右地轉動，曾經這樣轉動，將會這樣轉動。不同於每日時時刻刻出現的後像，這些來自幾年前、幾十年前的後像，只要她讓自己沉浸其中，每次都將向她意味著：「繼續玩下去。遊戲尚未結束。妳還在場上，我的朋友，始終還在。」

水果賊並非縱橫交叉地走在這片高原上，而是以逐漸擴大的螺旋形走著，作為一種重複，在地面上重複天空中兩隻鳶的飛行，牠們繞著彼此而飛，卻仍舊不斷前進。其中一個螺旋上有一條田間小路，有人騎著一輛黃色腳踏車超過了她。起初她以為那是郵局的腳踏車，這可能嗎？郵局的腳踏車在星期天出動？後來發現的確如此，而且騎在車上的是個身穿制服的郵差小姐，戴著郵差的寬沿帽。

當水果賊讓出路來並且打了招呼，郵差小姐下了車，述說起來，回答了她無聲的詢問。她丈夫是個正式的郵差，病了一個星期——並不嚴重，是夏季流感——而她身為替補郵差，直到週日此時才有時間來遞送郵件。不過，郵件裡一封信也沒有。政府機關的表單和報稅表格使得腳踏車兩側的郵包十分沉重，時間一長，踩動踏板就成了一件苦差事，再加上田間小路崎嶇不平，村莊與村莊之間的距離又很遠——這些東西能稱之為

「信件」嗎？還是只能稱為「郵件」？至少她還有些風景明信片要遞送，為數不多，只有幾張，是本地少數人寄出的，他們趁著夏季，趁著剛剛收成，前往外地度假，去的地方多半本身沒有風景明信片，只有遠處觀光勝地的風景明信片，或者根本就只有以巴黎為主題的明信片，「聖心大教堂」、「聖母院」、「艾菲爾鐵塔」；這些明信片被用來當作附有圖片的問候。幾乎所有的明信片都來自國內，令這個替補郵差小姐感到遺憾，她和她丈夫都集郵，只收集外國郵票。再說，法國境內的明信片通常都沒有蓋郵戳，因此把郵票揭下來之後還能繼續使用。只有三個韋克桑高地的村莊有來自其他國家、甚至是別的大陸的卡片要遞送，三張卡片上所貼的郵票都比法國郵票的色彩來得鮮豔，而且至少大上三倍，尤其是來自她這輩子從未聽過的國家的郵票（她也將會代替她丈夫請求收件人小心地把郵票揭下來，盡可能利用水蒸氣）。一張寄自「賴索托王國」的明信片要送往莫納維爾。第二張寄自「科索沃共和國」，這張郵票只有一種顏色，是鮮紅色，形狀為一面國旗，上面是一隻雙頭鷹，根據郵票上的文字，該國剛慶祝了建國週年（「始於……年」），是要寄到蒙泰爾朗小村，靠近名叫馬里伏的城堡。至於第三張明信片，郵票的主題是兩支擠成一團的橄欖球隊，來自不久之前才獨立的斐濟群島，名字是用陌生的文字寫成（如果那真是文字？），要寄給拉維勒特爾特一間酒館的一群常客，酒館名叫 Chez Pepone，中間只有一個 p。

接下來，這位郵差小姐騎在她前面，也以螺旋形前進，從一個村莊到另一個村莊，彷彿在替這個外地女子帶路。每次她停在一間村舍前面，看起來就像她在等待這個步行的女子。她彷彿在替她開道，一段路接著一段路，一部分螺旋接著一部分螺旋。雖然這其實是誤會，因為這個女郵差每次停下來都是為了投入郵件，那些郵件幾乎全是公家機關寄來的表格、要求、威脅和警告——政府在此地一樣無所不在，在鄉下感覺不到政府的存在只是一種表象。投擲這類郵件時，她幾乎沒有遇見一個活生生的住戶，即便這是個星期天，而這也正合她的意。

接下來，一會兒是這個步行的外地女子超越了挨家挨戶停下來的本地女郵差，之後又是騎腳踏車的女郵差超過了步行的她，然後又是……如此這般周而復始，從一座村莊到另一座村莊，從一個教區到另一個教區（按照從前的說法）。她們兩個沒有再說一句話，後來也不再交換眼神，然而事情卻很清楚，她們同行的這段時間裡，她們之間有某種像是休戚與共的感覺，兩個人都是初次體驗到，從某一方面來說是一種獨一無二的經驗。這種休戚與共令人愉快，雖然在這片高原上騎腳踏車，對郵差小姐來說並未因此變得比較輕鬆。這片高原有著許多肉眼幾乎看不出來、卻令自行車騎士心生畏懼的上坡路段，包括「環法自行車大賽」的選手在內。即便如此：隨著一個螺旋又一個螺旋，她與年輕的外地女子形成了一個雙人組。而這個代班女郵差想起在很久以前，她還年輕的時候，曾經搭便車穿越蘇格蘭，有一夜住在一座火車站裡的旅館——啊，所有那些附設在火車站裡的旅館！——在格拉斯高還是別的地方，她從她位在閣樓的房間，在軌道區的另一邊，往下望向火車站的郵局——啊，所有那些在大城市裡的火車站郵局——想起她站在那裡看了一個鐘頭又一個鐘頭，看著在午夜過後很久以後，一大群上了年紀的男子，在那間明亮如白晝的大廳裡——她看見他們的禿頭閃閃發亮——穿著長長的灰色罩衫整理著郵件，她很確定那些郵件與如今的郵件截然不同。而那個步行的女子在超越她或被她超越時，則想著另一輛同樣的黃色腳踏車，郵務腳踏車，用鎖鍊綁在奧爾良門地鐵站入口旁的鐵欄杆上，日日夜夜立在那裡，已經一年多了。而就在三天前（所以說，才過了這麼短的時間嗎？），在她從西伯利亞回來以後，她還看見它豎立在那兒，一輛黃色的郵務腳踏車，一輛郵差騎的腳踏車，就像此時此地這一輛，只不過那裡那一輛少了後輪，還是前輪？想到它豎立在那兒的樣子，那輛郵局黃的獨輪腳踏車，一直豎立著，連同那條生鏽的紅綠灰藍黑鎖鍊、被割破的座墊、卡住的踏板。可是為什麼這個景象能夠使人堅強，給人信心？就只是由於那個顏色嗎？那個堅不可摧的黃色？

要道別時——又是一次道別……——這個代班女郵差問另一個女子，是否要順便交給她一封信，或者至少是一張卡片；明天郵件就將從韋克桑地區的肖蒙送出去。這話聽起來不像詢問，更像請求。而你瞧，這個漫遊的女子的確有一封信，在行行復行行的途中潦草寫就，地址用兩種文字寫成，拉丁字母和俄文字母，郵票已經貼好，航空信的標籤也已經貼上。回頭望向那個女郵差，對方幾乎已經老了，頭髮灰白，她看見對方帶著她的孩子，全都年紀幼小，幾乎是新生兒。

在那之後，又是一段在水果賊的故事裡沒有什麼事件發生的路段，就像那句老話說的，「沒有值得一書的事」，至少沒有什麼會自行述說的事。可是，難道之前那些事件是自行述說的嗎？非也。而接下來的事件將會自行述說嗎？非也非也。這個故事所敘述的事件，就只是透過敘述者才成為事件。沒有敘述者是不行的。那些會自行述說的故事，身為讀者的我不感興趣。

就這樣，以愈來愈大圈的螺旋形行走，水果賊從容不迫地接近了這片高原的東北邊緣，在其斜坡和山腳下，座落著韋克桑高原在皮卡第的唯一一座市鎮，肖蒙。上頭狹窄的運貨道路只有少數車輛，但是車速太快，一路奔馳，彷彿在追趕某人，或是被人追趕。這些汽車顯得比上空藍天裡的飛機還要匆忙，只是飛機的數量卻比較多，一架接著一架，從航線來判斷是從附近的博韋機場起飛，專營度假航班以及飛往偏遠國度的航班，那些不在大型機場和航空公司所規畫的航線網路之中的國家。有一個路段，在利揚庫爾──聖皮埃爾和勒威弗瑞這兩個小村莊之間，從高原邊緣往東北遠眺，彷彿能看得比博韋市及其大教堂和機場更遠。她在路邊停下來，想像著讓視線越過歐洲的所有邊界，接著也果真看見了烏拉山脈以及群山後面的西伯利亞；此刻從那兒起飛的不是飛機，而是一隻西伯利亞老鷹，一隻魚鷹。在地平線上起起落落的不是飛機的機翼，而是巨大的翅膀，兩翼張開的寬度無與倫比。雖然在飛近時那隻老鷹又變回了一架飛機，略顯瘦削的一架，但是飛行員在空中看見了她，就只看見了她這個年輕女子，看見她站在下面，目不轉睛地仰望他的飛機。他擺動了一下機翼向她致意，先是左翼，然後是右翼，哪怕這也只是她的想像。

這條運貨公路隆起得多麼厲害，鄉間的小公路多是如此。只要有一段較長的時間沒有汽車駛來，她就走在公路背脊的頂端，像是在保持平衡，如果未必像是走鋼索，那麼就近似走在體操平衡木上。她想到她的老爸爸，想像著此時他就在離她不遠之處，半迷了路，但卻心情愉快，穿過原野，在他眼中幾乎每個地區都是原野，她想像著他跌跌撞撞，踉踉蹌蹌，磕磕絆絆。一直以來，在她的想像中，她就目睹著不在身邊的家人，看著他們睡覺、走路、刷牙、綁鞋帶、轉動收音機的頻道。母親、父親、弟弟愈是不在身邊，愈是難以用電話或其他方式聯絡，在與他們相隔遙遠的她想像中，他們愈是伸手可及。這是個不由自主的遊戲，卻也可能會突然變成為了他們而擔驚受怕。

此刻在她想像中的是她父親，想像他走在一條類似的公路上，路面拱起的坡度可能還要更大。她想像著他胡亂走著時忽然一陣暈眩，失去了平衡（他的平衡感本來就不好），摔進路塹時折斷了脖子。摔死在一條平坦的公路上，這可能嗎？在她的想像中是可能的，一如許多其他的事也是可能的。這會兒，她畢竟還是又想起了她的家人，前一天她忘得一乾二淨的家人。不是曾有個與她同齡的人，向她抱怨過他的痛苦：「爸媽的故事為什麼總是沒完沒了？」應該要有完有了嗎？

一聲喇叭：那聲音每隔一段時間就重複響起，每次都來自不同的角落，因而有了某種旋律。那喇叭不是為了她而按的，但她還是覺得那是按給她聽的——直到她明白她聽過類似的聲音，就在昨天，是那座新市鎮邊緣那輛賣麵包的車子。而她也已經朝著喇叭聲跑過去，那個聲音這時已經漸行漸遠，像是駛上了岔路。她一定要追上那輛車，一定要看見在星期天出動的麵包車，一定要買個麵包或別的東西。再說，她也餓了，早晨忙著在客棧裡服務，結果忘記吃飯了（這又是她的一種健忘）。

儘管是在空曠的路段，附近沒有住宅，那輛車還是按了一聲又一聲喇叭，彷彿這個麵包師傅只為了她一個人而在路上行駛。他也立刻停了車，讓她看看他賣的麵包，他身旁有個小孩，是他兒子，麵包陳列在後面敞開的車子掀下來的板子上。看著那些麵包，圓的、橢圓的、四角形到八角形的、棍狀的、胖的、瘦的，也有瘦得像繩子的，在這裡無須對那麵包的新鮮、氣味和香氣津津樂道：單是那麵包本身就足夠了，在這樣一個不尋常的地方，在一條岔路上，彷彿在遠方一片無人居住的草原上，連同草原上吹拂的風。那就彷彿你第一次看見「麵包」這個東西，事物、形狀、名稱合而為一的「麵包」。而這一切交合還是產生了一種香味，就算這些麵包未必是由一位特別傑出的麵包師傅所烘焙的，他未必是肖蒙一地最傑出的長棍麵包師傅，未必是全省最傑出的長條麵包師傅、或是皮卡第最傑出的傳統麵包師傅。

儘管如此，眼前這位師傅也有他的拿手麵包可供販售。別人的拿手麵包也許加了葡萄乾、無花果、奇異果、核桃或榛果一起烘焙，他的拿手麵包則是摻了櫸實的小麥麵包。「櫸實」是什麼？如同這個名稱所透露的，櫸實是山毛櫸的果實，類似堅果，只是比核桃小很多，也比榛果還小，而且也不像榛果是卵形的，而是有稜有角，尖尖的三角形，像個微型金字塔，被包覆在同樣薄薄的殼裡，外面還有一個多刺的母殼；其餘的細節還有照片請參見網路。在草原小路上的這個麵包師傅說，他的櫸實麵包是種新發明，雖然尚未經過市場的考驗。問題在於單是要烤一個麵包就需要幾百個櫸實，至少需要高高堆在手上的好幾把。摻上先用水浸泡過、再烘烤過的櫸實，這個麵包才會獲得那種無與倫比的滋味，數日之後仍然齒頰留香。就麵包而言，這是前所未有的，沒有哪一種摻了果實的麵包辦得到，那種不只留在齒頰間的餘味，除此之外也許只有世上頂級的咖啡豆才辦得到。只是採集櫸實太辛苦了，許多果殼打開來才發現裡面是空的，烤一個麵包需要採集到的幾百粒櫸實……但是他有信心。「這種麵包必須要上市。市場在呼喚我的櫸實麵包。這種麵包前所未有！喏，您嘗一嘗！」於是她默默嘗了一口，後來又再嘗了一口，她想要向這個櫸實麵包師傅承認他說得沒錯，但他早已繼續向前行駛，只聽得見麵包車的喇叭聲從遙遙的遠方傳來。

事後，她才看見那輛麵包車的方向盤上沾著麵粉，同樣在事後才意識到麵包師傅道別握手時（又是一次道別）手指上的麵粉，直到此刻，她才在自己的手上感覺到那麵粉的作用，一種「顆粒狀」的感覺。這樣看來，麵包師傅是一烤完麵包就坐上了汽車；洗手？沒有必要。關於別人，有多少事我們是直到事後才得知，不過，印象卻因此更加深刻，像一陣使人振奮的香氣朝我們飄過來。

但她同時對自己說：「在我上路這三天以來，我所遇見的陌生人全都多麼信任別人！他們馬上就信賴我，並且差遣我，彷彿我生來就只是為了供人差遣。除此之外，沒有人想知道關於我的事。沒有人向我提出問題，更別說問起我的事——問我怎麼生活，問我從哪裡來，為何在此地漫遊，為何背著這沉重的行囊：似乎沒人在乎這些事。而我愈來愈想念針對我而發的問題，強烈地想念，甚至是痛苦地想念，哪怕就只問我一個問題，例如問起我的耳環。問我是在哪兒買的，是否是別人送我的，甚至是問我它們值多少錢。通常，別人至少會問起我的『口音』，我在每一個地區，每一個國家，包括自己的國家，都會立刻引人注意，由於我『有一點口音』，如同別人所說。別人也會問我出身哪裡，因為那絕對不是本地的口音。此地卻甚至沒有人問起我的口音，彷彿當地人對自己的口音也感到不自在。難道在此地這三天裡我成了幽靈嗎？雖然是個和藹可親、受人歡迎的幽靈，否則別人不會這麼乾脆地信賴我，但畢竟是成了幽靈，對我自己來說也成了幻影？的確：從火車和巴士下車之後，我步行橫越這片土地時，和我打招呼的人並不少，遠比以前任何時候都更頻繁，就像剛才那個飛行員還從駕駛艙裡向我打招呼，而我覺得自己被接受也被認可，我這個女子，這個自信的女子。可是為什麼在與別人面對面時，我沒有遇到這種事呢？就算有，在這三天裡卻愈來愈少？難道對其他人來說我就只是個媒介？」

特洛伊訥河流經在韋克桑高原的腳下，在肖蒙的廣大草原上，在那裡，水果賊走進了一場露天舉行的週日彌撒。弟弟在他的工寮裡，還得再多等她一會兒。不過，她知道（或是自認為知道），他不在乎等待，至少是某種等待，知道某種等待甚至能帶給他喜悅。他還小時，每次姊姊去學校接他，都會故意遲到，有時遲到得很久，使他成了全班或全校唯一還在等待的學童。而即使在當時，他有時也會兩眼發亮地問她，甚至是指責她，為什麼她「已經」來了。

她本來可以繞過那場彌撒，但是當她從高原邊緣居高臨下地看見聚集在長桌和神父周圍的人們，聽見儀式開始時的歌唱宛如自深處傳來，她感覺就像先前聽見那輛麵包車的喇叭聲一樣：她必須加入，非這樣不可，她一定要參加這個聖餐儀式。這個儀式在呼喚她，而她的內心也在回應。那是一種飢渴的呼喊，也是欲望的呼喊。她急忙衝下斜坡，一頭衝進聚在那裡的人群，他們以不規則的半圓形圍在桌旁，站得很分散，不錯過儀式的每一個階段，尤其不錯過《舊約》、《新約》還有永恆之約的每一句話。她在匆忙中跌了一跤，被一個樹根絆倒，掙扎著站起來，然後繼續往前衝。她沒有出什麼事，還是按照她的口頭禪來說，她不可能出事。又或者其實不然？她早已不再那麼有把握。那句話難道不是更像是句口號，而非座右銘？

她加入時，神父和望彌撒的人都沒有抬起頭看她，但在那個半圓形裡默默讓出了位置給她，雖然並沒有必要，因為人數寥寥。這是一年一度在這個地點舉行彌撒的那個週日。這個流傳數百年的傳統正在逐漸消失。（是聖靈降臨節過後的第幾個星期日？別數！）雖然仍有各地的人來參加，有些來自省界之外，但是人數屈指可數，或者說，用一具不算高的果樹梯子的橫木就能數完，她這樣想像。他們大多是老人，白髮蒼蒼，奇老無比，每次改變姿勢都需要別人協助，尤其是由站立改為跪下之後再站起來，協助他們的也是老人，只是身體沒那麼虛弱。儀式進行當中，他們似乎都緊握著枴杖，坐在折疊椅上睡著了，可是一到了該站起來或跪下去的時候，他們立刻清醒過來。她在這群人當中最是年輕。在一個特別清晰的白日夢裡，彌撒的節奏、宣讀福音、那聲「請舉心向上！」、麵包和葡萄酒變成耶穌的身體和血，都有助於白日夢的產生，也可能是因此才喚出了這個白日夢，她在夢裡看見自己起了變化，變成了周圍那些背負著重擔的辛苦人，與他們一樣虛弱，甚至就要支離破碎。碎吧，心。而在下一個白日夢裡，她回到了西伯利亞，在一場東正教的禮拜儀式上，在無窗的狹窄教堂裡，與所有女性一樣用頭巾包住了頭，儀式結束時，神父以拇指用聖油在她額頭上畫了一個十字。現在到了畫十字的時候了。是時候了嗎？她腳邊的青草被風吹動，在特洛伊訥河後面的田野，在內陸中央，一片白晃晃的海鷗，長腿長喙，牠們當中有一隻體型大得多、腿也更長的灰黑色鸕鶿。還是說，站在那兒的是一隻信天翁？難道信天翁是黑色的嗎？

彌撒結束後，她還在那群人當中待了一會兒。沒人來跟她說話。既沒人想向她吐露心聲，也沒人問她從哪裡來，要往哪裡去。那些人彼此之間所說的頂多是日常瑣事：天氣如何，去哪裡午餐，吃些什麼。他們也不再需要交談、提問、探詢和述說。經文已經念過，儀式已經結束，他們暫時只活在現在，包括那些也許明天、甚至今天就會死去的人。一種生氣蓬勃、興高采烈的集體歡樂，如果天意如此，這份歡樂還會持續下去，直到下一場彌撒，如果你、我、我們還能活著參加。一個百歲老婦拍了拍一個九十九歲老人的屁股。另一對老邁的夫妻大聲親嘴，直到兩雙嘴唇又有了血色，乾癟的臉頰泛起紅暈。一個癱瘓的人使勁從輪椅上站了起來，雖然馬上又倒了回去，但他畢竟曾經站了起來。一個啞巴又說話了，雖然只有一個字，但他畢竟曾經開口說話。那條小溪是特洛伊訥河的支流，有那麼一瞬，充當約旦河潺潺流過——如果彼處那條河曾經滔滔奔流。在這裡可以省卻道別，不管是正式還是不拘形式的，也可以省去一聲明確的：「再見！」即使沒有特別被這些人接納，你仍舊屬於這個群體，而且不是只有一段時間。

「這種群體對我來說就足夠了嗎？」她自問，當她已經走開，站在一座沒有欄杆的小橋上，小橋跨越草原上那條略顯狹窄但卻更深的河流，特洛伊訥河。而答案是：「這種群體可以是種喜悅，純粹的喜悅，但是對我來說不夠。」

她日後稱為「無望的時刻」就此展開，那是在很久以後，當她終於想到一個合適的字眼。特洛伊訥河在她腳下平靜而快速地流動，河水深處是交纏的水草，綠閃閃的，悠悠搖曳。一隻水獺泅游水中，逆流而上，蓬亂的腦袋只有那雙小小的黑眼睛以上露出水面，作為舵的尾巴，則在身後留下幾乎看不見的水波。當她在木橋上把一隻腳挪向前，那隻水獺立刻潛入水中，轉瞬之間，那隻比海狸更大的沉重動物就消失無蹤，沒有在水面上留下絲毫痕跡，雖然牠剛剛還在水裡破浪前進。她啟程之前，父親曾告誡她，不要涉水渡過特洛伊訥河：曾有一次，他只在這條河的河底淤泥裡走了一步，整個人就陷了進去，直到胸口，幸虧有一根垂下來的樹枝，他才得以把自己拉回岸上，拉回草原上，「就算不是在最後一刻，也相去不遠」。平常若是遇上一個危險地點，水果賊就會很想考驗一下自己。她一向只會為了別人而擔心害怕。但此刻，雖然她站在還算寬的堅實木橋上，她忽然為了自己而害怕起來，不折不扣地「逃」到了對岸，她覺得這番拯救確實是在「最後一刻」。

走向陸地和空中的動物，走向那些海鷗、那隻鸕鶿（還是說，站在那裡的是一隻蒼鷺？）。在途中，忽然之間，稀樹草原高高的草叢裡到處都是來自內陸的動物，彷彿所有物種都聚集在特洛伊訥河的另一邊，不僅只是兔子、狐狸、小鹿、野豬、雉雞（可惜沒有金色雉雞）、鷓鴣、灰山鶉、野貓、野狗（再過一、兩代就會變回狼群？），還有一隻山貓、兩隻獾、幾隻浣熊，再加上彼處有一隻逃離人類豢養的火雞和鸚鵡充作「逃家動物」，一如有些庭園植物會逃離庭園，移居野外；再看看那隻孔雀頂著頭冠，張開色彩斑斕的尾巴，站在這棵巨大柳樹高高的樹冠裡（特洛伊訥河流經的草原中央，零零星星有幾棵這樣的樹）。所有這些動物都在這片草原上休憩、蜷伏、站立、昂首闊步，有時很分散，有時幾乎擠成一團，各式各樣截然不同的物種，卻是一個群體，至少在白天是如此顯現——當暮色降臨，誰曉得此處這隻狐狸和一旁靜靜盤踞的蛇會不會撲向彼此。獵人還在遠方，而且不只是未來秋天的獵人，還有從前秋天的獵人，乃至幾百年、幾千年前的獵人。

此刻打擾了這個群體的就只有她，她成了闖入者，是個陌生人，是個敵人。而她小心翼翼地在草原上移動。千萬不要有太突然的動作，而且盡可能不要出聲，除非是一聲輕輕的問候，伴隨著一個安靜的手勢。儘管如此：當她就只踏出了一小步，所有的動物四散飛奔，由於她侵犯了那個群體，還是另有原因。就連那條蛇都逃竄了，飛快躲了起來；那隻獾逃進牠在草原上的沙穴，弄得塵土飛揚。所有動物四散奔逃，只有狐狸不慌不忙地離開，扭頭看向妄想加入牠們的她。四散奔逃的還有兔子、雉雞、罵聲連連的鸚鵡、飛奔的野豬，最後是那隻貓頭鷹，在她這趟內陸之旅中一路陪伴她的動物，先前在草叢深處睡著白日覺，雖然牠揮動翅膀顯得有點沉重，但是悄然無聲，只有貓頭鷹才能這樣飛翔，而那也是一種逃離，逃離不屬於這裡的她，逃離這個越界的人，這個不管去到哪裡都不合法的人。「留下來！」她喊道：「留下來，混蛋！」她吼道，這使得動物逃得更快了，最後，似乎所有動物都從草原上消失，就連那隻孔雀，也從那棵巨大柳樹的樹冠上飛走了。還是說，是她弄錯了：那就只是一根葉片濃密的樹枝有著孔雀的形狀？而那些海鷗連同鸕鶿、蒼鷺還有信天翁呢？這又是她的一個白日夢嗎？唯一還看得見的動物是她手背上那隻蒼蠅，揮動著觸角，看似在空氣中書寫，為了嘲笑她。這隻蒼蠅閃著金光，據說腐屍蠅就是這樣。當她低頭呆望著牠、凝視著牠，在這一瞬間，她覺得牠像是「動物女王」，美麗的金色女王。她必須克制自己，不要把這個動物女王打死。

「但我反正也打不中牠。」

據說佛祖死後，世間所有動物都為了這個聖人而哭泣，淚流成河，從大象、獅子、老虎、老鷹到老鼠、蚯蚓，也許還有糞金龜、五月金龜和六月金龜：可是這個悟道者在世之時，他與所有這些動物相處得如何呢？相關的記載付之闕如。只有在死後，才有動物為他哭嚎，只有在死後才受到關注？

離開動物世界，回到文明世界，乖乖地沿著經過整治的河流走進城市。來自另一個世紀的那首歌叫什麼來著？佩圖拉．克拉克為了美國和整個世界而唱的那首歌？*Downtown*。不過，韋克桑地區的肖蒙市是否有類似downtown的地方呢？再說，身為水果賊，她在downtown並非適得其所，從來都不適得其所，尤其從來不覺得自己受到歡迎。而她多麼需要、多麼渴望在某個地方發現自己受到歡迎。順帶一提，downtown該怎麼翻譯呢？譯成「市中心」嗎？不。Downtown是無法翻譯的（又是另一個無法翻譯的概念）。

有一段時間，她行走時改把行囊頂在頭上，不再背在肩上，把這當作消遣。她把旅行袋頂在頭上，先用兩隻手扶著，然後用一隻手，最後鬆開手，設法保持平衡，穿過這片直接與那座小城相連的草原。她大步行走，偶爾向旁邊跨出一步，有如舞步，一個對她懷著善意的人看見了，會覺得那很美，很優雅；不那麼友善的人，會覺得那是亂走一通，是一個喝醉的人的舉動，甚至是瘋子的舉動；一個純屬惡意的人，則會視之為敵人的舉動，一個走在征途上的人，將針對這個窺伺者展開一場殊死戰。

而假如真有這樣三個人，他們的看法都沒有錯。不過，她衝鋒步伐的主要動力並非來自要對某個人開戰，而是來自她內心的戰爭，更像是一種針對世界而發的怒氣，針對這個世界此刻向她呈現的樣貌。她卻認為這個世界應該是她的，應該是她這個年輕人的，是她理應擁有的世界，只不過是不同於財產觀念的一種擁有。

怎麼會這樣呢？她在胡亂踉蹌前行時自問，她與她同類的人如今似乎被阻擋於世界的入口之外，而且是長期隔絕，不容改變。從前她父親老是喜歡對她說他的童年故事，說他的父母在異國身為難民，有很多年都被歸類為「無國籍者」，因此他的畢業證書上也寫著「國籍：無」，而在其他同學面前，他為著沒有國籍而感到多麼羞恥。

她卻不想屬於任何一個國家，不願與世上所有的國家有任何牽扯，對任何一個國家都沒有任何期待，對於任何一個地方同樣沒有絲毫期待，哪怕是目前被捧上天的地方。她只想要與此時同在這個世界上的其他人一起努力。──「這個世界」？麻煩請下個定義。——世界就是世界。或許還是有個定義：世界就是在一個人本身和大自然以及其他人之間的三角關係故事。噢，其他人！神一般的其他人。而她把自己，這個經過考驗的水果賊，視為這個世界的專家，這一點她早就知道。在她的作賊技能、她的旅行，還有她到處都能上場幫忙的能力之外，她屬於那些替這個世界定調的專家，只不過是不一樣的專家。——哪方面的「專家」？——就是專家。身為今日的年輕人，她能奉獻的東西不知凡幾，早晨的獻禮、中午的獻禮、晚上的獻禮，而最豐富的是早晨的獻禮。只不過她天賦的才能直到如今都不被需要，而且一點也不受到喜愛。這個世界，她的世界，甚至根本不知道她的天賦，而且大概永遠也不想知道。還是說，她與她的天賦有朝一日終究會被發掘？——發掘？像個明星？——就只是終於被發掘。一直以來她默默地想要成功，多麼地想。——成功？站在鎂光燈下？在公眾的鎂光燈下？——不，不要「公眾」，也不要「鎂光燈」。就只要成功。付出我所能付出的。我能向我親愛的世界表演的舞蹈，能唱的歌，能講的故事，能煮的食物，能示範的品嘗和順手牽果。我也是主角。而現在：探險失敗了。該回頭嗎？絕不。信賴我的人這麼多，卻沒有人相信我有能力去做點什麼。

她沿著開鑿成渠道的特洛伊訥河行走，這番行走形同摸索，穿過有如迷宮的河川低地草原。先前她為了自己而感到害怕？此刻她對自己感到害怕。「將要流血了」：家族裡的那個祖先，那個所謂的殺人凶手，一向只在夢裡出現，此時出現在一個醒著的夢裡，在大白天裡，用她自己的聲音說了這句話，一個腹語者的聲音。有那麼一刻，她甚至看見他在她面前，在這片河川低地悶熱無風的空中：那雙眼睛屬於一個殺人不止一次的人，玻璃做的眼睛。

她把後頸上的頭髮掀高，掀了好幾次，最後動作太猛，弄痛了她，而她沒有痛得大叫，反而笑了起來。她但願以這種方式被掀到別處，很遠的地方，去到西伯利亞葉尼塞河的一艘渡船上，她會是那個擺渡人，就這樣一輩子平平安安。或者就只是往南去到瓦茲河，例如去到利勒亞當的水閘，離開這片土地，離開韋克桑，離開皮卡第：在那裡她也將會獲救，免於受到她自己的傷害，身為水閘操縱員，她將在那個四面都是玻璃的控制室裡日日夜夜執行勤務——她曾經擔任助手做過一個夏天——在那裡她也能受到庇護，免於受到身為凶手後代的她的傷害。

盲目地行走，為了走出迷宮。閉上眼睛：在眼皮後面是否仍有一行行文字跑過，那些向來會出現的文字？文字的確又閃現了，只是亂七八糟地擠成一團，縱橫交叉，形狀有如柴堆。躺在草原的草叢裡，睡個幾秒鐘，這一向能幫助她找回這一天的顏色和形狀。她也立刻睡著了，只是她拔了一根草，似乎要藉此扯掉整片草原，耳中是響徹整片草原的蟋蟀聲，尖銳喧嘩，不再帶有祕密。

父親說給她聽的另一個故事，再次像鬼火般從她腦海閃過：曾有個年輕人闖入獅子的巢穴，脫光了衣服，用水噴灑那些獅子，噴了很久，直到——。她身邊沒有獅子，頂多只有幾頭尚未長大的公牛在有刺的鐵絲網後面，無法接近。能夠接近的頂多是一群母牛，其中一隻朝她走過來，用粗糙的舌頭舔她的手，接著張嘴咬住了那條她樂意讓給牠的頭巾，吃掉了。並沒有閃電從天而降，擊落在她身上，如同她所渴望的。至少天邊出現了一片巨大的烏雲，形狀有如鯊魚，轉瞬之間就又消散。當她這樣在草原迷宮裡盤旋前進，她覺得自己是頭野獸，一隻不計一切渴望被獵捕的野獸。看見特洛伊訥河裡那隻死兔子，她心想：「那就是我！」大墜落即將來臨，還是說已經發生了？而她就只是看似還在地面上移動？——她在必要時能夠十分溫柔地歌唱，而且不會走調，這時她聲嘶力竭，唱得荒腔走板，就像多聲部的男聲嘶吼，夾雜著一陣呻吟。當她以行軍和衝鋒的節奏大步向前，她發出嘶吼和呻吟。

可是，按照慣例，外在的大小磨難，不是能夠對抗內心的這種無望嗎？她愈是受到磨難，效果愈好，幸運的話，甚至能夠消除內心的無望，作為一種自動破除魔法的咒語。是有可能，但是這個慣例此刻在水果賊身上沒有發生效果，接下來她所碰到的倒楣事，反而加深了她內心的混亂。她就這樣踩進了一個馬蜂窩，逃跑時一下子就被馬蜂大軍追上，同時也已經被螫了，既快又準，令人佩服，好比神準的狙擊手在人形紙牌上射出彈孔。她接著來到城市外圍，幾條狗從庭院籬笆後面躍起來撲向她，碎石四濺，打在庭院大門上，那幾條狗不斷咆哮吼叫，想要把她撕成碎片（參見她的想像，歸咎於母親大腹便便懷著她時，曾被一隻巨犬攻擊）。所有動物發出的聲音，不管是鸛鳥的嘎嘎叫、母雞的咯咯叫、還是鵝的呱呱叫，不都會變成一種音調，甚至是一種旋律嗎？除了此刻這些狗的狺狺吠叫，與先前草原上那些安靜的野狗形成對比。另一方面：在鄉間黑夜裡，從遠處傳來一聲狗吠或是許多隻狗的吠叫，一聲來自山谷，一聲來自半山腰，聽在一個迷路的徒步旅人耳中，不也倍感親切嗎？的確。然而，那個小時就那樣流逝，她沒有察覺任何東西，能使她在驚慌失措的前進中暫停下來。可是，聽哪，親愛的，遠遠地傳來了輕柔的音樂，從這一間和那一間屋子裡，從很遠很遠的地方，她聽進了那些曲調，這一段和那一段，一如此刻的第三段，而那些既輕柔又遙遠的短曲全都鑽進了她耳朵深處，在那裡繼續演奏，只不過她一邊聽一邊心想：「我將再也回不了家！」

草原迷宮漸漸變成了城市迷宮，不同於新市鎮的迷宮：新市鎮塞爾吉新建的住宅區那些逐漸變窄的螺旋形道路上，她走不出去，無法走到空曠處，走到大地上；而在此地，所有的道路都呈直線延伸。不管從哪裡看出去，都能在遠景中看見肖蒙這座小城的市中心；儘管如此，她覺得她必須一步一步地摸索著前進，就像先前在草原上一樣。

而一路上並無阻礙。沒有一條小巷的盡頭是一堵牆。沒有人擋在路上。那時是週日午後，放眼望去不見一個人、一隻貓。拜託，至少來隻麻雀吧。就讓鳥屎從八月晴朗的夏季天空落下，作為給她的贈禮吧，盡可能大大一坨，盡可能落在額頭正中央！不是有些人老是招來這種事嗎？為什麼在這個時刻不能也落在她身上一次？

沒有能向她打招呼並且讓她回禮的人。在這持續的無望中，這會兒她又笨手笨腳起來，不管這份笨手笨腳是不是天生的，都已經成了她的一部分，只有在她偷水果時除外。她被自己的腿絆倒，撞到路邊一輛汽車的後照鏡；在沒有什麼東西會滑的地方滑了一跤；翻遍了她衣服上所有的口袋，尋找她根本就拿在手裡的東西。這一幕也許只有從遠處觀之才會顯得滑稽。從近處看則是她無望的扭曲臉孔。「笨拙來問候你囉」，有趣的俗話，可是她的笨拙卻沒有問候之意；它所表達的和任何一種問候都相反。

週日午後，這個受詛咒的肖蒙有零星幾間房屋——這裡的房屋全都顯得零星，包括接近市中心那一排緊緊相連的房屋——已經關上了百葉窗板：這裡砰的一聲，那裡砰的一聲，而這裡一如那裡，只在短短一瞬看得見一隻關窗板的手。接著是市中心那家超市：關著，只有緊急照明燈還亮著。那兩家酒館：一家在週日本來就不營業，第二家兼賣香菸，正哐鐺鐺地拉下鐵門，那聲音響徹了這座除此之外寂靜無聲的城市。她本來還想匆匆買包香菸，不是替她自己買，而是隨便替誰買，只為了至少能走進某個地方。唯一的餐廳歇業已經一年了。賣披薩的小店要等到晚上才開。文藝復興時期的典雅教堂鎖著。通往高原的上坡路上，火車的汽笛聲從上方的鐵道傳來，就只有一聲，但是拖得很長，彷彿這列火車已經是最後一班，而且不只是就今天而言。

繼續走！離開韋克桑地區肖蒙市的 downtown，隨便去哪兒。為什麼不去城市邊緣，弟弟所住的工寮呢？不，像她此時這樣徬徨無望，她無法走到他面前。

先往北方走，這對她而言一向是牢靠的方向，只不過她在夏季裡縮短變胖的影子落在她眼角。在所有令人厭煩的事情之外，她可不想還得要看著自己的影子。不過，看哪：籬笆後面那棵結滿櫻桃的樹。而她也已經拐彎，或者應該說是以她特有的優雅拐了進去，並且也已經去了又回，在籬笆和那棵樹之間那條只有她看得出來的小徑上，一隻手裡抓了滿滿的櫻桃。咦？八月裡長櫻桃，而不是六月？那是酸櫻桃，是一種顏色比較淺的紅色，帶點透明。她一邊往前走，一邊也已經往嘴裡塞了一顆又一顆，希望濃縮在這些果實裡的酸味能幫助她克服困難。

還是沒有用。雖然酸櫻桃當然是酸的，此刻在她嘴裡卻根本沒有酸味，什麼味道也沒有，不管她吃了多少。彷彿在這個不斷持續的無望時刻裡她失去了味覺。特洛伊訥河的支流在流經肖蒙時分叉開來，在一條支流的下游河畔，她還吃了些水芹來試一試：平時帶有濃濃胡椒味的捲葉一樣無味，就連一向帶有苦味的杜松子也一樣。接著，她甚至故意咬下那些落果已經腐爛的部分，出城之後，地上的落果就愈來愈多，她塞了滿嘴，咀嚼那腐爛的果實，吸吮，嚥下：裡裡外外就只有那種徹頭徹尾的了無滋味。她甚至沒有因此覺得想吐。要是這些腐爛的水果讓她吃出病來就好了！可是她安然無恙：就身體而言，水果賊覺得自己很健康，健康得無以復加，簡直是種惡意的健康。

雖然那條路是筆直地出城，她卻覺得她走歪了，而且愈來愈歪，以歪斜的姿勢轉彎。但是她不會倒下，這一次不會，今天不會。在一片長了草的圓形廣場上，那也是城市邊緣的一個河灣，她停在空地中央，並且站直了，連同她的沉重行囊。她這一輩子還從不曾站得如此挺直。

但她不知道接下來該怎麼辦。她徹底迷了路，而這暫時使她放鬆下來。眼前是廣場上的樹木，幾棵樹上貼著海報，大多都已褪色，宣傳著各種節慶和音樂會，尤其是跳蚤市場，這是韋克桑高原城鎮常見的活動，全都已經結束好幾個月、好幾年了。不過，有一張海報預告著阿姆的一場音樂會，據說將在明年夏季舉行，地點在布魯塞爾，那是離肖蒙很遠的地方，出了法國的邊界。廣場邊上的一張長椅上擺著一個行李箱，像是被人遺忘了，也可能是故意放在那兒的：也許它馬上就會爆炸，連同箱子裡大大小小的釘子四散紛飛，而這正合她的意。黑色的蒼蠅在她眼前嗡嗡飛舞，當她伸手去打，牠們變得愈來愈多。她從眼角看見一輛摩托車轟轟地穿越廣場，是一部雄赳赳的重型機車，不是一輛哈雷，但好歹是輛三菱，上面坐著「瓦爾特」，或是一個側臉像他的人。假如她還有一絲力氣，她會追上去，坐上他的後座，一起騎車穿越巴爾幹半島直到伯羅奔尼撒半島。無望，無望，無望。

城市邊緣那片廣場上，在她一動也不動地站得挺挺的那個位置，草地上有一塊圓形空地，呈現黯淡的灰色，就像大部分貼在樹上的海報一樣褪了色。一個規模不大的馬戲團曾經在那裡搭起帳篷，已經是很久以前的事了。而就在這個地點，將會發生流血事件，水果賊的故事裡是這樣設想的，也可能是在白日夢裡夢見的。這裡將會發生一場打鬥，未必是生死搏鬥，但也相當接近了。按照這個故事的發展就是這樣。

一個年紀和水果賊相仿的女子，從小城邊緣最後幾棟房屋之間跑過來，還是從一棟房屋裡？她已經朝著這個迷路女子狠狠打下來。她一邊打一邊說話，聽不清楚她在說些什麼，更像是一陣咕噥，有意去聽的人，可以聽出她在指責另外那個女人偷走了她的丈夫。不過，明顯和這一幕扯上關係的又是眼角。遭到襲擊的女子在挨了第一拳之前，就已經從眼角看出她認得這個攻擊者。借用安娜．阿赫瑪托娃[35]的話，那是「從她五歲起

35　安娜．阿赫瑪托娃（Anna Achmatowa, 1889-1966），俄國詩人，二十世紀俄國詩壇重要人物，在蘇聯時代受到迫害，代表作《安魂曲》就是她飽經磨難之後的作品。

就在每個街角遇見」的許多分身之一，而且這並非水果賊此刻的想像：事情的確是這樣。說也奇怪，或者並不奇怪，她這一輩子都被這些分身所擾，不管是在童年時期、少女時期、成年女子時期，一開始她們總是熱烈追求她，一種熱情而絕對的追求，彷彿她們是兩個被揀選之人，注定要成為朋友與知己，直到億萬年。而在最初的追求階段過去之後，每一次都驟然轉變成討厭她，轉變成突然閃現的恨意。這份恨意無法解釋，對方也從來沒有解釋。每一次她都覺得自己是罪有應得。她感覺到一種模糊的罪咎。也許是她答應了她的分身某件事，而她沒有做到。也許是她在她們面前裝模作樣，令她們大失所望。她在她們眼中是個騙子，是個造假的人，徹底虛假，根本錯誤。她們受騙了，她活該得到她們的恨意。

而此刻，在城市邊緣這個別無旁人的廣場上，恨意第一次被明確表達出來。其中一個分身的恨意，在這裡變成了暴力。可是為什麼偏偏是在這裡？在這裡的規則明明是（不只是在這個故事裡）：在熟悉的環境裡關係破裂的人，如果湊巧在陌生的地方不期而遇，他們至少會向對方打個招呼，這是他們在日常生活中已經很久不曾做過的事，久得可悲，他們甚至會互相和解，而且是持久的和解，這也是規則的一部分。莫非這種分身的恨意，是一種無論如何都無法平息的恨意？而在一次始料未及的對峙，在一個對雙方都陌生的地方，反而才真正爆發出來，並且立刻轉變成暴力？是這樣嗎？正是這樣。

這也是水果賊這輩子第一次和暴力打交道。當年在中學裡，在那些女孩當中曾經熱門過一陣子的拳擊是另一回事：那是件賞心樂事，也增強了專注力，並且時時注視著對手的眼睛。可是在這裡：眼前既沒有眼睛，根本連一張臉都沒有。動手打她的那個女子的臉簡直是從臉上掉了下來，與挨打的她不再有一絲相像。

接著她反擊。她用力打下去——力道多猛！——這也是她這輩子頭一次。她與她的分身持續打鬥了很久，但是在敘述中：簡短。那片乾枯的圓形草地上，鼻血浸溼了鋸木屑：斑斑點點的鼻血，其他任何東西都無法與之相比。率先動手的一方，流露出愈來愈強的殺人欲望，一種想要致人於死的狂怒，為時只有片刻，但是反擊的這一方將終身難忘。事後，水果賊覺得自己一次也沒有碰到對方，而是彷彿變身為一塊驀地從天而降的隕石，旋轉著撞上地球，藉由墜落的力道在地面上不斷旋轉，而其稜角使得她的對手最後只能咬牙切齒地哭著逃走。

於是只剩下她和那些血滴，一、兩滴還很新鮮，其餘的則已經乾了，彷彿已經乾了很久，而且那些血滴根本不像她在打鬥之中所感覺到的那麼多、那麼大。這血來自兩名打鬥者當中的哪一個？無所謂。她在哭嗎？她沒有哭，但是忽然很想掉淚，這也是第一次，不，不是這輩子第一次，而是這趟旅程中第一次。無論如何，她暫時感到夫復何求？這也是她想到她「在每個街角」的分身時，第一次沒有罪咎感。不，她不曾欺騙過她們。她沒有錯，如同她的本色，而她也將維持她的水果賊本色。「我將要記住這個地方，連同它的名字！」她心想。但是名字在她的故事裡不是並不重要嗎？——這個名字不然。這個名字有其重要性。——請問是什麼名字呢？——「花園後面」。再次想起那句話：「卸下防衛，走過一生，無所畏懼。」是這樣嗎？她自衛了，第一次，而且感到害怕。

環狀道路的另一邊是工人聚居的工寮，位在草原中央，那片草原在出了肖蒙市郊之後繼續延伸，特洛伊訥河和幾條支流在草原上繼續流動。那裡也將形成一座新市鎮嗎？有可能。不過，在這個故事裡就不去談了。關於新市鎮談得已經夠多了。

那條環狀道路幾乎與高速公路同寬，有好幾個線道，路上有一條人行道，由紅綠燈管制。此刻在週日午後，幾乎沒有車流，有大把的時間來穿越馬路，大可以從容不迫地走在斑馬線上，一次又一次地模仿披頭四大步穿越馬路。那已經是半個世紀以前的事了，當約翰・藍儂、保羅・麥卡尼、喬治・哈里森和林哥・史達為了拍攝唱片封面而穿越倫敦艾比路的斑馬線。

但是水果賊在斑馬線的這一邊停下來。前面豎立著一排金屬樁，為了阻擋從城裡出來的汽車不管三七二十一地駛入這條大馬路，還是誰曉得為了什麼。金屬樁頂端，從腰際到胸口的高度，有漆成白色的球，同樣是金屬製的；好幾個金屬球上的漆掉了一部分，有些則掉光了，被行人用手、手指還是別的東西給擦掉、刮掉、刷掉、摳掉了，這許多年來在那裡等待綠燈亮起、等著穿越這條環形公路的行人。

一個男子在那些攔路樁前面來來回回地走著，穿著一件畫家的罩衫。他輪流拍攝並畫下那些行人的手在漆成白色的金屬球上留下的痕跡，除了等紅燈的行人之外，可能也還有別的東西在上面留下痕跡。這是個週日攝影師嗎？還是個週日畫家？都不像。金屬球那層白漆上的網狀圖案，在世界各地都呈現出相同的韻律與順序，儘管每一個金屬球都不一樣。順帶一提，這些金屬球似乎正好讓那些被迫在路邊等待的人把手撐在上面，也正好適合掌心的凹處。為了把這些圖案記錄並保存下來，多年來他從一塊大陸旅行到另一塊大陸，前天在北京，昨天在阿布達比，今天在韋克桑地區的肖蒙。他尤其重視在肖蒙做這件事，這裡是他的出生地：他心想，這些凹凹凸凸的印記，那些等紅燈的行人不自覺的刮磨、揉搓、摳抓，是唯一使肖蒙與全世界、與整個地球有了連結的東西。在他眼裡，肖蒙不僅位在地球的衛星後面，還位在火星和海王星的衛星後面，至少是比海參威和烏斯懷亞距離巴黎更遠。湊巧的是，這些金屬球有著地球儀的形狀，給兒童用的地球儀，而那些行人留下的摳抓與摩擦痕跡在上面呈現出海洋和陸地的輪廓，每一個金屬球上都呈現出不同的大洋和大洲。還有一個特別之處：地球儀上端代表極地的部分總是被刮掉，使得該處呈現出黑色，而不像金屬球的其他地方大多呈現白色——彷彿北極融化了，而這個星球上的其餘地方到處都覆蓋著永恆的冰雪。這一系列的攝影和素描將會多麼驚人，不是在今天或明天，而是在十年、二十年後，等到他編輯出一整套由行人在路邊金屬球上創作出來的藝術品！他不時從他腳邊的瓶子裡喝上一口，這更拉長了視角。此外，每一個金屬球或地球儀都有一個特殊的變體——例如純白色的那一個，像是韋克桑地區的肖蒙尚未被人手碰過的小地球儀。

她始終還沒有過馬路，繼續看著他，直到他終於抬起頭來看她。這是她所需要的。她此刻處於什麼情況？她還要面對些什麼？她需要有人來告訴她，或是向她暗示：她需要一個神諭。我接下來會怎麼樣？她想要詢問，但是並沒有提出問題，就只是默默地走到他面前。而她來對了地方，這個畫下地球儀的人正是恰當的人選。經過在「花園後面」的那場打鬥，帶領她來到這片土地的那場冒險剛剛覺醒。本來也就無法想像她的故事會結束在那個無望的時辰。故事不能就這樣結束。這是個冒險故事，而冒險必須自始至終都與故事同在。而且當然還要持續到故事落幕之後，否則就違反了這種冒險故事的本質。

看到她時，那個路邊畫家直起身子，首先久久打量著她，就只端詳著她的臉，也許根本就只注視著她的眼睛。當他把目光從他所做的事情上移開，他的眼睛眨都沒眨一下，要看向這個陌生女子時無須轉移焦點。然後他說：「雖然被馬蜂螫了的當下很痛，比蜜蜂螫更痛，但是疼痛很快就會消失，而且除非是螫在嘴唇上，否則不會腫起來。——更明顯的是：妳剛剛從一場打鬥中脫身，妳從戰爭中來，一場雙重戰爭：一個是具體的戰爭，妳打得很漂亮，另外一個，沒有人能打得起來，既無法打得漂亮，也無法打得不漂亮，那就是書上所寫的那場大戰，那場根本的戰爭：與妳自己交戰。不過，依我看來，在這場戰爭中妳也暫時存活下來了，而這兩種戰爭使得妳容光煥發。多美的眼睛！多美的氣色！書上不是寫著『祈禱之後清亮的眼睛』嗎？——還是『在禱告時』？為何不能也說在打鬥之後清亮的眼睛？——妳將會歸去——不會死於戰爭，只是誰曉得會歸返何方。——如果一個人對另一個人說：我認清了你，這話往往帶著惡意。我認清了你。沒有比這更惡毒的話了。這是句詛咒。可是如果我對妳說：我認清了妳，我認得妳，我的意思不一樣。別再抱怨『沒有人認得我』。妳被認出了，而且不只是被像我這樣的酒鬼，在未來還會繼續被認出。認出妳的人有福了。他可以為了妳而雀躍等候，並且為妳感到驕傲，就像聖路易國王為他的王后驕傲一樣，她叫什麼名字來著？不過，他也得要準備好面對一些事。這是他的幸運。——「芮恩」（Reine）[36]這個名字為什麼只在古老的墓碑上看得到？或是在加拿大內陸？我認識一個在埃德蒙頓的女子，名叫芮恩。妳可以不必畫眼影。——我在妳的鼻子上數出了六顆雀斑。還是說我看成了兩倍？——洗完頭髮後，用泡過堅果殼的水來沖洗頭髮，能使像妳這樣的褐髮特別閃亮。——我母親小時候被一隻大黃蜂螫過，螫在兩眼之間，失明了好幾天。她跟我說，三、四隻大黃蜂就足以殺死一匹馬，可是她怎麼會知道呢？」

後來在工寮棚屋區的交誼廳，不是她弟弟在等她，反而是姊姊在等他。他的一個同事跟她說，他去接她了。可是他怎麼會知道她從哪個方向過來？而在她的記憶中有另一個版本：一直以來，她弟弟在等待了一陣子之後，就會有去迎接對方的衝動，不管對方是誰。

有人拿了張椅子，請她坐下來等，一個工人先前用手把椅面擦了擦。她坐在門邊，門裡一直有人進進出出。在週日午後空蕩蕩的小城裡度過一段時間之後，她覺得這樣人來人往是件賞心樂事，尤其是那些工人，沒有一個是因為有任務在身而來來去去。雖然他們不停地進進出出，他們並沒有什麼事情要做，至少是沒有什麼非做不可的事，而且儘管有人走得比其他人更快，卻沒有人行色匆匆。「歇工」這個字眼用在他們身上很合適，意思是不做什麼，一種輕鬆愉快的歇息，不是「裝病歇工」，而是健康地歇工。還有一件事很奇怪，她覺得所有工人都很美，他們沒穿工作服而穿著便服，那便服在他們身上格外像是週日的盛裝打扮，散發出一種不同於伸展臺上模特兒的優雅。而由於她緊盯著那扇門，等著某個特定的人，她弟弟，因此她就格外具體地看見每一個不是她弟弟

36　Reine 這個法文名字是「女王」的意思。

的人，與她弟弟的外貌對比之下，每一個人都很特別，在個人散發出的光彩中都是獨一無二的。

唯一一個簡直是衝進門裡的人是她弟弟。從他臉上能看出的首先是擔憂，先前他為了姊姊所感到的擔憂，同時也已經看得出來，他因為必須為她擔憂而生氣。

為了彼此擔憂是一種家庭疾病嗎？前去迎接也是嗎？當對親人的歡欣等待在一瞬間轉變成憂心忡忡？而那聲發自靈魂深處的呼喚也是嗎？呼喚那個似乎永遠失蹤了的人——兄弟、姊妹、母親、甚至是父親——當對方其實只是暫時從視線中消失，轉過了街角，或者就只是去了隔壁房間？

後來發現，他生姊姊的氣這件事只是個錯覺，錯覺來自於弟弟相貌的改變。一年沒見，他不僅長出了一撇小鬍子，眉毛似乎也變濃了，兩道眉毛在鼻根上方相碰。他隨即一言不發地抓住她的手臂，拉著她到他的單人棚屋去，他們隔著桌子相對而坐。

等他終於開口，起初她覺得他的聲音有點粗魯，甚至不太友善，一如早上從電話裡傳來的那種陌生喉音——後來她才明白那是他在變聲。他的聲音不再是她所熟悉的孩童嗓音，但也還不是成年男子的聲音。

先前他久久凝視著她，帶著一成不變的表情，彷彿在等待她說一句話，就只一句話，決定一切的一句話。當她在腦海搜尋，想了又想——她非找到不可！——她痴痴地看著弟弟還稀疏的深色鬍髭裡兩、三根淺紅色的毛髮，他的眉毛裡也有幾根。她小時候曾在父親臉上注意到這些零星出現的紅色毛髮，如今它們早已灰白，據說她的祖父也有這個特徵，如此這般一代一代地往前推，直到幽暗的遠古？

「你好嗎？」她問，不過，用的是她特有的語調。起初她弟弟什麼也沒說，只是對著她微笑，這個笑容一開始只是一左一右在臉頰中央的兩個點，在痛苦的痙攣中產生，但隨即在整張臉上綻放。而她眼前浮現了阿拉斯加育空河畔那個印第安人的面具，兩隻老鼠懸在面具的兩頰動個不停，根據傳說，牠們是在那裡「啃食一個人的靈魂」。假如弟弟的臉頰上曾有這樣的老鼠動個不停，此刻牠們已消失了。

一如這裡這個故事，沃爾夫拉姆．馮．埃申巴赫所寫的故事全都發生在法國，但是逐字逐句都是用德文寫成，中間往往適時用上幾個法文字，而我這個在法國無人灣（曾經是移民聚集之地，如果曾有過這樣的地方）用德文寫作的人，來到有光的地方／從女主角弟弟的臉上／此刻煥發出的光亮／想起沃爾夫拉姆用過的一個字眼／一個他平常從來不用的字眼／這個字眼就是*fleuri*[37]／而這又是無法翻譯的。

弟弟接著述說起來，用吞吞吐吐、他自己都還陌生的聲音，說姊姊長期不在的這段時間裡，他認為自己被背叛了，是的，就連他的姊姊都背叛了他。他說「在如今這個時代」，他老早就知道父母會背叛自己的子女，雖然自從他遠離父母，成為工匠和上千個其他工匠一起在鄉間生活，這份確信也已蕩然無存。「所有的確信都見鬼去吧！」但是當年他卻把父母視為特別可恥、特別可惡的叛徒，名符其實的「一幫叛徒」，「一對狡猾的叛徒夫妻」，他們的背叛在於不相信自己的孩子具有任何能力——從一開始就對孩子不抱希望，讓孩子在「如今的世界」自生自滅，起初還從一段距離之外投來同情的眼神，後來愈離愈遠，在餐桌的另一邊，在辦公桌的另一邊，一次比一次更遠，這道同情的眼神每次都只是輕輕掃過，直到這眼神變得無情，一個不帶憐憫的眼神，簡直是瞧不起自己的孩子，叛徒的眼神判處了孩子的沉淪，這些叛徒也協助了判決的執行，至少是以鐵石心腸，容許判決執行，假裝無辜地撇清自己的責任。「二十一世紀的背叛就是父母對子女的背叛！」弟弟對她說，他將會為他自己的孩子犧牲奉獻，作父親的理應如此。不管孩子是什麼樣子，他都會自始至終相信他們，一如他相信這樣的犧牲奉獻。在二十二世紀：將不再有背叛，不然就是另一種背叛。「只不過在那之前還有很久。」而他孩子的母親將會和他一樣從事一門手工藝。「我的工地上有不少女性泥瓦工、鋪屋瓦工、電工、木工，全都或多或少還年輕，全都或多或少值得追求，只是該如何稱呼她們？泥瓦工還是女泥瓦工？木匠還是女木匠？」

不過，這當中父親給他寫了一封信，說為他感到驕傲，並且遺憾自己年輕時沒有去學一門手藝；雖然他是個什麼都喜歡碰一碰的人，但是就勞力的工作而言，那只是裝模作樣和虛晃一招。弟弟還說，母親昨天在他們這裡，在棚屋區出現，後來就睡在他的床上，他自己則到一間比較大的棚屋去過夜，那裡有一張空床。

昨天他按照每個週六的習慣，在共用的院子裡清潔工具。一個木工同事過來跟他說：「你母親來了。」而她就站在棚屋的窗前，背對著牆壁，那果然是她。她顯得疲憊，疲憊得要命，彷彿經過一趟洲際長途旅行，同時她「像個年輕女孩一樣」咯咯笑著。這個銀行家女士「像個無家可歸的人」，像個「居無定所的人」，請求他——這是她說的

37　*Fleuri* 這個法文字源自 fleur（花），意思是如花綻放，引申為容光煥發。

第一句話——給她一張床，讓她睡覺。她的模樣就像巴爾幹半島的婦女，不僅是由於那條頭巾。難道她是喬裝成這樣一個婦人嗎？正好相反：她這樣出現在兒子面前，他覺得她是以她的真實外貌出現。不過，後來與工地上另外幾個人共進晚餐時，他母親就又扮演起統治者，分配角色，安排座次，向每個人提出建議（跟貨幣市場無關的建議），就算對方並沒有請教她。最後在夜裡，母親和兒子在屋前他親手打造的那張木頭長椅上坐了很久。她告訴他，她策畫這場尋找自我的遊戲，是為了讓丈夫、女兒和兒子都來到這個鄉間，來到皮卡第的韋克桑高原，來參加一場家庭聚會，這場聚會早該舉行了，現在必須舉行，否則就永遠舉行不了；在她眼裡，他們每個人都生活得可悲又可恥，已經分開太久了。聚會的帳篷已經搭好，聚會開始的時間是星期天（也就是今天）日落之時，地點是那個已知的地點。在那之後，母子二人還在長椅上默默地坐了很久。西邊遠處亮起大片閃光，在「藍調公路」向前延伸之處，閃電繼之而起，但沒有雷聲響起。夜幕之下，四周蟋蟀唧唧。在草原的草叢裡，在深深的下方，一雙螢火蟲繞著彼此轉圈，始終沒有飛起來。雖然那張長椅位在河流低地，卻給人置身圓形山頂上的想像。母與子都把雙手擱在膝蓋上，掌心微微朝上，就像古老照片上的鄉下人，收工後坐在小小農舍前的長椅上頭。

弟弟在說起他們的母親來訪之前，猶豫了很久。起初他吞吞吐吐，簡直像是不情願述說，頭幾句話幾乎沒有聲音，像是出於義務被迫開口。但是當他往下說，就「一帆風順」了。他變聲期的嗓音成了成年男子的嗓音，而且像是會持續下去：從現在起，就從這一刻開始，當他找到了節奏，青少年那種不穩定的嗓音和尖聲細氣，將永遠成為過去。而當他述說起來，他內心另外發生了某件事，是他在經歷之時並未加以注意的。他在述說當中一再有所發現，而他的發現令他欣喜振奮，即便那是痛苦的事，甚至撕心裂肺。痛苦的事和快樂的事，就此成為有價值的東西。（這句話有可能出自銀行家母親之口。）

當弟弟述說時，她一邊聆聽，一邊順理成章地打量這間棚屋的內部，他的「起居和睡眠設備」。她目光的焦點主要是那些工具，乾乾淨淨地排放在門後的角落，準備好隨時被拿起來帶到工地去。那是標準的整套木工工具。有水平尺，中央有顯示出水平的氣泡。有木匠用的粗鉛筆，有著特殊的紅色筆芯，還有木匠的特殊紅色顏料罐，連同用來在木料和木條上做標記的鉛錘繩。那裡是木匠用的短柄斧，那裡是折疊尺，那裡……還有那裡……上方牆壁的一個掛鉤上掛著木工穿的長褲，套在便服長褲外面的藍色「工裝褲」。這也是古老相片上的一個主題？不。因為重點在於顏色，紅色和藍色。一張黑白照片是「帶不出」這種效果的。啊，工裝褲的國際藍，洲際藍。這一類的國際性：多多益善！

這些木匠工具雖然不像是老照片上的，卻像是往昔的產物。某些情況下，往昔可以變得鮮活，可以是活生生的。於是，她一邊聆聽，一邊閉上眼睛，在後像中看見母親站在特洛伊訥河畔，戴著頭巾，身處那群望彌撒的人當中。還是說，那是在西伯利亞葉尼塞河畔那場東正教禮拜儀式的後像？難道如今她把所有的時間和地點全都搞混了嗎？那又如何。

末了，弟弟又說：他期待工作日的來臨。而這份喜悅的縮影是？套上那件工裝褲。可是，工作對他的好處在哪裡呢？是什麼向他證明了他有一份好工作？證明了那是「好的勞動」？——「我會不由自主地一再從手邊的工作抬起頭來，眼觀四面，耳聽八方，完全沒有任何目的，至少是和我的工作全然無關。我無須特意休息就能暫停工作；多虧了工作，我在想著工作時也能同時想著截然不同的事。這些就是證明。」

離日落時分還很久，於是姊弟倆動身去看足球賽，這是他們早年每個月至少有一個星期天會一起做的事。足球場在田野之間，位在肖蒙城外，距離醫院和墓園不遠。遠遠地就聽見許多人在大呼小叫，等他們倆走近，便看出那些叫喊來自五到七名觀眾，他們零零星星地坐在沒有遮篷的小小觀眾席上，而叫得更厲害的則是場上那二十二名球員。那是一場友誼賽，但是從球員到觀眾到裁判全都認真以待，比賽進行得很激烈。喊的最大聲的是個小孩，身為觀眾，他坐在母親身旁，母親一邊觀賽一邊編織嬰兒用品。小孩的父親也在場上，幾乎已經禿頭，而且，嗯，怎麼說呢？長得相當福態，尤其是對一個前鋒而言。而他幼小的兒子不斷鼓勵爸爸射門。他的叫喊是這場比賽中唯一聽得清楚的話語，除此之外是球員的吼叫、裁判尖銳的哨音，幾乎同樣不曾間斷，就跟這個小孩用愈來愈單薄的嗓音對著場上呼喊的話語一樣。這個小孩從觀眾席上對著場上的父親喊的話語始終都是「爸爸加油！爸爸加油！」（這四個音節又該怎麼翻譯呢？）

另一個觀眾站在小城醫院樓上一扇敞開的窗前。他是個病患，鼻孔裡插著管子，用一部推車支撐身體。一再有人把他拉開，關上窗戶，但是看不見那人是誰。而他一次又一次重新站在窗前看著這場球賽。後來他終於反抗了，揮動雙臂掙扎，不計一切地想站在打開的窗前觀看這場足球比賽。現在需要不只一雙手臂來把他拉走。那也不再是拉，而是拽，不是一口氣拽開，而是一點一點地，一次只能拽開一個巴掌的寬度。這個病人反抗得如此激烈，用他僅存的力氣，而這股力氣多麼驚人，必須動用醫院裡所有看護，才能把他制伏，這是從他身後從頭到腳拉扯著他的那些手指來判斷。而他終於被拽走了，永遠離開了觀眾，被排除在球賽之外。他將再也不會看見罰踢十二碼球，不會看見用頭錘頂進球門角落的一球，不會看見一次橫越整個球場的傳球，或者就只是一次在球場中線前面尋常的邊線擲球。窗戶關上，而且就此保持關閉，在他的臉消失在昏暗的病房裡之前，有一剎那還能看見他的臉。而那張臉、那雙睜得大大的眼睛表達出什麼呢？純然的驚駭。對死亡的恐懼。

中場休息時，弟弟向姊姊說起一名足球員，每次看見這名球員都會使他心跳加快，就算只是在食堂裡的電視上看見。這名球員名叫哈維爾．帕斯托雷，目前替巴黎的聖日耳曼隊踢球。弟弟對他的球技著迷，因為帕斯托雷踢球時既是優雅的化身，也常是笨拙的化身。而他並非有所自覺的場上魔術師，在優雅和笨拙中都不明白自己是怎麼回事。比如說，他在對戰切爾西隊時踢進那傳奇的一球，進球之前在邊線旁邊接連閃過四、五個對手；比如說，他似乎經常以為球場上只有他一個人，球一下子就被人搶走，對手根本不需要攻擊，球就在他的腳前被鏟走了，滾開了，彷彿他是個蹩腳的球員；無論哪種情況，他就只是詫異地注視著發生在他身上的事，彷彿他自己並沒有做什麼。此外，沒有人像他一樣擅長傳球，他能夠精準地把球傳到隊友腳前助攻，慣用左腳射門的就傳到左腳前，慣用右腳射門的就傳到右腳前，擅長頭錘的就視對方習慣而傳到前額右側或左側。只不過，這些隊友起腳射門或用頭錘射門時往往會射偏，就算他們對於傳到自己腳邊或頭前的球能夠及時反應，因為他們吃了一驚，沒有料到居然有人能傳出這種球來，就連那些和帕斯托雷熟識的隊友也一樣。哈維爾·帕斯托雷只在例外情況下能被他的隊友理解。而他卻從來不是為了自己踢球，而是為了球隊，只不過是一支不存在的球隊，一支尚未存在的球隊？一支不復存在的球隊？可是當他在少數情況下果真在場上扮演起領導者的角色，他就顯得放錯了位置，踢不出像樣的比賽。而這就是他最吸引她弟弟的地方。神乎其技，而又心不在焉，並且只在例外情況下被理解，就連那些和自己最親近的人也一樣：太厲害了。

球場的另一邊，肖蒙市墓園的圍牆前面，長著孤伶伶的一棵樹，球賽進行當中，倆姊弟都把這棵樹看在眼裡。那是一棵如今罕見的早熟蘋果樹——雖然在果樹的栽植上，法國曾經是歐洲的先驅——結滿了在夏季成熟的蘋果，是有如撞球母球的那種白色。水果賊常做的另一個夢，就與這樣一棵早熟蘋果樹有關，完全不同於祖先是殺人凶手的那個夢境。夢裡，全家人（遠不只他們一家四口）坐在這棵樹下，在一張擺好餐具的桌子旁享用佳餚，在陽光裡，在無雲的藍天下，雙腳踩在雪地裡，除了這雙腳之外，這片雪地直到地平線都未被碰觸，有如水晶般閃爍發亮。這就是整個夢境，但是這個夢持續了不止一夜。而此刻在大白天裡，那棵早熟蘋果樹千真萬確，如假包換，伸手可及。保持沉默，無須交換眼神，姊弟倆都知道等比賽結束後他們將要做什麼。而這一次是由她這個姊姊兼水果賊負責用手做成梯子。

在那之後他們先分開，等到聚會時再見。道別時，弟弟和姊姊握了手；倆人手上都長了繭——誰的手有更多繭？——這個比賽沒有贏家。

計畫舉行聚會的那個已知地點位在韋克桑高原上。於是她再回到高原上，往西走，迎著向晚時分的陽光。往上爬時，久久全然無風。不過，她頭頂上方高處有一陣颯颯聲，一陣呼嘯，隨著她走出的每一步而增強，像是大氣中一場狂野的狩獵，但是並未影響下方的地面。在那道陡坡一半高度的位置上，沒有一棵樹、一棵灌木在搖動，甚至連一棵草也沒有搖動。不過，等到抵達了高原邊緣，轉瞬之間朝她吹來的簡直是一陣暴風。而在前一刻，只差一步就要抵達高原邊緣時，一架飛機似乎垂直升空，飛進天穹，一艘剛從高原上起飛的太空船。可是什麼叫「太空」？太空在哪裡？

接著，有個給小孩玩的氣球從灌木叢裡被風吹來，上面印著「永遠都是兄弟姊妹」。這是個信號嗎？說也奇怪，或者並不奇怪，在你根本不需要它們的時候，卻有這麼多信號出現。迫切需要一個信號的弗拉基米爾．馬雅可夫斯基[38]卻沒有等到他想要的信號。他在離開人世之前寫信給他摯愛的女子：「莉莉，給我一個信號！」這個他迫切需要的信號沒有出現。

那個兒童氣球出現之後，與之相屬的兒童跟著出現。也該是時候了。是因為暑假的關係嗎？她在內陸步行了這麼多天，途中不曾有一個小孩在眼前出現（除了夢中那一個——又是一個夢……），此刻她才發現，她在這趟旅程中——事後她覺得她的步行也

38　弗拉基米爾．馬雅可夫斯基（Wladimir Majakowski, 1893-1930），俄國詩人、劇作家，俄國二十世紀早期未來主義的代表人物。

是旅程——她是多麼想念孩童的臉，孩童的小小身影，那來回搖擺的手臂。此刻這些孩童從遠處走來，當他們在逆光中穿越隆起的高原走過來，高大有如巨人，她起初以為他們是成年人。待走近了，才看出那是些小傢伙，可以說是最初級的童子軍，說不定根本是第一天穿著童軍服、戴著領巾上路。他們是從何等的暴風雨中走出來，從頭到腳都濺滿汙泥，而此地卻是一片晴空？這些童軍學徒幾乎還是幼兒，就已經在尋找了，他們四下張望，尋找著隱藏的東西作為路標。但是水果賊已不再尋找，不再被愚弄。一切都見山是山。那根搖曳的樹枝就只是一根在高原上的風中搖曳的樹枝。收割過的田野上飄動的衣服碎片與她無關。路旁地塹裡的那隻鞋子就是路旁地塹裡的一隻鞋子。此即是此，彼即是彼，以此類推。

隨著太陽西沉，風漸漸弱了，輕輕吹拂，就像在喀斯特高原上來自海洋的上升氣流，位於的里雅斯特上方的那另一座高原。從高原上的一座村莊到下一座村莊，在公路上，在阡陌上，她不斷遇見和她一樣在路上的人，只不過他們是一群一群，而非獨自一人。他們越過田野，有些也成群結隊，彷彿週日散步的習俗重新流行起來，人群在空曠的土地上，那是個壯麗的行列，而且時值黃昏，不再是在夜間。跑步的人在農村裡起初顯得陌生，都是好幾個人一起跑，但是不同於其他的跑步隊伍，他們交談無需用喊的，而他們所說的也不全是尋常對話。她聽見一個人說：「我父親臨終時……」還聽見另一個人說：「從前的優格滋味多好，我簡直想念那個味道……」一個男子一邊跑步一邊看書，一個女子跑步時一直望著天空，也有不少人跑步時沒有喘氣，而是吐出了嘆息。尤其是那些人聲：不管是來自站著、走著還是跑著的人，毫不費力地大聲起來，特別是在那些擋住了風的村莊裡，這些人聲不僅傳得很遠，而且彷彿駕馭著說出的話語和表達的方式，尤其是使之起了變化。自然而然的提高聲量，首先似乎是改變了那些詞語的發音，接著換成了其他詞語，釋放出另一種交談。這些人聲裡散發出一片祥和，而且在接下來的一字一句裡也能聽見。還是說這些人聲就只是製造出這種假象？假裝再也不會有戰爭爆發，而且不僅是在此地？讚美這種假裝。祥和的人聲以及締造和平的話語，繼續假裝下去吧。

在那當中，卻還是有一件敵意行動：一輛汽車急馳而過，像是準備好要殺戮，由一個老翁駕駛，他剛才不是還參加了那場彌撒嗎？從前後左右被扶著？一個奇蹟發生在他身上了嗎？只不過，這個奇蹟此時使他注定要身為週日致命駕駛人而登上《瓦茲省週報》頭條？

稍後，還有一樁戰爭行為：一架無人機從晴空下降，在十分接近她頭頂之處嗡嗡飛過，掀起了她的頭髮。還是說那是個和平的訊息？

她沒有向任何人打招呼，也沒有人向她打招呼。她又成了隱形人嗎？非也：那些與她相遇的人群一再發出一聲響亮的：「噢！」往往是異口同聲。她一再倒退著走，也倒退著跑，有一個人觀察著她這麼做，後來對他的同伴表示，要不了多久，這種倒著跑就會成為奧運的競賽項目，至少有機會成為一種時尚運動；倒著跑，讓前進衝刺有了動力，在從倒退到前進的翻轉中隱藏著一股尚未被探索的力量（這是專家說的）。

接著，有人看見她從一片育林區裡走出來，捧著一串串葡萄。雖然中世紀以後，葡萄就在韋克桑高原絕跡，只留下了「葡萄路」，每座村莊幾乎都有一條，但是葡萄藤蔓生到低矮的樹叢裡，在那裡存活下來。再有人瞧見她是在一座樹林裡，她在一個有六個方向的交叉路口站了很久，最後走上了第七個方向。她最後一次被瞅見則是在空曠的原野上（除了那些葡萄，還有從羅斯山丘採到的藍莓，以及從馬爾克蒙和莫納維爾之間那條公路上摘採的野生蘆筍），她把她的背包連同裡面的東西扔進灌木叢裡，只先把最必要的東西拿出來，塞進那件阿拉斯加捕獸者T恤底下。（就算在她的故事的另一個版本中，她在很久以前，在故事的開端，就已經這麼做了？）無論如何，那包東西本來就只是壓艙物，但是對於她在路上行走、乘車卻曾經是必要的，此刻卻變得多餘了。

所以，不為了聚會而換衣服嗎？不盛裝打扮？——瞧，她正把一條絲帶繫在頭髮上，她認為這就夠隆重了。——什麼樣的絲帶？——我站得太遠，只看見是黃色的。——一條黃絲帶？——沒錯：一條黃絲帶。她繫著一條黃絲帶。

還有時間，很多時間，於是她遲遲沒有抵達，一直拖延下去。彷彿日落也跟著延遲，就像《舊約》裡那個故事，但不是為了贏得一場戰役，與那個故事不同。四下一片寂靜，聽起來像是船帆在風中啪啪作響。一隻熊蜂或是大黃蜂的嗡嗡聲作為一首藍調樂曲開頭的和聲。一隻鴿子追趕著一隻獵鷹，獵鷹害怕得刺耳尖叫。

一條狗在一條村中道路上躺著晒太陽，當她從旁邊經過，牠打了個呵欠，感染了她。下一個村莊裡，一棵蘋果樹結實纍纍的枝椏垂下來，越過一道圍牆，垂進一座墓園。所有的公路兩旁都栽植著農作物（她從來不偷農作物，摘水果幾乎一向只摘一顆，而且只摘那種很難摘到、近乎看不見的水果，在接近樹梢的地方）。到了下一個小村子，有個陌生人親吻了她的手；在那之後的獨棟莊園前面，一位先生向她鞠躬，他身穿黑色禮服和白襯衫，褲管在夜風中飄動。望著羅斯山丘，她先前曾躺在那裡的苔蘚上摘採藍莓，作為帶到聚會上的小禮物，她心想，由下而上看著莓果是件不同的事，比起……雲朵，像是剛洗過的羊毛在藍天裡飄移。一片雲呈現出蜂巢的形狀，一列整齊的雲朵艦隊朝著我們往內陸飄過來。然後我們上方就只有那片純粹的藍，而在那片藍色當中有一股引力在牽引、在拉扯——是一群飛鳥嗎？——是那片藍色在牽引自己。樹葉裡的風：一陣掀動，使之井然有序。兩隻烏鶇，或是別的鳥，此起彼落地鳴唱，然後一隻鳥打斷了另一隻：這可能嗎？可能的。接著，一隻鳥叫喚得如此急切，彷彿牠叫喚的對象不是牠的同類，而是我們人類。中途一段有獵人的路段上，一隻迷路的小野豬在她的正後方轉著圈子，搖著尾巴跟在後面，把她當成護衛。在日落之際被吹到公路上的落葉全都成為羽狀，就連橡樹的葉片、玉米葉也一樣，甚至路上沙土中破破爛爛的塑膠袋也成了羽狀。最後我們停下來，在韋克桑高原一座村莊邊緣那一棵看似沒有結果的榅桲樹上，用目光搜尋那一顆果實，而它就在那兒，在那兒長大，果身從葉表隆起，一個果實的身體，單單一個，唯一的一個。

她父母在已知地點的聚會帳篷裡等候她。她一整年沒有見到母親了，最後一次見到父親則是在不到三天之前。儘管如此，感覺上她沒有看見他們兩人的時間彷彿一樣久，很久，比一年更久。母親和父親一起出現也是不知道多久之前的事了。他們甚至靠攏了，幾乎離不開彼此身邊，雖然帳篷裡空間很大。弟弟已經來了，幾個木匠朋友陪他一起來，還有一個泥瓦匠和一個鋪屋頂的工匠，他們都是前一天晚上在棚屋營區裡受到母親的邀請。弟弟戴上了木匠的寬沿矮帽作為參加聚會的裝飾，把木匠用的鉛筆塞在耳後。這不該是純粹的家庭聚會。一部機車停在帳篷外的一棵樺樹下，沙爾斯鎮的那個老人穿著鮮黃色的正式襯衫現身，一隻貓咪悄悄地四處走動，用一條繩子牽著，那條繩子比一根叢林藤蔓更長。

這位銀行家女士一聲令下，參加聚會的客人來到帳篷前面，觀賞西沉的落日。遠處交織的樹木，半遮住了在高原邊緣沉落的太陽，觀看時無須用手遮光。我們這些觀眾可以繼續睜著眼睛，觀賞時，也許還可以再睜大一點，無須眨眼。火球般的太陽在樹冠的掩映之下，顯得更圓了。夕陽餘暉在樹葉和枝椏裡閃爍。陽光在樹葉後面不斷閃動，由深黃轉為橙黃，再轉為紅色，上上下下、來來回回地閃動，有如遙遠水面上的反光。在轉身走回帳篷時，我們眼前有好一會兒都還有一輪光圈在不規則地跳動，太陽的後像要比先前所見的更大。

音樂響起，來自一具靠電池運作的播放器——名稱不記得了，聽起來像個罵人的字眼，包含著 Ghetto 這樣的字[39]——金屬聲似乎壓過了樂音。但音樂是歷久不衰的東西。至於播放的是什麼音樂並不重要。每個讀到這裡的人，都可以想成他自己想聽的音樂。此刻大聲響起的音樂，連同那錚錚鏦鏦的金屬聲，發自一種不自覺的惦念和渴望，這份渴望隨著音樂的第一個小節就得到滿足，隨著接續的小節更是如此。徹底的滿足，不過這只能透過缺少了音樂的那段時間才能得到，此刻才感覺到那段時間的苦悶。在這一刻，音樂是種物質，物質性最強的物質，而它的物質性餵飽了一種先前並未意識到的飢餓，那份飢餓也是它喚醒的，一種原始而無所不包的飢餓。使人飽足的音樂？是的。她母親跟著唱，所用的顫音若在從前會使姊弟倆恨不得捂住耳朵。但是在這個夜晚，並未令這對姊弟反感，甚至他們的父親也不覺得反感，平常他一聽見這個顫音就會離開房間。

為了餵飽另一種飢餓，母親找來了一名專業廚師。這個破產的廚師躲避政府機關而潛逃——不過，比起首都的政府機關，此地的政府機關似乎比較無為而治——棲身在這個已知地點附近田野中的一間小屋。她在那裡找到了他，並且答應提供他一筆無息貸款——「北方信貸銀行」——協助他脫離困境，說動了他來料理這一頓宴席。他也照辦了，並且當著我們所有人的面，在工作檯上繼續料理，那張工作檯也是這位銀行家女士弄來的。廚師沒有戴廚師帽，但是換上了乾淨的衣服，不是白衣，而是黑衣，像亞洲的廚師？日本來的？鬍子也刮得乾乾淨淨。他埋首料理餐點，一次也沒有抬起頭來。他用一把長寬有如一把劍的刀子切菜，把切好的東西往身旁或身後一扔，像是忘乎所以。而且不管他扔得多遠，每次都能命中目標。他遭遇過許多坎坷，包括躲在原野上那間漏雨的小屋裡好幾個月，只有一個煤氣爐相伴，不管這是否要怪他自己。雖然在這天晚上，我們誰也沒有興致去談論「罪過」乃至於「贖罪」這種話題。但是從今天起，這已經成為過去。他回歸了這個世界，可以說正是因為他曾經短暫被驅逐，而頭一次屬於這個世

39　指的是英文裡叫做 Ghetto blaster 的大型手提收錄音機。

界，曾經迷失，如今才能平安歸來。他的顴骨多麼閃亮，繫在腰際的圍裙鼓鼓地隆起。他無須從工作檯上抬起頭來，就把整個帳篷收進眼底，彷彿他是用忙碌的雙手在看。至於餐點和上菜的順序，就只說這麼多：沒有一道是配菜，每一道都是主菜，包括我們帶來的伴手禮。

外面仍有天光。而我們但願天光還會持續得更久更久，就算與《舊約》中的敘述不同，並非為了贏得一場民族戰爭[40]。我們可不希望燕子讓位給蝙蝠。說也奇怪，或是並不奇怪，不，是非常奇怪，我們同時也渴望著黑夜來臨，渴望著月亮升起，渴望著滿天星斗。韋克桑高原的上空，星星的閃爍和巴黎上空截然不同，此刻這樣清朗的夏夜，高原上彷彿只有璀璨的繁星投下的影子。何況，八月是流星雨之月。還有那夜風！樹木在夜風裡的簌簌沙沙使得世界無比豐富。

入夜了，該是我們當中有一個人站起來致詞的時候了，聚會帳篷裡的席間致詞，不管這個習俗是從哪兒來的。偏偏是父親，起身準備在這次家庭聚會中致詞。他這一生都對家庭之類的東西興趣缺缺。他這個獨來獨往、離群索居的人，這個孤老頭，沒有刻意使用「家庭」或「家族」這類字眼，而用「我們」展開致詞，從他口中說出來是破天荒的，而在說出了第一個「我們」之後就說個不休。從這個老人身上看得出來，自詡為地質學家的他在白天裡迷了路，也許前一夜裡也一樣，而且這不是他第一次迷路，雖然他認識這個地區許多年了。然而，這番迷路，連同幾顆被扯掉的鈕釦和一條遺失的鞋帶，對他卻有所助益：他臉上是一個快樂迷途者的表情。但他到處找不到路之後，聲音卻在顫抖，這使得他的聲音更能被聽見。致詞當中，他就跟平常一樣出了些糗。不過，有一點和平常不同，通常他會痛罵那些礙著他的東西，罵「混帳東西」和「狗娘養的」，這一次他卻道歉了，對他撞到的桌子說：「噢，抱歉！」輕輕拍一拍被他撞倒的椅子。父親在夏季的繽紛色彩中顯得多麼灰白，連同他那雙年老而鬈曲的眉毛。

他的致詞大約如下：「我們這些沒有國家的人，今日在此地擺脫了國家的人，國家管不了我們。國家和教會，一切都成了邪教異端，還有……還有……而我們呢？我們是

40　典故出自《聖經》《舊約》〈約書亞記〉第十章。在約書亞的求告下，耶和華讓「日頭停留，月亮止住」，以便以色列人追殺敵軍。

時間的難民，逃亡的英雄。我們沒有角色，當那些政客堅定不移地繼續扮演他們的角色。我們這些猶豫不決的無懼之人，永遠躊躇，永遠拖延。在主內沒有耐心的人，繞遠路的人，繞著圓圈和螺旋行走的人。我們這些回頭看向虛空的人。繼承了罪過的人，喜歡吃苦的人。我們這些樂於助人的人，世世代代殷勤服務，古道熱腸的世襲貴族。我們這些襤褸之人，世襲的襤褸伯爵和侯爵。我們這些邊緣人物（有人插嘴呼叫：『襤褸萬歲！邊緣人物萬歲！』）我們這些違法之徒和亡命之徒。但我們有一條法則。而有法則就意味著有秩序。我們這些注定失敗的人。」（有人插嘴呼叫：「注定失敗的人萬歲！」）

說到這裡，父親的思路亂了——如果原本居然有思路可言。他雖然繼續說，但語無倫次，結結巴巴——一個結結巴巴的老人——甚至口吃起來，同時他開始帶著一種陌生的口音，事實上，他們一家人講話都帶有一種難以確定的口音，就連身為正統法國人的銀行家母親也一樣。

「擺脫了國家？擺脫了目前的時代？我們從未脫離危險，此刻一樣處於險境。我們生活在刀鋒邊緣，一直都在刀尖之上，而我們自己就是那把刀。你們這些孩子還是嬰兒的時候，就在啞然無聲的驚慌失措裡求助。啊，虛汗在你們身上乾掉的痕跡，尤其是在腿上。我們樂於擁抱命運，但我們的命運是什麼？又在哪裡？在學會寫字之前，你們曾經在空氣中書寫。而那些在空氣中書寫的小孩如今在哪裡？把一隻蝸牛的銀色痕跡穿過一根針的針眼。無用之事萬歲——只需要去實踐。去做荒謬的事，看看會有什麼結果。」（有人插嘴呼叫：「看看會蹦出什麼結果！」）「是的，我太太和我是兩個殘障之人，無論如何，正因為如此我們一度找到了彼此。我們是朝生暮死的蜉蝣。可是蜉蝣是多麼地美麗。啊，那銀絲編成的透明翅膀，那一對觸摸一切的纖細觸角。」（有人插嘴呼叫：「蜉蝣萬歲！」）「啊，那艘擱淺的獨木舟，無人掌舵，根本就沒有舵！我們是些瘋子，想像著在最小的空間裡把宇宙傳承下去。踮腳尖站立不算站立？有時候算。我以為已經遺失的東西，其實一直都捏在我手指之間，當我在尋找時張開手指，它才真正遺失了。你們這些孩子，來到異鄉，總是坐在椅子邊緣——但從來沒有坐直過！你那不規則的髮線很棒！少了荷馬這個源頭就沒有歷史。沃爾夫拉姆，刮掉那根敘事之針上的鏽，用你那扭曲的故事，對抗官方版本的歷史！婚姻乃是聖事——為什麼我直到如今才能夠認真看待這件事，在為時已晚的時候。」（有人插嘴呼叫嗎？一片靜默。）「在城市裡，我把救護車的嗚笛聲聽成貓頭鷹的叫聲，而此時此地在鄉間，我把貓頭鷹的叫聲聽成救護車的鳴笛聲。身處異鄉：有時候沒有比這更好的事了。但要是一輩子……『被人監視』和『我覺得自己被看見』之間的差別多大啊。我最喜歡的遊戲是：尚未使用的線軸的線頭藏在哪裡？警察對小偷說：『現在我抓住你了！』但是『現在我抓住你了！』還有另外一種意思。天空，透過一支鳥羽來看。你們這些孩子，以前是多麼不加防備，垂下了手臂——絲毫不加防備。我們這些不加防備的人。哪一種水果是連核帶蒂一起吃的？」（有人插嘴呼叫：「西洋梨！」）「葡萄和李子那層藍色的化學成分是什麼？」（有人插嘴呼叫，喊出了那個化學公式）「這個公式有朝一日將會拯救世界——或者不會。一趟冒險蓄勢待發。有那麼多人、那麼多男男女女假裝成冒險家。嚴肅的冒險家！世界之旁，世界之外，就是該去的地方。我一直想著：千萬別說什麼家庭故事。可是現在，違反了我的意願——我知道多少事啊，始終都還記得。我什麼都不想再知道了！中途空間和空檔時間：經久耐用的素材。嘆息再嘆息。車輛的燈光，落在嘆息、苦惱和憂愁的土地上。我們的傷疤古老無比，但是它仍在悸動，而且動得多麼厲害！動個不停。絕望，你是我們的強項、我們的武器、我們的武裝。」（有人插嘴呼叫：「我們的資本！」）「母親主管錢財，而父親呢？父親主管地點。倘若那些地點變得陰暗？迷失了呢？堅守在那裡，堅持下去。這句話是誰說的：我們是多麼富有！——讓這份財富開花結果!?」（有人插嘴呼叫：「是我說的！」）「置身其外——唯有如此才能有成。對巴爾幹半島的需要。對阿拉伯文字的需要，從右寫到左。俄國？俄國今天就在韋克桑高原這裡與我們同在，普希金、托爾斯泰、屠格涅夫和契訶夫，就在此時此地與我們同在，在這個古老法國的皮卡第；即使不再有時間像在十九世紀的俄國那樣述說故事，大概仍有時間感受它們的氣氛。同樣地，美國今天也在皮卡第，在那些失落者的歌曲中，那是美國獨有的頌歌，是的，失落者的頌歌，由於這些歌曲，美國將會繼續存在。也將獲得勝利？非也：繼續存在並且長存下去——美國？世界。為什麼俄國沒有失落者的歌曲？為什麼沒有俄國藍調？讚美我們身上身為殺人凶手的那個祖先，不要驅除他。各民族變得多麼吵鬧。今天就讓我們成為一個民族，一個不同的民族，一個沒有權力的民族，在另一個時間的鐘面之前。凡是種風的人，就會收割暴風[41]？不：種風的人，收的就是風。有時候面對一本聖書，會讓人感到無比孤單。讓羞恥感重現吧。腓特烈二世在他那本關於獵鷹的書

41　語出《聖經》〈何西阿書〉第八章第七節：「他們所種的是風，所收的是暴風。」

裡寫道，獵鷹在晚上會變得惶惶不安，而最令牠們驚恐的就是人類的臉。在十三世紀時就已經是這樣了。啊，這個地方、這片土地使我多麼滿足，就像一本書！愛情是甜蜜的驚嚇。我們這些非法之徒。但是寧願非法，勝過世界各地那些合法的騙子。到處都是邪教異端。空的鳥巢成為孔雀的王座。心中充滿了感激，感激得忘了道謝。懷著感激之情，用雙手去觸摸萬物，包括最小的東西。或是用手指輕輕敲敲你的手腕。為了知道時間？對，但不是現實的時間。人愈是迷途，會擁有更多的體驗。如今還有一蹦一跳地走路的人嗎？」（有人插嘴呼叫：「有！」）「為你們的生日慶典乾一杯，孩子啊，溫柔的魔鬼，善良的魔鬼。少了魔力就無法成事。少了魔鬼就沒有真實的故事。讓我翻譯一句希臘文：小孩子是一個人的靈魂。雖然那是無法翻譯的，但也無所謂。落在蜘蛛網裡的削鉛筆屑。萬物都可以是寶藏。夢想與工作。一扇通往戶外的旋轉門：在一條郊區公路上，在剛下雪時往城外走——只可惜冬天還很遙遠。」（有人插嘴呼叫：「胡說！」）「預言世界末日的那本聖書，一頁頁上都是咒罵和詛咒，從四面八方的黑色天空如雨般落下，而最後結尾的一句話不是『主恩與眾人常在』嗎？」

母親接下來說了什麼呢？籌畫這整件事的她沉默再沉默。那個古老的說法，「像個母親一樣」，頭一次適用於身為銀行家的她。她像個母親一樣沉默不語。

音樂，舞蹈。兩個人繞著彼此跳舞，看起來像是三個人。有人在歌唱，就在其他人當中，但是看不出他們當中是誰在唱歌。所有的嘴脣都閉著。總之，歌聲來自一個女子。那是個女子的聲音，還是個孩子的聲音？

後來，將近午夜，水果賊還獨自站在聚會的帳篷前面，在那個已知的地點。（這個地點位在哪裡呢？地名是？地名在這裡不重要。）從遠處的高速公路上，或是從那條藍調公路傳來隱隱的車聲。此刻這也屬於那些祕密的聲響。有一架直昇機在高原上方的夜空裡噠噠飛行，距離很近，聽起來就像一臺洗衣機正在脫水，探照燈照向地面。是一架搜救直昇機嗎？被搜尋的人是誰？失蹤的人是誰？一支西伯利亞口簧琴的嗡嗡聲，從十分遙遠的地方傳來：是耳朵的錯覺嗎？

她用雙臂環抱自己，緊緊摟住自己。閉上眼睛，那行移動的文字就又回來了，淺色的手寫文字出現在黑色的背景上，重現出眼睛睜開時的銀河。接著這行移動的文字忽然轉變成白底黑字：有許多空白的地方，就像明亮的海灣圍繞著那無法辨識的字句。雖然在這一刻，她別無所求，迷信的她還是緩緩鬆開繫在髮上的黃絲帶，再重新綁起來。一種事後的迷信舉動？一種表達感激的方式或形式？

她想念水果賊的身分，或者說是想念拐進陌生的果園，想念那個脫離行列的動作，那個蜂擁而出的動作，順手牽羊的動作。一個人蜂擁而出？這可能嗎？這是可能的。將來成了母親、成了祖母，她也還會夢想著身為水果賊的時光。組一個政黨？水果賊黨？可是這個政黨不是已經存在了嗎？

她深入內陸的這三天旅程裡她經歷了多少事啊，每一個小時都充滿戲劇性，就算沒有發生什麼事，而且每一刻都事關重大。而且說也奇怪，在僅僅三天之後，深色頭髮裡出現了一綹淺色的夏季頭髮。或者並不奇怪？不，奇怪。始終奇怪。永遠奇怪。

彼得・漢德克年表

一九四二年
十二月六日出生於奧地利小鎮格里芬（Griffen）。生父埃里希・舍內曼（Erich Schönemann）為德國人，在銀行任職，從軍後與漢德克母親相識，但當時舍內曼已婚，這段戀情終究未果，漢德克直至成年後才與生父相認。母親瑪麗亞（Maria）為斯洛維尼亞人，在漢德克出生前，與國防軍士兵布魯諾・漢德克（Bruno Handke）成婚。

一九四四—四八年
全家人住在蘇聯占領的東柏林區潘科。母親瑪麗亞在此又生下兩個孩子，成為漢德克同母異父的弟妹，不久後一家人搬回了漢德克的故鄉格里芬。期間繼父開始酗酒。

一九五四年
就讀坦岑貝格城堡（Tanzenberg Castle）的天主教寄宿學校，於校刊發表了第一篇文章。

一九五九年 移居克拉根福（Klagenfurt）就讀高中。

一九六一年 於格拉茨大學攻讀法律，並為前衛文學雜誌《手稿》（*Manuskripte*）撰稿。

一九六三年 完成第一部長篇小說《大黃蜂》（*Die Hornissen*），並於一九六六年由德國出版社 Suhrkamp Verlag 出版。

一九六五年 漢德克放棄大學學業。

一九六六年 在美國參加「四七社」（Gruppe 47）於普林斯頓的文學會議。同年，發表一反傳統的《冒犯觀眾》（*Publikumsbeschimpfung*），四名演員先分析戲劇的本質，接著各自「辱罵」觀眾，引發矚目與爭議。

一九六七年 發表第二部劇作《卡斯帕》（*Kaspar*），是漢德克首次的長篇戲劇，敘述棄兒卡斯帕・豪茲爾被社會所強加的價值觀、語言所摧殘，處於失語的狀態。與演員莉普嘉特・史瓦茲（Libgart Schwarz）結婚。

一九六九年 成為作家出版社（Verlag der Autoren）的聯合創始人之一。以嶄新的方式經營，帶動新劇院的發展，成為劇本與廣播劇之間的重要協調角色，同時出版、代理多種作品。同年，女兒阿米娜（Amina）出生。

一九七〇年 出版《守門員的焦慮》（*Die Angst des Tormanns beim Elfmeter*）。

一九七一年 母親瑪麗亞自殺。

一九七二年 首次與文．溫德斯合作，將《守門員的焦慮》改編成同名電影，兩人成為好友。同年，出版《夢外之悲》（*Wunschloses Ungluck*），寫下逝去母親的一生。

一九七三年 三十一歲時榮獲德語最重要的文學獎——格奧爾格．畢希納獎。同年共同創辦奧地利作家協會（Grazer Autorenversammlung），會員身分直到一九七七年。

一九七五年 出版《真情時刻》（*Die Stunde der wahren Empfindung*）。與文．溫德斯合作的電影《歧路》（*Falsche Bewegung*）上映。

一九七六年 出版《左撇子的女人》（*Die linkshandige Frau*）。

一九七八年 由漢德克執導《左撇子的女人》電影上映，入圍坎城影展最佳影片。一九七八至七九年居住於美國。

一九七九年 出版《緩慢的歸鄉》（*Langsame Heimkehr*），故事由三部分組成。一九七九年至八八年居住於奧地利薩爾斯堡。

一九八三年 出版《痛苦的中國人》（*Der Chinese des Schmerzes*）。

一九八六年 出版《去往第九王國》（*Die Wiederholung*）。

一九八七年 獲得威尼斯國際文學獎（Vilenica International Literary Prize）。同年與文・溫德斯合作的電影《慾望之翼》（*Der Himmel uber Berlin*）上映，漢德克參與了該片劇本創作。

一九九一年 定居法國靠近巴黎的沙維爾。

一九九二年 發表劇作《我們彼此一無所知的時刻》（*Die Stunde, da wir nichts voneinander wusten*）。漢德克執導的電影《缺席》（*The Absence*）上映，此部電影改編自他的中篇小說，並於第四十九屆威尼斯電影節播映。同年，與演員蘇菲・瑟敏（Sophie Semin）所生的女兒萊卡迪出生。

一九九四年　與莉普嘉特．史瓦茲離婚。出版小說《我在無人灣的一年》（*Mein Jahr in der Niemandsbucht. Ein Marchen aus den neuen Zeiten*）。

一九九五年　與演員蘇菲．瑟敏結婚。

一九九六年　漢德克造訪塞爾維亞的遊記《河流之旅：塞爾維亞的正義》（*Eine winterliche Reise zu denFlussenDonau*）出版，其中將塞爾維亞在南斯拉夫戰爭中的角色定位為受害者，引發爭議與抨擊，但漢德克也指控西方媒體曲解了戰爭的前因與後果。

一九九七年　出版《在漆黑的夜晚，我離開了我安靜的房子》（*In einer dunklen Nacht ging ich aus meinem stillen Haus*）。

一九九八年　與文．溫德斯合作的電影《天使之城》（*City of Angels*）上映。

一九九九年　北大西洋公約組織轟炸南斯拉夫前首都貝爾勒格，為抗議此事，漢德克將畢希納獎所獲得的獎金全數退回。

二〇〇四年　同年諾貝爾文學獎得主奧地利作家耶利內克（Elfriede Jelinek），盛讚漢德克為「活著的經典」。

二〇〇六年 參加前塞爾維亞總統斯洛波丹・米洛塞維奇（Slobodan Milošević）的葬禮，遭到撻伐。米洛塞維奇生前涉及大屠殺、戰爭罪而受審。同年，原定頒發給漢德克的海涅獎（Heinrich Heine Prize），遭漢德克拒絕，該年獲獎人因而從缺。該獎表彰促進人權等價值的文學作品。此外，漢德克的舉動引發爭議後，原本的劇作表演也被取消。

二〇〇九年 榮獲卡夫卡獎。

二〇一一年 出版《盛大的秋天》（*Der Grosse Fall*）。

二〇一二年 獲頒米爾海姆（Mülheimer）戲劇獎。

二〇一三年 漢德克接受塞爾維亞時任總統所頒發的勳章。

二〇一四年 獲國際易卜生獎。同年，漢德克呼籲廢除諾貝爾文學獎，並戲稱其「馬戲團」。

二〇一六年 與文・溫德斯合作的電影《戀夏絮語》（*Les Beaux Jours d'Aranjuez*）上映。同年，漢德克紀錄片《彼得漢德克：我在森林，晚一點到》（*Peter Handke: In the Woods,*

Might Be Late）上映。

二〇一七年　出版《水果賊，或前往內陸的單純之旅》（*Die Obstdiebin oder Einfache Fahrt ins Landesinnere*）。

二〇一八年　獲得奧地利的雀巢劇院終身成就獎（Nestroy Theatre Prize）。

二〇一九年　獲頒諾貝爾文學獎。評審表彰漢德克具有影響力的作品，以語言學的獨創性，探詢人類經驗的邊緣地帶及特異。

二〇二〇年　出版《第二把劍》（*Das zweite Schwert*），被視為他對於媒體的反擊。獲頒塞爾維亞卡拉奧雷星勳章（Order of Karadorde's Star）。

二〇二三年　出版《最後一位客人的歌謠》（*Die Ballade des letzten Gastes*）。至今被視為二十世紀後半最有影響力、最具原創的德語寫作者之一。

木馬文學 172

水果賊，或前往內陸的單純之旅

Die Obstdiebin oder Einfache Fahrt ins Landesinnere

作者	彼得・漢德克（Peter Handke）
譯者	姬健梅
副社長	陳瀅如
總編輯	戴偉傑
責任編輯	丁維瑀
行銷總監	陳雅雯
行銷企畫	趙鴻祐
封面設計	莊謹銘
內頁排版	宸遠彩藝工作室

出版	木馬文化事業股份有限公司
發行	遠足文化事業股份有限公司（讀書共和國出版集團）
地址	231 新北市新店區民權路 108-3 號 8 樓
電話	(02)2218-1417
傳真	(02)2218-0727
Email	service@bookrep.com.tw
郵撥帳號	19588272 木馬文化事業股份有限公司
客服專線	0800-221-029
法律顧問	華洋法律事務所 蘇文生律師
印刷	前進彩藝有限公司
初版一刷	2024 年 9 月
定價	520 元
ISBN	978-626-314-718-8
EISBN	978-626-314-722-5（epub）

國家圖書館出版品預行編目

水果賊，或前往內陸的單純之旅 / 彼得 . 漢德克 (Peter Handke) 著 ; 姬健梅譯 . -- 初版 . -- 新北市 : 木馬文化事業股份有限公司出版 : 遠足文化事業股份有限公司發行 , 2024.09
432 面 ; 13x18 公分 . -- (木馬文學)
譯自 : Die Obstdiebin oder Einfache Fahrt ins Landesinnere
ISBN 978-626-314-718-8(精裝)

882.257　　113011443